唐 诗 传 奇

王国全　著

知识产权出版社
全国百佳图书出版单位
—北京—

图书在版编目（CIP）数据

唐诗传奇/王国全著.—北京：知识产权出版社,2020.7
ISBN 978-7-5130-6995-3

Ⅰ.①唐⋯　Ⅱ.①王⋯　Ⅲ.①长篇历史小说—中国—当代　Ⅳ.①I247.5

中国版本图书馆CIP数据核字(2020)第099849号

责任编辑：赵　军　　　　　　　责任校对：潘凤越
封面设计：纵横华文·邓媛媛　　　责任印制：孙婷婷

唐诗传奇

王国全　著

出版发行：**知识产权出版社**有限责任公司	网　　址：http://www.ipph.cn
社　　址：北京市海淀区气象路50号院	邮　　编：100081
责编电话：010-82000860转8127	责编邮箱：zhaojun99668@126.com
发行电话：010-82000860转8101/8102	发行传真：010-82000893/82005070/82000270
印　　刷：北京虎彩文化传播有限公司	经　　销：网上书店、新华书店及相关专业书店
开　　本：700mm×1000mm　1/16	印　　张：19
版　　次：2020年7月第1版	印　　次：2020年7月第1次印刷
字　　数：291千字	定　　价：68.00元

ISBN 978-7-5130-6995-3

前　言

唐代是诗的黄金时代，也是一个充满传奇色彩的时代。

在唐代，诗与人们的生活息息相关，不仅表达喜怒哀乐、恩怨情仇，还能左右人们的命运，特别是诗人的命运。

诗的黄金时代留下了数以万计的诗篇，或气势磅礴，或清新秀丽，或委婉缠绵，许多名作至今仍家喻户晓。诗的黄金时代造就了众多诗人，他们的诗作流芳后世，他们的人生故事也动人心弦，而故事往往就"隐藏"在诗篇中。

本书是依据唐诗写成的纪实风格的长篇历史小说，由"陈子昂登上幽州台"一直到李商隐"昨夜星辰昨夜风"，叙写唐代诗人和唐诗名篇的传奇故事，以及承载这些传奇故事的数百年历史波澜。本书力求内容尽可能贴近史实，并让情节契合诗意；同时充分利用小说体裁的想象空间，融诗情诗意于传奇故事之中。读者会惊叹唐诗背后竟有如此魅力无穷的故事，进而更深地理解唐诗的意蕴内涵。

本书描摹了李白、杜甫、孟浩然、王维、白居易、韦应物等众多诗人的形象，并浓墨重彩地记叙了两段真挚的友谊和两段炽烈的爱情。两段友谊是李白与孟浩然、李白与杜甫的友谊，前者留下了《送孟浩然之广陵》等著名诗作，后者是唐代最伟大的两位诗人的风云际会。两段爱情是李白与妻子许氏，以及唐玄宗李隆基与杨玉环的爱情。前者是伟大浪漫诗人的浪漫而悲怆的爱情故事，后者是皇帝与妃子的宫闱轶事，被李白"云想衣裳花想容"的诗句所渲染，并因白居易《长恨歌》而得到升华。

本书是情节连贯、富于整体感的长篇小说，不是小故事的集锦。读了这部由唐诗嬗变而成的长篇小说，对唐诗会有新鲜、精细和深层次的感悟。本书是为读者推开的通往唐诗世界的一扇窗。让感人肺腑的诗篇因真切的情节而更加如歌如泣，让艰涩难读的诗句因融入故事而变得通俗易懂，这便是作者的良苦用心。

本书还对唐诗研究中一些悬而未决的问题，通过小说情节的演绎而加以诠释或化解，并在书后所附的"《唐诗传奇》写作札记"中进一步阐明。这就使本书在跌宕起伏的传奇故事之外，平添了拾遗补缺的学术意义。

对唐诗感兴趣的读者，与我一道步入唐诗的世界，尽情感受唐诗的风采魅力吧！

王国全

2019 年 11 月

目　录

第一章　天地悠悠

前不见古人，后不见来者。

念天地之悠悠，独怆然而涕下。

——陈子昂《登幽州台歌》

烟雨中，陈子昂登上了幽州台。

古幽州台上，荒草丛生、凋敝残败；阴云密布，天色晦暗，更令人倍感苍凉。陈子昂想，自己的人生跌入低谷，还要追溯到崔融随军出征时的那次送行……

崔融随军出征，二位好友赋诗相送

那是武则天称帝的年代，硝烟战火在北方大地骤然燃起。

万岁通天元年（696 年）五月，契丹李尽忠等人发动叛乱，攻陷了营州。武则天立即派遣大军讨伐契丹，军中有二十八员猛将，十几万士卒，堪称声势浩大。

到了秋天，又任命梁王武三思为"安抚大使"率军东征，参与讨伐契丹的战事。临行前，朝廷在洛阳城北设宴，为即将出征的军队饯行。

在身披甲胄的威武将军们旁边，有一位文弱书生，格外引人注目。他叫崔融，在武三思的幕府担任书记，也将随军出征。崔融有两位好朋友，陈子昂与杜审言，都是知名的诗人，特意赶来送行。

杜审言拉着崔融的手："贤弟呀，这次远征，到北方与契丹交战，艰苦而又危险，可要多加保重啊。"

陈子昂也说："今天是白露节气了，北方会很冷的，你要多带些御寒的衣服！"

崔融深为感动，连连表示谢意。

三位朋友平时难得相聚，一见面，不免要叙谈几句家常。

崔融对杜审言说："审言兄，你家的几位公子都天资聪颖，近来又有长进了吧？"

杜审言笑道："贤弟过誉了。我的长子杜闲，今年15岁，沉稳好学；次子杜并11岁，义气任侠；三子杜专、四子杜登尚且年幼，看不出什么眉目。"

原籍梓州的陈子昂，语音中还留有蜀地方言的痕迹："沉稳好学的哥哥、义气任侠的弟弟，这也很有趣啊。他们之中，哪一个能传承你的诗才呢？"

杜审言叹道："我的儿子都很懂得孝道，这是令我欣慰的。然而若论诗才，他们恐怕都不行。我但愿将来有一个出类拔萃的孙儿！"

陈子昂呵呵一笑："你家杜闲才15岁，审言兄，你想得太远了！"

众人也笑起来。

说过家常话之后，杜审言、陈子昂要为崔融写诗送行了。

杜审言与陈子昂谦让了一番，因杜审言年长，所以由他先写。杜审言环视四周，看到为出征大军饯行的帐篷连成一片，数不胜数的旌旗迎风飘扬，感奋地写道：

> 君王行出将，书记远从征。
>
> 祖帐连河阙，军麾动洛城。

意思是说：吾皇万岁派遣将领出征，你作为随军书记，也将踏上征程。为你们饯行的帐篷，从宫阙一直搭到洛河边上；猎猎旌旗展示出浩荡军威，让整个洛阳城都为之震撼！

接下来，杜审言想到：清晨，大军将要迎着凛冽的寒风出发，到夜晚，会听到边塞的胡笳声。衷心祝愿，大军能迅速荡涤战争的尘烟，如秋风扫落叶一般，迎来北方的安宁：

> 旌旗朝朔气，笳吹夜边声。
>
> 坐觉烟尘扫，秋风古北平。

写完之后，杜审言把笔递给陈子昂。

陈子昂没有急于命笔，先认真拜读了杜审言的送别诗，沉思良久，才挥毫泼墨，写下诗句：

> 金天方肃杀，白露始专征。
>
> 王师非乐战，之子慎佳兵。
>
> 海气侵南部，边风扫北平。
>
> 莫卖卢龙塞，归邀麟阁名。

首联诗句的意思：正值寒风萧瑟、草木凋零的深秋时节，在白露这一天，大军就要出征了。

"王师非乐战"，王者之师不该好战；"之子慎佳兵"，劝告将军们要谨慎用兵，尽量避免伤亡、减少杀戮。

"海气侵南部，边风扫北平"表达了陈子昂爱憎分明的态度：敌军气焰嚣张地入侵，我军要坚决扫平北方边界。

"莫卖卢龙塞，归邀麟阁名"，提醒出征的将军们不要只想着邀功请赏。

与杜审言的诗相比，陈子昂的诗意显然要深沉了许多。

崔融向二位朋友再次表示感谢，三人依依惜别。

不幸，大军出征不久，战事就一败涂地。

拥有二十八员猛将和十几万士卒的大军，中了契丹李尽忠等人的诈降之计，几乎全军覆没。

听到兵败的消息，陈子昂忧心如焚。他急切地希望，自己能有机会随军出征，宁愿赴汤蹈火，也要扫平边境的叛乱，让国家恢复安定。

他很快就获得了机会。

陈子昂登上幽州台

九月，武则天再次调集军队，由建安王武攸宜统领，讨伐契丹。陈子昂被任命为随军书记，本以为这是报效国家的难得机会，然而，不久就大失所望。

武攸宜不懂军事，又刚愎自用，先是贸然大举进攻，结果吃了败仗。此后，就扎下营盘，按兵不动了。

陈子昂心里很急。这样拖延下去，军心会涣散，给养也要耗尽，前景不堪设想啊。于是，他急匆匆来到大帐，面见武攸宜。

陈子昂先深施一礼，毕恭毕敬地说："禀告大帅，卑职有一个请求，不知当讲不当讲？"

"你说吧，我听听。"武攸宜眼皮都没有抬。

"卑职恳请大帅，拨给我一万人马。我带领这一万人马，必能打败契丹李尽忠的军队。"

"什么？你在说梦话吧！我这十几万大军都不能打败对方，你用一万人马就能取胜？"

"正面攻击对方，敌人戒备严密，是很难取胜的。我带一万人马迂回出击，攻其不备，先摧毁敌人的薄弱之处，乱其阵脚，然后趁势扩大战果，必可击溃敌军。"

武攸宜鼻子哼了一声："你用一万人马打败了敌人之后，让我这十几万人马干什么去呢？"

陈子昂眉头舒展开来："战事结束了，士兵们可以返回家乡，与家人团聚，休养生息，安居乐业啊！"

武攸宜猛地一拍桌子："你这是胡言乱语！漫说你用一万人马无法打败契丹，就是能够打败，也不行！为了彰显女皇陛下的神威，我们需要一场威武雄壮、惊天动地的大战！如果像你所说的，不显山不露水地就打败了敌军，如何让女皇陛下威仪天下呢？所以，你的提议绝对不可行！"

陈子昂还想申辩，武攸宜却没有给他说话的机会，恶狠狠地继续说："你这个人，向来是无法无天。我看过你写给崔融的送行诗，竟有'王师非乐战，之子慎佳兵'之句。我看呀，你是厌倦战争的。说得更明白一些，你是反对战争的! 把你这样的人留在军中, 就是隐藏的祸患! "

武攸宜不容陈子昂分辩, 免去了他的职务, 把他贬为军曹。陈子昂连进言的权利都被剥夺了。

烟雨中, 陈子昂独自一人登上了幽州台。此时, 隆冬已经过去, 正是春寒料峭。迷蒙烟雨之中, 更显得寒意彻骨。

古幽州台是春秋时燕昭王为招纳天下贤士而建。报国无望、失意落寞的陈子昂登上幽州台, 心中涌起无限感慨, 怅然吟咏:

前不见古人, 后不见来者。

念天地之悠悠, 独怆然而涕下。

陈子昂感慨: 像求贤若渴的燕昭王那样的人, 早已不见踪影; 后继的圣明君主, 又不知在何处。天地是多么广阔无垠, 历史的长河无穷无尽, 为什么独独在我所身处的这个时代, 竟会如此沉闷寂寞, 连一个能赏识自己的人都没有呢?

此时此刻, 浩渺无际的天地之间, 巍然耸立的高台之上, 一个苍茫独立的诗人, 吟咏出了一首悲怆的诗。

雨下大了, 冰凉的雨水落在他头上, 顺着脸颊流下来, 湿透了衣裳。雨水, 泪水, 混合在一起……

杜审言一家其乐融融, 灾祸突然降临

陈子昂写下《登幽州台歌》一年后, 杜审言在吉州遇到了一场飞来横祸。

吉州, 是赣江之滨一座古朴而静谧的小城, 水光山色洋溢着诗情画意。稍晚些时候, 张九龄乘船南下返乡途中经过此地时, 在赣江上写下了一首感怀的诗篇:

归去南江水, 磷磷见底清。

转逢空阔处, 聊洗滞留情。

浦树遥如待, 江鸥近若迎。

津途别有趣, 况乃濯吾缨。

清澈的赣江水，美丽的风光，待客的浦树与迎宾的江鸥，引发了张九龄无限的遐思和感慨。

诗人杜审言却在这里遭遇了他一生中最大的不幸。

杜审言是唐高宗咸亨元年（670年）的进士。他才华出众而命运不济，只做过县尉、县丞之类的小官。武则天圣历元年（698年），原本在洛阳作县丞的杜审言，因为别人的过失受到牵连，被贬到吉州作了"司户参军"。

这一年，杜审言已53岁。吉州是偏远小城，"司户参军"是小小的官职，然而不知为什么，他得罪了顶头上司——司户郭若讷。于是，郭若讷向吉州司马周季童诬告，要治杜审言的重罪。

二人商议此事时，周季童对杜审言的"罪状"将信将疑，问郭若讷："你说杜审言谋反，有什么根据呢？"

"他自恃是本朝首屈一指的诗人，目中无人，当然也不会把吾皇万岁放在眼里。"郭若讷信口开河。

"那，他为什么要谋反呢？"

"他自以为诗才天下第一，却只做了个小小芝麻官，非常不满意嘛，所以就心怀不轨……"

"你有证据吗？"

"当然有证据。那一年，苏绾作为书记随军出征，杜审言写了一首送行的诗，其中有'红粉楼中应计日，燕支山下莫经年'之句。这分明是动摇军心，要搞垮吾皇万岁称雄天下的千秋大业！谋反之意，昭然若揭呀！"

"那么，我们怎样处置他呢？"

"杀了他！"

"杀了他？这太重了吧！"

"他犯了谋反之罪，就是要严惩不贷。咱们惩治了杜审言这样的反贼，女皇陛下一定会很高兴，会嘉奖咱们的。反过来，如果姑息他，陛下是会降罪于咱们的呀！"

周季童完全被郭若讷说服了。

杜审言与妻子儿女，过着虽然清贫却快乐洋洋的生活。对于即将降临的灾难，他全然不知。

杜审言《蓬莱三殿侍宴奉敕咏终南山应制》　［清］傅山 书

北斗挂城边，南山倚殿前。云标金阙迥，树杪玉堂悬……

吉州城里一个普通的院落，是杜审言的家。每天晚饭后，他总要和子女们游戏一会，一家人自娱自乐，其乐融融。

这天晚饭后，杜审言照例与子女们相聚在庭院里。他笑着说："我最近正在构想一首小诗，还没有完全想好。这诗与众不同，它是可以配合跳舞的。"

二子杜并不信："父亲在耍笑了！"

长子杜闲说："就让父亲跳给我们看看吧。"

三子杜专和闺女们都拍手欢迎。

夫人卢氏一手牵着幼子杜登，一手提着一盏灯笼，挂在屋檐下，照亮了院子，说："我也要看一看，开开眼。"

杜审言的原配夫人已故，续娶的卢夫人是大家闺秀，知书达理、温文尔雅。

杜审言兴致盎然，走到院子中央，朗声说："我现在虽然身居小城，可将来没准什么时候就会被吾皇万岁召进宫里，吾皇会命我当场作诗，我怕一时紧张，作不出诗来，惹恼了吾皇万岁，所以预先准备了几句，以备不时之需。"杜审言把他想出的诗句诵读了一遍：

> 北斗挂城边，南山倚殿前。
>
> 云标金阙迥，树杪玉堂悬。

杜闲没听懂后两句，问："父亲，'云标金阙迥，树杪玉堂悬'是什么意思呢？"

杜审言答："云标就是云端，玉堂是宫殿，'云标金阙迥，树杪玉堂悬'是说巍峨的宫阙高耸入云，又像悬停在树梢一样。好了，我要跳舞了！"

接着，杜审言一边咏诗，一边悠然舞动。

"北斗挂城边"，他旋转起舞，右手上扬，伸出微微弯曲的食指，仿佛提着一串星星。

"南山倚殿前"，他扭动身体，抬起肘部，做了一个倚靠的动作。

"云标金阙迥"，他双手左右挥动，模仿白云飘浮的姿态。

"树杪玉堂悬"，他一只手做了个托起的动作，毕恭毕敬，就像托着一尊稀世珍宝。

全家人都高兴地笑了起来。13岁的杜并跑上前去，拉着父亲的手，一起跳起舞来。

灾难，是在一瞬间降临的。就在杜审言一家欢声笑语的时候，突然传来猛烈的敲门声。不待杜家人开门，大门已经被撞破，一群官兵涌入。

官兵闯进来，不由分说，将杜审言五花大绑，推推搡搡地抓走了。杜闲、杜并看到父亲被抓，想要阻拦，但他们小小年纪，如何能挡得住官兵的长矛大刀呢。

杜家人哭天抢地，乱作一团。

弟弟手中攥着一把短剑

数日后，在杜审言家的柴房中，杜闲、杜并兄弟俩在一起，气氛极为紧张。哥哥杜闲站在门口，脊背抵住柴房的门。弟弟杜并坐在一捆木柴上，怒目圆睁，手中攥着一把短剑。

杜闲低声问："他们真的要杀死咱父亲？"

杜并说："我昨天去给父亲送饭，亲耳听到的。那个司马周季童，说是要对父亲处以绞刑；那个司户郭若讷说，绞死太舒服了，要凌迟处死。他们只是在商量杀死父亲的方法！"

"可是，父亲是无辜的，他对朝廷忠心耿耿，没有做任何违法的事啊。"

杜并摇头叹道："欲加之罪，何患无辞。"

杜闲问："我们该怎么办？"

杜并一字一顿地说："我要杀死那两个狗官，为父亲申冤报仇！"他攥紧了手中的短剑。

"就没有别的办法了吗？"

"我们投诉无门。再说，这世界根本就没有公道，没有王法。"

杜并站起来，想要夺门而出。杜闲阻拦弟弟，抓住弟弟握剑的手："我比你大，让我去杀那狗官！"

"哥哥，你是家中的长子，杜家的宗族和血脉要靠你来延续。这件事应该由我来做。"

"我不能让你去赴死！"

"舍生取义，我是死得其所。"

杜闲无言以对，大滴大滴的泪水夺眶而出。

13 岁的杜并，提着一只竹篮，走进司马府的大门。

守门的武士见是一个小孩，这几天每天给杜审言送饭，检查了竹篮中只有饭食和一只水壶，就放他进去了。

府衙大厅里，吉州司马周季童与司户郭若讷正在喝酒。满桌的美味佳肴。郭若讷给周季童斟满酒，谄媚地说："司马大人，我再敬您一杯！"

一旁的立柱上，捆绑着杜审言。他身上鞭痕累累，鲜血透过了衣服，脸上也是血迹淋淋。

厅堂四周，伫立着持刀的武士。

杜并走近父亲，悲痛地看着受尽凌辱的父亲。杜审言睁开眼睛，嘴唇颤动："水，水……"

杜并从竹篮中取出水壶，踮起脚尖，把壶嘴放进父亲口中，喂父亲喝了几口水，又用衣襟轻轻擦拭父亲脸上的血迹。

杜审言怜爱地看着儿子。

此时，厅堂当中的桌案后面，正在喝酒的吉州司马周季童注意到了杜并，问："你是谁家的孩儿，叫什么名字？"

杜并转身答道："我是杜家次子，叫杜并。"

周季童又喝了一口酒，说："哦，你是杜审言的儿子。"

杜并对周季童深鞠一躬，说："大人，我知道您是吉州司马，是这里最大的官。我父亲是冤枉的，求求您放了我父亲吧！"

周季童转过脸来，看了看坐在一旁的郭若讷。郭若讷急忙探过身子，悄声对周季童说："司马大人不可相信这孩儿。他是反贼杜审言的儿子，也是孽种！"

听了郭若讷的话，周季童正色道："你父亲犯的是谋逆之罪，罪不可赦。"

杜并高声喊道："我父亲为人正直，效忠朝廷，绝不会谋逆！"

周季童今晚喝了不少酒，已经醉了，挥手说："你小孩子懂得什么，快退下吧。"

杜并强忍泪水，绝望地问："你真的要杀我父亲吗？"

周季童冷冷地说："他犯了死罪。"

杜并向前走了几步，又问："您真要杀我父亲？"

周季童已经不耐烦了："再问也无用，你父亲必死无疑。"

蓦然之间，13岁的杜并像一道闪电般地冲向了周季童，从袖中抽出短剑，刺进周季童的前胸。

周围的武士们一拥而上，乱刀砍死了杜并。

杜审言看到自己的儿子死于乱刀之下，痛不欲生地一声惨叫，昏厥过去。

郭若讷高喊："来人啊，把反贼杜审言也杀了！"

武士们提起兵刃，走向杜审言，就要动手了。杜审言命悬一线。

谁都万万没有想到，被杜并刺翻在地的周季童竟强忍伤痛坐了起来，厉声喝道："住手！"

武士们应声放下了手中的兵刃。

杜并的这一刺，不仅让周季童醒了酒，而且唤醒了他的良知。他追悔莫及地说："这孩子是个孝子啊！杜审言能养育出这样的孝子，也定然是忠义之臣。"

周季童一手捂着胸口，另一只手颤巍巍指向郭若讷："是你在诬陷忠臣！你，你断送了这孩子和我两条性命！"

郭若讷惊慌地说："司马大人，我去给你请医生吧。"

"不用了，我已经不行了。"周季童喘息着，用尽最后的力气，对郭若讷说："你若想将功补过，就要把杜审言一案如实向朝廷禀报，由朝廷来定夺。明白吗？"

"明白，明白，一定照办！"

武则天召见杜审言

杜并为父申冤的事情很快就传遍四方，尽人皆知了。朝野上下都众口一词，夸赞杜并是孝子。许国公苏颋还为杜并写了墓志铭。至于杜审言的案子，则仅是免去了他的官职，没有进一步追究。

消息也传到女皇武则天的耳朵里。

武则天觉得这是本朝一件引起民声鼎沸的大事，民意所向，不可等闲视之。她早就知晓杜审言的诗名，也想见见这位诗人，于是，传旨召见杜审言。

武则天称帝后，迁都到洛阳；而杜审言当时正在洛阳休养，接到圣旨，他一时一刻也没敢耽误，火速赶往皇宫。

案子了结后，杜审言被释放，回到洛阳休养了一段时间，身体受到的伤害已经康复。而丧子之痛，是他内心永远难以平复的伤痕。

杜审言战战兢兢地走进威严的皇宫。受到女皇召见，原本是一件极为荣耀的事情，杜审言却如履薄冰。他知道，自己的儿子刺杀朝廷命官，是犯了大罪，有可能满门抄斩，甚至诛灭九族。虽然朝野上下都称赞杜并是孝子，但是，生杀予夺的大权仍掌握在武则天手中。此次谒见武则天，若稍有不慎，得罪了女皇，就会给家人带来灭顶之灾，他怎能不提心吊胆呢？

听到皇宫侍卫大声高喊："宣杜审言觐见！"他低着头，躬着身，诚惶诚恐地走上大殿，扑通一声跪倒在地："罪臣杜审言叩见吾皇，吾皇万岁，万万岁！"

武则天威严地坐在金銮殿上，缓缓地说："你就是杜审言啊。不必跪着了，平身吧。"

杜审言站起来，退到一旁。

武则天接着说："听说你是当今最有名望的诗人，宋之问、沈全期他们都望尘莫及？"

杜审言连忙说："微臣不敢当！"

"我读过你的《和晋陵陆丞早春游望》，写得不错嘛。"

"吾皇在上，微臣实在不敢当！"

武则天锐利的目光直视着杜审言："我问你，今天见到本皇，你高兴吗？"

"见到陛下，是微臣最大的荣幸，微臣欣喜至极。"

武则天冷冷一笑："你说你欣喜，我怎么看不出来呢？你一点儿高兴的样子都没有啊！"

杜审言跪倒在地："吾皇在上，微臣岂敢造次。"

"本皇恕你无罪，让我看看你是怎么欣喜的吧！"

杜审言心慌意乱地站起来。怎么做才能让女皇武则天满意呢？怎样去表现自己的"高兴"呢？他想起了那天晚上，在自家庭院里为儿女们吟诗跳舞的情景，于是强颜欢笑，就在皇宫大殿上手舞足蹈地跳了起来。杜审言也想到了儿子的惨死，痛苦撕裂着他的心。他不由自主地加快了节奏，加大了动作的幅度，似乎更加投入地舞动着。

武则天微微一笑："好啊，跳得好！就跳到这里吧，我看你也累了。"

杜审言停止了"舞蹈"，喘息着。

武则天又说："舞跳得很好。你还应该把此刻的心情记录下来，写一首《欢喜诗》吧。"

侍从摆上笔墨纸砚。杜审言站在桌前，思索片刻，挥笔写下了一首洋洋洒洒的《欢喜诗》。

武则天看了《欢喜诗》，夸赞道："好诗！你真有才啊。"

杜审言毕恭毕敬："吾皇圣明，微臣感恩不尽，因而写就此诗。"

武则天突然沉下脸来，断喝一声："杜审言，你好大胆子！你的舞蹈和《欢喜诗》都不是真心实意，你刚刚死了儿子，如何能欢喜起来，你在蒙骗本皇！你犯了欺君之罪！"

杜审言惊慌失措，跪倒在地，浑身瑟瑟发抖，一声都不敢吭。

武则天缓和了语气："本该治你的罪，可是，我不忍心啊，我是怜惜人才的。你知道骆宾王吧？"

"微臣读过他的'西陆蝉声唱，南冠客思深'。"杜审言低声说。

"哼，《在狱咏蝉》。他还写过《讨武氏檄》！"武则天咬牙切齿，怒不可遏，片刻之后又缓和了语气："对于这样的人，我都说过'这是宰相的过错，骆宾王如此有才，怎能让他漂泊流落，无人相知呢？'你看，我是爱惜人才的吧。"

"吾皇圣明，宽宏大量，包容天地。"杜审言身上冒出冷汗。

"对于你，我也爱惜你的诗才，不仅不治你的罪，还要给你封官。你当著作郎去吧！"

杜审言慌忙叩头谢恩。

离开皇宫的时候，天上下起了小雨。东都洛阳的雨景是很美的，杜审言却无心欣赏。他觉得那淅淅沥沥的雨滴，是苍天落下的眼泪。

杜审言想看到自己的孙儿

在杜并辞世一周年的日子，杜审言带着长子杜闲、三子杜专，卢氏抱着幼子杜登，一同去杜并的坟墓祭奠。墓碑上，赫然镌刻着苏颋为杜并写的墓志铭。杜审言知道，朝野上下都夸赞杜并。然而，这就能弥补他的丧子之痛吗？

回到家中，杜审言心情沉重，难以解脱，于是取出一叠诗稿，展开阅读，借以排遣心中的忧愁。最先读到的，是他10年前写的《和晋陵陆丞早春游望》：

> 独有宦游人，偏惊物候新。
> 云霞出海曙，梅柳渡江春。
> 淑气催黄鸟，晴光转绿蘋。
> 忽闻歌古调，归思欲沾巾。

那时，他在江阴当一个小官。诗的开头就抒发感慨，说只有离别家乡、奔走仕途的"宦游人"，才会对异乡的季节气候转换，感到新奇而惊异。曙色初现，与壮美的云霞在江海之上交相辉映；梅花绽放、柳枝吐绿，江南的春天来得这么早。风儿催促着黄鹂鸟婉转啼鸣；阳光照亮了水面一簇簇浮萍草。这一切风光物候的景象，都让"宦游人"心绪难宁。

过了10年，重读这首诗，杜审言有了新的感受：宦海浮沉，仕途充满陷阱和危机，给人的感触远远超过了"偏惊物候新"，简直是心惊胆战，惶惶不可终日！

"忽闻歌古调，归思欲沾巾。"如果当时顺应了自己的心意，像陶渊明那样"归去"，也就不会有这样的悲剧了，追悔莫及啊！

此后几年，杜审言依然命运多舛，还遭遇了流放之灾。幸而，不久他被召回国子监，担任主簿之职。

杜审言的身体日渐虚弱，卧病在床。

听说杜审言病了，宋之问等人前来看望。

杜审言躺在床榻上，不紧不慢地对宋之问等人说："我这一辈子，命运不济、多灾多难，没有什么可说的了。不过，只要我活着一天，你们在诗坛上就出不了头，我觉得很对不住你们哟！"

宋之问等人无言以对，尴尬地赔着笑脸。

夫人卢氏也在一旁，杜审言这段话，深深地记在她的脑海中。

杜审言继续说："如今，我快要死了，只是遗憾找不到继承我的人啊！"说着，不由得老泪横流。

周围的人们急忙好言相劝。

宋之问等人走后，杜审言把长子杜闲唤到身边。

杜审言问："闲儿，你最近在读什么诗呢？"

"父亲，我在读陈子昂的诗，特别喜欢他的《登幽州台歌》。"

"哦，'前不见古人，后不见来者。念天地之悠悠，独怆然而涕下'，写得好啊。可惜，陈子昂在数年前已经死了，听说他死在狱中，死得很悲惨。"又落下泪来。

杜闲劝慰了一番。

杜审言心境稍稍平复，对杜闲说："闲儿，你已经27岁了，与清河崔氏的婚约早就定下来了，尽快把婚事办了吧！"

杜闲说："父亲，我现在还不想结婚。"

"为什么呢？你想干什么？"

"我要好好读书，考取功名，我要当官！至少要当上司马，陷害你的那个官就是司马。有了官职，才不会被人随意欺负！"

"你糊涂！结婚并不影响你考取功名啊。赶紧结婚，生个孩子，让我活着看到孙儿啊！"

"好的，父亲，我尽快！"

景龙二年(708年)，杜审言去世。

两年之后，杜闲与崔氏成婚。

唐睿宗太极元年（712 年），杜闲与崔氏有了一个儿子，取名杜甫。就在这一年，李隆基登上皇位，是为玄宗，次年将年号改为开元。

开元五年（717 年），6 岁的杜甫在家人带领下，到郾城观看了公孙大娘舞剑器。公孙大娘高超的舞技给年幼的杜甫留下了颇为深刻的印象。

过了一年，7 岁的杜甫会作诗了，用稚嫩的手握着笔，写下他最早的诗作。

而在此之前，开元三年（715 年），在蜀中，一位 15 岁的英俊少年已经学会了作赋，才华初露，就有与司马相如媲美的胆气。这位少年名叫李白。他喜欢剑术，向往浪迹天涯的侠客人生。

开元八年（720 年），20 岁的李白游历成都、峨眉山等地，增长见识，广为结交名士。

开元十三年（725 年），杜甫 14 岁，开始出入于文人墨客云集的场所。这位翩翩少年崭露头角，受到众人的交口夸赞，说他有班固、扬雄那样的才华。

同一年，25 岁的李白离开蜀地，启航了他人生的远行……

第二章　孟夫子巧遇落魄诗仙

故乡水，万里送行舟

开元十三年（725 年）阳春时节，长江三峡波涛汹涌的江流中，一艘伴着浪花起伏颠簸的客船顺流而下。船上坐着一位英姿勃发的年轻人，文雅洒脱的风度展露出他的学识教养，精美考究的衣着则表明他的富有。

年轻人坐在舱窗边，望着承载自己舟楫的滚滚江水，这是从故乡流来的水啊，心中不禁涌起对故乡的感恩之情，浓浓眷恋油然而生，吟出一联诗句："仍怜故乡水，万里送行舟。"

这位年轻人怀着美好的理想，离开蜀地远游。他的行囊中放着一把短剑，那是家传的珍宝，也是他仗剑报国的信物。他就是李白，时年 25 岁。虽然年轻，却已是颇有名气的诗人。

五年前，李白 20 岁，曾到成都谒见长史苏颋，呈上自己写的诗赋。苏颋阅后，很赏识李白的才华，对属下群僚说："这个勤奋写作的年轻人不是等闲之辈，他是天才，是俊杰。虽然功力尚浅，但已展露大师风骨。若继续努力，广之以学，将来可与司马相如比肩！"苏颋是一位儒雅而博学的长者，在文坛与丞相张说齐名。李白读过苏颋的《汾上惊秋》等诗作，对苏老先生很是景仰。苏颋夸赞李白"将来可与司马相如比肩"，更让李白喜不自禁，心头热浪滚滚，因为司马相如是青年李白崇拜的偶像。

得到苏颋的鼓励，开元十三年李白出蜀的时候，心怀高远、踌躇满志，感觉眼前的道路是一片光明坦荡。

他乘船出三峡，途经荆门、江陵、江夏，于秋天到达金陵。

可惜，命运板起面孔，冷酷地面对这位 25 岁的年轻诗人。

在金陵，李白本想谒见王公大臣，寻找出仕报国的门路。然而，玄宗皇帝正准备"泰山封禅"，满城的达官贵人都忙着筹备皇帝的大典，谁会理睬一个远道而来的年轻诗人呢？"十谒朱门九不开"，李白吃了许多的闭门羹，遭了无数白眼。万般无奈，只好纵情山水，游览名胜，吟诗作赋，聊以自娱自慰。这段时间，他在诗歌创作上倒是有所收获。在金陵写了《长干行》《金陵酒肆留别》，此前在庐山写了《望庐山瀑布》。更早一些，他还在荆门写了《渡荆门送别》，诗中对"万里送行舟"的家乡之水，仍是一往情深。

游历金陵之后，李白前往姑苏，凭吊古城历史遗迹。在斑驳可见的遗迹前，他追怀吴越春秋的历史悲剧，感慨万千、心潮涌动，写下了《乌栖曲》。此后，又游历越州，写了许多诗作。

开元十四年（726 年）夏天，李白来到扬州。

李白生性豪爽、仗义疏财，他四处结交朋友，终日饮酒论诗，遇到贫困书生就赠金相助，一年多时间把出蜀时携带的钱财全部花光，竟落到囊空如洗的境地。

仕途前程无望，又花光了银两，李白陷入极度的迷茫。

他病倒了。

刚到扬州，李白病倒在旅馆

李白刚到扬州，住进一家小旅馆，就病倒了。躺在旅馆的床榻上，李白昏昏入睡，做了一个惊骇的梦。

他梦见自己在攀登一座险峻的山，脚上穿着南朝诗人谢灵运创制的木屐。李白喜欢谢灵运的诗，所以做梦都想着穿"谢公屐"登山。然而，这是一次险象环生的攀登。刚开始时，天色还是晴好的，走到半山腰就看见太阳从海上升起，还听到从遥远天际传来的鸡鸣，那是神话中天鸡的叫声。突然间，天气骤变。空中乌云低垂，黑暗袭来；山崖上怪石嶙峋，如魔鬼的嘴脸。只听见熊在咆哮，龙在怒吼，岩石间喷涌的泉水发出骇人的巨响，令林木惊恐，山峰战栗。继而，闪电撕裂长空，雷声震动大地，高山峻岭好像就要轰然崩塌下来！

李白"啊"地大叫一声，从噩梦中惊醒，出了一身冷汗。

落魄的诗人躺在床上，浑身酸疼，头脑昏沉，还不时咳嗽。他已经身无分文，每日只能向店家赊酒喝。而店家见他无钱付账，不再给他酒。他手里拿着一只空酒杯，摇一摇，扣在嘴巴上，杯里一滴酒都没有了。

这时，李白听见门外有人说话。

一个男人洪亮的声音："近来，遇到过形迹可疑的人吗？"

店小二的声音："回少府大人的话，形迹可疑的人倒没有，只是店里住进一个穷书生，没有钱，还整天喊着要酒喝。"

"他是哪里人，叫什么名字？"

"回少府大人，他自称是蜀人，叫李白。"

"啊，李白！"这位少府惊讶地叫了一声，"他住哪间客房？"

"就这间。"

门开了，只见一个身着官服的中年男人走了进来。

"你真的是李白？"

"当然，我就是李白。"李白躺在床榻上，有气无力地回答。

身着官服的人看到面前的年轻书生虽然是潦倒落魄的模样，一身酒气，却难掩聪慧灵秀的气质，直觉告诉他，这很可能就是大名鼎鼎的诗人李白。

"我是本地县衙的少府，姓孟，你就叫我孟少府吧。"

"哦，孟少府，幸会！"李白手里还举着空酒杯，语无伦次地说，"遥看瀑布挂前川，疑是银河落九天；吴姬压酒劝客尝，欲行不行各尽觞。劳驾，请你给我倒一杯酒！"又咳嗽起来。

孟少府完全相信李白就在眼前了。意外的相遇，让他不由得激动起来："我比你年长，可以叫你太白贤弟吗？"

李白抬头看去，见孟少府身材魁伟，气宇轩昂，绝非等闲之辈，心中平添了好感："当然可以，我也叫你孟少府兄，不过你要给我酒喝！"

孟少府坐在李白身边，关切地问："你怎么会如此落魄呢？"

李白叹了口气："自出蜀以来，我把钱都散光了，足足有三十万钱呢。"

"三十万钱？你说得夸张了吧！"

"反正是很多很多的钱，没有心思去细数。虽然现在一文莫名，但我相信：千金散尽还复来。只想喝酒！"又咳起来。

孟少府说："太白贤弟，你不能喝酒了。肺弱不饮酒，眼昏不读书，这是古训。你应该吃药，我去请大夫。"

孟少府走出客房，对店小二说："这位客人住店的费用完全由我承担，你要好好款待他。只是在他病好之前，绝不能再给他酒喝了。"

店小二满口答应。

孟少府为李白请来大夫，开了药方。又命店小二买药、煎药，让李白服了药。

李白的身体渐渐好了起来。

春眠不觉晓

这一日，孟少府又来看望李白。

"太白贤弟，身体好些了吗？"孟少府在床边坐下。

李白先是表示感谢，又愁眉不展地说："我身上的病已好多了，心里的病可是一点儿也不见好啊。噢，我能喝酒了吗？"

"你的身体还没有完全康复，不能喝酒。咱们聊聊天，就不想喝酒的事了。你有什么心病，跟我说说，好吗？"

李白扬手一指挂在墙上的宝剑："你看，这是我随身带来的剑，孤零零地挂在墙上了。我感觉，我这个人就像一把挂在墙上的剑，徒有锐利的锋芒，却派不上用场；又像是一只装入琴匣的古琴，连拨弄一下的人都没有，如何奏出天籁之音呢？我想报效国家，可是报国之门远在天边，遥不可及；想回家吧，返乡之路又阻隔着千山万水，要回去谈何容易！我该怎么办呢？"

孟少府劝道："太白贤弟，不要太心急，出路总会有的。"

李白一脸无奈："我心里烦闷呀！要不，咱们喝点儿酒吧！"说着就要伸手去拿酒杯，尽管那是一只空酒杯。

"你的身体没有安全康复，还不能喝酒。"

"你不让我喝酒，就让我四处走走吧，散散心，看看扬州的风景，也许我就不想酒了。"

"好啊，我也有此意。但是你一个人游走，过于孤单，而我公务繁忙，不能陪你。恰巧，有一位诗人来扬州了，你们一道游历，不是更好吗！"

"诗人？是谁啊？"

"先不告诉你，我要给你一个惊喜。"

孟少府走后，李白费尽心思猜想，这诗人是谁呢。王之涣？不可能，他在冀州衡水担任主簿，不会到扬州来。王昌龄？他忙着应试呢，没工夫出游。高适？正在宋城附近的乡间躬耕田地，也不会来。那么，会是谁呢？莫非是他……

想着想着，一阵困倦，李白伏在桌案上睡着了，进入了梦境。

这是一个温馨美好的梦。他梦见自己静卧在春天的温煦气息中，睡得如此深沉安谧，竟连明媚晨曦的降临都不知晓，还是四周的婉转鸟鸣唤醒了他。忽然记起，昨夜下过雨，刮了风，风声雨声都曾融入他的梦境，于是一心牵挂，也不知满园的春花被吹落了多少呢？沉湎于梦境，李白伏在桌案上喃喃呓语：

春眠不觉晓，处处闻啼鸟。

夜来风雨声，花落知多少？

只听见有人朗声大笑："哈哈，是谁在念我的诗啊？"

李白这才真的醒了，抬起身，睁开惺忪的睡眼，看到一位40来岁风度飘逸的书生站在面前。

"请问，兄台是……"李白不敢贸然相认。

"梦中都在读我的诗，你怎能不知我的姓名？"

"你是孟浩然？写《春晓》的孟浩然？"

"正是我，襄阳孟浩然。"

李白连忙站起来，深施一礼："蜀人李白，深慕浩然兄大名，没想到竟能在这里相见，我真是大喜过望。"

孟浩然还了礼："太白贤弟，我也读过你的诗赋，少年才俊，文采超凡，久仰了。听孟少府说，他在巡查旅社时，恰巧发现了你。我云游至此，知道你在这里，特来拜访。"

"如此说来，咱们的相逢真是巧遇啊。"

孟浩然粲然一笑："缘，妙不可言！"

李白拉着孟浩然的手，一起坐下来。店小二送上茶水。

李白说："浩然兄，你的诗很让我敬佩。自出蜀以来，我拜谒朱门，四处碰壁，心绪晦暗，辗转难眠，没有安安稳稳地睡过一觉，还时常做噩梦。刚刚在你的诗意中，我竟享受了如此美妙的梦境，你的诗真是神奇。"

孟浩然笑道："那是因为你我心迹相通啊。"

"你来得正好，咱们兄弟二人结伴游览扬州美景吧。孟少府推荐的游伴，原来就是浩然兄，我太高兴了！"

"孟少府君与我交谊多年，是个热心的好人。他提议我们去扬州城南的常二家，常老翁也是孟少府的友人，那边风光秀丽，幽静宜人，是个好去处呢。"

李白兴高采烈，站起来就要走："咱们即刻动身！"

孟浩然忙拦住："今日天色已晚，待明早再行。孟少府已经为我们雇了马车。他还说，你身体尚未完全康复，不能饮酒。出去走走，可遏制你的酒瘾，对吧？"

李白仰头大笑："有美景让人陶醉，何须喝酒呢？"

溪水到了尽头，白云依然在自由飞翔

次日清晨，李白与孟浩然乘马车，出了扬州城。一路景色宜人，南行十余里，到了常老翁的家门口。

常老翁家几间茅舍，篱笆围成小院，柴门虚掩。环视周边，只见柴门之外，有一泓碧绿的湖水。不远处是一条小溪，流水潺潺注入湖中。顺着水源的方向望去，溪流蜿蜒，林木苍翠，芳草萋萋，晨雾袅袅，宛若仙境一般。

李白说："此地离扬州城仅十余里，竟有世外桃源的感觉，真是奇观。咱们先不去打扰主人，自己走走，可好？"

孟浩然说："正合我意！"

李白一时兴起："今日逢此美景，不可无诗。我已得二句。"随即吟道：

$$绿水接柴门，有如桃花源。$$

孟浩然听了，欣然领首称赞。二人，沿着小溪岸边的石径前行。晨雾渐渐散去，蓝天白云之下，溪水潺潺，松柏苍苍，不由得心境怡然。

李白说："浩然兄，我读过你写的《夜归鹿门歌》。隐居的生活，一定很惬意吧。"

孟浩然说："我23岁那年，与好朋友张子容一起在鹿门隐居。那儿也是东汉庞德公隐居过的地方，我诗中有'鹿门月照开烟树，忽到庞公栖隐处'之句。"

李白叹道："清幽的鹿门，月光下显现出朦胧如烟的林木，令人心驰神往啊。"

孟浩然继续回忆："那时年轻，不懂得什么叫隐居避世，只是觉得有趣。其实，隐居生活是很清苦的。后来，张子容考进士去了，我也离开鹿门，沿长江而下，云游四方，结交了许多朋友。我还到处拜谒豪门公卿，想求个进身之阶，结果是处处碰壁。"

李白深有同感："我也是四处碰壁，'十谒朱门九不开'。这些豪门公卿，既贪婪又愚昧，不可理喻。"

孟浩然拍拍李白的肩："贤弟，不要一概而论。上层高官中也有知书达理之人，甚至有闻名于世的诗人，譬如张说、张九龄。"

李白说："我拜读过浩然兄的《临洞庭上张丞相》，'气蒸云梦泽，波撼岳阳城'，何等磅礴的气势！可惜，张丞相好像并没有看中你的诗，也就没有提携你。"

孟浩然摆摆手："不可急于求成，假以时日吧。其实，我并不那么想做官，我天生就只是个诗人，仅想谋个养家糊口的生计，然后归隐山林，静下心来写诗，专写山水田园诗。我一生的向往和快乐，都在青山绿水、诗情画意之中啊。"

"我很喜欢你的山水诗，寄情于山水之中，是很好的选择。"李白嘟哝道："我四处碰壁，拜谒无门，也想归隐山林呢。"

"你可别这样。你有远大的志向，有经邦济世的才华，你的诗才更是卓尔不群，惊世骇俗。不要灰心丧气，要努力！"

走得累了，二人坐在小溪的石头上休息。孟浩然问："太白贤弟，你近来有何佳作，可否让我拜读呢？"

李白从怀里掏出一份诗稿："这是我在苏州探访古迹时写的《乌栖曲》。"

孟浩然接过诗稿，读了一遍，又读了第二遍，继而是第三遍。

读完第一遍，孟浩然深深叹了口气。读完第二遍，他的眼睛潮润了。读了第三遍，泪水止不住地涌了出来。

连读三遍，孟浩然叹道："好诗啊！吴越兴亡的悲剧，令人感慨万千。忧患兴邦、淫逸亡国，这是必须记取的历史教训。"

李白说："《乌栖曲》是我最钟爱的作品，我每天都把它带在身上，生怕丢失了它。"

"可惜，当今能够真正读懂你的《乌栖曲》的人，已经很少了。"

"这是我们时代的悲哀啊。"李白无奈地摇摇头。

孟浩然郑重地说："太白贤弟，就是为了不让《乌栖曲》的悲剧重演，你也不该退隐山林，要争取踏上仕途，在经天纬地的大舞台上直抒胸臆，尽一己之力匡正时弊。你要努力寻找前行的路啊。"

"这恰是我的所思所想。但是，路在何方呢？"

"你继续拜谒公卿，会有机会的。当今圣上也很喜欢诗文哟。"

"我读过李隆基的诗，还可以吧。"

孟浩然急忙竖起一根手指："嘘，圣上的名字不能说的。"

"哦，我知道他喜欢诗文，可我哪儿有机会见到他呢？"

"玉真公主，圣上的妹妹，也很有才学。你可以通过她，知会圣上。"

"但是，我也见不到玉真公主呀。"

"机会总归会有的，你心里要有准备。"

走着走着，到了溪水的尽头，是一处从地下涌出的泉眼。小径也到此戛然而止。

孟浩然忽发感慨："我想起了一联诗句：'行到水穷处，坐看云起时'。你看，溪水到了尽头，而天上的白云依然在自由自在地飞翔。人生也是如此啊。"

李白疑惑地问："这一联诗句，听起来像是王维的诗风，可我没有见过这首诗呀。"

孟浩然笑道："这一联诗句是流传在朋友圈里的。除了王维,谁还能吟出如此清新明丽而蕴含哲理的诗句呢?我想,这是王维潜心寻思,心有所悟获得的一联诗句。他将来必会把这诗句写进一首诗里,那将是超凡脱俗之作。"

李白感叹："山水诗竟能表达深邃的哲理,奇了!"

"心要沉静,方能有所深悟。而置身于青山绿水之间,恰是让心静下来的最佳氛围。当然,还要有诗人的襟怀和情愫。"

李白兴味盎然："听了浩然兄一席话,太白受益匪浅!"又问:"你见过王维吗?"

"不曾谋面,只是神交。喜欢他的诗,希望日后有机会认识他。"

李白坦诚地说:"王维与我是同年生人,他15岁闯荡长安一举成名,17岁写的《九月九日忆山东兄弟》令天下人赞叹。我也希望有机会结识这位同庚的才子。"

在常老翁院内,李白采了一束美丽的忘忧草

边谈边走,二人沿原路返回,到了常老翁家门前,上前叩门。一位身着粗布衣衫,白发苍苍而面容和善的老翁闻声出来开门。

李白、孟浩然自报了姓名。

老翁喜上眉梢:"欢迎二位贵客!孟少府派人捎信,知道你们要来。老叟粗通文墨,读过你们的诗。你们两位之中能来一位,已是我莫大的荣幸了,何况两位大诗人一道造访!快请进!"

老翁请二位客人到茅舍中用茶。

李白见常老翁家的院子颇为静雅别致,提议:"我们先在院中观览一番,可好?"

常老翁赞同:"好啊,我去给你们准备午饭。"

孟浩然对李白说:"我有些口渴了,去喝杯茶,贤弟先自己散散心,我随后就来。"

孟浩然随老翁进了茅舍,李白独自闲庭信步,走向院落深处。

只见常老翁家的院子里种了一片秀色迷人的花草。此时正是夏天,绿色修长的草叶之间,盛开着六瓣形橘红色的美丽花朵,飘散着宜人的花香。李白认得,这是萱草,又叫忘忧草。

萱草,忘忧草,好暖心的名字。李白想到自己命运多舛,忧思深重,假如这世上真有忘忧草,那该多好!他采撷了一束萱草,捧在手中,闻了闻香气。诗人的浪漫情怀,让他不禁浮想联翩,思潮涌动,心旌摇曳。

孟浩然悄悄走到身后,李白都不曾察觉。

"太白贤弟,你在想什么呢?"

李白闻声一惊,从漫无边际的遐想中回归,掩饰地说:"没想什么,只是在欣赏花草。这是萱草,又叫忘忧草,多美啊。"

"不对吧,欣赏花草,你何以如此激动?脸都红了。"

"哦,我又有了一联诗句。"随口吟出:

忘忧或假草,满院罗丛萱。

"这诗句,也不至于让你脸红吧?"

李白看到了自己手中捧着的萱草,忽发奇想:"浩然兄,我要有酒喝了,能不激动吗?"

"酒在哪里呢?"孟浩然不解。

李白侃侃而谈:"想当初,陶渊明在九月九日重阳节那一天没有酒喝,便到宅子边上的菊花丛中采了一把菊花,然后坐在那里,捧着菊花,久久地凝望着远方。只见一位白衣神人来了,是给他送酒的。陶渊明就喝上了酒,喝得美哉美哉!人家陶渊明一天没有酒喝,都有神人送酒,我已经十多天没有酒喝了,难道就没有神人眷顾吗?上苍会知道,李白是一心崇拜陶渊明的呀。陶渊明采了一把菊花,我手里正捧着一束萱草呢。"

"你病刚好,有酒也不能喝。"

"让我闻一闻酒味,不行吗?"

正说着话,常老翁来招呼他们吃午饭了。

香喷喷的米饭,时鲜的菜蔬,还有清香四溢的豆花汤。

常老翁歉疚地说:"午饭仓促,来不及准备,只有素菜汤饭,对不起你们了。晚饭会尽可能丰盛一些。"

二位诗人吃着地道的农家饭，很开心，满口称谢。

以茶代酒话桑麻，李白想到神仙般的元丹丘

夏日的午后，天气热了起来。老翁院子里有十几棵杨树，浓荫如盖，蔚然成林，是乘凉的好地方。二位诗人各搬了一只凳子，坐在杨树下，枝上有鸟儿婉转啼鸣，风光甚好。常老翁也搬了一只凳子，一张茶几，与客人坐在一起，命家人送上香茶和时鲜水果。

常老翁举起茶杯："咱们以茶代酒吧！"

孟浩然说："这茶清香怡人，沁人心脾呢。"

李白欣然同饮。

喝着茶，孟浩然与常老翁聊起农家琐事，采桑渍麻、栽秧种豆，说得不亦乐乎。

孟浩然关切地问："老人家，你家里的生活过得还好吧？"

老翁一笑："太平盛世，风调雨顺，衙门里有孟少府这样的好官，日子过得还行！"又问孟浩然："你是读书人，怎么对农家的事情如此熟悉呢？"

孟浩然答："我隐居鹿门山时，经常到农家做客，所以就熟识了。"

老翁点头赞许，又与李白交谈。

李白讲了游历名山大川的见闻，吟咏了一首《望庐山瀑布》。常老翁听得很开心，击掌道："太白先生的诗，果然气势恢宏，令人肃然起敬！"

李白拱手："晚生年方 26 岁，可不敢在老人家面前以先生自居。"

常老翁一笑："你读书多，有才华，你就是先生嘛。要不，我就称呼你为太白君吧。"

"好啊，这称呼好！"

聊了大约一个时辰，常老翁起身，说自己要去忙家里的事，不能奉陪了。

老翁走后，孟浩然想起了上午的话题，问李白："给你送酒的神人可曾来过呀？"

李白叹了口气："还没有到，也许在路上吧。"

"他不会来了。神人已经在黄鹤楼驾鹤西行，有诗为证：'黄鹤一去不复

返，白云千载空悠悠'。"

"浩然兄，你说的是崔颢在黄鹤楼写的诗，那只是一首诗嘛，不足为凭。"

"我的意思是，这世上没有神人，只有关于神人的传说而已。"

李白不肯服输，争辩道："我还真的知道有一个神仙似的人。"

"是谁呀？"

"他叫元丹丘，自号丹丘子。"

"丹丘？"孟浩然也来了兴致，"记得古书上说，丹丘是神仙居住的地方，这元丹丘还真有几分仙气呢。你见过他吗？"

"我在蜀中就听说过他的大名，只是不曾见过面。他精读诗书，又通晓道术。听说，他能骑着龙，乘着风，跨越江河大海，飞过万里长空，飞向海角天涯。你想啊，骑着龙在天上飞翔，耳边风声阵阵，脚下彩云飘飘，是何等逍遥自在的感受！"

孟浩然不信："这恐怕只是传闻。"

李白继续自说自话："我还听说，元丹丘与我一样，都喜欢豪饮。假如有一天见到他，必得一醉方休。我还要跟他学习仙术。"

"那样，你就真成了诗仙了。"

"说起酒来，又勾起了我的酒瘾。但愿送酒的神人快些到吧。"

"李白斗酒诗百篇"是百篇的酒量

二位诗人聊着，不觉天色已晚。

日暮时分，晚饭准备好了。常老翁让家人宰了一只鸡，做了一盘黄灿灿的香酥鸡，还有荠菜炒鸡蛋、黍米粥、热气腾腾的韭菜馅包子。荠菜和韭菜都是老翁园中所种，刚刚新采的，鲜嫩可口。

主客围坐一席，二位客人连连表示谢意。

常老翁拱手说道："老叟有幸与二位贵客相逢，喜不自禁。机会难得，我有一个不情之请：二位大诗人可否留下一首诗，让我这茅舍也蓬荜生辉！"

孟浩然说："太白贤弟落笔如神，即兴赋诗一首吧。我知道，你欣赏此地的美景，已经得到几多佳句了。"

"那浩然兄，你呢？"

"我自愧弗如，诵读一篇旧作吧。此外，我还能为你铺纸、研墨呀！"说着，就铺开了纸，研好了墨。

李白正待要写，忽然间灵机一动："我要写诗，还缺一样东西。"

孟浩然假装不解："笔墨纸砚都在，还缺什么呀？"

"缺酒。没有酒，我怎么写诗啊？"

常老翁忙说："我本该备酒款待的，早知道'李白斗酒诗百篇'的民谣。太白君就是把我酒缸中的酒都喝光，我也满心欢喜！无奈，孟少府捎话叮嘱：太白君大病初愈，不能喝酒，所以才不曾备酒啊。"

李白对老翁深鞠一躬："晚生李白虽没有喝到你的美酒，仍然感念你的深情厚谊。我想说，'李白斗酒诗百篇'那是百篇的酒量，若写一首诗，只需一小杯酒即可！"随即做了一个端着小杯的手势。

老翁闻听此言，哈哈笑道："如此说来，就好办了。老叟有自家酿制的米酒，清香甘美，喝了此酒有飘飘欲仙之感，却不伤身。太白君饮一小杯，对身体还会有益呢。"

老翁命家人送上酒来，给李白、孟浩然各斟了一杯。

李白端起酒杯来，闻了闻，淡雅的酒香分外诱人。本欲痛饮而尽，但又想到仅此一杯，便轻抿了一口，飘飘然的感觉从胸膛升到头顶。

李白举起酒杯，朝孟浩然微微一笑："孟夫子，我喝了酒，还要斟酌一下词句，你先来吟诗。"

孟浩然会意点点头，也喝了一口酒，朗声吟咏：

> 故人具鸡黍，邀我至田家。
>
> 绿树村边合，青山郭外斜。
>
> 开轩面场圃，把酒话桑麻。
>
> 待到重阳日，还来就菊花。

吟罢，孟浩然说："这首《过故人庄》虽是旧作，但也适合今日的情景。我与常老翁初次相识，一见如故，所以可故人相称。"

常老翁拱手道谢，又问："村叟学识浅薄，不知'开轩面场圃'一句是何意呢?”

孟浩然答:"轩是窗户,场指谷场,圃是菜园。"

常老翁顿悟:"明白了。推开农舍的窗子,就能看见谷场和菜园,对吧?"

"老翁所言极是!"

这时,李白已经写出了预先想好的四句诗:

> 绿水接柴门,有如桃花源。
>
> 忘忧或假草,满院罗丛萱。

常老翁看了前四句诗,问:"我的园子里有诸多花草,太白君为何对萱草情有独钟呢?"

李白笑而不答。

入夜,茅舍外那一泓湖水在暮色中泛起幽幽的光影;天上落下小雨,细细的雨丝悄然飘进了南窗。李白又喝了一口酒,继续写道:

> 暝色湖上来,微雨飞南轩。

诗人想:老翁一家在茅舍中享受平凡而宁静的生活,院子里那片杨树林中的鸟儿也都安息了吧。和浩然兄一样,我也与常老翁一见如故,应当以故人相称,于是写道:

> 故人宿茅宇,夕鸟栖杨园。

李白对常老翁说:"明天早晨,我们就要告辞,返回扬州了。我不会忘记在你家度过的美好时光,不会忘记你的美酒,更不会忘记你的深情厚谊。"饮下杯中酒,潇洒落笔,写完了这首诗:

> 还惜诗酒别,深为江海言。
>
> 明朝广陵道,独忆此倾樽。

常老翁接过李白的诗作,再三感谢,说:"这一次,老叟亏待太白君了。下次再来,一定要开怀畅饮!"

又对孟浩然说:"记得'待到重阳日,还来就菊花'哟!"

孟少府说:安州马都督是爱才之人

李白与孟浩然在扬州游历多日,不知不觉就到了秋天。李白的身体也壮实起来了。

这一天，孟少府要做东，邀李白、孟浩然一聚。三人来到扬州的繁华街市，见到一座酒楼与一座茶楼毗邻。

孟少府故意问李白："太白贤弟，咱们是去酒楼呢，还是去茶楼？"

李白想，自己的身体虽然好了，也能浅酌半杯，但如果进了酒楼，说不定就要一醉方休，那岂不前功尽弃？于是笑道："趁着我现在头脑还清醒，做一个明智的选择，咱们进茶楼吧。"

孟少府、孟浩然都笑起来。

他们在茶楼就座，侍者送上香茶，还有小点心和鲜果。三人品着香茗，叙谈甚欢。

孟少府对李白说："太白贤弟，你一直为仕途前程忧心忡忡，我也在尽力为你想办法，思来想去，终于想出一个好主意。你现在病已经好了，再休息几天，便可动身到安陆去。安州都督马元会是爱才之人，你去找他，他会提携你的。"

李白闻言大喜："去安陆，我愿意！一百个愿意啊！司马相如《子虚赋》中所言，蔚为壮观的云梦大泽，就在安陆之南。我从小崇拜司马相如，很想去看看他盛赞的云梦大泽呢。"

孟少府也很高兴："这多好，你去安陆找马都督，由他安排你的前程，你还能看到向往已久的云梦大泽。"

李白喜形于色："好事成双，太妙了！咱们喝点儿酒，庆祝一下吧！"说着就四下寻索，找酒。

孟浩然忍俊不禁："对不起，你选择进了茶楼，没有酒。以茶代酒，如何？"

三人高举起茶杯，一饮而尽。

孟浩然又问孟少府："我和太白已经遍游扬州名胜，附近还有上佳的去处吗？"

孟少府答："我建议你们到溧阳去，那里有北湖亭，可以遥望瓦屋山，风景很美。那里还有义女史氏的墓地。"

李白说："我听说过义女史氏的事迹，我们应该去溧阳，祭奠这位伟大的女性。"

次日，李白和孟浩然辞别孟少府，离开扬州，前往溧阳。

美好的女人是尘世的天堂

二位诗人到达溧阳，找到了义女史氏的墓地。坟茔的土堆高数十丈，林木苍苍，幽静肃穆。

孟浩然说："我对义女史氏的事迹不甚知晓，太白贤弟，你来讲讲吧。"

李白语气沉重地说："春秋战国时，溧阳有一位史氏女子。父亲早亡，她一心孝敬母亲，30岁了还没有嫁人。她上山砍柴、采野菜，到河边为别人漂洗衣服，勉强糊口度日。当时，楚平王实施暴政，听信谗言，残害忠良，使得朝野上下血流成河。楚国大臣伍奢的家族竟被满门抄斩，只有儿子伍子胥一人侥幸逃了出来。伍子胥星夜潜逃，想投奔吴国。楚王的军队穷追不舍、四处搜寻。伍子胥匍匐在溧阳附近一条河边的芦苇丛中，七天都没敢走动，也没有吃上一口饭。幸而，伍子胥看到了来河边漂洗衣服的史氏女子。他跌跌撞撞走出来，扑倒在史氏女子面前，说自己快要饿死了。史氏女子毫不犹豫，把随身携带的一钵饭食，全让伍子胥吃下去了。刚刚吃完，不远处传来楚王军队的喊声：'抓住伍子胥呀，不要放跑伍子胥！'史氏女子知道了，面前的落难男子是伍子胥，是受迫害的忠良。她急忙示意伍子胥赶快逃走。伍子胥钻进芦苇丛中，就听见身后传来'扑通'一声响，回头看去，女子已投河自尽。伍子胥强忍悲痛，逃走了。此后，他寻找机会，推翻了楚王的暴政。"

"那女子为什么要投河自尽？"孟浩然不解地问。

"为了灭口。"李白悲怆地说。

"灭口？我只听说过'杀人灭口'，没有听说过'自杀灭口'啊。"

"都是不留活口。'杀人灭口'是残忍的暴行，'自杀灭口'则是英勇就义，是舍生取义。"

孟浩然感慨地说："史氏女子真是一位伟大的女性。她一心想着要拯救别人，毫不顾惜自己的生命。她的灵魂是何等高尚，何等圣洁，何等磊落啊。史氏女子是一位伟大的女性，她也让人们看到了女性的伟大。我想起一句话：

美好的女人是尘世的天堂。"

李白和孟浩然在义女史氏的坟前深深地鞠了三个躬。

二位诗人又来到了北湖亭。在北湖亭遥望瓦屋山，风景确实很美。

在北湖亭，李白取出纸笔，要写一首诗，想好的题名是《游溧阳北湖亭望瓦屋山怀古赠同旅》。他对孟浩然说："浩然兄，你是我的'同旅'，这首诗写了就是要送给你的。"

孟浩然很高兴："这是你送给我的第一首诗，太珍贵了。"

然而，让孟浩然始料不及，李白写了起始的"朝登北湖亭，遥望瓦屋山；天清白露下，始觉秋风还"几句之后，就"跑了题"，不由自主地沉浸在对义女史氏的追思之中。他索性不再写北湖亭，也不写瓦屋山，而是浓墨重彩地颂扬了义女史氏：澎湃奔流的河水为她唱着赞歌，太阳映照下仿佛看到她的容颜栩栩如生、光彩夺目，她的芳名永世长存于天地之间……

看了李白的诗，孟浩然很受感动："这首诗写得太好了，催人泪下。可惜，这诗不是专为我而写的。以后你可要为我再写一首哟。"

李白说："来日方长，我一定会为你写诗的，而且不止一首。"

游历溧阳之后，二位诗人就要分手了，他们依依惜别。

李白问："浩然兄，你要到哪里去呢？"

孟浩然说："我准备到长安去应试，碰碰运气。如果有机会，见见张说老丞相。再拜见我多年的友人张九龄。还要结识一些新朋友，最想认识的是王维。"

"哦，王维擅长山水诗，你也喜欢写山水诗，希望你们在切磋中互相促进，写出更多的好诗。"

"我也是这样想的。"

李白又问："不久前，听说王昌龄考中进士了？"

"王昌龄是我的熟人，他确实考中了。他考中了，所以我也想去试试。"

"祝你好运哇！"

"谢谢你的祝愿。太白贤弟，你打算去哪里呢？"

"孟少府建议我去安陆找马都督，我肯定是要去的。在此之前，我想先

古代美女像

（取自：明刻历代百美图）

去找元丹丘，见见这个神话般的人物。我一直向往着结识元丹丘，要了却这个心愿。等拜会了马都督，他若有意提携我，可能就走不开了，所以要先去见元丹丘。"

"那么，元丹丘在哪里呢？"

"他在颍阳，嵩山脚下、颍水之滨的颍阳。"

听说李白去颍阳见元丹丘，孟浩然提了个建议："你到颍阳去，路过襄阳。襄阳是我的家乡，风光秀丽，你不妨在襄阳游玩几日。另外，你的族兄李皓在襄阳担任少府，你可以顺路去会会李皓，也许他能帮助举荐你呢。"

"好啊，我要去面见李皓。谢谢你告诉我这个信息。"

二人即将分手之际，孟浩然似乎还有什么话要说，欲言又止。

李白看了出来："浩然兄，你还有什么事吗？"

"有一事想问，不知当讲不当讲。"

"浩然兄，但说无妨！"

孟浩然关切地问："太白老弟，你成家了吗？"

李白坦陈："还没有呢。我志在云游天下，遍览名山；若有机会还要仗剑报国，建功立业。娶妻生子的事，一时还没有考虑过。"

"太白老弟啊，你需要有个家室，温馨的家室。疲惫了，就回到自己的小巢；伤心了，有人安慰你。儿孙绕膝的美好感觉，更是难以言状的幸福。"

"家室也是羁绊，我喜欢没有羁绊的生活。"

"如果你的妻子知书达理，就不会是你的羁绊。如若她喜欢诗，更会成为你的知音呢！"

"假如真的有这样的女子，我和她坠入爱河，沉湎于花前月下，那我的远大志向岂不要折戟沉沙了？"

"你听我一句劝，别把妻子当成羁绊。你崇拜司马相如，可是司马相如身边也有卓文君哟。要记住我说过的话：美好的女人是尘世的天堂。"

孟浩然再三叮咛，与李白挥手告别。

萱草般美丽的女子在向他走来

离别了孟浩然，李白认真思考着孟浩然的劝告，越想越觉得他说得有道理：司马相如身边都有卓文君，自己身边怎么就不能有一个知心的伴侣呢？

想到这里，他眼前一亮，不由自主地回忆起在常老翁家萱草园中的一幕情景。当时，孟浩然随老翁进了茅舍，李白独自闲庭信步，走向院落深处。只见常老翁家的院子里种了一片秀色迷人的花草，绿色修长的草叶之间，盛开着六瓣橘红色的美丽花朵，飘散着宜人的花香。李白认得，这是萱草，又叫忘忧草，好暖心的名字啊。想到自己命运多舛，忧患深重，假如这世上真有忘忧草，那该多好！

他采撷了一束萱草，捧在手中，闻了闻香气。诗人的浪漫情怀，让他不禁浮想联翩。一瞬间，他眼前出现了幻觉。朦胧中，一位萱草般美丽的女子，微笑着向他走来。诗人怦然心动，如痴如醉……

孟浩然悄悄走到身后，李白都不曾察觉。

"太白贤弟，你在想什么呢？"

孟浩然的发问让李白一惊，从梦幻般的美丽遐想中回归，掩饰地说："没想什么，只是在欣赏花草。这是萱草，又叫忘忧草，多美啊。"

"不对吧，欣赏花草，你何以如此激动？脸都红了。"

"哦，我又有了一联诗句。"随口吟出：

> 忘忧或假草，满院罗丛萱。

"这诗句，也不至于让你脸红吧？"

李白看到了自己手中捧着的萱草，急中生智，用陶渊明饮酒的故事来搪塞，总算掩饰了过去。

后来，常老翁读至"忘忧或假草，满院罗丛萱"一联诗，也疑惑地问："我的园子里有诸多花草，太白君为何对萱草情有独钟呢？"

李白只能笑而不答。

此刻，萱草园中的美好回忆让李白倍感温馨，他要认真考虑孟浩然的劝告了。

萱草般美丽的女子，仿佛在向他走来……

第三章　李白的新婚之夜

你与那写诗的人有缘啊

春天明媚的阳光，温煦地透过窗纸，洒满许萱的闺房。

早晨，梳妆之后，许萱在闺房中悠然自在地翻阅着诗笺。她身材修长，容貌秀美；轻描淡妆，更显得楚楚动人。

桌案上堆着厚厚的一沓诗笺，都是她喜欢的诗篇，有陈子昂、王勃、李白、王维、王之涣等，许多诗人的作品。其中，李白的诗作最多。这个早晨，她又在读李白的《长干行》。这首诗，她已经读过许多遍了，竟有爱不释手的感觉。

"小姐，该给老爷请安了！"丫鬟的招呼，把许萱从诗意的遐想中唤醒，她悉心地整理好诗笺，起身走出闺房。

到了厅堂，父亲已经就座。许萱向父亲施礼。

许萱的父亲许员外是前朝宰相许圉师的儿子。在安陆，许员外家是赫赫有名的大户人家。

许员外有一子一女，对女儿尤为疼爱。许萱已经20岁了，还没有婚配，成了父亲的一块心病。许员外的心愿，是为女儿招一个入赘的女婿，这样女儿就可以不离开身边了。

然而，好事多磨。虽然有不少提亲的，男方人家也都门当户对，但总有不中意之处。所以，女儿20岁了，依然待字闺中。

许员外关切地问："紫烟，你近来在读什么书啊？"他习惯地叫了女儿的乳名。

许萱娇嗔地说："父亲，女儿已经长大了，乳名不能再叫了！"

"好，不叫就不叫。萱儿呀，你在读什么书啊？"

许萱答："不外乎是《女儿经》《弟子规》之类吧。"

"你一向喜欢读诗的，又看到什么好诗了？"

"也没有什么的。"

"在父亲面前不必害羞，你一定读到好诗了！"

"今早倒真是读了一首，李白的《长干行》。"说罢，许萱轻轻叹了口气。

"哦，'郎骑竹马来，绕床弄青梅'，两小无猜的故事。李白这首诗，我也读过。"

许员外沉浸在诗意之中，却看到女儿眼中流露出的惆怅。父亲很理解女儿的心思："萱儿，我知道，读过《长干行》的人，都向往青梅竹马的情爱，但那是市井平民小儿女的游戏。你从小长在深闺，哪能有这样的机缘呢？"

许萱低头不语。

许员外忽然一击掌，笑了起来："哈哈，萱儿啊，你的机缘到了，近在眼前！你没有青梅竹马的缘分，却与那写诗的人有缘啊。"

许萱惊讶："父亲，您这是何意？"

父亲笑道："你知道李白现在在哪里吗？"

"他在哪里，我怎么知道。"

"李白就在咱安陆啊！"

"父亲在取笑我吧？"

"李白真的就在安陆，此刻正在马都督的府上，和马都督一起推杯换盏呢。"

"您怎么知道的？"

"我和马都督素有交往，是都督府上的人告诉我的。"

"他们一起喝酒，与我有什么相干！"许萱羞涩地说。

许员外却认真起来："闺女，告诉我，你是希求一面之缘呢，还是一生之缘？"

"一面之缘是怎样？一生之缘又怎样？"许萱佯作不解。

"你若要一面之缘，我就请李白来咱家吃顿饭；你若要一生之缘，我就求马都督牵线，招李白做咱家的女婿！"

许萱羞红了脸，小声说："女儿的终身大事，全听爹娘定夺了。"

许员外兴奋地搓着手："好啊，我和你娘商议一下，找个吉日，备上厚礼，登门去拜访马都督。你静候佳音吧！"

许萱用手帕掩面，一路小跑回了自己的闺房。

看着女儿的背影，许员外心里却不踏实了：看来，女儿对李白是一往情深了。但李白是大名鼎鼎的诗人，又是云游天下的侠客，他能够答应做许家的女婿吗？如果李白拒绝了这门婚事，如何跟女儿解释呢？如果女儿因此而结下心病，那又该如何是好呢？

许员外转念一想：自己的女儿是前朝宰相的孙女，而李白不过是一介布衣，做我家的女婿，他有什么不乐意的呢？一定会欣然应允！

又想道：李白是漂泊四方的人，没准儿明天早晨就会离开安陆。他走了，我去哪儿找他啊，又怎么向女儿交代呀。想到这里，许员外拿定主意：事不宜迟，今晚就去都督府，请马都督牵线这桩婚事。

李白五步成诗，马都督颇为赏识，要做媒人

许员外获得的消息是准确无误的。

此时此刻，李白确实应邀来到了马都督的府上。那么，李白是怎样成为马都督的座上客的呢？这就要从李白与孟浩然分手之后说起了。

孟浩然与李白分手时，曾建议李白到襄阳去找族兄李皓。按照孟浩然的指点，李白从扬州出发，沿长江而上，经由江夏，千里迢迢来到襄阳，拜会了李皓。

李皓很热情地接待了李白。但对于李白想要寻求举荐之事，李皓是无能为力的，他只是一个小小的少府，哪有这样的能力呢？李皓资助了李白一些盘

缠，他也只能帮到这一步了。

离开襄阳，李白准备先去寻访元丹丘，再去安陆拜见马都督。他一路向北，长途跋涉一千多里，渡过颍河，到达颍阳。在颍阳，见到了向往已久的元丹丘。

元丹丘新近乔迁到颍阳山中的一处居所。居所北面是巍峨的嵩山，岩壁峻峭，白云缭绕，松柏苍郁；向南可以登上鹿台，极目远望汝海，风光无限。

头戴道冠身着长袍的元丹丘，须髯飘逸，气度超凡，在山居门前迎接远道而来的李白。二人初次相识，都有相见恨晚之感。

李白赞叹："元夫子，你这山居的风景真是太好了。悠然漫步于古松奇石之间，朝看飞云流霞，暮闻风起雨落，每一道景观都是一篇绝好的文章啊。"

元丹丘说："太白贤弟，你何不留在这里，与我共享山川美景，书写美文佳作呢？"

李白叹道："我有未了的尘缘，还不能归隐山林。"随后，他向元丹丘诉说了自己仗剑远游、立志报国的理想，还有到安陆拜访马都督，寻求举荐的想法。

元丹丘仰首一笑："你到我这里来，算找对人了。我与安州马都督是故交，关系深笃。我可以与你一同前往安陆，把你引荐给马都督。"

李白喜不自禁。二人都喜欢饮酒，同属"酒仙"，心性相投，皆有海量，当晚一醉方休。这时，李白身体已经完全康复，实难抗拒酒的诱惑，因而放弃了"限酒"的戒条。

不久之后，李白与元丹丘相约，结伴来到安陆。元丹丘先去都督府，把李白的诗文呈送给马都督观览。马都督阅后，甚为爱悦，设酒召见李白。这样，李白就成了马都督的座上客。马都督还特意请来安州李长史，一同接见李白。

李白在元丹丘陪伴下来到都督府，先给马都督、李长史施礼。只见马都督身材魁伟，性情豪放，一看就是军旅出身；李长史则文质彬彬，面无表情，城府很深。

马都督让李白、元丹丘就座。把李白的诗文递给李长史，请李长史观览。待李长史看过之后，马都督请李长史给予品评。

李长史一拱手："在都督的府上，还是都督先来品评吧。"

马都督不再谦让，高声说道："我马正会虽是一介武夫，却也粗通文墨。我以为，可用自然风光比拟文章优劣：没有云蒸霞蔚，何来山川之美？没有花草树木，哪有春色满园？但是，我看过很多人的文章，大多枯燥乏味，犹如山无烟霞、春无草树，简直不堪入目。而李白的文章，风格清新雄健、热情奔放，文字熠熠生辉、动人心魄，是难得一见的好文啊。"

听马都督夸奖自己的文章，李白心头暖暖的。自从七年前苏颋长史赞扬过他之后，这还是第一次有高官给予他如此好评，怎能不让他万分感激呢。

马都督讲完之后，转头看着李长史。

李长史对马都督颔首一笑，却调换了话题："马都督，你久在军旅，也曾为国戍边，一定喜欢边塞诗吧？"

马都督不知道李长史葫芦里卖的什么药，只得顺着回应："是啊，我喜欢边塞诗，像王昌龄的《塞上曲》《塞下曲》。"

李长史转向李白，不紧不慢地说："李太白，你听见了吧，马都督喜欢边塞诗，本官与马都督志趣相投，也喜欢边塞诗。就请你即席作边塞诗一首，让我们了解你的才华吧。"

马都督闻听此言，心中一紧，他知道李白没有戍边经历，又如此年轻，应该也没有写过边塞诗，李长史这不是强人所难吗！看来，李长史是对自己有意提携李白心生妒意，才故意难为李白的。马都督想要替李白解围，却不知如何是好。

元丹丘也为李白捏着一把汗。

李长史冷笑地看着李白。

李白此时的处境是可想而知的，刚刚还因为马都督的夸赞而暖意融融，顷刻之间就被李长史推入彻骨冰寒之中。然而，李白面无难色，泰然自若。他虽然不曾戍边，却胸有满满的边塞情怀。遭遇李长史的非难，更激发起他骨子里那不肯服输的倔强脾性。

他站起来，向前走了五步。

在这五步中，他心中百感交集：仗剑报国的深笃情思，对于边塞的关注与向往，以及多年来记忆的边塞地名和典故，一同涌上心头，如闪电般激耀，并旋即化作了诗句。

走过五步之后，李白停住脚步，向马都督、李长史施礼，然后昂首挺胸地说："李白虽无戍边经历，却不乏边塞情怀，甘愿为国戍边，血洒疆场，马革裹尸！我刚刚走了五步，已吟得《关山月》一首，请马都督、李长史品评！"

随即，李白慷慨激昂地吟咏：

> 明月出天山，苍茫云海间。
>
> 长风几万里，吹度玉门关。
>
> 汉下白登道，胡窥青海湾。
>
> 由来征战地，不见有人还。
>
> 戍客望边邑，思归多苦颜。
>
> 高楼当此夜，叹息应未闲。

马都督喜形于色，鼓掌叫好："棒极了！太白五步成诗，可与曹植七步成诗比肩，而又更胜一筹！此诗堪称边塞诗中的上乘之作！"

元丹丘如释重负，喜出望外。

马都督命仆人备酒，高举酒杯："来，为太白的好诗干杯！"

李白、元丹丘举杯，一饮而下。

李长史敷衍地喝了一杯酒，称自己还有事情要办，匆匆告辞。

送走李长史，马都督回来继续和李白、元丹丘喝酒。酒过三巡，马都督笑逐颜开，问李白："听说你不仅是诗人，还擅长剑术。可否在此舞剑，让老夫开开眼呢！"

李白站起来，深施一礼："晚生李白自幼就爱好剑术，向往侠客生涯。18岁那年，我曾赴梓州，拜长平山隐士赵蕤为师，学习剑术和道术。今日面见都督，是李白此生大幸，晚生愿为都督舞剑，聆听都督教诲。只是，晚生随身所带的短剑放在旅舍了，我乃草民百姓，不敢携兵刃进都督府啊。"

马都督扬手一指："我这都督府中，最不缺的就是兵器了，你随意选一件吧。"

李白来到院子里，从兵器架上挑选了一把长剑。仆人搬了一把椅子，马都督坐在廊下观看。元丹丘站在马都督身边。

李白稍稍活动了一下身体，向马都督拱手施礼，随即舞起剑来。刚刚"五步作诗"的激情还在李白心中涌动,此刻,他把激情全部挥洒到了手中的长剑上。剑起剑落,剑锋回旋,他的身形如龙腾虎跃,脚步如行云流水,剑锋如疾风骤雨。

一段既惊心动魄又赏心悦目的剑舞,让马都督赞不绝口。都督府中围观的武士们,也纷纷鼓掌喝彩。

马都督一手拉着李白,一手拉着元丹丘,回到房中接着喝酒。

又喝了几杯之后,马都督歉意地对李白说:"太白,你是难得的人才呀。可惜,举荐人才的事情归李长史管,看来他是无意举荐你了,老夫也鞭长莫及啊。"

李白说:"晚生感谢都督的赏识。都督今日把李长史请来,就是为了提携晚生,太白万分感激了。举荐之事,晚生另寻路径吧。"

马都督还是心怀歉意,问:"太白,你有妻室了吗?"

"晚生尚无妻室。"李白据实相告。

马都督喜上眉梢:"好啊,老夫实在是太喜欢你了,愿为你做一回月下老人!咱安陆有一位许员外,是前朝宰相许圉师的儿子,他的女儿,就是许圉师的孙女啦,才貌双全,尚未婚配。你若有意,我就替你去许家提亲,必可成就你们的姻缘!"

马都督的提婚让李白感到太突然了,他的第一反应就是断然不能接受这桩婚事。

李白跪倒在地:"都督大人在上,恕晚生难以从命!"

马都督忙扶起李白,疑惑地问:"太白,你这是为何呀?这么好的婚姻,你怎么不愿意呢?"

"晚生漂泊四方,事业未成,尚无婚配的意向。辜负了都督的美意,李白罪该万死!"

马都督是通情达理的:"既然你不愿意,我也不勉强。这件事,就不提了。"

李白躬身拜谢。

元丹丘在一旁插话:"太白贤弟,上苍定下的姻缘,你想躲是躲不过的。"

马都督问："元夫子，你这又是何意啊？"

元丹丘神秘地一笑："玄机不可泄露……"

"绕床弄青梅"的女孩

酒宴之后，李白把《关山月》书写了一份，交给马都督，便告辞离开都督府。元丹丘是马都督的故交好友，被马都督留宿在都督府了。李白独自一人回到客居的小旅舍。

坐在旅舍的桌案前，想起马都督提亲的事，李白对于自己的拒绝丝毫不后悔。他虽然认真考虑过孟浩然的劝告，却还没有走进婚姻的明确意向。听说女方是前朝宰相的孙女，就更是一百个不愿意了。他不愿意攀附权贵，更不愿做上门女婿。所以，马都督所提的婚姻不在他能接受的范围之内。好了，这件事就这样了，不去想了。

李白有意岔开思绪，想点儿别的事情。不知为什么，他忽然想起了那个绕床弄青梅的小女孩。

一年多前，在金陵城边的长干，李白看到了那个小女孩。

普通人家的院落，简陋的柴门外，放着一张小小的藤床。正是梅子熟了的时节，小女孩手中拿了一束青梅，绕着藤床欢快地跑动，咯咯嬉笑。

李白到金陵来，是寻求达官贵人的举荐，却经历了"十谒朱门九不开"的窘境。他憋着一肚子的懊恼，避开繁华的金陵，来到清静的长干，游玩消愁。

看到"绕床弄青梅"小女孩的天真与快乐，李白被深深感染，一时间竟忘记了自己的烦心事儿。他突发奇想：此刻若是有一个小男孩，骑着竹竿，当作竹马，来跟小女孩玩耍，就像许多两小无猜的小儿女们做过的游戏，那该多好啊。

正想着，从柴门中走出一位容貌清丽的年轻妇人，大约是女孩的母亲，把"弄青梅"的小女孩领回了家。走进柴门之前，年轻妇人回过头来，朝李白这边望了一眼。

无意地回眸一望，却触发了李白的灵感。

他想象，那年轻妇人的童年时代，也会有"绕床弄青梅"的经历吧，或许遇到了骑着竹马的男孩。男孩和女孩长大之后，"青梅竹马"将成为多么美好的记忆！接下来，顺理成章，有情人结为夫妇，年轻妇人的夫君就是当年骑着竹马的男孩。婚后，会有跌宕起伏的人生经历，有感人至深的情爱故事。于是，一首诗的情节脉络便在李白心中显现出来。

看看天色不早了，李白离开长干，回到金陵城里，一路构思着青梅竹马小儿女的情爱故事。到了住处，他诗兴大发，挥毫泼墨、一蹴而就写下《长干行》。

《长干行》的写作已经是一年多以前的事情了。此时，在安陆的小旅舍中，回味着《长干行》的写作经过，李白顿生感慨。他想，这虽是别人的爱情故事，但也隐隐寄托着自己对于爱情的期求。那么，属于自己的爱情又在何方呢？作为一个浪漫诗人，他多么期待属于自己的温馨甜蜜又如火如荼的爱情啊！在一股难以抗拒的情感驱使下，他又一次想起了那萱草般美丽的女子。

不知不觉，天色已晚。朦胧的暮色中，萱草般美丽的女子在向他姗姗走来，身披一抹嫣红的晚霞，如诗如画，如梦如幻……

就在李白沉浸于畅想的时候，元丹丘急匆匆走了进来，高声喊道："太白贤弟，恭喜你啊，我该喝你喜酒了！"

李白从畅想中回归了现实，心里寻思，元丹丘说的还是马都督提亲之事，一脸不高兴："我讲过，不让马都督去许员外家提亲，难道他还是去了？"

"马都督确实没有去许员外家提亲，是许员外主动找上门来，要把女儿许配给你呀！"

李白摇摇头："对于我来说，无论谁主动提出，都是一样的。反正我不同意。"

元丹丘面红耳赤地争辩："你别错失良机呀，这世上可没有卖后悔药的。许员外家的许萱小姐，才貌双全，是远近闻名的才女！"

元丹丘无意中说出了许小姐的名字。说者无意，听者有心。

李白猛然一惊："你再说一遍，许家小姐叫什么名字？"

"许萱，萱草的'萱'，就是忘忧草啊。嵇康有言'萱草忘忧'嘛！"

李白沉默了，良久，低声说："这件事，容我再考虑一下吧。"

"你赶快考虑，明天早晨一定要给我答复。人家许员外正心急火燎等消息。我也着急呀，喝了你的喜酒，我还要赶着回颍阳呢！"说罢，急急火火地离去。

元丹丘走后，李白夜不能寐。一夜无眠，他在认真想着走进婚姻了。他记起孟浩然的话：美好的女人是尘世的天堂。

新娘伏在李白肩上，嘤嘤地哭起来

婚宴上，李白喝得酩酊大醉。

宾客散尽。洞房花烛之夜，是新郎与新娘的二人世界。

李白跌跌撞撞进了洞房，见新娘正静静地坐在婚床上。看到新娘，李白惊呆了：亭亭玉立、楚楚动人，宛若下凡的仙女，比想象中萱草般美丽的女子更加娟秀，令人心旌摇曳。新娘的靓丽与明亮的红烛交相辉映，让洞房光彩夺目，如人间仙境一般。李白耳边响起不知是哪位大师的名言：生活高于想象。

新娘羞涩地抬起头来，第一眼看到李白，也吃了一惊，"啊"地叫了一声，不由得用手帕掩住了脸。

李白忙问："是我吓到你了？"

"没有，"新娘莞尔一笑，"是我没想到你竟这么年轻！告诉我，你真的是李白？"

李白深施一礼："娘子，在下正是李白，生于长安元年，虚度了二十七载光阴。"

新娘笑道："我读过你的诗，像'苔深不能扫，落叶秋风早；八月蝴蝶来，双飞西园草'，情辞凄婉动人，还以为你是个历经沧桑的中年人呢。"

李白见新娘对自己的诗倒背如流，是妻子又是知音，更平添了几分爱慕之意，顺势调侃："看到我如此年轻，你失望了？"

"怎么会呢！你是李白，又是这么年轻的李白，我大喜过望啊。"

看到李白还愣愣地站着，新娘红着脸，伸出一只手来。李白会意，握住了新娘的手，两手相触的瞬间，一股热流涌入他的心田。新娘的手温情地牵引着他，坐到身边来。

李白坐在新娘身旁，近在咫尺，忍着嘭嘭心跳，目不转睛地端详着自己的新婚妻子。

新娘被看得不好意思了，喃喃地说："我没有你向往的美丽吧？"

"娘子，你真的很美，比我想象的更美，像九天仙女下凡一样。"

新娘一声叹息："将来我老了，变成老太婆，就没有美丽的容颜了。"

李白拉起新娘的手，贴在自己胸前："让我们一起变老，一起生出满头白发。我们的白发会很长，有三千丈那么长哟。我就在你身边，为你梳理'白发三千丈'！"

新娘揽住李白的肩，幸福地笑了。又问："夫君，你游历过许多名山，最喜欢的是哪一座山呢？"

李白不假思索："当然是庐山。"

"你在庐山一定写过好诗了？"

"写过《望庐山瀑布》。"

"这首诗我没有看过，快读给我听啊。"

李白稍稍酝酿了一下情绪，吟咏道："日照香炉生紫烟，遥看瀑布挂前川……"

新娘心中蓦然一颤，急急地说："你把第一句再念一遍！"

"第一句是'日照香炉生紫烟'。"

新娘叹息："天呐！姻缘天注定啊！"伏在李白肩头，嘤嘤地哭了起来。

李白大惑不解："娘子，你这是怎么了？"

新娘止住了哭泣："我是太高兴了，喜极而泣……"

李白为妻子拭去泪水，随后问了一个憋在心里、令他惴惴不安的问题："娘子啊，你知道，我是云游天下的人。咱们婚后，我若离家出游，你会不高兴吗？"

新娘坦诚地答道："我所钟情的人，是李白。如果你整天厮守在家里，那就不是李白，也不是我心爱的人了。我怎能不让你出游，而失去我之所爱呢？"

李白欣喜地拥抱了新娘。

新娘又好奇地问："夫君啊，我听说你不仅是诗人，还会舞剑，什么时候让我一睹你的剑术呀？"

"我的包囊中有一把短剑，我去拿来，现在就舞剑给你看。"说着就要起身。

新娘忙拉住李白："今夜洞房花烛，不能动兵刃，改日吧！"

李白在婚宴上喝的酒还没有全醒，这时酒劲又上来了，看到洞房里燃烧的红烛，激动地大喊："春宵一刻值千金！娘子，咱们像古人那样，秉烛夜游，通宵达旦吧！"双手高举着伸向红烛。

新娘再次拉住李白："夫君，你醉了。"拿起一杯果汁递给李白，"这是我用五色鲜果调制的果汁，尝尝！"

李白喝了一口，清香甘甜，沁入心脾……

次日清晨，李白夫妇推开窗户，潮润的风扑面而来。外面的绿草地湿漉漉的，草叶上滴落着晶莹的水珠，一场春雨悄无声息地降临了。

这是善解人意的雨啊，润泽了大地，润泽了万物，也润泽了人的心田。

许夫人品评李白诗

婚后，李白夫妇经常在一起切磋诗艺。夫人许萱秀外慧中，通晓诗文，她的见解时常让李白佩服不已。

这一天，他们谈起了李白的《长干行》。

许萱说："夫君，我很喜欢你的《长干行》。当我还是小女孩儿的时候，每逢梅子熟了，也要玩'绕床弄青梅'的游戏。只是，我不曾遇到骑着竹马的男孩。"

李白笑道："我写这首诗的时候，也没有见到骑着竹马的男孩，那是我想象出来的呀。"随即给妻子讲了写《长干行》的经历。

许萱红着脸捶着李白的肩："原来是你想象出来的，竟糊弄了我这么多时日！你真该挨打！"

"娘子莫急，现在我来了，我不就是你的骑竹马的男孩吗？"

夫妻二人会心地笑了起来。

过了一会儿，许夫人收敛了笑容："'骑竹马的男孩'不要笑得太早，'绕

好雨知時節當春
乃發生隨風潛入夜
潤物細無聲野徑
雲俱黑江船火獨明
曉看紅濕處花重錦
官城
風林纖月荻衣雲淨
琴張暗水流花徑春
坐帶草堂檢書燒
燭短看細別杯長詩
罷開吳詠扁舟意
不忘

杜甫《春夜喜雨》诗二首　　[清]乾隆皇帝 书

好雨知时节，当春乃发生。

随风潜入夜，润物细无声。

野径云俱黑，江船火独明。

晓看红湿处，花重锦官城。

……

床弄青梅'的女孩儿还有话要说呢！"

"'骑竹马的男孩'愿洗耳恭听。"

"我要说，你的《长干行》确实写得好，讲了一个凄婉动人的故事，感动了无数人，还将会让'青梅竹马'这个成语永世流传。但是，你一定知道，崔颢也写过一首《长干行》。"

李白点点头，他当然读过崔颢的《长干行》：

> 君家何处住，妾住在横塘。
>
> 停船暂借问，或恐是同乡。

李白想，这位崔颢确实不简单，他还写过闻名天下的《黄鹤楼》，弄得别人都不敢在黄鹤楼提诗了。可李白倒是真没有把两首《长干行》作过对比，听听夫人怎么说吧。

许夫人接着说："同为《长干行》，都吟咏男女情愫，崔颢的《长干行》只有短短四行，语言通俗，而且耐人寻味，意蕴无穷。夫君啊，你善于写长诗，你的长诗写得很有气魄，震撼人心。不过，你也可以写一些短诗，短小精悍、清新明丽，更便于人们传诵啊。"

李白起身，笑嘻嘻深鞠一躬："娘子所言，甚是有理，让李白顿开茅塞，拜谢了。透露给娘子一个秘密：我近日正在构想几首小诗，与娘子所言竟不谋而合了！"

"是吗？念一首给我听听！"许夫人喜形于色。

李白信口吟出一首《春思》，又走到桌案前，挥笔写出来：

> 燕草如碧丝，秦桑低绿枝。
>
> 当君怀归日，是妾断肠时。
>
> 春风不相识，何事入罗帏？

许夫人一边看，一边拍手："写得好！'燕草如碧丝，秦桑低绿枝'，燕北春寒延迟了草木生长，因而，当秦地的桑树已经浓绿满枝的时候，燕北的小草才刚刚吐出细嫩的丝芽。用物候的差异来隐喻两地相距的遥远，叙写相思之情，真是精妙的诗句！"

看到第二联"当君怀归日，是妾断肠时"，夫人许萱心中一怔：夫君啊，你可不要一语成谶啊！她故意跳过第二联，继续品评："这尾联也写得很好，'春风不相识，何事入罗帏?'用一个问句来结束全诗，留下了偌大的想象空间。更妙的是，这个问题无法解答，也不必解答，却引发了无边无岸的遐思。"

听到妻子夸奖，李白禁不住有点儿飘飘然了。

其实，李白此前还写过《静夜思》《金陵酒肆留别》等小诗。他不提《静夜思》，是怕引发思乡之情；不提《金陵酒肆留别》，是不愿勾起酒瘾。接受妻子规劝，李白饮酒已经很有节制了。

当李白还在玩味小诗的时候，许萱却已经转移了话锋："夫君，我再提一个问题，你可别不高兴!"

"娘子尽管说，无妨!"

"我发现你的一首诗有模仿的痕迹。"

"是吗? 哪一首呢?"

"《关山月》，父亲从都督府转抄来的，说是你的新作。"

许萱取出《关山月》诗稿，指给李白看："先说说这首诗中的佳句吧。'长风几万里，吹度玉门关'显然是由王之涣'春风不度玉门关'化裁而来，王之涣着眼于'春'，你着眼于'风'，故而诗意大不相同，这个化裁是很成功的。但是……"

李白悉心倾听爱妻的点评，等待着她的"下文"。

许萱继续说："可惜，最后一联'高楼当此夜，叹息应未闲'就有模仿的痕迹了。南朝徐陵《关山月》有'思妇高楼上，当窗应未眠'之句，与你的诗很接近啊。你看呢?"

李白心悦诚服地说："娘子所说，是颇有道理的。不过，这首诗是在很紧迫的境况下写的，没有时间缜密构思啊。"

许萱点点头："这就难怪了，我也觉得此诗像是仓促写成的。"

而后，李白把"五步成诗"的经过告诉了妻子。

许萱一脸兴奋："太白啊，你'五步成诗'的故事太精彩了，痛快淋漓呀!"

"我当时顶着李长史的压力，慷慨激昂地吟出此诗，也感觉很畅快! 事后冷静下来，潜心琢磨，这诗确实有瑕疵。我接受娘子的点评，以后要尽量避免模仿。"

"瑕不掩瑜，'五步成诗'能写成这样，很不容易了。总的来看，这首诗应属上佳之作。夫君啊，你云游天下，还有很多精彩故事吧，以后要细细讲给我听哟。"

"故事多得很呢。比如我和孟浩然同游扬州，到常老伯家作客的故事，我会讲给你听的。"

夫妻二人又卿卿我我叙谈了许久，直到夜深人静。

李白夫妇构筑起温馨的爱巢，过着举案齐眉、相敬如宾的平静生活。婚后第一年，李白是在家中与妻子一起度过的。第二年，他也只是到离安陆不太远的地方走了走。

然而，李白不是一个安于平静生活的人。日子久了，失意落寞的情绪渐渐在李白心中累积起来。他不能忘记自己的宏图大志，又找不到实现理想的路径，甚至感觉迷失了人生的方向。

许家宅院近旁有一处荷塘，李白时常到荷塘边散步。他看到清幽的泉水汩汩注入荷塘，在碧绿的荷叶映衬下，一朵朵荷花娇艳地盛开，美妙的景色如诗如画。临近暮秋，凉风渐起，李白心中顿生感慨：尽管荷花有绝世的秀色，可惜却得不到世人的关注和赏识啊！难道只能眼睁睁看着花朵在霜寒中凋零，变成一塘残荷吗?

感慨之余，他吟出一首小诗：

> 碧荷生幽泉，朝日艳且鲜。
>
> 秋花冒绿水，密叶罗青烟。
>
> 秀色空绝世，馨香为谁传。
>
> 坐看飞霜满，凋此红芳年。

由荷花，李白联想到自己。他是相信"天生我材必有用"的，然而，他苦苦寻求，却得不到施展才华的机遇，"天生我材必有用"也可望而不可即了。

夫人许萱看到了李白这首诗，叹了口气，也无可奈何。她本想建议李白外出旅行，散散心。但又想到，游山玩水并不是李白所最需要的，他想要的是"仗剑报国"的机遇。

许萱曾为此而多次找过父亲，希望父亲能托熟人为李白找个报效朝廷的途径。看了"碧荷生幽泉"的诗之后，许萱再次来找父亲。

许员外连连摇头："对女婿的事，我也很着急，托付了许多人。你祖父当宰相的时候，追随的人不少，可谓一呼百应。但是，你祖父早已去世，当年的人脉关系都不管用啦。人们又听说李白好喝酒，是个酒徒，更不想管这闲事了。"

许萱委屈地说："李白不是酒徒，他现在喝酒很有节制了，每天只是浅酌半杯。"

"李白喝酒很有节制了，你信，我也信，但是外人会相信吗？"

"那怎么办呢？"

"再等等吧，耐心等待，时机总会有的。"

李白被捆绑着，押进李长史的府衙

深陷苦闷中的李白又开始借酒消愁了。不幸的是，他喝了酒，没能消愁，却闯了祸。

那天，汝阳的一位朋友来拜访李白。他们进了安州城里的小酒馆，一边叙旧，一边喝酒。这顿酒从日暮时分开始，喝了个通宵。

李白离开小酒馆时，天刚蒙蒙亮，跟跟跄跄地往回家的路上走。突然，迎面来了一辆装潢考究的马车，只听见有人高喊："闪开！这是李长史的车！"

情急之中，李白不知该朝哪个方向躲闪。马车夫一勒缰绳，车停在李白面前。李白的头几乎撞在马头上。

又听见有人高喊："歹人拦路，快抓住他！"几个随从一拥而上，把李白按倒在地，捆绑起来，押进李长史的府衙。

刚刚在马车上受了些惊吓的李长史，此刻已心绪稍宁。随从把李白推到李长史面前。李长史仔细看看，认出李白，还闻见他身上的酒气，一挥手："他不是歹人，是李白。他喝醉了，放了他吧。"

随从给李白松绑，赶出府衙。

李白回到家中，妻子许萱正在焦急地等待。李白回来了，许萱终于松了口气，看到他醉醺醺的模样，又不由得忧心忡忡。

李白支支吾吾回应了几句妻子的询问，一头倒在床榻上呼呼大睡。他整整睡了一天，傍晚才醒来。

许萱拧了一把热手巾，让李白擦了擦脸，又让他喝下解酒的果汁，然后端上一碗热气腾腾的煮面条。

看着李白吃完了，许萱试探着问："昨晚的酒喝得很尽兴吧？"

李白咧着嘴一笑，猛然记起冲撞李长史马车的事，大呼："不好了，我闯下祸了！"把早晨发生的事情一五一十地讲给许萱听。

许萱宽慰丈夫："没什么要紧的，别当回事，反正李长史也不喜欢你，顶多就是更不喜欢罢了。"

李白大声说："那可不行，我要写一封书信给李长史，向他道歉，挽回一下关系！"

"写一封致歉信，也好。你的酒还没有全醒，今晚好好休息，明天再写吧。"

"我要趁着酒劲，连夜写出来，写文章也要借助于酒力哟。"

许萱知道拗不过李白，听之任之了。

李白熬了一个通宵，把《上安州李长史书》写完了。第一个阅读者当然是妻子许萱。

许萱刚读了开头，就皱起眉头："你在信中说，你认错人了？把李长史当成了魏洽，这魏洽是何许人也？"

"魏洽是北朝人，做过相州主簿，文笔好，最擅长写墓志铭。"李白嘿嘿一笑。

"噢，魏洽是北朝人，你知道他长什么模样吗？"

"不知道。"

"不知道魏洽的模样，你怎么知道他与李长史相像？这分明是在讲醉话呀！"

"娘子说对了，我就是要写醉话，一大堆的醉话，让李长史确信我真的是醉了，才会原谅我啊。"

许萱叹了口气："如果李长史是个心胸豁达的人，他会看出你的醉话，并且宽宥你。可是，如果他小肚鸡肠，就会认为你是在奚落他，会更加迁怒于你。"

"要不，我删了这一段？"

"随他去吧，不要删。多好的文章啊，删掉太可惜了。我很喜欢你的醉话，喜欢你醉意中写成的亦庄亦谐的文章。"

"那就好。你再往下看，后面的'醉话'还多着呢！"

拿着《上安州李长史书》，许萱继续往下看，读到"白孤剑谁托，悲歌自怜"一句，不禁顿生悲戚，落下泪来："夫君，你是酒后吐真言，'孤剑谁托，悲歌自怜'，恰是你的心声啊。"

李白也潸然泪下。

看到末尾，许萱吃了一惊："哦，你还附了三首诗给他？怪不得写了整整一夜呢。以你的文笔，写一份《上安州李长史书》本来是用不了一夜工夫的。"

李白难得地憨厚一笑："诗写出来，就是要给别人看的嘛。再说，他看了，若是赏识我的才华，没准儿还能举荐我呢。"

许萱痛心疾首："你太天真了！李长史根就本不喜欢你，你又冲撞了他，不治你的罪就很幸运了，怎么能指望他举荐你呢？夫君，你有时候竟像小孩子一样天真啊。"

"常怀赤子之心，才能减免尘世的烦扰，不是吗？"李白握住妻子的手。

"嗯，你说的也对。"许萱想了想，点点头。

李白温情地说："我喝醉酒，做了错事。现在，我要给娘子赔罪了。"

"你怎样赔罪呢？"

"我昨夜给娘子写了一首小诗，题目是《赠内》。"

许萱喜形于色："在哪里呢？快拿出来，我都等不及了！"

李白取出诗稿来，夫妻一同展读。

> 三百六十日，日日醉如泥。
>
> 虽为李白妇，何异太常妻。

许萱问:"这'太常'是指何人呢?"

李白解释:"东汉有一位太常,叫周泽,我指的就是他。"

"他嗜好饮酒吗?"

"不,恰恰相反,他嗜好斋戒。一年到头,天天斋戒,他的妻子是很难受的。"

许萱笑道:"咱们成婚之后,你饮酒很有节制了。'三百六十日,日日醉如泥'又是夸张之语吧?"

李白认真地说:"娘子对我的诗风太熟悉了。写一联夸张的诗句,警示自己少喝酒,也不失为激将之法吧。"

夫妻二人哈哈笑起来。

许萱想:李白与汝阳来客喝了一场酒,他写出了《上安州李长史书》一篇美文,自己收获了一首《赠内》小诗,这场酒喝得值! 只是希望夫君以后少喝酒,更盼望夫君能得到他期待的前程。

《上安州裴长史书》石沉大海,李白别妻赴长安

不久后的一天,许员外把女儿唤来。

许萱看到父亲面露喜色,问:"父亲,有什么好消息吗?"

许员外说:"李长史被调任,就要离开安州。新来的裴长史即将上任。你让女婿给裴长史上书,写一封自荐信吧。女婿的文笔绝佳,好好斟酌一下,或许能有希望呢。"

许萱也很高兴,马上把消息告诉了李白。

李白潜心寻思数日,一气呵成,写出了洋洋洒洒的《上安州裴长史书》。

第一个阅读者自然还是夫人许萱。

她先通读一遍,读到"许相公家见招,妻以孙女,便憩于此,至移三霜焉"时,扑哧一笑:"好哇,你把我也写进去了。"

"当然要写。我漂泊四方,无栖身之地,幸而与娘子成婚,才有了安宁的家啊。"

"与你相逢,相亲相爱,也是我许萱今生的幸运。"

"对了，咱们成婚就要满三载了。"

"是啊，时光过得真快。"

许萱又细细读了一遍，问："夫君，关于你的身世，这《上安州裴长史书》所述，与我知道的有出入哟。"

李白沉默良久，叹道："我的身世，能够对你讲的，不一定能对官府讲。有些事情，我必须讳莫如深。这是我的悲哀，是永远摆脱不了的宿命，无可奈何啊。"

许萱体谅丈夫的苦衷，不再深问了。

读了两遍之后，许萱感叹道："真是一篇好文啊，激情涌动、文采飞扬。然而，其中有一句值得商榷。"

"哪一句呢？"

"就是最后一句：'何王公大人之门，不可以弹长剑乎？'我知道，这是借用孟尝君门下的那位怀才不遇的门客冯谖'弹剑而歌'的故事，说出你的肺腑之言，但是……"

"这句话有什么不妥吗？"

"这句话写得过于张扬。你是在向权贵们发问，向他们挑战，你在藐视他们的权威。看了这句话，他们心里不会舒坦的。"

"但是，这句话是万万不能删掉的！这句话是整篇文章的灵魂。人没有灵魂就成了行尸走肉，文章没了灵魂就是一堆废纸。"李白几乎叫了起来。

许萱抚着丈夫的肩："我能理解，这句话是你灵魂的呐喊。所以，你面临着抉择：要么保留这句话，你就可能会失去被举荐的机会；要么删掉这句话，世界就会失去一篇雄奇伟岸的文章。"

"我选择保留这句话，我要留住灵魂。"

"完全赞同你的选择！而且，我想，如果裴长史是一位有远见卓识的人，看了你的《上安州裴长史书》，一定会举荐你的！"

李白夫妇紧紧拥抱在一起。

又过了几天，许萱从父亲那边回来，闷闷不乐。

李白问："李长史走了吗？"

“走了。”

“那么，新任长史来了吗？”

“哦，来了。”

“好啊，来了就好！”

“好什么好？一点儿也不好！”许萱噘起了嘴。

“出什么事了？”李白问。

“新任长史来了，但不是裴长史，是另外一位长史。”

“你的意思是说，新来的长史不姓裴，是吗？”

“是啊，你辛辛苦苦写的《上安州裴长史书》，得重新写了。”

李白一笑：“这无所谓的，文稿中介绍我本人的内容原封不动，涉及长史的内容，大部分也可以保留，修改一小部分就行了。修改后，把修改稿递交上去，这份《上安州裴长史书》就成了咱们的底稿了，不浪费呀。”

许萱也乐了。

李白继续说：“原来的《上安州裴长史书》是针对裴长史一人的，现在‘裴长史’不复存在了，文章就没有了特指，成了我对所有达官贵人的一篇宣言书，这不是更好吗？”

李白的自荐书递交上去后，依旧是石沉大海。他整日怔忡不宁，六神无主。许萱看在眼里，急在心头。

有一天，李白收拾房间，挪动自己的包囊，触到了那把短剑。那是他仗剑报国的依托，勾起他无限的惆怅。他还摸到了那份诗稿，是《乌栖曲》的诗稿，李白心潮澎湃。当夜，他辗转反侧不能入睡。许萱在李白身边，也一夜未眠。

第二天，李白鼓足勇气，来到许萱跟前，却欲言又止。

许萱率先打破了沉默：“夫君，我知道你内心的苦楚。在这里，你已经很难找到出路了。如果到外面去，能够有你的出路，那你就去吧。”

见妻子如此坦诚，李白也坦言：“我想去长安，面见张说老丞相，请他举荐我。如果不行，还有其他一些路子可以走。孟浩然应该也在长安，或许能帮忙。我一定要找到一条出路！只是，我放心不下你。”

许萱含情脉脉地说："记得新婚之夜，我就对你说过，我爱的是李白。我不能让你因为婚姻而失去自我，那样我就会失去我之所爱。你放心去吧！我在家里等你归来！"

夫妻抱头痛哭。

三天之后，李白告别岳父岳母，背着行囊，踏上前往长安的路。

许萱送出很远。

分手时，许萱问："你要走多久？"

"我也不知道……"

"我这边父母健在，有双亲的呵护，你不必太担心我。你要尽快回来！"

"好的。"

"你会想我吗？"

"会的。想你时，我就给你写诗。"

"我等你回来，等着看你写给我的诗！

李白挥泪告别。

许萱深情地说："夫君啊，你要记住'当君怀归日，是妾断肠时'，将会是我切身的感受啊！"

她努力抑制住悲痛，留给李白一个灿烂的微笑。

李白向长安走去。

从安陆到长安，有将近两千里的漫长路程。

李白前往长安，除了拜谒公卿、寻求举荐之外，还惦记着友人孟浩然。三年前，他们同游扬州，分手于溧阳，孟浩然说是要到长安应试，并说要见王维。三年多，音信全无。他考中了吗？他见到王维了吗？

第四章　故人西辞黄鹤楼

见到孟浩然，王维想起了綦毋潜

　　孟浩然踏进王维的宅院，就听到悠扬美妙的琴声。他停住脚步，伫立在院子里，屏息倾听。

　　王维在抚琴。他半闭着眼睛，心静如水，手指轻轻拨动琴弦。深深陶醉在乐曲的韵律中，一时间竟忘记了自我的存在，仿佛化作了一只鸟儿，飞到了琴声所描摹的幽深苍翠的森林里。继而，暮色朦胧的林间依稀飘下小雨，淅淅沥沥的雨滴落在树梢上，又顺着枝叶流下，宛若汩汩清泉，悦耳的水声令人心旷神怡……

　　一曲终止，王维的情思从音乐世界回归了现实，才看到院子里陌生的客人。

　　王维站起来："请问，你是哪一位？"

　　孟浩然也陶醉在琴声中，此刻如梦初醒。看见比他年轻 12 岁的王维，儒雅大度、风华正茂，景仰之情油然而生，想到自身已届不惑之年，依然前途渺茫，又顿生悲戚，深鞠一躬："在下襄阳孟浩然，对王维君仰慕已久，特来拜谒！"

　　"哦，你是浩然兄！我读过你的《夜归鹿门山歌》《过故人庄》，喜欢你的诗。快请进!"

主客二人落座,童仆送上茶水。

王维歉意地说:"你早就到了吧,让你久候了。"

孟浩然说:"哦,不是久候,是享受。我从未听过如此美妙的琴声,天籁之音啊。"

"你过奖了,我只是自得其乐而已。你到长安来,是来应试的吗?"

"正为应试而来。"

"那么,你这是……"

"我,落第了。"孟浩然一声叹息。

王维心中一沉,不由得想起了同样是落第的綦毋潜。前有綦毋潜,后有孟浩然!王维可不愿意接下来听到"还乡""归隐"之类的言辞,故意岔开话题:"你是第一次来长安吧?"

"是第一次。"

看到孟浩然身穿粗布衣衫,浑身洋溢着乡土气息,又难掩诗人的风雅气质,王维忽然产生了作画的念头。

"浩然兄,我来给你画一幅肖像吧!"

"初次拜访,不敢烦扰王维君。"

"这不是烦扰。我读过《过故人庄》,诗如其人啊。喜欢你乡土田园的质朴气息,所以想为你画像。"

王维在光线明亮的地方放了一把椅子,让孟浩然坐过去,又命童仆备好纸笔和墨彩,开始作画。边作画,边聊天。

"你的诗句'气蒸云梦泽,波撼岳阳城'很有气势。来长安后,见到张说老丞相了吗?"

"拜见张老丞相了,他也看过我写的《临洞庭上张丞相》,很赏识。但老丞相年事已高,想提携我,却有心无力了。"

王维感叹:"张说当过三次丞相,不容易呀。他的文才更令人尊崇,'东壁图书府,西园翰墨林'将会流传千古。未来的人们也许不知道作为丞相的张说,但一定会记得作为诗人的张说。"

孟浩然寻思:既然张老丞相都要以诗名传世,自己又何必费尽心思谋取一官半职呢?回去安心写诗,不是更好吗?心里这样想,却不便明说。

王维又问:"你见过张九龄了吗?"

"见过。九龄公与我相知已久,我们相见甚欢。但他当下的处境,也不方便提携我。"

说到张九龄,王维神色怡然:"'兰叶春葳蕤,桂华秋皎洁',多美妙的诗句!"

"'海上生明月,天涯共此时',也脍炙人口。"孟浩然赞叹。

王维又问:"你在长安,还见到谁了?"

"王昌龄,我寄住在王昌龄家里。"

"哦,是写'秦时明月汉时关,万里长征人未还'的王昌龄。他中了进士,对吧?"

"是的。"

"他那边居室狭窄,不如我这儿宽敞,你可以搬到我家里住。"

"多谢王维君美意!但是不必了。"

"为什么?"

"我就要返乡了。"

王维听到了他最不愿听的话,顿感不悦,停止作画,把画笔拍在了桌案上。须臾,王维察觉到自己失态,神情缓和了,他要像当年劝綦毋潜那样,劝劝孟浩然。

拿起画笔,继续作画,王维慢条斯理讲起那段往事:"你看过我写的《送綦毋潜落第还乡》吧。綦毋潜落第之后,万念俱灰,来向我辞行,要归隐山林。我竭力劝说綦毋潜回心转意,对他说:'当今圣上是英明的天子。我们生逢辉煌盛世,不可以做避居山林的隐者。普天下的精英贤才都应该争先恐后为朝廷效力,也为自身博取功名。你仕途受挫是暂时的,不能因此就怀疑我说的道理。返乡后认真想一想,想通了就回到长安来,我在这里等你!'綦毋潜听从了我的劝告,回乡看望家人之后,又到若耶溪游玩了一趟,散散心,写下一首《春泛若耶溪》,就回到长安来了。再次应试,他果然考中了进士!你看,听人劝告是何等要紧啊。"

孟浩然沉默良久,叹息一声:"我做出返乡的打算,也有自己的想法。来长安后，寄居在王昌龄家里。我们在同一盏灯下看书，同一口锅里吃饭，用同一个砚台研墨写字，夜里同榻并衾共眠。我对昌龄君的才学和人品都深为钦佩。然而，他的际遇也令我扼腕：考中进士，仅做了秘书省的小小校书郎，才高八斗、学富五车，却家徒四壁。像王昌龄这样的贤才，考中了进士，境况尚且如此，我的才学不及昌龄君，还能有什么指望呢？"

王维摆摆手："你不要过于自卑，要有信心。王昌龄的境况是暂时的，将来肯定有升迁的机会。张九龄初入仕途时，也做过校书郎嘛。你听我一句劝，哪里也不要去，就留在长安！"

孟浩然疑惑："留在长安，我能干什么呢？"

王维胸有成竹："我知道，你博古通今、擅长诗赋，长安正是文人墨客聚集之地，你就留在长安吟诗作赋吧。凭你的才华，必可鹤立鸡群。我的人脉关系很广，帮你通融举荐。你只管即兴作诗献赋，尽情展示你的才学就可以了。"

孟浩然将信将疑："我专将《临洞庭》呈献给张说老丞相，都不曾奏效。泛泛地作诗献赋，有何用处？这条路能走通吗？"

"能。其实这就是我当年刚到长安时走的路子。我15岁来长安，因为擅长写诗、绘画和音乐，很快结识了许多王公贵族。有了人脉，事情就好办了。吟诗献赋，看似漫无目的，却能提高你的声望，让大家知晓你，这很重要。与当权者混熟了，关键时刻他们就会想到你。这样，你才有建功立业的机会。"

孟浩然喜出望外："王维君的主意真是太好了。我听你的，不走了。"

王维哈哈笑起来，又认真地说："跟你讲这些，显得有点粗俗。咱们都是秉性高洁的人，可这世道是庸俗不堪的。为实现报效国家、建功立业的梦想，不得不违逆高洁的情趣，追求俗不可耐的功名，实属迫不得已啊！"

孟浩然认同王维所说的道理，除此之外也别无他路。

这时，王维为孟浩然画的肖像完成了，画中的孟浩然栩栩如生，风采神韵都跃然纸上。

孟浩然万分感谢："我要把这幅画像永远保存，终生铭记王维君的深情厚谊。"

寒风中，孟浩然怀念清澈秀美的襄水

孟浩然留在了长安，不辞辛劳，到处吟诗献赋。他在太学（国子监）作诗，常常是一首诗吟罢，满座的公卿贵族都为之倾倒，惊叹不已。同场作诗的文人墨客纷纷搁下手中的笔，甘拜下风。他也曾为此而兴高采烈。然而，他并没有等来升迁的机遇。王维竭力举荐，可惜都无果而终。

一年的时间很快过去了，命运没有垂青于这位 40 岁的诗人。

秋天到了，这一年的秋寒来得特别早。

孟浩然百无聊赖，独自一人步出城门，徘徊在长安郊外的小路上。寒风乍起，树叶纷纷零落，雁群向南飞去，思乡之情油然而生。他的心绪伴着雁群，随着疾风，飞翔到相隔千里的远方，蓝天白云之下是河山壮阔的荆楚大地。长江上北风呼啸，一定是很冷了；而那一弯清澈秀美的襄水，依旧分外惹人怜爱。那是我家乡的水啊，怎能不让我梦牵魂绕！诗句自胸臆倾泻而出：

> 木落雁南渡，北风江上寒。
>
> 我家襄水曲，遥隔楚云端。

孟浩然想道：自己离开家乡数年了，不知流下多少思乡的泪水；独自漂泊，就像天际的一叶孤帆。无奈前途晦暗，如同暮色笼罩下的茫茫沧海，谁能为他指点人生的迷津呢？

> 乡泪客中尽，孤帆天际看。
>
> 迷津欲有问，平海夕漫漫。

孟浩然感到希望破灭，黯然神伤，心灰意冷地准备离开长安。

临行前，来王维家告别。把刚刚写下的《早寒有怀》拿给王维看，王维也唏嘘不已。

看到孟浩然鬓角生出了缕缕白发，王维倍感痛惜："浩然兄，你才 40 岁，就生出白发了。"

孟浩然感叹："老了，不中用了！"

"别这样说，你不老，还正当年呢。回到家乡，你住在哪里呢？"王维关切地问。

王维《积雨辋川庄作》诗句　　[明]赵宧光 书

漠漠水田飞白鹭，阴阴夏木啭黄鹂。

"我的家乡襄阳城南面有一座山，就叫它南山吧，山脚下有我的一间茅庐，我返乡后就住在那里。"说起南山的茅庐，孟浩然眉头舒展，情绪豁然开朗，不由得心驰神往了："当下是秋天，倘若一路顺风，岁末我就可以到家。有诗兴的话，我会写一首《岁暮归南山》。入夜，静坐在茅庐中，月光照在虚掩的窗子上，窗外松涛阵阵，松影婆娑，太美了！"

王维被感染了，忽然想起一件事："几年前，一位朋友要回到南山去，我为他写了一首《送别》。尽管他去的南山不是你家乡的南山，但意蕴是相通的。我把这诗抄送给你吧。"

王维抄写下《送别》，交给孟浩然，展开观看：

> 下马饮君酒，问君何所之。
>
> 君言不得意，归卧南山陲。
>
> 但去莫复问，白云无尽时。

看了王维的诗，孟浩然喃喃自语："'但去莫复问，白云无尽时'，这才是我向往的生活啊。"他深有所悟："我终于想清楚了，虽然身在繁华的长安，心却一直留在寂寥的山林。我要重返山林了，那儿才是我人生的乐土。"

王维不以为然："写诗归写诗，做事归做事，不可混为一谈。你回去休养一段时间，换换心情。这边若有好消息，我马上捎信给你，你一定要回来啊。"

"我不会再回来了。"孟浩然缓缓地说。

"真不回来了？"

"不回来了。"

"倘若……"

"没有倘若！"

"倘若九龄公复出，需要辅佐，你也不回来吗？"

闻听此言，孟浩然眼前一亮，重又燃起了希望之光："如果九龄公复出，你要马上告诉我，我会风雨兼程地回到长安来！"

王维紧握住孟浩然的手："一言为定！"

李白：惊天地泣鬼神的诗篇

李白到长安，并没有见到他惦念的孟浩然。他抵达长安的时候，孟浩然已经离开大约一年了。

没有见到孟浩然，李白怅然若失，独自开始了新一轮拜谒权贵、寻求举荐的艰辛行程。

首先前往宰相府，拜见老宰相张说。但老宰相病重，只见到了其子张垍。张垍知晓李白的诗名，建议他去谒见玉真公主。张垍还告诉李白，玉真公主在终南山有一座别馆，到那里去有可能见到公主。

李白想起，孟浩然也曾对他提起玉真公主，或许是一条可行的路径。玉真公主是玄宗李隆基的御妹，玄宗对她颇为关爱。她执意远离凡尘，当了道士，玄宗也百依百顺。李白想：如果能得到玉真公主的赏识，必能把他举荐给玄宗皇帝，于是拿定主意：对！就去找玉真公主。

拜谢了张垍，李白动身前往终南山。一路辛苦跋涉，到达玉真公主别馆，才知道玉真公主并不在别馆。李白只好留宿在别馆，耐心等候，盼望玉真公主能回到别馆来。

终南山巍峨壮美，玉真公主别馆幽静典雅。初到这里时，李白的心境还是很好的。别馆中挂着一幅玉真公主的画像，看了落款，知道是王维之作。画中的玉真公主仙风道骨、仪态万方。李白站在画像前，久久地凝望，感觉到画中的玉真公主在对他微笑。他想，那将是命运的微笑。

每一天，从早到晚，李白都在盼望，期待见到头戴道冠、身披道袍的玉真公主，步履轻盈地向他走来。一天又一天过去了，玉真公主并没有出现。希望的火花在一点点熄灭，失望的心绪渐渐滋生出来，他越来越愁闷无聊了。

运气不佳，又赶上秋雨绵延。那个秋天的雨是很大的，山岭间雨雾迷蒙，沟壑中水流如注。整日独自一人坐在玉真公主别馆里，天色阴沉，凄风苦雨，李白心情郁结，只能用白酒注满酒杯，借酒浇愁。然而，心中的忧郁又岂是杯中的酒所能化解的呢？

他想起了昔日孟尝君门下的那位怀才不遇的门客冯谖的故事。冯谖得不到孟尝君的重用，怀抱着长剑，弹剑而歌："我的剑啊，我的剑啊，咱们一起回家去吧! 在这里没有奔头呀。"如同"弹剑而歌"的冯谖, 李白也感到极度失望。他给友人写了一首诗, 诉说自己的困窘和无奈, 苦苦等待的滋味真不好受啊。

天气放晴之后, 李白又坐等了好几天, 没有等来玉真公主。

最后一天, 李白大清早就站在别馆门前, 望眼欲穿地看着上山的路。整整站了一天, 依然未见玉真公主的踪影。

薄暮时分, 李白彻底不抱希望, 决定不再苦等了。他留下两首献给玉真公主的诗,《怀仙歌》和《玉真仙人词》, 又在玉真公主画像前深鞠了三个躬, 灰心丧气地离开玉真公主别馆。

终南山很高, 下山的路很遥远。

李白走在山路上, 夜幕已经降临。他环视四周景物, 看到绿树掩映的山峦被暮霭染成深碧的颜色, 山间明澈的月光伴随着他的归程, 心情很快就舒爽起来, 失落郁闷竟一扫而光, 有飞出藩篱的畅快感觉。

他沿着来时走过的路径往山下走, 若隐若现的小道迂回纵横在山坡上。夜色渐渐深沉, 寒气袭来, 山中的夜晚是很冷的。李白思忖, 下山的路途还很遥远, 难道今夜要露宿于终南山的野径吗? 远处又传来猛兽的咆哮, 令人胆战心惊。

李白已经走出一段路程, 返回玉真公主别馆是不可能了, 而下山的路还很远很远。怎么办呢?

进退两难之时, 山路上走来一位身披斗篷的长者。走到李白身边, 长者主动打招呼, 称自己是"斛斯山人"。李白知道了, 这是一位复姓"斛斯"的山中隐士, 不由得喜出望外, 急忙自报姓名。斛斯山人竟也知晓李白, 邀请李白到家中作客。

接受了山人的盛情邀请, 二人携手来到斛斯山人的家。在山坳中有一座小小的田园, 园子里一间简陋的草堂, 就是山人的家。山人的孩儿们听到父亲归来的声音, 欢快地跑出来, 把荆条编成的园门打开。沿着一条幽寂的小径, 李白在山人的引领下前行, 穿过浓密翠绿的竹林, 萝蔓的枝叶轻柔地拂动衣裳, 宛若步入仙境一般。当晚, 斛斯山人取来山葡萄酿造的美酒, 与李白举杯畅饮，主客二人在欢声笑语中叙谈了许久。他们还吟唱起那首《风入松》的长歌，一曲唱罢，已是午夜时分。透过草堂的窗户仰望夜空，只见静谧美丽的银河，隐隐闪烁的星光。李白沉醉了，斛斯山人也笑得很开心；他们一同陶醉于欢乐之中，忘却了纷繁的世俗琐事。

次日清晨，李白拜谢斛斯山人，告辞下山。临行前，他挥笔写了《下终南山过斛斯山人宿置酒》。

斛斯山人送李白到荆条编成的园门前，依依惜别："我不会写诗，念一首陶弘景的诗吧：'山中何所有，岭上多白云。只可自怡悦，不堪持赠君。'"

李白说："你虽然无法把白云送给我，但山中这一夜给我留下了非常美好的记忆。"

斛斯山人微笑："哦，还有《下终南山过斛斯山人宿置酒》的美好诗篇。"

李白挥手告辞，心想：什么时候我能摆脱尘世的纷扰，一定会回来与你共享山间的白云。然而又想到，自己与尘世间的纠结是很难剪断的，剪不断、理还乱，无可奈何啊。

回到长安，李白重又陷入烦恼。半个多月前，他满怀希望赶赴终南山，却没有见到玉真公主，无果而归。回到长安，一切又回到了起点。尽管身心疲惫不堪，却要强打精神，从头开始。

生活的困窘也让李白一筹莫展，离开安陆时所带银两已经花费殆尽。在玉真公主别馆，为买酒用光了银钱，还把身穿的一件装饰着羽毛的漂亮裘衣脱下来，换了酒喝。回到长安，他寻求举荐的计划"归零"了，他的银钱也"归零"了。为生计，他也必须奔走求援。

此时，已是暮秋。经朋友指点，李白跋涉数百里，来到长安西北的新平郡（古称豳州），拜访在新平当长史的族兄李粲，还写了一首《豳歌行上新平长史兄粲》，希求得到举荐。李粲知道李白现在已是囊空如洗，留他住了几天，资助了一些银两和衣物，至于向朝廷举荐之事就无能为力了。

转眼之间冬天到了，陇上的冬天很冷，天上又飘落大雪。李白冒着大雪艰难行进，向东北方向走了数百里，到达坊州，拜谒坊州司马王嵩。他听说王嵩喜好诗赋，或许能有怜惜人才之心吧。

李白到达坊州，王嵩司马很高兴。正值大雪纷飞，王嵩摆下酒宴，让李白陪他登高饮酒，对雪赋诗。李白即席写了一首诗，在末尾几句委婉地表达了寻求举荐的愿望。王嵩却认为李白不过是找借口多要钱而已，就多给了李白一些银两，对于举荐的请求则不予理睬。李白本想谢绝王嵩的"赏钱"，无奈自己确实需要钱，只好忍辱接受了。

次年早春，李白回到长安。他心力交瘁，万念俱灰。喝了许多酒，蹒跚在长安街头。

早春的长安寒风瑟瑟，一位衣衫褴褛的老人跪在道边，乞求人们的残羹剩饭。李白心生恻隐，走上前去给了老人一些施舍。老人泪流满面，不住叩头，千恩万谢。

李白不由得联想起自己的遭遇：顶风冒雪，拖着疲惫的脚步奔走四方，为当权者写诗献赋，本想寻求举荐，却只获得若干赏钱，这与当街乞讨者有多大区别？李白感到羞辱万分。

继续向前走，李白看到街头的一伙浪荡少年，三五成群在斗鸡赌狗，嬉笑怒骂的呼声此起彼伏。斗鸡的那一伙，让赤色的鸡、白色的鸡互相争斗赌输赢，用梨子、栗子作为筹码。

处于极度沮丧之中，李白有"破罐破摔"的情绪，甚至想要加入浪荡少年的团伙中去，赌上一把。于是，他朝这帮浪荡少年走近了几步，迟疑片刻，又走了几步。

他离浪荡少年们越来越近，他的灵魂在痛苦地挣扎，几乎失去了自制力。

一个小痞子看到了李白，招呼道："嗨，兄弟，来赌一把！"

李白终于控制住了自己，没有再向前走，低声自语："羞逐长安社中儿，赤鸡白雉赌梨栗……"

小痞子急了："书呆子，嘟囔什么呢，快过来呀！"

又有几个浪荡少年注意到李白，高喊："穷酸相，臭秀才！跑这儿丢人现眼！"

李白本想冲上去，挥舞拳头，与这帮浪荡少年一决高低。但又想到自己是有教养的人，打架斗殴不符合身份，就转身走了。

背后传来浪荡少年的嘲笑和咒骂，恶毒的语言如同刀子扎着李白的心。

暮色中，李白孤独而悲凉地回到客居的小旅馆，跟跟跄跄走进房间，一头倒在床榻上。

他的情绪到了崩溃的边缘，心神麻木、头脑昏沉，仅有一线知觉尚存。他听到内心的呼喊：李白啊，你不能沉沦，不能堕落！虽然他很清楚：看似放浪形骸，其实真正的堕落是与他不相干的，但他必须要自我救赎了。怎样救赎呢？作为一位诗人，只能是拼尽全部心力，挣扎着，写一首慷慨激昂的诗篇，生出天崩地裂般的能量，让自己从极度沮丧的心境中挣脱，从崩溃的边缘解救出来。

夜来了，没有灯烛。李白昏昏沉沉地仰卧在无边的黑暗中，静默良久。蓦然间，隐约看到了一束飘忽游弋的微弱火花。那是灵感之光，是灵感之光啊！它的出现，让李白看到了希望，神志在朦胧中渐渐复苏，身上也有了些许力量。他凝神定志，搜寻敛集那火花，火花渐渐变大了，清晰了。

待到灵感足以嬗变为诗句的时候，李白竭尽全力站起身，走到书案前，坐下来，点亮灯烛。他缓了口气，专心感受内心深处诗意的涌动，略加思索，提笔写出：

金樽清酒斗十千，玉盘珍馐直万钱。

李白以气魄宏大的笔力写下首联。这是何等豪华的宴饮场面啊，如此酣畅淋漓、开怀畅饮的生活，该是李白的遥远记忆了。况且，他此刻心境极度低落，即使有"金樽清酒斗十千，玉盘珍馐直万钱"摆在面前，又如何吃得下去呢？只有"停杯投箸"，放下酒杯，扔掉筷子。而当他拔出宝剑，想要舒展勃勃英姿的时候，却不知道出路在何方，只能心绪茫然地环视四周。

停杯投箸不能食，拔剑四顾心茫然。

他想象着，自己要渡过黄河，可是坚冰阻塞了河川；想要登上太行，却被大雪封住了山路。

欲渡黄河冰塞川，将登太行雪满山。

他过不了河，上不了山！何等的憋屈郁闷啊，这是走投无路啊！怎么办呢？无计可施，只能叹息：

行路难，行路难……

写到这里，李白把此诗的题目定为《行路难》。但他对已经写出的诗句并不太满意，感觉诗句的格调过于低沉，缺少他所亟须的振聋发聩的力量。正待要修改补充，忽然听到有人在外面敲门。

来人一边敲门，一边喊："太白先生！太白先生！"

李白开了门，只见来客是一位朋友，即将赴蜀地任职，来与李白话别。这位友人是初次入蜀，顺便也想了解一些蜀地的情况。

在苦恼烦闷的时候能有朋友来访，李白心头暖意融融。把客人让进屋里，二人促膝而坐，倾心恳谈。

李白给客人介绍了蜀地的乡土风情，还讲述了自己出蜀前的经历，那是他青年时代的宝贵记忆啊。

青春的回忆伴着温馨的情感，让李白感到快慰："我离开家乡多年了，一直很怀念故乡。"思乡之情油然而生，眼里闪着泪花，忽然想起自己写的一首小诗，动情地吟咏：

床前明月光，疑是地上霜。

举头望明月，低头思故乡。

客人深受感动，赞叹不已。从随身的包囊中取出一罐酒，是送给李白的礼物。

李白接过酒，颇为感谢："刚好我这儿没酒了，咱们一起喝吧。"开启酒罐，二人各倒了一杯。

喝下酒去，李白的心情更加舒爽，一时兴起："我给你写一首送行的诗吧！"

来客大喜。

李白想到，这位友人要去蜀地，必定要走蜀道，而蜀道是很艰险的，送行的诗就从这儿落笔吧。不过，李白并没有走过蜀道。他出蜀时经由水路，从三峡沿江而下，此后再没有回过蜀地。他晓得古代有一位蜀国国王名叫蚕丛，故而"蚕丛"可以借指蜀地，于是写下：

见说蚕丛路，崎岖不易行。

李白听说过蜀道的惊险：在狭窄的山路上前行，陡峭直立的崖壁几乎贴到人的脸；若是骑马，白云在身边飘浮，仿佛依偎着马头。

> 山从人面起，云傍马头生。

李白衷心为友人祝福，愿他由秦地出发，走过绿树葱茏的栈道，平安到达春水环绕的蜀城。

> 芳树笼秦栈，春流绕蜀城。

这时，来客忽然问："我此次赶赴蜀地，却不知道仕途升迁的前景究竟如何，心中不安，要不要找个先生占卜一下呢？"

李白笑道："汉朝有个严君平，隐居成都，卖卜为生。现在的成都城中或许还有严君平的传人。但是，你的仕途浮沉应该已有定数，顺其自然吧，不必问占卜先生了。"

> 升沉应已定，不必问君平。

一首《送友人入蜀》就这样写成了。李白把底稿誊抄了一份，交给客人。客人感谢再三。

李白送客到旅店门口，深躬而别。

回到房间，李白翻看着桌案上的两份诗稿，一份是还没有写完的《行路难》，另一份是刚刚写好的《送友人入蜀》。他先翻看《行路难》，又翻看《送友人入蜀》；倒过来，再看看《送友人入蜀》，又看看《行路难》，久久冥想，总觉得这两首诗之间有着可关联之处，有隐含的微妙玄机，却百思而不得其解。

他仰面对天叩问：上苍啊，请告诉我，玄机究竟在哪里呢？

蓦然间，一道横贯长空的闪电，是灵感的闪电啊，在他面前惊心动魄地迸发了！

那闪电把李白的思路照得通明透亮：他应该将自己坎坷人生遭遇所引发的"行路难"感慨，借助蜀道的艰难险阻来吟咏和描摹，再加以渲染和升华，写一首《蜀道难》。他预感到，这将是惊天地泣鬼神的诗篇，是能够震撼自己的灵魂、拯救自己灵魂的诗篇。

李白不顾一切地抓起笔来，一挥而就地写下：

> 蜀道难，难于上青天！

还觉得力度不够，又在前边加上了惊叹语：

噫吁嚱，危乎高哉！

李白本想一气呵成地写出此诗，但已经没有一丝力气了。原本就极度疲惫的他，被刚才的猛烈冲动耗竭了最后的一点点精力。他甚至连握笔的力气都没有了，笔从手中滑落。

他勉强撑着站起来，要到床榻边去，走了两步就扑通一声摔倒在地。他喘息着，躺在冰冷的地上，躯体像是被石块压住似的沉重，内心却热浪滚滚，思绪翻腾，心潮澎湃。

他的心境是如此昂奋，还给尚未写完的《行路难》吟出了尾联："长风破浪会有时，直挂云帆济沧海。"反复默念了几遍，很是中意，疲惫的脸上漾起了一丝笑容。

在地上躺了一会儿，李白的体力有所恢复。他想起了孟浩然。多想有好朋友在身边，分享激动人心的诗句啊！

李白不知道，孟浩然此时正在赶赴长安的路上，就要到达长安了。

王维：没有砍我的头，真是万幸了

开元十九年（731年），张九龄升任中书侍郎。同年，王维中了状元，就任太乐丞。王维托人捎信，把这两个好消息辗转告知了孟浩然。孟浩然接到消息后，先是喜不自禁，立即打点行装，准备上路；继而又想到自己在长安遭遇的挫折，犹豫起来。几经寻思，才于开元二十年冬天离开襄阳，次年早春到达长安。

到长安后，孟浩然马上去见王维。

二人见面，孟浩然的第一感觉是王维变老了。当年风华正茂、英姿勃发的王维，才两三年没见，竟变得面容憔悴、神色黯然了。中了状元，应该高兴啊，怎么一点儿喜庆的样子也没有呢！孟浩然心中纳闷，又不便打听。

王维强振精神，招呼孟浩然入座，问："我是一年多之前捎信给你的，怎么才来呀。"

"你捎的信，过了几个月才传到我那里。我接到信，又犹豫了一段时间……"

"你这个人啊，总是瞻前顾后的！"王维有些不悦。

孟浩然连忙解释："路上也不太顺利，耽搁了。"

"你来晚了，只晚了一步。九龄公母亲去世，他回乡料理后事了，几天前才离开长安。你若早到十天半月，就可以见到他了。"

听说张九龄离开了长安，孟浩然想，自己的事情肯定要放一放了，就关注起王维的状况："你的气色不太好吧？知道你中了状元，当了太乐丞，正要恭喜你呢！"

王维叹息一声："恭喜就不必了。说什么中状元，什么太乐丞，不过是一枕黄粱而已。我只做了七十五天太乐丞，就被贬职了。"

"为什么呀？"

"因为伶人舞黄狮子的事，受到牵连。"

"伶人舞黄狮子，何罪之有？"

王维压低了声音："黄色，是皇室的颜色。只有皇帝下旨，才能舞黄狮子。伶人舞黄狮子，冒犯了圣上的尊严，天大的罪过呀。我也是一时糊涂，一错再错。伶人舞黄狮子，我不该同意，更不该前去观看。都是自作自受啊。没有砍我的头，真是万幸了。"

孟浩然听得目瞪口呆。

王维一字一顿地说："仕途险恶，处处都是陷阱，以后要万分小心谨慎了。"

孟浩然连连点头称是。

胸中的郁闷吐出后，王维松快了一些，拉着孟浩然的手，坐到身边来："浩然兄，你不必着急。九龄公去办理母亲的后事，不久就会回来的，只需耐心等待。九龄公常常念叨你，他是很器重你的。"

孟浩然心头一热："我其实没有多大本事。"

王维说："九龄公复出之后，身边不乏阿谀奉承之辈，而他真正需要的是值得信赖的人，就像你和我这样的人。"

孟浩然若有所思。

王维接着说："你千万不要气馁。我读过你写的《春晓》：'春眠不觉晓，处处闻啼鸟。夜来风雨声，花落知多少。'这首诗让我深有感悟：虽然有风雨的摧残，但春天总是会到来的。"

孟浩然也倍感兴奋："我读过你的诗句'行到水穷处，坐看云起时'，我们的希望就在前面！"

王维笑道："那只是我信口吟出的一联诗句，还没有把完整的诗写出来呢。"

"仅仅一联诗句，足以振奋人心。我还把这诗句诵读给李白听了呢。"

"他怎样评价？"

"李白也很赞赏的。"

"好啊，就让我们一起'行到水穷处，坐看云起时'吧。"

王维脸上的阴霾一扫而光，命童仆拿琴来："我要痛痛快快地弹奏一曲！"

琴声响起。开始时，是轻快灵动的，宛若涓涓的溪流；继而，低沉凝重，仿佛幽谷深潭；蓦然间，激越昂扬的旋律骤起，如万马奔腾，如山呼海啸。

王维弹得心潮澎湃，孟浩然听得如醉如痴。

曲罢，王维摆酒招待孟浩然，二人聊了一夜，直到天明。

孟浩然告辞时，王维说："你的朋友李白就在长安呢，到处打听你，快去看看他吧。据可靠消息，他成婚了，妻子是前朝宰相许圉师的孙女。"

孟浩然：我离梦想实现只有一步之遥了

因为不知道李白的具体住处，孟浩然打听了好几天，才找到李白客居的小旅馆，见到李白。

久别重逢，二人都喜不自禁。

孟浩然首先给李白道贺："听说你成亲了，真为你高兴啊！"

李白说："我要感谢你呀，是你劝说我成家的。"

"你的夫人是前朝宰相许圉师的孙女？"

"是的。不过，我可绝没有攀附权贵的想法，倒是女方家里主动提出婚事的。许家小姐才貌出众，她喜欢我的诗，倾心于我。我也喜欢许家小姐。"

"哦，这可是天作之缘啊，祝贺你！"

孟浩然又问："上次分手时，你说过要去见元丹丘，你见到他了吗？"

"见到了，而且成了好朋友。我与许家小姐的婚事，还是元丹丘出力撮合的呢！"

"哦，他真是个热心肠的人。"

孟浩然注意到李白的面容苍白消瘦，眼窝深陷，目光却炯炯有神，关切地问："太白贤弟，你瘦了，可精神很好，一定是写出好诗了吧？"

"知我者，浩然兄也！等一会儿再详细告诉你。旅馆里说话不方便，咱们出去走走，找个僻静地方好好聊聊。"

孟浩然欣然同意。

二人携手来到长安城外的小路上。这儿正是当年孟浩然吟出《早寒有怀》的地方。不同的是，当时是寒秋，树木零落，一派萧瑟景象，令人心生悲切。而此时正是初春，柳枝泛绿，繁花似锦，是"处处闻啼鸟"的美好季节。

李白随身带了一壶酒，两只酒杯，坐在路边的石凳上，二人就喝了起来，边喝边叙谈分手后各自的经历。

李白说："听说你上一次来长安，不太顺利哟。"

"是啊，我落第了，又在长安待了一年，一无所获，垂头丧气离开的。咱们先喝一杯。"

一杯酒喝下，孟浩然兴奋起来："幸而，我有了新的机遇，很快就会时运转了。"

"有何转机呢？"李白好奇地问。

"九龄公已经复出了。听王维说，九龄公很器重我。等到九龄公回来，我的境况一定会有转机的。我的要求不高，能在九龄公的府中当一名幕僚，尽心尽力地追随、辅佐他，就心满意足了。现在，离梦想的实现只有一步之遥了！就像王湾诗中所云：'潮平两岸阔，风正一帆悬'，我就要扬帆起航了。"

李白高兴地拍着孟浩然的肩："祝贺你啊！咱们再干一杯！"

孟浩然问起李白的境况。

李白先诉说自己为何来长安，此后一筹莫展、走投无路的窘境，又讲述怎样萌生《蜀道难》的写作灵感和冲动。

提起《蜀道难》，李白的兴奋之情溢于言表："我还没有写完《蜀道难》，等写完了再给你看。我相信，《蜀道难》将会是一首振聋发聩、摧枯拉朽的诗篇，它有排山倒海的力量！"

孟浩然击掌道："好啊，盼望着早日读到你的《蜀道难》。"

李白又说："我最近还写了一首《行路难》，最后两句是'长风破浪会有时，直挂云帆济沧海'，送给你作为祝愿吧。"

孟浩然叹道："这一联诗写得真好，气贯长虹、提振人心。不过，'直挂云帆济沧海'是你的远大抱负；而我呢，只要'风正一帆悬'就足够了。"

"那也好，我就祝你'风正一帆悬'！咱们喝酒！"

连喝了数杯酒，孟浩然已有几分醉意："太白贤弟，等我见到九龄公，一定向他举荐你，让你也过来，咱们一道共事。"

李白摇了摇头："谢谢了。张九龄不会喜欢我这样放荡不羁的人，我很清楚。再说，到张九龄帐下当幕僚，也不是我的期求。"

"哦，我忘记你的抱负是'直挂云帆济沧海'了，衷心祝你能实现自己的理想！"

又喝了一杯，李白问："浩然兄，你近来有什么诗作，也让我欣赏一下啊。"

"那年秋天离开长安前，我写了一首《早寒有怀》，就是在这条小路上吟出的。"

"哦，我拜读过《早寒有怀》，'迷津欲有问，平海夕漫漫'，意蕴深远，有类似遭遇的人都会唤起共鸣。还有别的诗作吗？"

"有啊。秋天离开长安，岁末回到家乡的南山，写了一首《岁暮归南山》。"

"这一首我可没读过。"

孟浩然从怀里掏出《岁暮归南山》诗稿："我刚好随身带着呢，你看看吧。"

李白接过诗稿，津津有味地看起来。读毕，拍着孟浩然的肩说："好诗啊。我最敬佩你的铮铮骨气，这首《岁暮归南山》再次展示了你的骨气！我很喜欢这首诗！"

孟浩然呵呵地笑。

李白又仔细读了一遍，忽然皱起眉头，叮嘱道："你的《岁暮归南山》不要让外人看，在朋友圈里传看就可以了。"

"为什么呢？"孟浩然大惑不解。

"你这诗中有一句不太妥当，容易被别人抓住把柄。"

"哪一句呢？"

"就是'不才明主弃'，读起来好像是'明主'抛弃了你似的。"

孟浩然连忙解释："我的意思是：君主是圣明的，但因为我不学无术，才被抛弃。我贬低的是自己，绝没有贬损君主的意思啊。"

李白环视四周，见附近无人，小声说："这是你自己的想法。别人读了你的诗，恐怕不这么想。浩然兄啊，朝廷可以不任用你，但是他们不允许你有怨言，你有怨言就会触犯他们，甚至触怒他们。这世道就是这么不公平。这方面，我是有过教训的。我写的《上安州裴长史书》，其中就有一句张扬的言语，让当权者不高兴了。"

孟浩然一时语塞。

"你这首诗没有给别人看过吧？"李白追问。

"哦，昨天刚刚在国子监当众咏读了。"

"当众咏读了？那就有些不妙了！"

"可是，每天有多少人在国子监吟诗作赋呀，其中也不乏发牢骚的。不太可能就整治到我的头上吧。"

"但愿如此吧。"

二位挚友交谈了许久，才依依不舍地分手。分手时，李白告诉孟浩然，他在长安寻不到出路，要离开长安去洛阳了，过两天就走。

孟浩然说自己要留在长安等张九龄，李白祝他顺利。

二人相约后会有期。

玄宗皇帝动怒了

与李白分手后，为"不才明主弃"诗句的事，孟浩然忐忑不安了好几天。

未见有什么动静，心里渐渐安定下来。

又过了几天，他甚至将这件事都忘记了。

忽一日，王维派人把孟浩然招呼到家中。

二人见面时，孟浩然看到王维的脸色很难看，双眼直勾勾地望着自己，一言不发。

看得孟浩然身上直冒冷汗，怯生生地问："王维贤弟，出什么事了？"

"你说呢？"王维长出一口气，蹦出三个字来。

"我不知道啊。"

"《岁暮归南山》是你写的吧？"

"是啊。"

"诗中有一句'不才明主弃'，对吧？"

"对啊。"

王维一掌击在桌子上："你闯大祸了！"

"怎么了呢？"

"从宫中传来消息，圣上看了你的《岁暮归南山》，读到'不才明主弃'这一句，龙颜大怒！圣上说：'孟浩然自己没有谋求仕途，却说我抛弃他，这不是在诬赖我吗！'"

孟浩然感到如五雷轰顶般的打击，眼前一片迷蒙。如果不是李白提醒过他，有了一些预知，他肯定要昏死过去的。

过了好一会儿，孟浩然清醒了一些，满腹委屈："我来长安，就是为谋求仕途，还托了很多人举荐呢。"

王维说："对你的举荐并没有奏报到圣上那里，圣上全然不知晓，看了'不才明主弃'而动怒，是理所当然的。"

"没有奏报到圣上那里，这也怪我吗？"

"你觉得应该怪谁呢？"

孟浩然无话可说。沉默了一会，胆怯地问："圣上有没有说，要怎样发落我？"

"圣上是宽厚仁慈的，没有治你的罪，只是要你离开长安，就可以了。"王维语气缓和下来。

孟浩然松了口气，又问："那么，王维贤弟，我这事会不会牵连到你呢？"

"圣上都没有治你的罪，怎么会牵连到我呢。你收拾一下东西，尽快回襄阳去吧，最好明早就走。"王维拍拍孟浩然的肩。

"好，我明早一定走。"

王维从案上拿起一页诗稿："你要走了，我没有什么送给你的，送给你一首诗吧。"

孟浩然接过诗稿，展看：

> 杜门不复出，久与世情疏。
>
> 以此为良策，劝君归旧庐。
>
> 醉歌田舍酒，笑读古人书。
>
> 好是一生事，无劳献子虚。

王维握住孟浩然的手，推心置腹地说："浩然兄啊，你久居乡野田园，对于官场的世态炎凉是很生疏的。就拿这次让圣上动怒的事来说吧，你写的一首小诗，怎么就会被圣上看见了呢？很可能是有人嫉贤妒能，故意陷害你啊。"

孟浩然默默点头。

"如果我能见到圣上，一定会竭力为你申辩的，即使受到牵连，也在所不惜！可是，我被贬谪了，见不到圣上，无可奈何啊。"

孟浩然眼里噙满泪水："王维贤弟，你真是我的好朋友。我能与你结交，此生足矣，别无所求了。"

"浩然兄，官场的水很深，你生性清高，就不必蹚这浑水了，更不必劳心费神地献什么《子虚赋》之类的诗赋了，回家去吧。"

孟浩然从怀里掏出一份诗稿："我此次来长安，其实有遭遇挫折的不祥之感。特别是知道你因为伶人舞黄狮子而被贬谪，更让我对仕途心寒意冷。所以，我预先写好了一首与你告别的诗，《留别王维》，随身带着。现在可以交给你了。"双手递给王维。

> 寂寂竟何待，朝朝空自归。
>
> 欲寻芳草去，惜与故人违。
>
> 当路谁相假，知音世所稀。

只应守索寞，还掩故园扉。

王维叹息："你的惆怅寂寞，只有靠自己来排解了。天涯何处无芳草，到诗的意境中去寻求解脱吧。这不仅是你的归宿，也会是我将来的归宿。"

二人洒泪而别。

分手时，王维殷殷叮咛："回到家乡，一定要谨言慎行，不可招惹祸端。你诗中的'当路谁相假'之句，又是在抨击当权者。以后，这样的诗句就不要写了。"

次日清晨，孟浩然背着简单的行李出了长安城。回首望去，长安城笼罩在迷蒙的晨雾中。

孟浩然想到，自己一首小诗言语失当，惹得龙颜大怒，实在是对不起圣上。而圣上并没有治罪于他，只是让他离开长安，这是何等宽宏大量，何等圣明的君主啊！

又想到，我孟浩然只是一介布衣，写的诗竟然让圣上看过了，还专门为我下了圣旨，我真是不虚此生了。

继而又想，我此次离开长安，再也不必为仕途而奔波，安心过王维诗中"醉歌田舍酒，笑读古人书"的生活了，一身轻松，满心畅快，这都要感念浩荡的皇恩啊！

想到这些，孟浩然跪下，朝皇宫的方向叩了三个头。

然后，他站起身，掸掸尘土，整整衣襟，挺直了腰杆，踏上返回家乡的大道。

李白：送孟浩然之广陵

李白与孟浩然分手，离开长安，途经开封等地，于暮秋到达洛阳。此后，他在洛阳滞留了大约一年。他听说，玄宗皇帝要到洛阳这边巡行，诏令巡幸所至之地，地方官员可将本地区贤才直接向朝廷推荐。抱着最后一线希望，他苦苦等待。

滞留洛阳的日子里，离家多年的李白日夜思念着妻子。在长安时，他就在想念妻子的情感驱使下，写了"长相思，在长安"，"长相思，摧心肝"，"孤灯不明思欲绝，卷帷望月空长叹"等凄婉动人的诗句。漫漫长夜，一盏孤灯之下，相思之情让李白痛心欲绝。在洛阳，他的情感愈发难以克制，写了多首思念妻子的诗作。他还模仿妻子的口气，代她写了答诗。夫妻之间有问候、有作答，仿佛在家中挑灯夜语一般，让李白感到温馨，也让他产生了归家的强烈意愿。

他不想再苦等，要离开洛阳南下，到江夏去看一看久已向往的黄鹤楼，然后就径直赶回安陆，与妻子团聚。

孟浩然回到襄阳，闲居了一些时日。刚开始过优哉游哉的田园生活，是很惬意的。但日子久了，觉得心中渐生烦闷，便打算出去游走四方，在行旅中消磨自己余生的岁月。

正值阳春三月，风和日丽、百花盛开，是出行的绝佳时节。孟浩然从襄阳出发，准备取道江夏，乘船沿长江而下，前往扬州（广陵）。

抵达江夏，当然要到享有盛名的黄鹤楼一游。黄鹤楼位于长江边的蛇山之上，有"天下江山第一楼"的美誉，游人络绎不绝。

孟浩然先预订了前往扬州的客船，然后就兴冲冲赶到黄鹤楼。他急急地登上台阶，不小心与迎面而来的一位书生撞了个满怀。孟浩然慌忙鞠躬道歉。待抬起头，仔细一看，对方不是别人，竟是李白！

二人不期而遇，都万分欢喜。

孟浩然惊呼："咱们初次相识就是巧遇，这一次又是巧遇！"

李白紧握孟浩然的手："还是那句话：缘，妙不可言。"

他们一起登上黄鹤楼，凭栏俯瞰，烟波浩渺的长江水滚滚东流，令人不胜感慨。

孟浩然问李白："黄鹤楼乃天下绝胜之景，你不在这里写一首诗吗？"

"登上黄鹤楼，有飘飘欲仙的感觉，真想写一首诗。可是已经有了崔颢的《黄鹤楼》，'黄鹤一去不复返，白云千载空悠悠'，让后人难以超越，我就不必写了吧！"

二人相视一笑。

走下黄鹤楼，又下了蛇山，他们沿着长江堤岸漫步而行。

孟浩然望着李白，动情地说："太白贤弟，我一直在惦念着你。这次游历，我从江夏乘船出发，要先到扬州，那是咱们曾同游过的地方，可以重温美好的友情时光啊。去扬州的客船都预订好了，今天下午开船。"

李白深受感动："我也惦念着浩然兄，怀念我们一起在扬州的日子。哦，最近听到一些关于你的传闻，让我非常为你担忧。正好今日相逢，可以当面厘清传闻的真伪了。"

"什么传闻？说来我听听。"孟浩然不明就里。

"我听说，你钻到王维的床底下了？"

孟浩然叫道："这从何说起呀，我怎么会往王维的床底下钻呢？"

"你听我说，传闻是这样的：有一天，王维把你邀请到内署里他的住处。不一会，圣上驾到了。惊慌之中，你藏到了王维的床底下。王维可不敢欺瞒圣上，讲出了实情。圣上宣诏你出来。你从王维的床底下出来，跪拜了圣上。圣上问你写过什么诗作，你再次叩拜，然后就开始咏读自己的诗。读到'不才明主弃'时，圣上龙颜大怒：'孟浩然呀，你没有谋求仕途，却说我抛弃你，这不是诬赖我吗！'于是，圣上打发你离开长安，回老家去了。"

孟浩然淡淡一笑："我没有藏到王维的床底下，圣上也没有到王维这边来，我当然也没有见到圣上……"

"那么，这段传闻完全是假的了？"

"不，除了这三个'没有'之外，其他都是真的。圣上确实看到了我的诗，读到'不才明主弃'时，圣上确实龙颜大怒，确实说了那些话，也确实让我离开了长安。"

李白叹息："我说过'不才明主弃'那句诗会给你招来祸事的。"

"其实，祸兮福所倚。我离开长安，归隐山林，过上了无欲无求的田园生活，都是多亏了圣上的恩准啊。就像俗话所说，一了百了嘛。"

"真的，你是无欲无求、自由自在了，也很好啊。我什么时候能像你一样归隐山林呢！"

"你年轻，现在还不必想着归隐。对于你来说，归隐还是很遥远的事呢！"

他们在一张石凳上坐下歇息。孟浩然问："太白贤弟，你的《蜀道难》写好了吧？可否让我先睹为快？"

"不久前才完稿，刚好我带在身上了，请浩然兄指教！"李白从怀里取出《蜀道难》诗稿，递给孟浩然。

孟浩然展开诗稿，专注地看着。第一句"蜀道难，难于上青天"，就引发了内心的猛烈震撼。随着诗句的延伸，孟浩然的情绪愈发激动起来，心中如狂涛席卷。读毕，孟浩然静思良久，叹道："这是一首令人心潮澎湃、热血沸腾的诗作！"

李白坦言："为写《蜀道难》，我倾注了全部心血，它是我黯淡的人生中一盏闪亮的灯火，是我于绝望中点燃的希望。有这样一盏灯火在燃烧，我才觉得活着是有意义的。"

孟浩然也深有感慨："伟大的诗篇，大都是痛苦的磨砺中诞生的。有人说'忧患出诗人'，看来，其言不谬哟！"

"从屈原开始，'忧患出诗人'的故事在不断延续。能够步屈原的后尘，也是莫大的荣幸。"

孟浩然赞许："这首《蜀道难》，可谓千古绝唱！"

李白一笑："浩然兄过奖了！"

孟浩然认真地说："不是溢美之词。太白贤弟，你是天才，应该得到施展才华的机会。你要奋力一搏啊！"

"我竭尽全力了。这几年，我离别家眷，四处奔走，硬着头皮与那些公卿官员周旋，还给他们献诗作赋，可是却不断碰壁，一筹莫展，没有人理睬我。实在山穷水尽，我都准备像陶渊明那样'归去来'了，归隐之路或许就近在眼前。"

人们常说：当局者迷，旁观者清。李白是"当局者迷"，而孟浩然此时已经"出局"，恰是"旁观者清"。他慢条斯理为李白指点迷津："依我看，你寻求举荐屡屡碰壁，是没有找准目标。你拜谒的官员，有的眼光短浅，不理解你的宏图大志；有的明哲保身，怕举荐你影响他们的仕途前程；当然，还有的干脆就是嫉贤妒能！"

李白频频点头。

孟浩然继续说:"也有的官员,既非目光短浅,也不是明哲保身,更不是嫉贤妒能。他们是不喜欢你傲岸不逊的秉性。"

李白赞同:"你说得对。我曾经拜见过李邕,他是大学问家,我很崇拜他,他也欣赏我的才华,可是他觉得我狂妄,不太喜欢我。"

"所以,你一定要找一位既理解你的志向、欣赏你的才华,又认可你的秉性的人,他才会倾力举荐你。"

"真有这样的人吗?在位居高层的官员中,能有这样的人吗?"

"有!"

"是谁啊?"

"有这样一个人,他叫贺知章。"

"贺知章,哦,我知道,他与陈子昂生于同一时代,是老前辈了,中过状元,很能喝酒,担任礼部侍郎,兼集贤殿学士。"

孟浩然加以补充:"他是越州永兴人,自号'四明狂客'。从他的自号,就能猜到他的为人。对于你放荡不羁的天性,他至少不会反感。他是一位杰出的诗人,一定喜欢你的诗。他确实很能喝酒,但他喝酒也与你有相通之处,你们俩都不是酒鬼,而是'酒仙'!你想想,是不是应该去见见贺知章呢?"

李白说:"你说得很有道理!我想起来,贺知章有一首诗:'主人不相识,偶坐为林泉。莫谩愁沽酒,囊中自有钱',写得风趣幽默。我喜欢他的诗,感觉与他有相通之处,他可能也会对我有同样的感觉。应该去见见他。那么,我见他时,带上什么作品为好呢?"

"你可带上《蜀道难》和《乌栖曲》。我刚刚看了你的《蜀道难》,在扬州,看过你的《乌栖曲》。《蜀道难》有惊天动地的震撼力,是你迄今最优秀的作品;《乌栖曲》是你的心血之作,这世界上能真正读懂《乌栖曲》的人并不多,而贺知章是越州人,又历经世事浮沉,对于咏叹吴越兴衰的《乌栖曲》应当有深刻的感悟。"

李白大喜:"谢谢你,给我出了好主意。有机会,我一定带上这两首诗去见见贺知章。我太感谢你了!"

"你要怎样谢我呢?"孟浩然问。

"我请你喝酒!"

"咱们在黄鹤楼不期而遇，酒是一定要喝的，但光喝酒还不够。"

"那么，我写一首送别的诗给你吧！"

孟浩然笑逐颜开："好啊，我正想要你一首送别诗呢。"

"诗要写，酒也要喝，边喝边写吧。"

恰巧附近有一家小酒馆，酒旗迎风招展。二人走进去，让店里的伙计上了一壶酒、几盘小菜。坐在靠窗的位置，刚好可以看到不远处的黄鹤楼。

李白先与孟浩然干了一杯酒，说："以你我兄弟间的深厚情意，这首送别诗可不能敷衍了事，我要悉心思量，你别着急哟。"

"我不着急，不催你，慢慢写！"

孟浩然看着窗外，黄鹤楼历历在目，忽然心生一念。他暗想：太白贤弟在黄鹤楼之下写诗，意义不同寻常啊。刚才在黄鹤楼上，能感觉到他对崔颢的《黄鹤楼》并不服气。但是要写一首赞美黄鹤楼的诗，超越崔颢的《黄鹤楼》，又谈何容易。如果另辟蹊径，在黄鹤楼写一首送别诗，也可与崔颢的《黄鹤楼》相媲美啊。孟浩然有这样的想法，但不敢说出口，怕给李白增加压力。写诗贵在自然，妙趣天成。如果想法多了，刻意追求，结果会适得其反。孟浩然把想法藏在心里，一个字都不说，只是聊着闲天。

李白还在构想诗句，不时喝一口酒。一个时辰就这样过去了。

他们又喝了几杯，李白的诗还是没有头绪。

孟浩然有些着急了："太白贤弟，我坐的船再有两个时辰就要开船了，多希望在分手之前能看到你的送别诗啊！"

李白沉思良久，终于一拍桌案："我想出了前两句！要不，我把前两句先念给你听？"

孟浩然连忙摆手："别！还是等你写出全诗，我得一完璧吧。"

"我今天不知怎么了，思路不畅。也许是我太想把这诗写出精彩了。我先送你上船吧，你走后，我再继续构想。等写好了，托朋友捎给你，如何？"

"也只能这样了，我等着你的诗啊！"

李白送孟浩然去码头上船。码头离黄鹤楼也不远，他们沿着江边走过去。

去码头的路上，孟浩然问："太白贤弟，你多久没有回家了？"

李白想了想："这次出行，时间可不短了，大概4年多了。"

"你一直没有回去看望你的妻子？"

"哦，没有。"

"不应该啊！你妻子在家里会多么惦念你啊，她会多么孤单啊，你居然4年多没有回去！"

"我也是想念她的，在洛阳，还给她写了好多首诗。"

"你给她写的诗，是你们夫妻的私房话，回家念给她听吧。江夏离安陆很近，只有几百里路，你明天就回去！见贺知章的事情不必着急，以后有机会再说，赶紧先回家吧！"

"你放心，我明天就走！"

孟浩然上了船。帆蓬缓缓升起，船解缆离岸，起航了。孟浩然在船上频频挥手，李白含着眼泪站在江岸上，呼喊着道别。

载着孟浩然的那条船，很快就顺风顺流向远方航行而去，越来越远，就要消失在视野中了。

李白回过头，看到黄鹤楼就在身后不远。忽然想起王之涣的名句"欲穷千里目，更上一层楼"，他三步并作两步，一路小跑向黄鹤楼奔去，气喘吁吁登上黄鹤楼。

果然，在黄鹤楼上，还能依稀看到孟浩然乘的那条船。隐隐约约的一叶孤帆，渐行渐远，直至踪影渺然，遥远的天际只有长江的无尽流水。

看着那一叶孤帆消失在天际，李白热泪盈眶，一首《送孟浩然之广陵》的诗句如江潮般蓦然涌上心头……

孟浩然离开江夏，到达扬州。在扬州流连十几日，收到了李白托朋友捎来的《送孟浩然之广陵》诗稿。他又由扬州到了越州，继而前往建德。

乘着一条小船，孟浩然沿桐庐江逆水而上。那一晚，小船停泊在桐庐江边，孟浩然枕着手臂，独自一人躺在船里。

李白的《送孟浩然之广陵》诗稿，他看过无数遍，早就熟记于心了。此刻，他再次动情地吟咏了这首诗：

> 故人西辞黄鹤楼，烟花三月下扬州。
>
> 孤帆远影碧空尽，唯见长江天际流。

李白的诗句在孟浩然心中引发的感慨，只有他自己能够体味。诗中的"孤帆远影"，恰是他此刻惆怅心迹的写照。他感叹：太白贤弟真是我的知己！

夜深了，孟浩然躺卧在小船里，听江流的湍急水声，伴着远山深处猿猴的呜咽，浮想联翩。

起风了，疾风吹动岸边的树叶和荒草，激起嗖嗖的声响；淡淡的月光之下，是一条孤独的小船。

小船上，是孤独落寞的孟浩然。他不由得想起朋友们，特别思念李白，一首《宿桐庐江寄广陵旧游》的诗句如涓涓泉水从心底涌出：

　　　　山暝听猿愁，沧江急夜流。

　　　　风鸣两岸叶，月照一孤舟。

孟浩然想起与李白一起在扬州度过的美好时光。此后他虽然与李白相见了两次，但都是匆匆而别。唯有同游扬州之旅，给他留下深入心扉的印象。这次，他重游扬州，又唤起了对于那段时光的追忆。离乡漂泊之中的孟浩然，更加怀念温馨的友情，两行热泪止不住地涌了出来。他继续吟咏：

　　　　建德非吾土，维扬忆旧游。

　　　　还将两行泪，遥寄海西头。

该把这首浸透了泪水的诗篇寄到哪里呢？"海西头"是扬州的别称，就寄到那承载着深情记忆的地方去吧！

李白送走孟浩然，写下《送孟浩然之广陵》，就踏上了返回安陆的行程。

一路上，李白想起了与妻子一起度过的朝朝暮暮，妻子的温柔，妻子的聪慧，妻子的美丽，妻子的善解人意。

此时，他已经归心似箭了。

第五章　将进酒

李白把《长相思》念给妻子听

李白回到安陆，回到离开 4 年多的家。

许家的深宅大院依然如故，却显得冷清了许多。一位素颜的女子，头发略显蓬乱，站在宅门前，朝着通衢大路的方向张望。

李白走上去，才发现这女子正是自己的妻子许萱。

许萱也认出了李白。她痴痴地望着丈夫，嘴唇颤抖着，说不出话来。

李白走到近前，握住了妻子的手，感觉妻子的手是冰凉的。许萱浑身瑟瑟发抖，身子一软，瘫倒在李白的怀里。

李白扶着许萱回到他们的房间，许萱才"哇"的一声大哭出来，痛哭流涕地说："你怎么走了这么久啊！音信全无，我还以为你不在了呢！"

李白竭力安抚妻子。

许萱哭着说："你走后，先是母亲去世，去年父亲也去世了。"

李白听了很悲痛，来到厅堂，在岳父、岳母的牌位前磕头祭奠。

祭奠之后，回到自己的房间，许萱已经止住了哭泣。她心疼地看着李白："你变得这么瘦，骨瘦如柴，一定受了不少的苦吧？"

李白看着妻子，抚摸着妻子的脸颊："你也憔悴了许多。"

夫妻抱头痛哭。

许萱给李白做了一顿丰盛的午餐。饭后，李白本想把在外面给妻子写的诗拿出来，读给妻子听。可是，许萱却进了里屋，撂下帘子。迟疑片刻，又卷起帘子。坐在里屋床榻上，不再理睬李白。

李白听到妻子在低声抽泣，从卷起的珠帘下面，看到妻子皱着眉，不停擦眼泪，知道她还在生气。难怪妻子生气，自己走了4年多，音信杳然，生死两茫茫，她能不着急，能不生气吗! 于是，吟出诗句：

> 美人卷珠帘，深坐颦蛾眉。
>
> 但见泪痕湿，不知心恨谁。

李白说："娘子啊，我知道你现在最恨的人是谁，就是李白呀。李白要向娘子负荆请罪了! "

许萱说："不用负荆请罪，我只问你一句话。"

"娘子问吧。"

"你这次回来，还走吗? 陶渊明都有'归去来'的时候，你是不是也该'归去来'了呢? "

李白走进里屋，坐在妻子身边："娘子啊，我回来的路上，走到白兆山桃花岩，在那里看中了一块地，山清水秀的风水宝地。我的想法是，咱们把这块地买下来，盖一座房子，搬过去住，在那边种瓜种菜，过怡然自得的生活，你看好不好? "

"你真的在白兆山桃花岩看中了一块地?"

"当然。"

"你真的能过种瓜种菜的田园生活?"

"毫无疑问啊。"

许萱破涕为笑："好了，夫君，把你在外边写给我的诗拿出来，念给我听吧。我等待这一刻，已经等了4年多了! "

李白急忙从包囊中取出诗稿，吟咏了一首：

> 阳台隔楚水，春草生黄河。
>
> 相思无日夜，浩荡若流波。
>
> 流波向海去，欲见终无因。

遥将一点泪，远寄如花人。

李白深情地说："我日夜思念着你，期待着欢聚，可是我和你却被楚水遥相隔离；你像是生在黄河边的春草，我对你的思念就像浩荡无尽的波涛。波涛载着我的思念流向大海，我和你却无缘见面。只能把相思的泪水，寄给远方如花似玉的你。"

许萱泪水如注。

李白又抽出一份诗稿："我还模仿你的口气，写了回复的诗呢。"

长短春草绿，缘阶如有情。

卷施心独苦，抽却死还生。

睹物知妾意，希君种后庭。

闲时当采撷，念此莫相轻。

许萱说："我理解这诗的意思：春天里碧绿的卷施草啊，高低相间依偎着台阶生长，就像懂得人情。抽去卷施草的芯，它却仍然活着，痛苦只有自己知晓。看到'拔心不死'的卷施草，你就明白了我的心境。盼望你把这可怜的小草种到庭院里吧，闲暇时去采撷几枝，经常关注它，切莫忘记我对你的一往情深。"说着，哽咽起来。

李白潸然落泪，又取出一份诗稿："我这次出走4年多，前一半时间在长安，之后又到了洛阳。刚才这两首诗是在洛阳写的。此前在长安还写了两首《长相思》，与刚才的诗一样，第一首表达我对你的思念，第二首是代你写给我，写你对我的思念。"

李白动情地吟咏了两首《长相思》。

许萱凝神倾听。听到"长相思，在长安"，"长相思，摧心肝"，"孤灯不明思欲绝，卷帷望月空长叹"时，感到撕心之痛。

听到最后一句"不信妾肠断，归来看取明镜前"时，许萱说："夫君，你看看吧，我对你的思念都在脸上留下痕迹了。"

李白怜爱地看着妻子憔悴的脸，无限悲楚。

许萱拿过《长相思》诗稿，又仔细读了一遍，却发现了疑点："诗中'愿随春风寄燕然'是什么意思，'燕然'是在边关吧? 这诗好像不是为我而作的!"

李白仰头朝天，捶着自己的胸口："苍天在上，我写《长相思》时，心里想的就是爱妻你! 如果没有你我两情相好、心心相印,我怎能写出这么好的诗。"

"不用明誓,我相信你。但是那一句诗怎么解释呢?"

"我觉得,加上'愿随春风寄燕然'之后,就有了苍莽大漠的情怀,能让更多的有情男女从诗中受到感动,激发他们的情感,也是一件好事啊。"

"可是,别人看了,会想到这诗不是为我而写的。"

"天地可鉴,你我心知,足矣了!"

许萱释然:"好啊,愿天下有情人皆成眷属,愿有情的男男女女都喜欢这首诗。大爱之下,自有小爱。"

李白高兴地拥抱了妻子。

这时,许萱问了一个早就想问的问题:"夫君,你走后,开始时还捎了几封信回来,可后来为什么连一封信都没有了呢?"

李白叹道:"我要做的事情毫无结果,一事无成,令我无地自容,怎么落笔呀。另外,知道你有父母关照,我还是比较放心的。万万没想到父母大人都去世了。"

夫妻唏嘘不已。

许萱伏在李白肩上:"夫君,我的父母都不在了,只有你是我的依靠。今后,你可要对我好一些!"

李白温存地爱抚着妻子。

次年,他们的女儿平阳降生。

李白在白兆山桃花岩买下了那块地,建了新居。他躬耕田间,吟诗读书,过着悠闲自在的生活。

这一天,李白正在新居里面,逗着六个月大的女儿玩耍。许萱走进来,手里拿着一封信:"刚才有熟人捎来这封信。"

李白展开观看,是元丹丘写来的,说是一位友人岑勋从东南来,长途跋涉千里到了嵩山,想要见李白一面。

李白把信给许萱看了。许萱说:"你刚刚静下心来,又要走吗?"

李白说:"岑勋千里迢迢来找我,就为见一面,我不能辜负人家的情意啊。就以我与元丹丘的情分，也不能拒绝这个邀请。为咱们俩的婚事，元丹丘是出了力的。"

"他是怎样出力的呢？"许萱问。

"当初，是元丹丘示意都督府的人，把我到安陆拜见马都督的事透露给了你父亲，故而才有了咱们的婚事呀。"

"原来是这样啊，我说父亲怎么消息如此灵通呢。"许萱莞尔一笑，"看来是不能拦你了，你就去吧。"

"我这次是直去直回，路上绝不耽搁。"

李白夸口：我主动"辞谢"了圣上

李白来到嵩山脚下的颍阳，见到了元丹丘和岑勋。与岑勋相见，一见如故、相见恨晚。

当日，元丹丘设酒宴，招待李白和岑勋。

李白沉浸在与岑勋相见的兴奋中，赞叹："久闻岑夫子大名，今日相见，果然气度不凡、超然物外，宛若仙山琼树一般，真乃'喜兹一会面，若睹琼树枝'啊。"

岑勋谦逊地说："太白君过誉了。我不过是凡夫俗子，对太白君仰慕已久，故而不远千里，前来会面。"

李白说："你千里迢迢来与我相见，让我很感动。"

岑勋说："'海内存知己，天涯若比邻'，这是王勃写给杜少府的诗，又像是在说我们哟。"

三人干了一杯酒。

元丹丘问李白："听说你到长安去了一趟，收获如何？"

李白又喝下一杯，大大咧咧地说："在长安，我不顺心，不高兴，不得意，索性就辞谢了圣上，离开长安，回家去过清闲日子了。"

"你辞谢了圣上？"岑勋惊讶地问。

"是啊，辞谢啦。你们都听说孟浩然的事儿了吧，他被圣上赶出了长安。我就想，与其像孟夫子那样被圣上赶走，还不如自己主动辞谢呢。自己辞谢，多么潇洒呀。"

"那么，你是如何辞谢圣上的呢? 当面告辞?"元丹丘问。

李白又痛饮一杯酒："何需当面告辞! 我走出长安，朝着皇宫的方向鞠三个躬，不就是告辞了吗?"

元丹丘和岑勋这才知道李白是在故弄玄虚地调侃，哈哈大笑起来。他们也明白了，李白在长安没能实现夙愿，只好如此解嘲。

元丹丘笑问："太白贤弟真的鞠了三个躬?"

李白意犹未尽，继续调侃："其实，我一个躬也没鞠，懒得鞠躬，怕闪了腰。我想出一句诗：'余亦谢明主'，就当作是辞谢了圣上。孟浩然的诗句'不才明主弃'，一个'弃'字得罪了圣上；我的'余亦谢明主'，用的是'谢'字，辞谢之'谢'，圣上挑不出毛病来。哈!"

元丹丘和岑勋听得兴味盎然。

李白又说："对了，我正想着给岑夫子写一首诗呢，诗中要把'余亦谢明主'这一句写进去。"

岑勋喜出望外："太白君要给我写诗呀，那就快写吧。"

"莫急，莫急，咱们分手之前，我一定写给你。"

三人又干了一杯。

元丹丘问李白："听朋友讲，你到玉真公主别馆去过，见到玉真公主了吗?"

李白把在玉真公主别馆的遭遇讲了一遍，说自己苦等了十几天，没有见到玉真公主，失望地下了终南山。

元丹丘很为李白扼腕，说："我与玉真公主都是道教中人，我应该有机会接近玉真公主。找机会吧，我想办法见到玉真公主。你别着急，机会是可遇而不可求的。"

李白甚为感激。

元丹丘又问李白："我喝了你的喜酒就离开了，不知你婚后生活如何? 许家小姐待你怎样?"

说到妻子，李白兴奋起来："我夫人是天下最好的女人，知书达理、善解人意，还特别喜欢我的诗。我们有了一个可爱的女儿。我真要感谢元夫子，还有马都督，撮合了这桩婚事。我在安陆的白兆山桃花岩盖了一所新居，过上了躬耕田园的生活。"

元丹丘很为李白高兴，又有些担心："你能够安心过躬耕田园的生活吗？"

李白沉默了。

元丹丘和岑勋都明白，躬耕田园并不是李白的期求，但又不知该说什么，只有举起酒杯，一饮而尽。

将进酒：与尔同销万古愁

次日，三位朋友再次相聚。他们看到街上有一家酒楼，很排场，径直走了进去，找雅座坐下。酒店伙计在一旁殷勤招待。

李白说："今天喝酒，我做东。"

元丹丘说："别，还是我来做东吧。"

"昨天你已经请了一顿，今天该我请客了。"

"不行，在嵩山聚会，我要尽地主之谊。"

二人争执不下，李白忽然一抬头，看到了酒店的招牌，哈哈大笑："你看这酒店的字号，是不是该我做东？"

元丹丘抬头看去，只见酒店的匾额上，"太白楼"三个字赫然在目。

李白振振有词："我李白来到'太白楼'，难道不该请客吗？"

元丹丘只有认可。

没想到，李白的言语被酒店的伙计听到了，伙计悄悄走进内室，把李白来到酒店的消息告诉了老板。

老板闻言喜形于色，一路小跑出来，伙计把李白指给老板。老板深施一礼："敢问客官，您是太白先生？"

李白微微一笑："正是蜀人李白。"

老板欢天喜地："在下也姓李，粗通文墨。我开这'太白楼'，就是仰慕先生的诗名。没想到今天您亲自光临，我三生有幸啊！"

李白给老板介绍了元丹丘、岑勋，老板也一一施礼。

李白与老板互问了庚年，老板年长几岁，李白说："我当以兄长称呼你了。"

杜甫《饮中八仙歌》（节录）　［明］邹元标 书

李白斗酒诗百篇，长安市上酒家眠。天子呼来不上船，自称臣是酒中仙。

老板忙摆手："不敢当，你是大诗人，我只是开酒店的，岂敢以兄长自居！"

李白说："无妨。咱们都姓李，你年长，你就是兄长嘛。"

酒店老板喜不自禁，唤出了自己的儿子，是一个十四五岁的俊美少年，聪明伶俐，颇懂礼数。

老板说："这是我的儿子，您的侄子。您就以儿子呼之，也是妥当的。让他在旁边伺候吧！"又说："今天这桌酒，我请了。"

伙计把最好的酒送了上来，三人开怀畅饮。

李白一时兴起，高声说："今日相聚饮酒，不可无诗！"

岑勋说："太白君诗名誉满天下，我们洗耳恭听即可。"元丹丘也期待地看着李白。

寻思片刻，李白慷慨激昂地吟出：

　　君不见黄河之水天上来，奔流到海不复回！

　　君不见高堂明镜悲白发，朝如青丝暮成雪！

如此气魄雄浑的开篇，元丹丘和岑勋都听呆了。遥想当年，孔夫子也曾站在流淌的河水边，发出"逝者如斯"的感叹。同样是叹息时光的流逝，李白说"君不见黄河之水天上来，奔流到海不复回！君不见高堂明镜悲白发，朝如青丝暮成雪！"与孔夫子的感叹相比，气势要宏大了不知多少倍，而且想象力超凡脱俗，情感如江河横溢。

李白继续吟咏：

　　人生得意须尽欢，莫使金樽空对月。

　　天生我材必有用，千金散尽还复来。

　　烹羊宰牛且为乐，会须一饮三百杯。

"天生我材必有用"和"千金散尽还复来"，都是李白矢志不渝的人生信条。此刻，借助酒力，他把自己的人生信条庄严而隆重地宣示了出来！何等畅快淋漓！既然是"天生我材必有用"，既然是"千金散尽还复来"，那还有什么可忧虑的呢？当然就要"人生得意须尽欢，莫使金樽空对月"，当然就要"烹羊宰牛且为乐，会须一饮三百杯"了！

李白大声招呼岑勋和元丹丘："快喝酒啊，杯子不要停下啊！"

岑夫子、丹丘生，将进酒，杯莫停！

三个朋友大杯痛饮，伙计忙不迭地给他们添酒。

李白觉得用酒杯不尽兴，索性举起酒壶，喝下大半壶，乘兴呼喊："我为朋友们高歌一曲，你们一定要侧耳倾听哟！"

元丹丘、岑勋齐声应答："好嘞，我们侧耳倾听！"

李白唱了起来：

钟鼓馔玉不足贵，但愿长醉不复醒。

古来圣贤皆寂寞，唯有饮者留其名。

陈王昔时宴平乐，斗酒十千恣欢谑。

对于"钟乐美食"这样的荣华富贵毫不稀罕，是李白的秉性；"但愿长醉不复醒"，则是李白的心声。清醒了，他将面对严酷的现实，还不如长醉不醒呢！"古来圣贤皆寂寞，唯有饮者留其名"是李白作为"酒仙"的自诩。他最欣赏被封为陈王的曹植宴饮于平乐园时，那"斗酒十千"尽情欢愉的潇洒故事。曹植"斗酒十千"的故事也是"唯有饮者留其名"一个美妙的例证啊，李白对这段故事情有独钟！

听到李白的吟咏，酒店老板颇受震撼；但看到李白如此豪饮，又担心诗人的身体吃不消，急忙过来劝阻："太白先生，少喝一些吧！"

李白沉浸在酒意之中："老板，今天是你请客，你心疼钱了吗？"

老板急忙摆手："我不心疼钱，真是担心你喝坏了身体呀！"

李白还是自说自话："我有钱！我付得起酒钱！"他想起自家曾经有过的那匹雄健的五花马，还有价值千金的裘衣。他的思绪在过去与现在、真实与虚幻之间游移，忽然看到了站在旁边的老板儿子，于是大声招呼："孩儿啊，快把我的五花马牵出来，把我的千金裘拿出来，换酒喝啦！"

老板的儿子绝顶聪明，悟到这是李白的诗意，顺着诗人的意思高喊："好嘞！一匹五花马，一件千金裘，换酒喝啦！"

李白站了起来，双手扬起，高举向苍天：

五花马，千金裘，呼儿将出换美酒，与尔同销万古愁！

一首惊心动魄的《将进酒》，戛然而止。酒店里沉静了好一会儿。

岑勋率先打破沉静，眼里闪着泪光："太白君，诗之仙人也！却流落于草莽之间，太不公平了！"

元丹丘泪水滂沱："太白贤弟的诗道出了我的心曲，听了此诗，不枉活此一生了！人生难得一知己，人生能有几回搏！我元丹丘不惜拼了性命、赴汤蹈火，一定要设法见到玉真公主，向玉真公主引荐你！"

李白感激地望着他的朋友，突然觉得天地间一片混沌，他两腿发软，醉倒在地。

第二天，李白醒来，发现自己躺在元丹丘的山居内，元丹丘和岑勋坐在身边守候。

"我昨天喝醉了？"李白懵懵懂懂地问。

"你是喝醉了。"元丹丘答。

"我好像吟了一首诗？"

"对呀，你吟了一首诗，惊天动地的好诗！"

"是吗？可是，我竟一句也想不起来了……"李白痛惜地说。

岑勋拿过一份诗稿："太白君不必着急，这是我帮你记录下来的，你看看吧。"

元丹丘给李白倒了一杯茶。

李白喝过茶，头脑清晰了，把《将进酒》诗稿读了一遍，又读了第二遍，热泪止不住地涌了出来："岑夫子啊，谢谢你帮我记录了诗稿。这首诗与我的灵魂是融合在一起的，倘若失去了这首诗，我就失去了自己的灵魂！感谢你，帮我留住了灵魂！"

岑勋感慨不已。元丹丘怦然心动，眼睛又潮润了。

三位朋友欢聚数日，到了分手的时刻。岑勋要回到他隐居的鸣皋山去，先行告辞。李白以一首《送岑征君归鸣皋山》相送，特意把"余亦谢明主"的诗句写了进去。李白还写了一首《酬岑勋见寻就元丹丘对酒相待以诗见招》，记录此次聚会，其中有"喜兹一会面，若睹琼树枝"的佳句。抄写两份，分别给岑勋和元丹丘。

元丹丘本想留李白多住几日，但李白说惦念家中妻子，不便久留，只能告辞了。

李白回到安陆，回到白兆山桃花岩，把《将进酒》诗稿拿给妻子许萱看。

许萱看过，喟然长叹："好啊，一场昏天黑地的豪饮，成就了一首将会流芳千古的史诗。这就是你，李白的本色。"

李白很享受妻子的品评。

仔细看过第二遍，许萱又发现疑点，指着"呼儿将出换美酒"一句问："这'儿子'是怎么回事？你只有一个女儿，什么时候有儿子了？可要讲清楚哟！"

李白忙解释，那是酒店老板的儿子，说了《将进酒》的问世过程。

许萱疑云消散，而后，幽怨地望着李白："你不想有一个自己的儿子吗？"

李白紧紧抱住了妻子。

第二年，他们的儿子伯禽出生了。

许夫人说：我此生无悔

一个黄昏，李白坐在新居的门前，默默地遥望远方。

许萱走过来，站在丈夫身后："夫君，你在看什么呢？"

李白缓缓地说："我在看远方的落日。苍茫的群山，映照在落日的余晖里，如此壮美，又如此悲凉。"

"这些天你一直心事重重的样子，在想什么呢？"

李白摇了摇头："虽然苍山慷慨地容许了我偏安一隅、不问世事，但落下的太阳又使我感伤流逝的光阴，'君不见高堂明镜悲白发，朝如青丝暮成雪'啊！"

许萱从背后抱住李白，眼泪大滴大滴地流出来。

当天晚上，许萱哄着儿子和女儿入睡后，亲自下厨给李白炒了几个菜，又烫了一壶酒，端了过来。

她拿了两个酒杯，斟满两杯酒，递给李白一杯，另一杯拿在自己手里："太白啊，我从来不喝酒的，今晚要与你共饮一杯了！"

李白很惊讶。

她举起酒杯，一饮而尽。李白不明就里，也喝了下去。

她投入丈夫的怀抱："太白啊，抱紧我！"纵情地笑起来："在李白的怀抱中喝酒，太美了，飘飘欲仙的感觉！"

李白拥抱着妻子，却茫然不知所措。

她满怀深情地说："太白啊，你是天上的太白金星，我是沐浴着你星光的一簇萱草；你是'飞流直下三千尺'的瀑布，我是与你共生的那一抹烟霞！咱们成婚十年，在一起近六年，我很满足了，此生无悔！何况，我还为你养育了一双儿女呢！"

李白讷讷地问："娘子，你在说什么呢？"

许萱神情淡定："太白啊，去做你愿意做的事情吧，我不再阻拦了。"

"你的意思是……"

"你愿意去哪里，就去哪里吧。"

李白想了想："我要再去长安，面见贺知章，他是朝廷高官中唯一可能举荐我的人了。"

"好吧，你去吧。"

当晚，许萱连夜为丈夫整理行装。她问："除了那把短剑和日常用品之外，你还有什么必带的东西吗？"

"我要带上一些诗稿，特别是《蜀道难》和《乌栖曲》，这两首诗是孟浩然建议我交给贺知章的。"

"《蜀道难》我知道，《乌栖曲》在哪里呢？我没有见过呀。"

"在诗稿的最下面放着，诗很短，只有7句，你先看看吧。"

许萱找到了《乌栖曲》，认真看着，神色凝重起来："看了《乌栖曲》，我明白你为什么要找贺知章了。你应该去！我虽是女人，也知道'家国天下'的道理。你是天下人的李白，不是我一个人的李白。我不该把你留在家里。"

"我只是不放心你。父母都去世了，两个孩子还年幼……"李白忧心忡忡。

"不必担心我。孩子有乳母帮助照顾，我有丫鬟伺候。孩子的舅舅也在安陆，必要时可以帮衬。你放心去吧！"

李白万分感念地望着妻子。他又想起孟浩然的话：美好的女人是尘世的天堂。

次日清晨，李白背着行囊，离家前往长安。

许萱怀里抱着儿子伯禽，女儿平阳牵着母亲的衣角，送李白到路口。夫妻挥手告别。平阳也挥着小手向父亲告别。

许萱再三叮嘱："太白啊，你要爱惜自己的身体，少喝酒，好自珍重！好自珍重啊！"

贺知章看了《乌栖曲》

李白在紫极宫门外等了一天，袖子里藏着两份诗稿。他知道，贺知章就在紫极宫里，所以，刚到长安就赶了过来。

直到日暮时分，一位七十多岁鹤发童颜的老者从紫极宫中走出来，腰间挂着一只亮光闪闪的小金龟。李白想到这就是思慕已久的贺知章，急忙迎上前去，深施一礼。

这位老者果然正是贺知章。他停住脚步，看了看李白。

李白顾不上说话，也不知该说什么，把袖中的诗稿径直递给了贺知章。

贺知章曾遇见过不少类似的事情，见怪不怪了。他接过诗稿，随意瞟了一眼，看到"蜀道之难，难于上青天"的诗句，不由得心中倏然一惊。他想，眼前的书生可不是等闲之辈啊！他示意李白一同走进附近的一家酒楼。

酒楼的伙计对贺知章很熟悉，引着他们来到一间清静的单间。

坐下后，贺知章一言不发，低头看李白的诗稿。他先看了《蜀道难》，边看边点头，赞叹不已。

看完《蜀道难》，贺知章抬起头来，眯着眼睛，仔细端详李白："小老弟，介绍一下你自己吧。"

"在下是蜀人李白，冒昧面见知章公，还请恕罪！"

"什么，你就是李白啊！"贺知章惊呼，"怪不得你的诗如此气势磅礴，只看了第一句就让我眼界洞开、心悦诚服了。"

"知章公过奖了，晚生还是初学哟。"

贺知章笑道："你可不简单呀！你的诗，像《静夜思》《长干行》《望庐山瀑布》，都已经家喻户晓了，我也拜读过。这首《蜀道难》是第一次读到。"
又问："你叫李白，字太白，你的名字与天上的太白金星有关系吗？"

李白说："我幼年听母亲说，她生我时梦见了太白金星。所以，我名
'白'，字'太白'。"

贺知章哈哈笑起来："你的诗气势恢宏、惊天动地，不是凡夫俗子能写得
出的；你又与太白金星有缘，果真是仙人下凡哟！"

李白红着脸说："晚生凡胎俗骨，只是喜欢吟诗，对诗一往情深。"

"那也好啊，你就是诗仙嘛！"贺知章依然兴味不减。

"我哪里是诗仙，愧不敢当！"李白说着，做了一个手势，示意在《蜀道
难》下面还有一份诗稿。

贺知章明白了李白的意思。其实，刚才贺知章已经注意到《蜀道难》下面
还有一份诗稿，那是一首仅有寥寥几句的小诗。贺知章没有意识到，一首小诗
能有多么大的蕴涵，所以不曾仔细观看。在李白提醒下，贺知章拿起了那份诗
稿，看了起来。

> 姑苏台上乌栖时，吴王宫里醉西施。
>
> 吴歌楚舞欢未毕，青山欲衔半边日。
>
> 银箭金壶漏水多，起看秋月坠江波。
>
> 东方渐高奈乐何！

贺知章清楚地知晓，这首诗所述故事的因果始末。想当年，吴王夫差打
败越国，带回美貌绝代的越女西施。他在姑苏山上修建了姑苏台，夜以继日与
西施享受欢乐，那是无穷无尽的欢乐哟。《乌栖曲》的诗句，把贺知章带到了
吴越春秋的历史场景中：

太阳偏西，乌鹊飞回自己的巢，安宁地栖息了；姑苏台上的吴宫里，西施
正在吴王身边举杯豪饮、醉意朦胧。

成百上千的美女啊，簇拥着西施，娇柔地唱着吴歌，曼妙地跳起楚舞；
吴王心花怒放、兴味正浓，却忽然发现西边的青山已经吞掉了半轮红日，凝重
的暮色悄然降临了。

吴王与西施通宵达旦寻欢作乐，无心关注时光的流逝，铜壶里的漏水不
停歇地滴淌，快要漏尽了。这时，西施站起身来，倚着吴宫的窗户，就看到那

皎洁的秋月坠入了汹涌江波之中。

天将破晓，一线曙光出现在东方，太阳又要升起来了。纵情享受的人们依然如梦如痴，沉湎于欢乐。

贺知章观看《乌栖曲》的时候，李白在观察贺知章的表情，内心惴惴不安。

一首仅有7行字的《乌栖曲》，贺知章竟看了半个时辰。终于，他放下了诗稿，对诗稿未置一词，却大声招呼酒楼伙计："来呀，上酒！上酒！"

酒楼伙计送上好酒。贺知章举杯，与李白共饮。至于《乌栖曲》，依然不作评价。

李白也不便问询，找别的话题与贺知章攀谈起来。

"我听说，您年轻时，有一次醉酒之后，竟掉到井里了！"

"小老弟，你从哪里听来的呀！不过，这件事倒确实是真的，幸好那是一口枯井，哈哈。我也知晓'李白斗酒诗百篇'的民谣，咱们俩是天生一对哟！"

"晚生可不敢当！您是老前辈，与陈子昂是同一代人，我很敬重您那一代的卓越诗人。"

"子昂出生比我晚两年。可惜，他死得太早，只活了42岁。"

李白说："我对陈子昂也很敬佩。出蜀前，曾在峨眉山与高僧怀一法师相识，承蒙法师赠送《陈拾遗集》十卷。我由此而拜读了陈子昂的诗作，受益匪浅。可悲的是，陈子昂卸任返乡后，那个名叫段简的县令贪婪残暴，觊觎陈子昂的财产，把他抓进监狱，竟使他忧愤而死。这样的贪官，人面兽心，可恨之极！"

"是啊，子昂死得太惨了。"贺知章沉痛地说。

二人边饮酒，边交谈，又谈了许多与诗相关的话题，虽然年龄相差甚大，却因志趣相投而亲密无间。

聊着聊着，李白用期待的目光看着贺知章。

贺知章知道李白的意思，是想听听对于诗作的评价。他不假思索，用一句话概括了自己的感受："《蜀道难》是惊天地之品，《乌栖曲》乃泣鬼神之作。"

"惊天地，泣鬼神……"李白认真琢磨着贺知章的评语，特别是对《乌栖曲》的评语，"泣鬼神"三个字胜过万语千言！

李白感恩地望着贺知章。"惊天地泣鬼神"是李白孜孜追求的境界，但由贺知章亲口道出，得到这位前辈的认可，意义非比寻常啊。

贺知章坦诚地说："小老弟，我跟你交个底吧。你放心，我一定会向圣上举荐你的。像你这样的人才，若不能得到举荐和重用，那是我大唐的不幸。但是，我也不是经常能面见圣上，要等机会。所以，你可别着急。"

李白连忙站起来，深鞠一躬，几乎落下泪来。

看看天色不早了，贺知章要招呼酒楼伙计结账。

李白拦住，想自己付账。

贺知章严肃起来："你知道，我是要举荐你的。若喝了你的酒，岂不是受了你的贿赂，那我还能正大光明地举荐你吗？"

李白只好作罢，对贺知章又平添了几分敬仰。

贺知章叫来伙计，掏钱付账。没想到，掏遍了身上，竟没有带钱。他一低头，看见腰带上挂着的那只亮光闪闪的金龟，笑着解下金龟，递给伙计："就用这只金龟抵偿酒钱吧！"

酒楼伙计连连摆手，推开金龟："贺老先生，这金龟太贵重了，我不能收。您是常客，酒钱先赊着吧。"

贺知章收起金龟："谢谢你，明天我把酒钱如数送来。"

分手时，贺知章问李白："你与孟浩然是好朋友吧？"

"极好的朋友，为他写过《送孟浩然之广陵》。"

"我读过这首诗，所以才知道你们是好友。知道他的近况吗？"

"我刚刚到长安，还不知道他的情况。"

"张九龄被贬为荆州长史，把孟浩然招到了帐下。"

"浩然一直想要追随九龄公，终于和九龄公在一起了，一定是心满意足了！"

知晓了孟浩然的近况，李白忽然想到要写一首《赠孟浩然》，起始两句也想出来了："吾爱孟夫子，风流天下闻"。李白从没在诗中写过"吾爱"某人，他直抒胸臆，写出"吾爱孟夫子"，是因为实在太喜欢孟浩然了。

张九龄：我断定安禄山日后必会作乱

孟浩然在赣州云游时，接到了张九龄的书信。张九龄把贬为荆州长史的消息告诉他，召唤他来荆州，到自己帐下。孟浩然先是为张九龄被贬而愤愤不平，又想到终于能实现追随张九龄的夙愿了，不禁欣喜若狂，星夜兼程赶赴荆州。他如愿以偿，成为张九龄的幕僚。而张九龄对孟浩然颇为爱惜，关怀照顾是远胜于一般幕僚的。

张九龄已经 65 岁了，依然神采奕奕、精神矍铄，这让孟浩然倍感欣慰。孟浩然陪伴在张九龄身边，二人亲密无间，无话不谈。

有一天，张九龄携孟浩然出行，泛舟于湖上。孟浩然又为张九龄被贬的事而发起了牢骚。

张九龄笑道："还记得我的诗吗：'草木有本心，何求美人折？'为人处世，要像草木一样淡定，不必刻意追求哟！"

孟浩然默默点头深思。

张九龄感叹："其实，圣上对我是关爱有加的。有一件事情让我感念颇深。按本朝惯例，公卿上朝时随身带着笏板，骑马时要把笏板插在腰带上。而我年老了，不方便腰插笏板，常常是让随从帮我拿着。朝廷于是设立了笏囊。笏囊的设立，就是因我之故啊。"

孟浩然很惊讶地听着。

张九龄继续抒发他的感慨："我听说，在我被贬谪之后，宰相每次推荐贤才时，圣上一定会问：'你推荐的这个人，他的节操、品质、气度，能够像张九龄吗？'你看，圣上对我是多么器重啊。"

孟浩然不解地问："那么，圣上为什么要贬你到荆州来呢？"

张九龄淡淡一笑："朝廷内各种势力互相争斗，盘根错节，弄得我疲惫不堪。圣上可能是想让我避避风头，清静一下，也养养身体。待神清气爽、精力十足了，我想，我还是有机会回到长安，辅佐圣上的。"说到这里，张九龄又长叹一声："这些天，我总想着一个人，他是国家的祸患，让我忧心忡忡啊！"

"什么人呢？"孟浩然问。

"就是安禄山呀! 我当宰相时, 曾见过安禄山。当时就发现他面目凶悍、言辞诡诈, 善于奉承却笑里藏刀, 绝不是忠良之辈, 我断定他日后必会反叛作乱。后来安禄山在张守珪手下当副将, 他率军讨伐契丹失利, 致使军兵伤亡惨重。张守珪将安禄山押送京城, 奏请朝廷将其斩首。我毫不犹豫地在奏折上批注:'为严肃军纪, 应该将安禄山斩首'。可是, 圣上却心慈手软, 赦免了安禄山。圣上是出于好心, 想为国家留下一个贤才。但安禄山狼子野心, 日后必成危害国家的祸患呀!"

"那怎么办呢?"孟浩然也很着急。

"我要调养好身体, 等待机会, 回到长安去, 尽力辅佐圣上, 提醒圣上防备安禄山!"

孟浩然心想, 我陪着九龄公消遣散心, 让他尽快调养好身体, 回到长安去, 也算是为国家作了一份贡献。我没有更大的本事, 就充分发挥自己的特长吧。此后, 孟浩然陪着张九龄, 在公务之余的闲暇时光, 游历荆州附近的山川湖泊, 吟诗作赋, 过了一段舒心惬意的生活。

这是孟浩然一生中最美好的时光。可惜, 这段美好的时光太短暂了, 只持续了不到一年。开元二十六年(738 年), 张九龄让孟浩然暂时回归乡里。他回到襄阳, 回到自己那间简陋的茅庐, 殷殷期待着张九龄的再次召唤。然而, 他没能等来这一天。

开元二十八年(740 年)春, 张九龄返回家乡韶关曲江, 拜扫先人之墓。灾难竟从天而降。因感染疾病, 张九龄不幸去世, 终年 68 岁。

张九龄辞世, 令孟浩然万分悲痛, 也让他感受到沉重的打击。仅有的精神支柱轰然倒塌, 天地一片晦暗, 他的希望彻底破灭了。

孟浩然病倒了。他背上生了一个毒疮, 疼痛难忍, 坐卧不宁。经寻医问药, 方才有所好转。

我爱孟夫子　风流天下闻

孟浩然的病情有所好转, 又迎来了一位好朋友, 王昌龄前来探望他了。与好友久别重逢, 孟浩然高兴极了。

见面时，孟浩然半躺半坐在病榻上，招呼王昌龄在自己身边坐下。王昌龄先问询孟浩然的病情，知道病已好多了，甚为欣慰。

二人聚首，不由得想起当年在长安住在一起，共同度过的日子。

孟浩然回忆："十多年前，我到长安应试，住在你家里。我们在同一盏灯下看书，同一口锅里吃饭，用同一个砚台研墨写字，夜里同榻并衾共眠。那段日子终生难忘啊。"

王昌龄说："是啊，十多年了，往事还历历在目呢。"

孟浩然接着回忆："我对你的才学和人品都深为钦佩，你的际遇也令我扼腕：考中进士，仅做了秘书省的小小校书郎，才高八斗、学富五车，却家徒四壁。"

王昌龄笑道："我的坎坷人生，那时还只是个开头。我当校书郎的时候，朋友们都叫我'王大校书'；后来，我当了龙标尉，朋友们又改叫我'王龙标'了。听起来似乎很风光，其实，龙标尉的官职比校书郎还要低呢，我是被贬职了。"

孟浩然叹道："我的命运也很不济。好不容易盼到追随九龄公的机遇，可是九龄公又不幸去世了。"说着，落下泪来。

见孟浩然伤心，王昌龄就想聊些轻松的话，信口而言："听说，你钻到王维的床底下啦？"

孟浩然的神情越发沉郁："你说的是'不才明主弃'诗句惹圣上发怒的事吧，确有其事。但我并没有钻到王维的床底下，这个情节是有人编造的。"

王昌龄无意中戳到孟浩然的痛处，急忙转换话题："你住的这间茅庐挺好的，夜听松涛阵阵，晓看白云飘飘。到了你这茅庐，就想起刘备三顾茅庐的故事。你是襄阳人，与诸葛亮一样也住茅庐哟。"

孟浩然苦笑一声："是啊，我的《岁暮归南山》是在这间茅庐写的，诗中有'北阙休上书，南山归敝庐'之句，'敝庐'即指这间茅庐。接下来，就是那句'不才明主弃'了……"

竟又戳到了孟浩然的痛处！不能总是揭他的伤疤啊！王昌龄索性把话题扯得远远的："浩然兄，我这些年与朋友交往，遇到一些趣事，你想听听吗？"

"好啊，我想听！"

王昌龄娓娓讲来："我与高适、王之涣交往甚密。有一天，我们三人相约到一家酒楼喝酒，刚好有几位歌女为客人唱歌助兴。第一位歌女唱了我的'一片冰心在玉壶'，第二位歌女唱的是高适的《燕歌行》。第三位唱的又是我的诗作，第四位还是高适的作品。这时，王之涣依然淡定自若，指着最后一位歌女说：'歌女总是把最好的歌放在最后演唱。如果最后一位歌女不唱我的作品，我今生就再也不写诗了。'果然如王之涣所料，最后一位歌女姗姗登台，纵情高歌了一曲'黄河远上白云间，一片孤城万仞山'，迎来全场喝彩。我们对王之涣也更加心悦诚服了。"

"这故事太精彩了！"孟浩然露出欢愉的笑容。

交谈中，听说王昌龄是被贬岭南，路过襄阳来看望自己，孟浩然很是感激，也为王昌龄的仕途遭遇深为扼腕，当即写了一首《送王昌龄之岭南》，其中有"数年同笔砚，兹夕间衾裯"的诗句，追忆当年共同生活的岁月，感叹天各一方的离别。

收下孟浩然的《送王昌龄之岭南》，王昌龄再三感谢，说："时间仓促，我来不及为你写诗相赠了。但是，我带了一首李白写给你的诗，你一定会更喜欢的。"

"什么？李白给我写诗了？快拿给我看！快！"

王昌龄从行囊中取出李白《赠孟浩然》诗稿，孟浩然迫不及待地从病榻上跳下，接过诗稿，声音颤抖地读起来：

吾爱孟夫子，风流天下闻。

红颜弃轩冕，白首卧松云……

读罢，孟浩然跌坐在床榻上，双手掩面，号啕大哭。

痛哭之后，经王昌龄劝慰，孟浩然渐渐沉静下来。他感叹地说："太白君的诗，为我撷取了最华美的人生段落。'红颜弃官冕'指的是我年轻时隐居深林，'白首卧松云'是指我暮年放情山水。我的一生有了如此隽美无瑕的概括，我死而无憾。最让我感动的，是'吾爱孟夫子'这一句。能得到太白君的挚爱，怎能不让我喜极而泣呢！我感谢太白君写了这首诗给我，也感谢你把这首诗带给我，让我在有生之年能读到这首诗。"说着，又抽泣起来。

说着话，就到了吃饭的时间。孟浩然让家人做了时鲜的菜蔬与鱼虾，招待王昌龄。

王昌龄疑虑地说："你的病还没有痊愈，不能吃时鲜吧？"

孟浩然说："今天你来看望我，我太高兴了。只陪着你吃一点点儿，没有关系的。"

他们边吃边聊，孟浩然又聊起了诗："我读了常建的《宿王昌龄隐居》，你那'隐居'真的很好啊，就像神仙住的地方。"

王昌龄笑起来："我那不过是乡间的一处破房子，让常建一写，竟熠熠生辉了。"

孟浩然说："这就是诗人的乐趣。平淡的生活，在诗人笔下变得异彩纷呈。我们能感受更多的快乐，洞悉更多的生活之美。假如有来世，我还要作诗人。"

王昌龄赞同："我也有同感。我一贫如洗，穷得就只剩下诗了。这些诗作是我清贫人生中一笔无价的精神财富。"

当晚，二人聊了许久。

第二天早晨，王昌龄告辞时，孟浩然已经察觉到病情在恶化，可能是昨天吃时鲜，触动了痼疾。他强撑住身体，送走了王昌龄。

此后，孟浩然的病情趋重，日甚一日。他知道自己的时间已经不多了。他最想见一个人：王维。他把当年王维给他画的像拿了出来，反复观看，爱不释手。睹物思人，他更加想见王维最后一面了。

孟浩然知道，王维现时所在的地点离襄阳不太远，应该能从友人那里知悉自己患病的消息。王维知道了消息，一定会风雨兼程赶过来的！

在生命的最后几天，孟浩然让家人把茅庐的窗子和门都打开，把他的病榻搬到靠近门窗的地方，他半躺半坐在床榻上，凝视着窗外的大路，望眼欲穿……

此时，王维确实就在离襄阳几百里远的地方，他也知道了孟浩然病重的消息，立即雇了一辆马车，向襄阳疾驰而来。王维坐在车上，心急如焚。

孟浩然命悬一线。他用最后的力量抬起手指，微弱的声音招呼家人："去，把大路旁的那几根竹子砍掉，别让它们挡住我的视线，我要看得更远，更远!"

王维坐在马车上,也焦急地催促车夫:"快一些呀,再快一些呀,我会多多给你银两的!"马车如风驰电掣一般。

然而,当王维赶到孟浩然的茅庐时,茅庐已经成了灵堂。

王维扑倒在孟浩然的棺木前,放声痛哭。

他取出随身带着的琴,坐在灵柩前,要为好友弹奏一曲。他把对于好友的追思和哀伤,都融入了琴声之中。

一曲弹罢,王维又赋诗悼念孟浩然:

> 故人不可见,汉水日东流。
>
> 借问襄阳老,江山空蔡州。

诗中,"襄阳老"指孟浩然,"蔡州"则是指孟浩然的家乡。王维感叹:江山依旧,而故人已不可见,怎能不令人怅然若失、潸然泪下呢!

李白在长安,也获悉了孟浩然辞世的消息。

这消息让李白感到极为震惊。孟浩然只活了52岁,英年早逝,太可惜了。二人相识十余年,孟浩然一直像兄长一样关心李白,给了李白许多热心帮助和弥足珍贵的提醒。这样一位兄长般的好友突然离世,让李白倍感痛心。

悲痛之中,李白想起《送孟浩然之广陵》的诗作,那是6年前写的。万万没想到啊,仅仅过了6年时间,"故人西辞黄鹤楼"就变成了"昔人已乘黄鹤去"!李白感伤地想:我不要再与崔颢比试高低了,让"故人西辞黄鹤楼"与"昔人已乘黄鹤去"联袂,就是对已故好友最恰当的祭奠!他还想到,自己写的《赠孟浩然》,辗转拜托王昌龄转交,应该收到了吧?

李白又想起了孟浩然的《春晓》。他深情地想象:此刻,孟浩然正安详地沉睡在姹紫嫣红的百花丛中。小鸟不再啼鸣,怕惊醒了沉睡者的甜梦。不会再有风雨袭扰,不必担心落花残红,浩然兄梦中的"春晓"将无比美好,自在逍遥!

李白哭妻

屈指算来,李白离家已经3年了。

他在长安面见贺知章之后，心想：与其在长安苦等消息，还不如各处走走。他先是去了太原，在太原逗留数月，结识了一些朋友；又去了任城等地，也结识不少新朋友。李白与任城的朋友很谈得来，为了经常与这边的朋友联系，就有了举家迁往任城的打算。

周游各地后，李白回到长安，再次面见贺知章。

贺知章说："我这边还没有进展。不如，你先回家去吧，若有消息，我会及时告知你的。"又问："你的家是在安陆吧？"

李白说："我的家现在安陆。不过，这次回去，我有举家迁往任城的打算。"

"哦，我知道了。"贺知章点点头。

就在李白准备离开长安时，听到了孟浩然病逝的噩耗。李白无心再在外面逗留，心中惦记着妻子许萱和两个孩子，随即踏上了回家的路。

返回安陆，走到离白兆山桃花岩不远的地方，就看见一个小女孩站在路旁，踮起脚尖，朝大路这边翘首张望。

更近了，他认出来，那是他的女儿平阳啊！

女儿也大喊着"爹爹"，跑了上来，扑在李白怀里。

平阳声泪俱下："我娘，她不在了！她病死了！"

如晴天霹雳一般，李白几乎跌倒在地。

女儿拉着父亲的手，来到母亲坟前。李白让女儿先回去照顾弟弟，自己留下。他在妻子许萱坟前守了三天三夜，哭了三天三夜。

李白痛哭着，回想起洞房花烛之夜，他拉着新婚妻子的手说："让我们一起变老，一起生出满头白发。我们的白发会很长，有三千丈那么长哟。我就在你身边，为你梳理'白发三千丈'！"那是他的心里话，他是一心想着要和妻子白头偕老的。然而，妻子才三十几岁，就阖然辞世，死得太早了！李白这样想着，哭得更伤心了。

李白守坟的第三天，突然间狂风骤起，大雨倾盆。他纵身扑倒在许萱的坟墓上，用身体为亡妻遮挡雨水，任凭风吹雨打。

强风裹挟着雨水直泻下来，打在李白身上，他一动不动。泪水和雨水汇合在一起，汩汩地流。

过了一个时辰，风雨终于停歇，天空中阴云散去。李白抬头仰望，只见蓝天上显现出一道绚丽的烟霞。他蓦然想起爱妻说过的话："你是'飞流直下三千尺'的瀑布，我是与你共生的那一道烟霞！"李白痴情地想：天上的美丽烟霞，是爱妻在对自己微笑啊！心头涌起暖流。

李白想起与妻子离别前的那个晚上，夫妻二人曾一起喝了酒，那是他们的第一次，也是最后一次。此刻，他多想和妻子再在一起喝酒啊，然而，此生此世已无法实现这个愿望了。李白期盼着，终归有一天，与爱妻在天堂重逢。天堂里一定是有酒的，吴刚不是在月宫为嫦娥酿出了桂花酒吗，所以天堂必定有酒！李白要与爱妻在苍穹之上开怀畅饮，他要大声呼喊：

将进酒，杯莫停，……与尔同销万古愁！

李白亲手在妻子的坟墓周围种下一片树林，让树木护卫她的坟茔，陪伴她的亡灵。树种好之后，李白在爱妻坟前洒泪告别。

他带着一双儿女，怀着悲痛的心情，迁居任城。

到了任城，他在乡间找了一处宅院住下来。他穿着土布的衣服，干一些农活儿。除了和亲友交往之外，他与外界很少联络。接连失去爱妻和好友，李白感到无限苍凉。对于未来，他已不抱什么希望。

李白不知道，也万万不会料到，他命运的转机正在悄然到来。

第六章　云想衣裳花想容

那位"诗仙"到长安了吗?

华清池上，水雾缭绕。

刚刚出浴的杨玉环，身披一袭轻盈的薄纱，依偎着玄宗李隆基的肩膀，娇声问："陛下，那位'诗仙'到长安了吗?"

李隆基从果盘中取了一个荔枝，剥了皮，去了核，把鲜嫩的果肉送进杨玉环嘴里，慢声细语地说："不要叫陛下，叫我'三郎'!别人叫我'三郎'，是要掉脑袋的;你叫我'三郎'，我听着舒服。"

杨玉环嗲声嗲气叫道："三郎!"

李隆基听得心里酥酥的，"哎"地应了一声，又问："玉环，你刚才问我什么啊?"

杨玉环扑哧笑了，荔枝的清香从口中溢出："我是问，那位'诗仙'到长安了吗?"

"哦，你是说李白呀。贺知章向我举荐了他，我妹妹玉真公主也多次提到他。看来，真是个人才啊。我已经下诏宣他来长安了。"

杨玉环"哦"了一声，又提醒："三郎，宫中的牡丹花快要开了。"

"是啊，到时候我们一起去赏花。"

"玉环要为三郎欢歌畅舞，以助雅兴。"

"那是一定的。不过，咱们吟唱的歌词实在是太陈旧了。我乃大唐天子，携爱妃，赏名花，怎么能总是唱旧词呢！等李白来了，让他为我的爱妃写一首新词！"

"好呀。"杨玉环红唇微启，露出娇美的笑靥。

见杨玉环高兴，李隆基也开心地笑起来。

就在李隆基与杨玉环笑逐颜开的时候，忽然间，远处隐隐传来了战马嘶鸣的声音。那声音虽不甚清晰，却浑厚而惊骇，如同千军万马在奔袭而至、掩杀而来，仿佛即将要有血光之灾，令人毛骨悚然。

杨玉环受到惊吓，心房怦怦乱跳，一头扎进李隆基怀里："三郎啊，这是什么声音，好可怕！"

李隆基仔细听了听，笑道："别怕，这是皇家御林军的战马。咱们到华清宫来的时候，有三万骑兵沿途护驾，这就是那三万匹骁勇的战马在嘶鸣啊！"

杨玉环脸色苍白："我还以为有祸事了呢。"

"哪里会有祸事，我大唐的江山社稷有苍天护佑，是不可撼动的，爱妃尽管放心！"

看到杨玉环依然心有余悸，李隆基又安慰："等李白来了，让他多给你写几首诗，你就高兴了。"

杨玉环转忧为喜，脸上微微泛起红晕。

在任城的一户宅院里，李白弯着腰，手里抓了一把黍米，正在饲喂自家养的那只大公鸡。公鸡专注地啄米吃，李白喂得也很专心。忽然，感觉到有人在背后拽他的衣角，回头一看，原来是女儿平阳。

"你自己玩儿去吧，爹正忙着呢！"李白并不想停下手中的活计。

"爹爹，你看！"

"别叫我，我不看，我要喂鸡。"

十岁的平阳伸出小手，指着宅门的方向："爹爹，你看，咱家来客人了。"

李白直起身，顺着女儿手指的方向，看到一位身着官服、骑着高头大马的人来到了家门口，后面还跟着几个随从。

李白扔掉手中的黍米，走上前去。

身着官服的人高声问："请问，你是李白吗？"

"在下正是李白，大人是……"

身着官服的人翻身下马："我乃圣上派来的钦差，圣上要宣你进宫了！李白接旨！"随即宣读了召李白进宫的圣旨。

经历了这么多年四处碰壁、走投无路的困窘，李白早已陷于绝望，心如死灰了。突然听到皇帝要征召他，他完全懵了，根本不能相信自己的耳朵。

他跪在地上，浑身战抖，却不敢接圣旨，傻呆呆地说："世上名叫李白的不知有多少人，该不会搞错了吧？真的是我吗？"

钦差说："圣上有谕旨，要征召的李白，是写'蜀道之难难于上青天'的李白。"

李白这才如梦初醒，诚惶诚恐接过圣旨，俯首叩拜："谢主隆恩！吾皇万岁万岁万万岁！"

钦差离去后，李白把圣旨拿在手里，又反复看了几遍，终于完全相信了从天而降的命运转机。兴奋的情绪如同火星儿点燃了干柴，迅速地熊熊燃烧起来，再也无法克制了。

李白心花怒放。

他知道家里有新酿成的白酒，酒香飘然四溢；而那只喜欢啄食黍米的大公鸡，已经养得很肥美了！他招呼孩儿们把鸡宰了，烹成香喷喷的酥鸡，再热上一壶白酒。

自家宅院中，他扬手举着酒瓶，唱着歌，跳起舞来。他要边歌边舞，且饮且醉；他要高歌劲舞，痛饮狂醉！

他要大声疾呼："仰天大笑出门去，我辈岂是蓬蒿人！"

闺女平阳和儿子伯禽看父亲高兴，也很高兴，牵着父亲的衣襟，一起载歌载舞。

快要离家了，李白才平静下来。他把一双儿女托付给亲友照看，安顿好家里的事情，然后动身赶往长安。

李白上路的时候，一双儿女送他到宅门外。门外那一片桃树林是李白所种，如今已经长高了，开花了。女儿平阳折了一束桃花，送到爹爹手里，泪如泉涌。儿子伯禽与姐姐并肩站在桃树下，姐姐爱抚地搂着弟弟的肩膀，两个孩子是多么孤独可怜。李白悲切地想到，一双儿女失去了母亲，如今自己也要离去，谁来疼爱他们呢! 他摸了摸两个孩子的头，叮嘱了女儿几句，又嘱咐儿子听姐姐的话，而后，狠下心，踏上了去往长安的路。

走到大路口，李白朝着安陆的方向深鞠一躬，那是爱妻许萱长眠的地方。

玄宗皇帝对李白推心置腹

到了长安，李白被安置在翰林院里。

那一夜，他辗转反侧难以入睡。第二天就要上朝了，想到即将见到玄宗皇帝，李白的心情既激动又忐忑不安。

早晨，李白与文武百官一同上朝。他跪在地上，与百官一道向皇帝叩首。叩首之后，李白跪坐着，仰面望去，看到玄宗皇帝身穿龙袍，威严地坐在龙椅上，气宇轩昂的模样。

接下来是例行公事：有官员递上奏折，有皇帝的诏令。然后就有太监宣布，退朝了。

李白与官员们一起走出大殿，忽然听到有人在呼喊："太白先生，请留步!"

回头看去，只见一个肥头大耳的太监在招呼他。

李白知道，这个太监就是大名鼎鼎的高力士，深施一礼："高公公，你找我?"

"请太白先生到皇宫'后庭'去，圣上要召见太白先生。"高力士传达了皇帝的谕旨，脸上露出油腻腻的笑容。

听说玄宗皇帝要召见自己，李白又兴奋又紧张，赶紧跟着高力士来到皇宫后庭。

后庭在皇宫的后面，有山有水，有亭台楼榭，是一座御花园。

玄宗李隆基与李白散步在御花园中。高力士和两个小太监知趣地站在远处。

第一次与皇帝在一起，李白难免有些不知所措，脑子里几乎是一片空白。

玄宗皇帝则不紧不慢地叙谈，渐渐缓解了李白的紧张情绪。

玄宗很随意地说："我从泰山回来写的那首诗，你看过吗？"因为是私下谈话，为了让气氛更融洽，李隆基用"我"来自称，而不用高高在上的"朕"字。

李白毕恭毕敬："陛下的《经鲁祭孔子而叹之》，臣拜读过。"

"有何感想呢？"

"好诗啊！'叹凤嗟身否，伤麟怨道穷'，颇有世代浮沉的沧桑感；'今看两楹联，当与梦时同'，又隐隐透露出浪漫。"李白的思路活跃起来，言语也畅快了。

玄宗暗暗得意，仍要展现自己的谦逊："我身为皇帝，作诗总要沉稳一些，不可能像你的诗那样浪漫，那样自由，尽管我心里也有激荡的情怀。"

李白附和："臣明白，臣理解。"

玄宗看了看李白，叹了口气："其实，我早就读过你的诗。你的诗在庶民百姓中都家喻户晓，我乃大唐天子，怎能不知情呢？我欣赏你的才能，很想召你进宫。你知道我为什么迟迟没有征召你吗？"

"臣不知道，臣也苦等了许多年啊。"李白眼泪都快流出来了。

"是没有人举荐你啊！由地方官员向朝廷举荐贤才，这是我朝的规矩，我曾多次为此颁发诏书。可就是没有人举荐你！他们大概是怕举荐你而贻误了自己的仕途前程吧。我身为皇帝，自己定下举荐贤才的规矩，不方便随意打破。而且，我还听说你性情傲岸不逊，我就更不能自行征召你了。后来，幸亏有贺知章举荐了你！我妹妹玉真公主也多次对我提到你。有他们二人的举荐，我征召你就顺理成章了。"

听了皇帝一番话，李白不由得心潮澎湃。首先是感激玄宗皇帝，能说出如此推心置腹的话语；还要万分感谢贺知章，向皇帝推荐了自己；也多谢不曾谋面的玉真公主；更不能忘记元丹丘，一定是他克服重重困难把诗稿交给了玉真公主。

第一次被玄宗皇帝召见，李白处处小心谨慎，顾不上欣赏御花园。玄宗则显得很热情，边走边给李白介绍园中的景观。他们来到太液池边，只见太液池的一池春水波光粼粼，湖心小岛名叫蓬莱山，山上是一座精致典雅的小亭，取名太液亭。

再往前看，金碧辉煌的宫殿旁边有一片宽阔的草坪，玄宗告诉李白，这是"毯场"，是他玩"击毯之戏"的场地。"毯场"旁边的大树上拴着几匹强壮的牡马，不时发出几声嘶鸣。

李白好奇地问："后庭中怎么还会有马匹呢？"

玄宗笑道："'击毯之戏'是可以骑着马玩的，骑在马上挥杖打毯，更有情趣哟！"

李白默默点了点头，又摇了摇头。

此时此刻，与皇帝近在咫尺，身边又没有旁人，李白忽然想到，应该把憋在心里想跟玄宗说的话，一股脑地倾诉出来了。这是多好的机会呀，也许失不再来了呢！

李白鼓足勇气，开始自己的慷慨陈述。

玄宗只听了两句，就扬手止住了李白："爱卿，你远道而来，刚到长安，先好好休息吧。我也累了，要回寝宫了。"

李白只好告退。

没有能够向玄宗说出想要说的话，李白怅然若失，回到翰林院。

不一会儿，高力士来登门拜访，身后还跟着一个小太监。

施礼后，高力士开门见山："圣上派我来看望太白先生，不知你在这里生活是否满意，有什么需求吗，请只管说。"

"万分感谢圣上，我在这里生活得很好，很满意。"

"那就好。圣上担心你夜间不胜风寒，赐给你锦被一条。"让小太监双手捧着锦被，交给李白。

李白急忙叩谢："谢圣上，万岁万岁万万岁！"

与高力士叙谈几句后，李白试探着问："高公公，我在这里可否饮酒呢？"

高力士笑道："按理说，翰林院是做学问的地方，不是饮酒的地方；你现在是翰林学士，不是庶民百姓，也不可随意饮酒。但圣上特别恩准，允许你饮酒。圣上还赐给你御酒一瓶。"又让小太监双手捧着御酒，交给李白。

李白再次叩谢："多谢圣上，万岁万岁万万岁！"

又寒暄了几句，高力士起身告辞。

高力士走后，李白独自在房间里。他一手捧着御酒，一手抚摸着皇帝御赐的锦被，心头热浪滚滚，不由得思绪万千。

没想到，刚刚离去的高力士又返回来了。

高力士走近李白，满脸堆笑："太白先生，我还有几句话要对你说。"

"公公请讲。"

"入宫后，不同于在民间。太白先生饮酒，要注意'三不饮'。"

"何谓'三不饮'？"

"第一，是不要过量饮酒；第二，是上朝之前不要饮酒；第三，特别是圣上召见你时，你不能喝得醉醺醺地去见圣上。"

李白不太情愿地点点头。

高力士显然还有更重要的事情要谈，他让小太监退下，关好房门，对李白一招手："太白先生，请附耳过来！"

李白讨厌太监，更憎恶肥头大耳的高力士，但不得不违心敷衍，探过身去。

高力士凑到李白耳边，小声说："太白先生，你大概有一肚子的话想对圣上说吧？是不是啊？可是，我奉劝你，半句都不要讲！如果你说了，惹恼了圣上，后果不堪设想！轻则把你赶出长安，重则要治你的罪。举荐你的贺知章都会受到牵连。"

李白缄默不语。

高力士接着说："你应该知道，圣上唯一宠爱的就是贵妃娘娘。你只要好好地给贵妃娘娘写诗，会有享受不尽的荣华富贵。有道是，识时务者为俊杰，你可千万不要自讨没趣呀！"

又嘱咐了几句，高力士告辞离去。

"咣当"一声，李白关上了房门。

高力士的一番话，如同劈头盖脸的冷水，浇灭了李白胸中刚刚燃起的火焰，他心里五味杂陈。

他本是怀着济世报国的宏图大志来到长安的，玄宗皇帝的征召让他看到希望的曙光。没想到，他在宫中要做的事情只是为杨贵妃写诗而已，怎能不让他感到极大的失落和幻灭呢！难道自己所向往的一切都不过是黄粱一梦吗？

此刻，他只想喝酒，喝个一醉方休。他喝酒是玄宗皇帝恩准的，天经地义；而所谓"三不饮"只是出自高力士之口，不是皇帝的圣谕，没必要理睬。

他拿起那瓶御酒，看了看，没舍得喝。自己到街上买了一瓶酒，回到翰林院，躲进房间，一杯接一杯地喝起来。

云想衣裳花想容

过了几天，高力士在离翰林院不远的地方找了一处宅院，安顿李白过去住下。大概是玄宗皇帝觉得李白在翰林院喝酒，影响不好，所以让高力士给李白找了住房。这是独门独户的清静院落，李白住在此处，想喝酒就很方便了。

又是一个夜晚，李白在宅院的房间里，独自喝着闷酒。

这时，一轮明月升了起来，皎洁的月光洒满大地。李白走出房间，来到院子里，一手拿着酒壶，一手拿着酒杯，沐浴在月光之下。他已有几分醉意，飘飘然之间，感觉自己不是独自一人饮酒，天上的月亮是他的"酒友"。于是，他举起酒杯，邀请月亮一起饮酒。刚喝了一口，低头看到月光下的身影，好啊，又来了一位"朋友"，三个人共饮美酒，比一个人喝闷酒可强多了！李白在惆怅之中有了几分欣慰，吟出诗句：

> 举杯邀明月，对影成三人。

那天夜里，因为"对影成三人"的缘故，李白喝了很多酒。

第二天早晨，天刚蒙蒙亮，高力士急急火火地赶来，一进门就大声招呼："太白先生，太白先生，快起来！"

李白强打精神从床榻上爬起来，嘟囔着："还没到上朝的时间呀。"

"圣上和贵妃娘娘今天要在兴庆宫沉香亭观赏牡丹花，召你进宫呢！"高力士闻到李白身上的酒气，无可奈何地摇摇头，也顾不上那么多了，只有催李白穿戴好衣冠，二人一起前往兴庆宫。

李白昨晚喝的酒还没有完全醒，懵懵懂懂随着高力士来到兴庆宫。一路上，高力士提醒李白："今天圣上与娘娘观赏牡丹花，召太白先生进宫，大概是要请太白先生为贵妃娘娘写一首诗了。你可要下功夫，好好写呀！"

李白嘴上应答着，心里并不自在。

他们来到兴庆宫的宫门外。高力士让李白在宫门外等候，自己先进去安顿一下。

李白在门外等候了大约半个时辰，越等越不耐烦。他心想，杨贵妃有什么了不起，不就是长得漂亮，得到了玄宗皇帝的恩宠吗！自己好歹也是个诗人，凭什么要对这个妖媚的妃子俯首听命呢？

就在李白的忍耐快要到极限的时候，宫门打开了，高力士接李白走进兴庆宫。

进了兴庆宫，如同身临仙境一般，宫殿楼阁鳞次栉比，绿树鲜花争奇斗艳。再往前走，看见一个小湖，湖边环绕着汉白玉的围栏。高力士介绍，这是龙池。一池碧水，波光粼粼，令李白的心情有所好转。

高力士引着李白来到龙池的东北边，垂杨柳下，一张金丝楠木的小圆桌前，请李白坐在这里，静候玄宗皇帝和贵妃娘娘。

李白坐下来，继续观赏兴庆宫的景色。龙池边的百花园中，牡丹花已经盛开了。娇艳的花朵姹紫嫣红，清晨的露珠还留在花瓣上，晶莹透亮、闪闪发光。

向南看，不远处就是沉香亭，玄宗皇帝与杨贵妃将要观赏牡丹的地方。李白听说过，这亭子用名贵的沉香木建成，故称"沉香亭"。他隐约闻到了沉香亭散发出的淡淡幽香。

这是一个晴朗的日子，湛蓝的天空飘浮着朵朵白云，令人心旷神怡。李白的心境也舒爽起来，他在想：人们都说杨贵妃倾城倾国，她到底有多么美貌呢？她真的那么美吗？哦，我就要知道了，就要有答案了！

又等了一会儿，玄宗李隆基和贵妃杨玉环终于到了。他们一路走来，玄宗抬手指点，引着杨贵妃观赏牡丹花。杨贵妃频频点头。不久，他们登上沉香亭就座。全体太监、宫女和随从一起下跪，高呼"万岁"，李白也跟着跪下。玄宗命众人平身。这时，玄宗皇帝发现了李白，朝他点点头。李白也向玄宗鞠躬施礼。

李白看到，杨贵妃身穿一袭白色的衣裙，雍容华贵、仪态万千。但毕竟隔了一段距离，他看不清贵妃的容貌。

忽然间，李白听到了悦耳的音乐。顺着声音看去，在沉香亭旁边的草坪上，十多位身着五彩云霓般美丽衣裳的女子，她们是宫中的梨园伶人，用箫、磬、筝、笛、笙等乐器，演奏起美妙的乐曲。李白知道这个曲子，闻名天下的"霓裳羽衣曲"，是玄宗李隆基梦中云游仙山，醒来后依照梦境作出此曲。一群宫女身穿装饰着彩色羽毛的华丽长裙，随着乐曲委婉动情地歌唱。

期待已久的时刻到了。杨贵妃站起来，姗姗走下沉香亭，来到草坪上，伴着"霓裳羽衣曲"的韵律，翩翩起舞。她的白色衣裙如同白云轻盈地飘动，长袖在风中柔曼地舒卷。身穿彩色羽衣的宫女们，百鸟朝凤般环绕在杨贵妃身边，为她伴舞。乐曲和歌舞把人们带入迷离缥缈的仙境，仿佛眼前是一群舞姿婆娑的仙女。

李白看得如痴如醉，如梦如幻，连小太监搬来一把椅子放在他对面，都没有引起注意。而接下来发生的事情更令人瞠目结舌，是李白万万想不到的。

当"霓裳羽衣曲"戛然而止的时候，杨贵妃并没有回到沉香亭。她踩着翠绿的草坪，踏着"霓裳羽衣曲"的袅袅余音，向李白这边走了过来！

杨贵妃落落大方地坐在李白对面。宫女在她面前放了一只晶莹剔透的水晶杯，里面盛着清凌凌的水。

李白惶惶然不知所措。

"先生就是'诗仙'李白？"杨贵妃客气地问。她不喜欢饮酒的人，但对李白身上的酒气却并不反感。

李白点点头，又慌忙站起来，深鞠一躬。

杨贵妃笑着一抬手，示意李白坐下。又问："先生对'霓裳羽衣曲'有何感想？"

"仙境般的乐曲，仙境般的舞蹈！"李白低着头，讷讷地说。

"你是诗人，而舞蹈像是舞动的诗，对吗？"

李白觉得杨贵妃说得很有道理，忙不迭地点头称是。

这时，玄宗皇帝手里拿着一只翡翠小碗走过来，把小碗递到李白手中："爱卿，尝尝我亲手调制的果羹，用的都是上好的鲜果！"

皇帝让他尝，他当然不敢不尝。尝了一口，确实很好吃，赞道："美味鲜果，天子亲手调制，真是巧夺天工、妙趣天成! 尝此仙品，臣三生有幸，感激涕零啊。"话一出口，又有些后悔，怎么竟说出如此肉麻的话呢。或许是玄宗皇帝亲手调制果羹，让他受宠若惊; 或许是杨贵妃坐在对面，有点神魂颠倒; 或许是昨晚"对影成三人"喝的酒还没有全醒吧? 也许是三者兼而有之。

品尝了美味之后，李白看看自己手中的果羹，又看看杨贵妃面前盛着水的杯子，有点儿纳闷，却不敢问。

玄宗皇帝看出李白的心思，解释道:"贵妃她最喜欢喝的就是甘露，是我派人在清晨从幽谷深林中采集来的。"

这时，杨贵妃举起水晶杯抿了一口甘露，唇上沾了一串晶莹闪亮的水珠。

两个太监搬来了一把龙椅，玄宗皇帝坐在李白身边，直言不讳地说:"爱卿啊，我今日携妃子，赏名花，心情很好; 但却有一件憾事，每年赏花都要吟唱'清平调'，贵妃很喜欢这个曲子，可惜歌词太陈旧了，年年都唱旧词，实在是缺少新意。值此良辰美景，就请爱卿为我的爱妃写一首《清平调》新词吧!"

对于皇帝的要求，李白唯有频频点头，无奈脑子里没有现成的诗句，思路也乱得一团糟。他非常紧张，呼吸急促，手心渗出冷汗。杨贵妃坐在对面，仅隔着小小的圆桌。然而，君臣之别乃天渊之别，皇帝的妃子，他可不敢抬起头来看。他不敢抬起头看贵妃，只是隐约感觉到，贵妃喝水时，唇上沾着的一串水珠在闪闪发光。

贵妃用绣着龙纹的丝巾，轻轻拭去唇上的水珠。又喝了一口水，唇上又沾了一串水珠，亮光闪闪。

蓦然间，有如神明指点，李白想到了满园盛开的牡丹花! 清晨牡丹花的花瓣上沾着的露珠，正是这样晶莹闪亮呀。于是，他有了第一道灵感之光。

有了第一道灵感，李白内心稍稍安稳了一些，视线移向远处。贵妃的身后是玉石栏杆，栏杆后面就是波光荡漾的龙池。湛蓝的天空、漂浮的云朵，倒映在龙池水面上。和煦的春风吹过玉石栏杆，轻拂着贵妃洁白的衣裙。在诗人的想象中，贵妃那冰清玉洁的衣裙与天上的白云融为一体，化作了美妙绝伦的靓丽风景。第二道灵感，在一瞬间迸发出来。

李白终于有了足够的灵感，毫不迟疑地吟出诗句：

> 云想衣裳花想容，春风拂槛露华浓。

玄宗皇帝拍手叫好，贵妃也很高兴。

这两句诗的意蕴，玄宗一听就明白，是对贵妃的赞美，十分精妙的赞美：看到天上飘动的云朵，就想到她被春风吹拂的衣裳；带露珠的牡丹花鲜翠欲滴，宛若她娇美的容颜。

好诗啊，真是好诗，玄宗不由得兴奋起来。兴奋之余，他焦急地等待着接续的诗句。等了一会儿，李白这边却没有了"下文"。玄宗着急地说："爱卿，后面还应该有两句呀！"

而此时此刻，李白的文思已经被"云想衣裳花想容"耗竭殆尽了。他挣扎着在头脑中搜刮，一定要给这首诗一个体面而完整的结尾啊。他毕竟是李白，很快就想出来：

> 若非群玉山头见，会向瑶台月下逢。

诗句中，群玉山、瑶台都是神仙居住的地方。玄宗皇帝舒了口气，露出满意的笑容。李白心里终于一块石头落了地。

玄宗让太监送上纸笔，请李白把诗写下来，又命太监抄写了几份，交给伶人们传看，准备吟唱。

宫女送上一只玉笛，玄宗亲自用玉笛吹奏出《清平调》的乐曲。十几位身着五彩霓裳的伶人按照李白新作的词，动情地歌唱。

杨贵妃来到草坪中，手持绣着龙纹的丝巾，伴着《清平调》的新词新歌，悠然起舞。

伶人们吟唱：

> 云想衣裳花想容，春风拂槛露华浓。

贵妃欢快地跳动舞步，尽情地舒展手臂和腰身，手中的龙纹丝巾挥动着，划出美丽的弧线。玄宗皇帝吹着玉笛，笛声委婉悠扬。到每一句结尾时，玄宗还故意放慢节拍，让贵妃能更抒情地展示她的舞姿，尽显她的千娇百媚。

当《清平调》曲终之时，贵妃收敛手中的龙纹丝巾，向玄宗深深一拜。李白与玄宗坐在一起，所以，这一拜也是给李白的。

诗人的文思终于涌动了，他殚精竭虑，又想出了两首《清平调》歌词。

玄宗大喜过望。

当天下午，疲惫不堪的李白回到住处，一头栽倒，横躺在床榻上，浑身的骨头像散了架一样。回想起上午在兴庆宫为杨贵妃作诗的事，他仍然心有余悸。

想到在兴庆宫作诗时的紧张与胆怯，他反思：自己不是一个豪放的诗人吗，写过《蜀道难》《将进酒》，怎么会如此胆怯？手心居然渗出冷汗！可转念一想，今天那阵势，一边是美得摄人魂魄的杨贵妃，一边是手握生杀大权的玄宗皇帝，谁能那么淡定啊。杨贵妃坐在对面，玄宗皇帝亲手调制果羹，这么高规格的"待遇"，如果诗写不好，可交不了差呀。万一文思枯竭，交了"白卷"，说不定要掉脑袋的！

李白想：亏得我当时灵感骤然迸发，写出了"云想衣裳花想容"。除了我，谁有这样的本事呀。

李白呀李白，幸亏你是李白呀！

李白又想到，自己性格中有刚强的一面，也有怯懦的一面。其实，许多诗人的个性中都有怯懦的一面，所以他们才躲进诗的王国，逃避现实生活中的困窘与危难。这样想，李白就释然了。

继而，李白自问：你在见到杨贵妃之前，不是对她很有成见吗？你不是认为，自己好歹也是个诗人，凭什么要对这个妖媚的妃子俯首听命呢？见到她之后，这一切成见为什么都烟消云散了呢？李白为自己辩解：是因为贵妃太美了。美，是不可抗拒的。

那么，贵妃究竟有多美？嗯，没有看清，没敢看，不敢看。李白有几分沮丧。但他又想，后世的人们也许就要从"云想衣裳花想容"来想象杨贵妃之美了，不觉又得意起来。

他忽然想喝酒。看到手边放着玄宗皇帝刚刚赏赐的御酒，这回就不客气了，打开瓶盖，痛饮了一口。果然是御酒，真是好酒啊，琼浆玉液，喝下去，清香四溢、回味绵长。

此后，凡是玄宗皇帝出游，都让李白随行，吟诗作赋。

倘若是皇帝没有征召的日子，李白在翰林院，或在自己独居的宅院中，除了喝酒之外就是读诗，打发时光。对于前朝的诗人，他喜欢谢灵运的诗。同时代的诗人，他读王维的诗，也读一位刚刚崭露头角的年轻人杜甫的诗。

李白在翰林院的同僚们，经常会收集到时下诗人的作品，互相传阅。这一天，李白挑选了几首王维的诗，还有杜甫的诗，拿回自己独居的宅院，准备仔细观看。

王维的山水田园之梦

夏日的午后，王维在自家的书房中看书。

他刚刚翻了几页，忽然听到窗外有动静。抬头看去，只见院中大树后面露出年轻人的半张脸。

"裴秀才，不要躲了，我看到你啦。"王维朗声笑着招呼。

裴迪蹦蹦跳跳跑进屋来："大哥，我有好消息告诉你！"

"什么好消息，快说！"

"在辋川那边，宋之问当年的别墅，是个很好的去处啊，现在的主人有意要出让了。大哥，你把这别墅买下来吧。"

王维喜形于色："哦，我知道宋之问在辋川的别墅，那边有山有水，风光秀丽，是个好地方。咱们马上过去看看，如果合适，就买下来。"

不久之后，王维成了辋川别墅的主人。他在原址上又新建了一些楼阁，让辋川别墅焕然一新，更具风采魅力。

这时，王维在朝廷中担任"左补阙"之职。但是，宰相李林甫大权独揽，排斥贤才，王维在朝中没有施展才华的空间。以往的仕途多舛多难，也令他心灰意冷。新修辋川别墅后，他就时常到辋川来，过起"半官半隐"的生活。玄宗皇帝与王维关系甚好，对他的"半官半隐"采取了听之任之的态度。

王维与他的好友、小兄弟裴迪在辋川附近四处游玩，放情山水，超然世外，写下了许多清新隽永的诗篇。

那一天，友人张少府来辋川别墅拜访王维。

王维与张少府一同在林间漫步，裴迪跟在身后。

张少府试探地问："最近，朝野上下怨声载道，有'浮云蔽日'之说，不知摩诘先生对此有何看法？"

王维吟出一联诗，作为回答：

> 晚年惟好静，万事不关心。

"您才40多岁，不是晚年，正当壮年哟。"

"人还不算老，心已经老了。我的好友孟浩然52岁就去世了，我可能也来日无多，惟愿在青山绿水中安静地度过余生。"

张少府叹息一声，又问："那么，您对治理国家有什么良策，可以为晚辈指点迷津吗？"

王维笑了笑，又吟了两联诗：

> 自顾无长策，空知返旧林。

> 松风吹解带，山月照弹琴。

他解释道："我确实没有什么治理国家的良策，也就只好归隐山林了。我宽解衣带，感受松林中的习习清风；弄弦弹琴，畅享山间的朗朗明月。这是多么惬意的生活，无欲无求啊。"

张少府依然不肯罢休，追问："我初入仕途，阅历尚浅，而您经历过仕途沉浮，可以给我讲讲'穷通之理'吗？"

王维正要回答，忽然听到远处河湾中传来渔家撑船归来的歌声，那歌声苍劲而质朴，悠远而深沉。于是，又吟出一联诗：

> 君问穷通理，渔歌入浦深。

张少府寻思良久，终于明白了王维的诗意，不禁啧啧称叹。

与张少府的交谈，王维并不怎么开心。于是，他留下裴迪陪伴张少府，独自一人走向了密林深处。

王维走进一道用树枝、柴草围成的栅栏。栅栏之内，就是被称为"鹿砦"的地方，其间有鹿的栖息之处，故名鹿砦，又称鹿柴。

王维漫步在鹿砦中，周边是空旷寂寥的辋川山谷，只见参天的林木，一个人影也没有。隐隐传来时断时续的人语声，那是裴秀才与张少府在有一搭没一搭地交谈。一会儿，人语声停歇了，山谷更显得空虚落寞。王维即景吟出一联诗句：

> 空山不见人，但闻人语响。

刚才对张少府说"晚年惟好静""空知返旧林",并不完全是王维的意愿,而是无可奈何之下,不得已而为之。在他的内心深处,依然有激情在涌动,但被强压了下去。

空旷的山谷,浓密的树林,增加了王维的失落感。他的心情郁闷不舒,多么希望有一扇洞开的心灵之窗啊。

临近黄昏,奇迹突然出现!一束夕阳的余晖从树木枝叶的缝隙中斜射进来,那是一道明亮的光束,如同一把光明之剑,奋力洞穿了幽深的树林。那光束照在林间的青苔上,竟让原本晦暗阴冷的青苔显现出明丽夺目的光彩。刹那间,王维感受到心灵的震撼,他大声吟咏出全诗:

> 空山不见人,但闻人语响。
>
> 返影入深林,复照青苔上。

吟出此诗,王维的心情舒爽了许多,他把这首诗题名为《鹿柴》。

当晚,王维让裴秀才送张少府回去,自己住宿在辋川别墅。夜里下起雨来,直到天明都没有停歇。

清晨,王维推开窗子,外面依然是小雨绵绵。淅淅沥沥的雨滴落在树梢上,又顺着枝叶流下,宛若汩汩清泉。他不觉又诗兴大发,吟出:

> 山中一夜雨,树杪百重泉。

王维心中有一个由来已久的田园梦想,那是关于山水田园诗的梦想。在辋川别墅,他吟咏出一首又一首美丽的诗篇,他正在走近自己的梦想,他正在实现梦想。

李白在自己独居的宅院里,津津有味地观看王维的诗。他先读了《终南山》,结尾一联:

> 欲投人处宿,隔水问樵夫。

诗人放情于青山绿水之中,迷恋美好的山水风光,连投宿都差点儿忘记了,不得不"隔水问樵夫",令李白忍俊不禁。

又读到《鸟鸣涧》:

> 人闲桂花落,夜静春山空。
>
> 月出惊山鸟,时鸣春涧中。

读罢，李白摇头叹息。进入这样的诗的意境，能让人忘记自我，忘记纷繁的世事；一切都是寂静无为的，一切又都是永恒不朽的。真是陶冶心性的好诗啊。诗中自有作者悟到的哲理，有作者的人生取向。但这样的人生取向，李白一时还不能完全接受。

他继续读王维的《终南别业》，后面二联：

> 行到水穷处，坐看云起时。
>
> 偶然值林叟，谈笑无还期。

看了"行到水穷处，坐看云起时"，李白哑然失笑。记得很早以前，曾经听说过王维这两句诗，当时以为有鼓励人们奋发进取之意。没想到他把这两句诗用在了这里，与"偶然值林叟，谈笑无还期"相衔接。如此说来，诗中的"坐"乃是悠然闲坐，优哉游哉地观赏风景，"云起"也就没有风起云涌的含义了。作者开了一个多大的玩笑啊！这首诗，依然是隐者的闲情逸趣哟。

接下来，李白读到了王维的《辋川闲居赠裴秀才迪》：

> 寒山转苍翠，秋水日潺湲。
>
> 倚杖柴门外，临风听暮蝉。
>
> 渡头余落日，墟里上孤烟。
>
> 复值接舆醉，狂歌五柳前。

这首诗唤起李白的极大兴趣。读了一遍，又读了第二遍，然后他闭上眼睛，悉心回味着诗的意境。他仿佛听到诗句中传递的声音：开始时，是秋日的溪水在潺潺流淌，声音轻灵而舒缓。随着风声乍起，暮色中传来一阵蝉鸣，单调而执着，盖过了流水声。风停了，蝉鸣戛然而止，周围陷入沉寂，村庄里的炊烟无声无息地袅袅升起。蓦然间，传来了狂放的歌声，歌声打破了沉寂，那是作者在"五柳"前引吭高歌，歌声振聋发聩！

李白熟知"五柳先生"的故事。"五柳先生"是陶渊明笔下的人物，因家门前有五棵柳树而得名。据说，这位"五柳先生"乃是陶渊明本人的化身。王维在诗的意境中"狂歌五柳前"，抒发了他卓尔不群、傲岸不逊的豪放情怀。由"墟里上孤烟"到"狂歌五柳前"，情调骤然急转，令人豁然开朗、怦然心动。

看了《辋川闲居赠裴秀才迪》，李白感到欣慰。看来，王维并没有彻底与

已從招提遊更宿招提境陰壑生虛籟月林散清影

天闕象緯逼雲臥衣裳冷欲覺聞晨鐘令人發深省

岱宗夫如何齊魯青未了造化鍾神秀陰陽割昏曉

盪胸生曾雲決眥入歸鳥會當凌絕頂一覽眾山小

蘭嵒館文屬即正　老友許乃普

杜甫《望岳》等二首　[清]许乃普 书

岱宗夫如何？齐鲁青未了。造化钟神秀，阴阳割昏晓。

荡胸生层云，决眦入归鸟。会当凌绝顶，一览众山小。

世事隔绝，他的内心仍然是有豪情壮志的。李白想，什么时候有机会，与王维见个面，聊一聊啊。可惜，自己在长安，而王维时常去辋川，要见面也不易。等机会吧。

放下王维的诗，李白又拿起了杜甫的诗，继续翻看。

杜甫：会当凌绝顶，一览众山小

在广袤的齐鲁大地上，走来了一位身形消瘦而神采飞扬的年轻人。他继承了祖父的文脉，颇具潇洒超脱的诗人气质。

他幼年家境富庶，又天资聪颖，7岁就学会了写诗。他是一个顽皮的孩子，"庭前八月梨枣熟，一日上树能千回"。

如今，他已经长大成人，有着年轻人对未来的美好憧憬，又别有一番远大志向。

他，就是杜甫。

开元二十四年（736年），25岁的杜甫在洛阳应试，结果名落孙山。当时，杜甫的父亲杜闲任兖州司马，于是，杜甫前往兖州探望父亲，也开始了在齐鲁大地的云游。此时的杜甫风度翩翩，年轻气盛，踌躇志满。

他怀着极大的崇敬之情，前往五岳之尊的泰山。泰山又称泰岳，因为古称"岱"，为五岳之宗，所以又称岱宗。

这是一次将会永垂青史的旅行。泰山的雄伟壮丽强烈地震撼了青年杜甫，开阔了他的视野，拓展了他的襟怀，激发了他久已蕴藏于内心的万丈豪情。在这次旅行中，青年杜甫写下了《望岳》一诗。

走在前往泰山的路上，杜甫迫不及待地发问：早就听说过泰山的壮美，那么，泰山究竟是什么样子的呢? 哦，他看到泰山了! 走在齐鲁大地上，远远看到松柏苍翠的泰山，巍然挺立，令人赞叹不已。

岱宗夫如何? 齐鲁青未了。

大自然的造化啊，汇聚了天地的灵气，让泰山尽显神奇秀美。它是如此巍峨，如此之高啊，当向阳的山坡晨光明媚的时候，背阴的后坡竟然像黄昏一样。

造化钟神秀，阴阳割昏晓。

泰山是多么壮美啊，饱览它的雄姿，不由得让人胸怀激荡，如同云起云落；泰山是多么辽阔啊，尽量睁大惊讶的眼睛，方可追踪到盘旋归巢的鸟儿。我一定要奋力登上顶峰，感受"一览众山小"的豪情壮志！

荡胸生层云，决眦入归鸟。

会当凌绝顶，一览众山小。

终于，杜甫登上了泰山之巅。站在山顶，面对广袤的齐鲁大地，青年杜甫豪情万丈地吟出了《望岳》。

李白怀着激动的心情，读完了杜甫的《望岳》。

与读其他诗人的诗相比，读《望岳》的感觉是完全不同的。李白拿着《望岳》诗稿的手在微微颤抖，他许久没有这样冲动了。此时他并没有喝酒，却像喝了酒一样沉醉了。

读到最后结尾，"会当凌绝顶，一览众山小"，李白感到激情澎湃、热血沸腾。

李白想到，《望岳》的写作时间，大约就在他写《将进酒》的前后。这让李白非常震惊：自己历尽沧桑，碰得几乎头破血流，方才写出了《将进酒》；而一个比他小十多岁，初涉世事的年轻人，居然写下了《望岳》这样气势磅礴的力作！

李白忽然产生了一个强烈的念头，他要见杜甫，一定要见杜甫！

杜甫的《望岳》给了李白极大的触动。感觉不是在读诗，而是一次灵魂的洗礼。《望岳》如同一面镜子，让李白看清了自我。他不禁回忆起自己这些年走过的人生历程。

往事不堪回首。他回想起当年满世界拜谒高官，低三下四地寻求举荐，四处碰壁却锲而不舍，那段经历是何等荒唐。这种生活前后竟有十几年之久，浪费了多少时间精力！他甚至为此而离开了爱妻，连妻子生病去世，他都不在身边。他对不起妻子啊。

而今真的来到皇帝跟前，似乎实现了当年的愿望，可却只是做了皇帝的"弄臣"，陪皇帝寻欢取乐，写一些如"云想衣裳花想容"之类的诗。这有什么意义呢？哼，没有意义。

读了《望岳》，感受到杜甫的博大襟怀和豪情壮志，两相对比，李白觉得自己现在的生活很龌龊，感到自惭形秽。杜甫的诗让他麻木的心灵猛醒了。他想到，是结束这种生活的时候了，他应该告别皇宫，离开皇帝了。

然而，李白又想，怎样离开皇帝呢? 直接去跟皇帝告辞? 那怎么行呢! 以前写过"余亦谢明主"的诗句，不过是一句玩笑话而已。他当然不可以直接去辞别皇帝。

怎么办呢? 李白一筹莫展。唯有拿起酒瓶，一醉方休。

李白让高力士为他提靴

不久之后的一天，李白又喝醉了。昏昏沉沉之中，听见高力士在叫他，说皇帝要召他进宫。

匆忙之中，李白穿着一双便鞋，就要跟高力士走。

还是高力士眼尖："太白先生，您去见圣上，要穿上朝靴呀!"

李白只好返回来，从旮旯里找出朝靴。李白不喜欢穿朝靴，箍着脚，不舒服。他喜欢穿宽松的便鞋。如果是爬山，他喜欢穿谢灵运创制的"谢公屐"。而这朝靴，既不舒适，也不好穿呀。

尤其是李白喝醉的时候，想把脚伸进朝靴，再把靴子提上，确实不易。醉醺醺的李白也实在懒得弯腰去提靴子了。这时，他看到了站在一边的高力士。

李白朝高力士一招手："高公公，麻烦你帮我提一下靴子!"

高力士满脸堆起笑容："愿意效劳! 您是天上的太白金星下凡，你是仙人啊。能为您提靴，是我莫大的荣幸。"

高力士单腿跪地，为李白提上了靴子。他脸上堆着笑，心里却在恨恨地想: 我高力士是什么人，你不知道吗? 往远了说，是我帮圣上平定了谋反作乱的"太平党"，扶助圣上坐稳了皇位; 往近了说，是我在民间广为搜寻，发现杨玉环，才有了圣上宠爱的杨贵妃。你居然让我来给你提靴子! 受此奇耻大辱，我一定要让你知道我的厉害!

昏昏沉沉的李白，对此浑然不知。当天晚上从皇宫回来，李白疲惫不堪，又让高力士帮他脱了一次靴。

高力士心中更加火冒三丈。

玄宗皇帝回到寝宫，表现出心绪不宁的样子。

杨玉环看出玄宗有心事，但不便询问。

玄宗气呼呼地说："这个李白呀，天天喝酒，还酒后滋事，太不像话了。你说，我该怎么处置他？"

"陛下是问我吗？"杨玉环见玄宗心情不好，没敢叫他"三郎"。

"是啊，我想听听你的看法。如果你仍然欣赏李白，我就把他留下；如果你厌烦李白了，我马上让他走人！"

杨贵妃字斟句酌："臣妾企望，陛下不要因为我欣赏李白而留下他，也不要因为我厌烦李白而赶走他。陛下是一国之君，一切遵从陛下的意旨。"

玄宗想了想，无可奈何地说："满朝官员对李白都颇有微词，我也只好让他离开了。"

杨玉环默默点了点头，想说什么，欲言又止。

玄宗明白贵妃的心思："你是要提醒我多给李白一些赏赐，是吗？"

杨玉环沉默不语。

玄宗知道，贵妃不说话，就是默认了。

几天之后，玄宗赏赐了李白不少金银财宝，让他离开长安。

李白如同出笼的鸟儿一样，兴高采烈地出了长安城。他心中默念着陶渊明的诗句："羁鸟恋旧林，池鱼思故渊"，"久在樊笼里，复得返自然"，体验着重获自由的畅快感，那是无比轻松，无比愉悦的。

走出一段路程，李白回望长安，又有一种怅然若失的感觉油然而生。但只是须臾之间，他想起杜甫的《望岳》，失落感就荡然无存了。

他向洛阳的方向走去，他要去见杜甫！听朋友讲，杜甫正在洛阳。他热切期待着见到杜甫，期待着与杜甫有深厚美好的交谊。

李白期待与杜甫交谊，除了钦佩杜甫的才华之外，还有别的原因。他曾经与孟浩然有过刻骨铭心的友情。孟浩然辞世，让李白的情感世界留下了一片虚空。他期待着一段新生的友谊，弥补情感世界的空虚。此外，李白以往总是与比自己年龄大的朋友交往，那时李白年轻，与大朋友交往，甘当小弟弟，是很自然的事情。而现在，李白已过了不惑之年，想交年轻朋友，体验一下当兄长的感觉哟。杜甫比李白年轻十多岁，这也吸引着李白去见杜甫。

李白迫不及待地前往洛阳，那里将是他与杜甫会面的地方。

第七章　李白杜甫：醉眠秋共被

杜甫正在浇花，忽然听到敲门声

在汴州一户古朴的宅院中，杜甫手提一壶水，正悉心地浇花。

杜甫住在祖母家中。祖母卢氏，他称呼太夫人，是杜审言的续妻，已年近 70 岁高龄。

前几天，一位亲戚来汴州，在卢氏的厅堂前堆建了一座假山，周围种上竹子和花卉，借以祝愿太夫人卢氏寿比南山。

杜甫正在假山的周围忙碌，刚刚修剪了竹枝，又为花卉浇水。杜甫的生母很早就过世了，他的父亲和姑母近年也相继过世，祖母卢氏成了他唯一的亲人。卢氏虽不是杜甫之父杜闲的生母，但她视杜闲父子如亲生儿孙一样，对杜甫尤为关爱备至。杜甫很敬重他的祖母，愿意陪伴在祖母身边，为她作一些力所能及的事情。

杜甫住在祖母这里，还有另一个原因。

此前，杜甫曾在洛阳住了两年。洛阳城里，官府上下，到处是投机取巧的势利小人。杜甫生性高洁，不愿与这等人厮混在一起，不愿像他们那样阿谀奉承。于是，他连一份养家糊口的差事都找不到，竟落到一口像样的饭都吃不上的地步。他在诗中自述，有"蔬食常不饱"之句，继而是"岂无青精饭，使我颜色好。"因为"蔬食常不饱"的困窘,"使我颜色好"便成了奢望,竟落到瘦骨嶙峋、面色萎黄的地步。他只好离开洛阳,来到汴州。现在,杜甫住在祖母家,既是为了陪伴祖母,也为了蹭一碗饭吃。在祖母这里有饱饭吃,他的身体渐渐好起来,但是他很难堪、很沮丧、很无奈。

就在杜甫忙着浇花的时候,忽然听见有人敲门。先是以为建假山的亲戚来了,可是不对呀,亲戚来了不必敲门,直接喊他开门就行了。那么,又会是何人呢?

杜甫打开宅门,只见一位40多岁风度飘逸的书生站在外面。

"请问,您找谁?"

"恕我冒昧,我想找杜子美先生。"

"在下就是杜甫,杜子美。请问您是……"

"我是李白,蜀人李白。"

"您是太白先生?"杜甫大吃一惊。

"是啊,我就是李太白。"

杜甫惊呆了:天哪,这是真的吗?真的是李白从天而降了?不是做梦吧?而李白就真真切切地站在面前,不容置疑。

杜甫急忙把李白让进来,带到他居住的侧房中,给李白倒了一杯茶水。因为太过激动,杯中的水溅到了桌子上。

李白大大方方地坐下,让杜甫坐在对面,兴致勃勃地说:"从前,我有一个好朋友,叫孟浩然。我是看了他的《春晓》,就希望结识他的。对于你,刚好也是一样。我读了你的《望岳》之后,特别想认识你,不揣冒昧,找上门来啦。"

"我的《望岳》写得很一般哟。"杜甫谦逊地说。

"我想问你,《望岳》是哪一年写的?"

杜甫想了想:"是开元二十四年。"

李白兴奋地一拍桌子:"哦,太巧了,与我的《将进酒》是同一年写的呀!可是,我写《将进酒》时,已经在命运面前碰得头破血流了;而你写《望岳》时,还涉世未深啊。我就想,等到你将来历经沧桑的时候,该写出怎样惊世骇俗的诗啊!于是,我就要来看看,杜甫究竟是何等英才?"

杜甫腼腆地一笑，显得不知所措。他的脸有些发红："太白先生，我可以叫你太白兄吗？"

"当然可以。"李白心里喜滋滋的。他看出来了，面前的杜甫性格内向、温文尔雅，甚至有些羞涩。而李白自己性情张扬、桀骜不驯。他很喜欢与性格有反差的人做朋友，并不想结识另一位李白。杜甫刚好是他希望结交的人。

杜甫还沉浸在见到李白的激动之中，坦诚地说："太白兄，我其实是读着你的诗长大的。你的名篇，我差不多都背下来了。我很崇拜你。我以为，你是高不可攀、遥不可及的。今天能见到你，简直像做梦一样。"

对于杜甫的倾心崇拜，李白很高兴，但并不怎么意外。他淡淡一笑，移开了话题："我听朋友说，你在洛阳，所以去洛阳找你，没想到你来了汴州。"

"你的朋友没有说错，我确实在洛阳住了两年。因为看不惯那伙投机取巧的人，就到汴州来了，住在我祖母家里。"

"你祖母？是杜审言老先生的遗孀？"李白惊讶地睁大了眼睛。

"是的。太夫人是我父亲的继母，对我们很好，像亲生的一样。"

"哦，我很敬仰杜审言老先生，他是当年诗坛的风云人物，我喜欢他的诗。"

"你跟太夫人聊聊，她能给你讲许多我祖父的轶事呢。"

"那太好了！"李白喜形于色。

杜甫又问："太白兄，你不是在长安，供职于翰林院，很受圣上器重吗？怎么离开长安了呢？"

"嗨，别提了！"李白叹息，"我在皇宫中，不过是笼中的鸟儿一样，给皇帝取乐而已。现在好了，皇帝让我走人了，恰合我意。我离开皇宫，像鸟儿飞出樊笼，回归了自由的天地，可以自由生活了。"

杜甫说："你得到解脱了，很为你高兴啊。"

李白拍了拍杜甫的肩："我是看了你的《望岳》，顿悟自己在宫廷中做'弄臣'的无聊，才决心要离开皇帝的。我很感谢你哟。"

杜甫摇摇头："太白兄，我的境况可比不上你。你在追求自由，而我正竭力摆脱食不果腹的困窘。在洛阳，我找不到一份糊口的营生，连一顿饱饭都吃不上，饿得面黄肌瘦。到祖母这里，得到她的关照，身体才恢复了。展望前途，忧心忡忡啊。"

李白愤愤地说："哼，他们是'珠玉买歌笑，糟糠养贤才'，天理何在，公平何在！"

杜甫也深有同感："我经常有机会接触平民百姓，'朱门酒肉臭，路有冻死骨'，绝非耸人听闻。"

李白点头赞同，唏嘘不已。

老祖母一手拉着李白，一手拉着杜甫

杜甫把李白来访告诉了太夫人卢氏。老祖母非常高兴，马上请李白到厅堂见面。

李白拜见卢氏，深鞠一躬："在下蜀人李白，拜见太夫人！我非常敬仰杜审言老先生，能见到太夫人，李白荣幸万分！"

太夫人虽已年近古稀，依然精神矍铄。她请李白坐下，兴味盎然地叙谈起来。

老人家最喜欢谈论的话题，当然是有关杜审言的轶事。她回忆道："当年，审言患病，宋之问等人前来探望。审言躺在床榻上，不紧不慢地对宋之问等人说：'我这一辈子，命运不济、多灾多难，没有什么可说的了。不过，只要我活着一天，你们在诗坛上就出不了头，我觉得很对不住你们哟！'宋之问等人无言以对……"

李白饶有兴趣地听了太夫人的讲述，说："能亲耳聆听太夫人讲杜审言老先生的故事，回味初唐的诗坛趣闻，真是太美妙的享受了。"

又聊了一会儿。老祖母看看李白，又看看杜甫，忽然笑了起来："在我眼里，太白与子美就像兄弟一样！"

李白被老人家的慈爱与热忱所感动，情不自禁地说："太夫人在上，我要像对待亲弟弟一样对待子美。"

杜甫热泪盈眶："我也要像敬重亲哥哥那样敬重太白兄！"

老祖母大喜，让李白与杜甫坐到身边来，一手拉着李白，一手拉着杜甫，情深意切地说："子美是老大，他一直遗憾自己没有一位兄长。现在，他终于有兄长了，这让我太高兴了。我可以放心了！"不由得老泪纵横。

过了一会儿，太夫人的心情平静了一些，又问李白："太白啊，你成家了吧? 家在哪里呀?"

李白答道："我的故乡在蜀地。出蜀之后，与前朝宰相许圉师的孙女成婚。可惜，我妻子在 4 年前病故了。我的一双儿女在鲁中。"

太夫人关心地问："你的妻子故去已经 4 年了，有没有想过续娶一位妻子啊?"

"还没有想过。"

"该想一想了。我就是审言续娶的妻子，为他又生了一个儿子杜登，还帮他抚养了前妻的儿子杜闲。子美的生母去世早，他是由姑母带大的，我也操了不少心呀。"太夫人停顿了一下，接着说："所以呀，你也该考虑续娶妻子了。她可以帮你抚养孩子，将来你老了还能服侍你哟。"

李白诚心表示感谢，说一定认真考虑。

太夫人又说："太白呀，你来汴州，就住我这里吧。我的家境虽不如从前了，粗茶淡饭还是能管够的。你住在子美屋里，兄弟俩好好聊聊!"

李白不胜感谢。

李白深情地拥抱了杜甫，二人抱头痛哭

晚饭后，回到杜甫住的侧房，李白与杜甫促膝长谈。

杜甫说："哥，听说你小时候就是神童。"

李白一笑："嗯，神童谈不上。我 14 岁开始写诗，15 岁学会了作赋。我崇拜司马相如，还想要超越他，立志'作赋凌相如'呢。当时年纪轻轻，真是心高气傲。老弟，你小时候也很有才吧?"

杜甫说："我 7 岁时，作过一首'咏凤凰'的诗。当然，那只是小孩子的儿戏。我小时候很顽皮，15 岁还上树去摘梨打枣呢。"

李白被杜甫逗乐了。

杜甫继续着童年回忆："儿时，有一件事印象特别深。那年我 6 岁，跟着家人在郾城观看了公孙大娘舞剑器。公孙大娘虽是徒手而舞，模仿舞剑的动

作，手中并没有兵器，但那场面却惊心动魄，仿佛有雷霆万钧之力呢。"

李白说："哦，我也有一件印象特别深的事情。20岁那一年，我曾到成都谒见苏长史，呈上自己写的诗赋。苏长史阅后，很赏识我，说'这个勤奋写作的年轻人不是等闲之辈，……将来可与司马相如比肩！'这给了我很大鼓励。"

"是哪一位苏长史呢？"杜甫问。

"苏颋，写《汾上惊秋》的苏颋。"

"你是说，苏颋？"杜甫惊叫了一声。

李白不解："子美，你怎么了？"

"没有啊，没什么。"杜甫掩饰地说。

李白也没太在意，继续侃侃而谈："刚才你说到公孙大娘舞剑器，我想告诉你，我从小就很喜欢舞剑，与公孙大娘徒手而舞不同，我舞的是真实的剑哟。我随身还带着一把短剑呢。今天天色晚了，等有时间，我舞剑给你看。"李白从行李包囊中取出短剑，握在手中，轻轻抚摸着，"这把剑是家传的珍宝，也是我仗剑报国的信物。可惜，我带着这把剑走南闯北，已经近20年了，依然是报国无门。那一年，我旅行路过陈州，把随身带的银两花光了，差点儿卖掉这把剑。幸而陈州刺史李邕得知我的境况，差人送来一些银两，我才留住了家传的珍宝。"说到这里，李白颇有感慨。

杜甫拿过李白的短剑，仔细观看，赞许："真是一把好剑啊！"

观赏了一会儿，杜甫的神色忽然变得凝重起来："看到这把剑，我想起了一个人，我的一个亲人。"

"想起了谁呢？"李白问。

"我的叔叔杜并。那是40多年前的事情了，我叔叔杜并那时只有13岁。我没有见过叔叔，他死后十多年我才出生。"杜甫的眼眶里涌出泪花，"当时，他手里握的应该也是一把短剑。是的，我想，就是这样一把短剑啊。刚才你提到的苏颋，我也知晓。我叔叔的墓志铭，是苏颋写的……"杜甫声音哽咽，泣不成声。

待情绪稍稍平复，杜甫给李白讲了叔叔杜并的悲壮故事。

李白听了也很震惊，问："这件事是你父亲告诉你的吗？"

"不是父亲告诉我的。这是父亲心中永远的伤痛，重新提起往事，会勾起父亲无法承受的痛苦。是祖母给我讲的。知晓这件事之后，我像变了一个人，内心生出一股不屈不挠的劲头。"

杜甫放下短剑，失声哭泣。

李白深情地拥抱了杜甫，二人抱头痛哭。

诗人们醉舞梁园

次日，杜甫邀请李白一起游历汴州。汴州古称大梁，所以李白与杜甫此次游历即为"大梁之游"。

他们游历的第一站，是"吹台"。

二人一起来到离汴州城不远的梁园，吹台就建在梁园之中。春秋时代晋国的乐师，大名鼎鼎的师旷，曾在此地吹奏古乐，故而称为"吹台"。此时的梁园早已破败不堪，吹台前面的牌楼摇摇欲坠，登台的石阶也杂草丛生，满目荒凉。这一切并未消减李白与杜甫的游兴，他们走过牌楼，拾级而上，登上了吹台。

路上，杜甫告诉李白："今天，还有一位朋友与咱们同行呢。"

"是何人呢？"李白问。

"高适，他刚好也在汴州，愿意与咱们一起'大梁之游'。"

"好啊，我喜欢高适的诗，很愿意结识他！"

李白与杜甫登上吹台，高适已经在等候了。三位诗人见面，欣喜之情溢于言表。

尽管周边荒凉破败，吹台依然高高矗立，岿然不动。

诗人们在吹台登高远望，高谈阔论，抒发了许多怀古之感慨。

高适说："站在吹台之上，历史的岁月风云仿佛就在脚下。"

李白赞同："唔，一千多年前的历史，就发生在这里。仔细倾听，好像还能听到师旷在吹奏古乐，余音袅袅，不绝于耳呢！"

杜甫说："登上吹台，听了二位兄长的高论，我以后对音乐也要多一些关注了。"

三人相视而笑。

从吹台下来，已过午时。三人走出梁园，在附近找到一家酒馆。

他们在酒馆里落座。伙计上酒之后，李白一扭头，只见靠墙的地方有一道高高的土台，是酒家放酒罐的地方。看到这土台，李白就想起了他所崇拜的司马相如。司马相如与卓文君私奔后，卓文君曾"当垆卖酒"，这段轶事李白耳熟能详。他很感慨地对两位朋友说："你们看那放酒罐的土台，就是卓文君'当垆卖酒'之'垆'呀。"

高适说："好啊，今日在此喝酒，会别有一番风味嘛。"

杜甫举起酒杯："来，我敬二位兄长一杯！"

三人一饮而尽。

李白与高适是初次见面，他着意寻找话题："仲武君，我看过你写的《醉后赠张旭》，惟妙惟肖，把张旭既是'草书圣人'又是'酒仙'的形象，活灵活现地表现了出来。"

高适谦逊地说："你过奖了！"

李白接着评论："最妙的，是诗的题目《醉后赠张旭》，你是喝醉之后写的这首诗，'醉上加醉'哟！"

高适笑道："我这人不胜酒力，喝一点点就会醉，与张旭不能比，与太白君更不能比。你们才是'酒仙'呢。"

杜甫在一旁饶有兴趣地听着李白与高适的对话，想说什么，却欲言又止。

李白看出杜甫有话要说："子美，你想说什么，说嘛！"

杜甫说："我有一个由来已久的想法。关于写诗，慷慨激昂的诗、清新秀美的诗、情深意切的诗，都应该写。但是，这些还不够。还应该有一些风趣幽默的诗。我想写一首吟咏'酒仙'的诗，要凑够八位，题目是《饮中八仙歌》。第一位，那毫无疑问是太白兄。刚才听到二位兄长谈张旭，我受到启发，让张旭也加入《饮中八仙歌》吧。这诗写出来，一定是妙趣横生的。"

听说杜甫要吟咏"酒仙"，李白笑得前仰后合，对高适说："你看我这位小弟弟，真是很有想法啊。"又对杜甫说："子美呀，'古来圣贤皆寂寞，唯有饮者留其名'，你写吧，我等着看《饮中八仙歌》了。"

高适对杜甫说："你的想法很好，我也等着看《饮中八仙歌》呢。"又对李白说："我记得，'古来圣贤皆寂寞，唯有饮者留其名'是太白君《将进酒》

中的名句。你的诗，特别是《将进酒》这样的诗，纵横驰骋、飞扬跋扈，与张旭的草书在风采神韵上很有相似之处啊。"

李白说："谢谢仲武君的美誉。我以后也要多看看张旭的草书，从中可以获得启迪呢。"

李白话音刚落，杜甫迫不及待地说："太白兄，我想提个问题，可以吗？"

"当然可以，你尽管问。"

"刚才，仲武兄评价太白兄的《将进酒》，'纵横驰骋、飞扬跋扈'，我完全赞同。我读《将进酒》，也特别有震撼感，简直是惊天地泣鬼神的感觉。我很想问太白兄，如此雄浑大度、卓尔不凡的诗篇，你是怎样写出来的呢？"

李白想了想，语气沉缓地说："那是灵魂的吟唱。在特殊的机缘里，诗人能够听到自己灵魂的吟唱。捕捉住这个机会，大声地吟咏出来，那就是绝妙的诗篇了。"

说到这里，李白顿生悲戚："可惜，人并不是总能听到自己灵魂的吟唱。当灵魂迷蒙的时候，人就会如临深渊，甚至有走投无路的感觉。"

杜甫悉心地回味着李白的话。高适也若有所思地看着李白。

李白举起酒杯："来，咱们继续喝酒。"又对杜甫说："子美啊，贺知章也是'酒仙'，别忘记把他写进《饮中八仙歌》哟！"

他们尽兴痛饮，直喝得酩酊大醉。

三位诗人酒酣之时，夜幕已经降临。乘着酒兴，他们一起再次走进了梁园。

梁园，这座西汉梁王修建的宏大园林宫阙，此时已经荒寂。李白等人看到的，是一片残垣断壁的废墟，夜色中的梁园更显得萧瑟凄凉。可叹，昔日的风光早已消逝，一轮明月孤独地映照着参天的古树。当年王公贵族们狂欢娱乐的舞影歌声，也都荡然无存，消散于眼前的满目荒凉之中。

沉醉中的李白大声呼喊："朋友们，在这梁园的遗迹，面对可悲可叹的悠悠历史，我们前不见古人，后不见来者，姑且载歌载舞，纾解愁怀吧。"

在一片空地上，李白首先跳起舞来，还唱起了歌，他的歌声回荡在残败的梁园：

荒城虚照碧山月，古木尽入苍梧云。

梁王宫阙今安在？枚马先归不相待。

他在歌中发问："梁王宫阙今安在？"这个问句无须回答，转而忧伤地感叹："哦，大文豪枚乘和司马相如都早已离去了，不会留在这里等待我们的造访……"

高适和杜甫也跟着李白跳起舞来。

高适身材魁伟，舞姿雄劲；李白潇洒超脱，舞姿飘飘欲仙。杜甫是小弟弟，不敢太过张扬，小心翼翼随着二位兄长舞动身姿。

跳着跳着，高适额头上渗出汗水，继而大汗淋漓。

借着月色，杜甫看到高适挥汗如雨。他还看到，李白流出泪来，继而是挥泪如雨，泪水沾满了衣襟。

多年之后，杜甫回忆起这个夜晚，写下"醉舞梁园夜"的诗句。

杜甫看出李白有心事

游历大梁之后，李白与杜甫又前往宋城，继续他们的旅行。

二人登上宋城附近的一座高台，凭高远望。向东南方向望去，是一望无际长满青草的平原，渺无人烟、空旷荒芜，只见几只野鸭在空中振翅飞翔。

杜甫饶有兴味："看到这景色，我想起王勃所云'落霞与孤鹜齐飞，秋水共长天一色'。你看，那长满青草的平原，宛若一望无际的秋水；天边云霞瑰丽，恰是与孤鹜齐飞哟。"

李白遥望远方："子美贤弟，我很佩服你的想象力。但是，我看到这片草地，想到的不是王勃，而是汉高祖刘邦。这片长满青草的平原的尽头是芒砀山，昔日是汉高祖开创大业的地方，是他登上皇位之路的起点。汉高祖离去之后，这里就只有野鸭、大雁之类在彼此呼叫应答了。历史的沧桑沉浮，令人痛惜，又无可奈何啊。"李白神色黯然，一声喟然长叹。

听了李白的议论，杜甫也想起了汉高祖刘邦的那段史实，体味着李白所言的意蕴，连连点头赞同。他又思忖，太白兄在梁园醉舞的时候，抒发了"前不见古人，后不见来者"的感慨，很有当年陈子昂登上幽州台的滋味；在这里，他又感慨于汉高祖的那段历史沧桑。那么，太白兄为什么会一再产生这样的想法呢？

在宋城游玩多日之后，二位诗人将要分手了。最后一夜，在客居的小旅馆中，他们依依惜别，彻夜长谈。

李白说："子美，我此次与你相识，同游梁宋，太开心了！"

杜甫却看着李白，摇摇头："太白兄，我认为你并不开心。"

"老弟，你怎么会这样认为呢？"

"我感觉到，你有心事。在梁园夜舞时，我看到你流了那么多的泪；你回想汉高祖刘邦时抒发的感慨，也充满了惆怅。你还说'当灵魂迷蒙的时候，人就会如临深渊，甚至有走投无路的感觉'，这或许就是你真实的感受吧。太白兄，你心里有什么想法，有什么想不开的事情，可以对我说说吗？"

李白被杜甫的真诚深深打动了："子美，我心里的话，只能向你倾吐了。我被皇帝'赐金放还'，离开长安的这段时间，虽不是我一生中最为艰难竭蹶的日子，却是最困顿、最落寞的日子。刚刚被皇帝'赐金放还'时，我还很高兴，像鸟儿飞出了牢笼。但是，后来我就不那么淡定了，因为这毕竟标志着我仕途生涯的终结。以前，我一直把能到皇帝身边当作奋斗的目标，认为这样就可以实现济世报国的理想了。但是，当我真的到了皇帝身边时，却发现自己的抱负是无法实现的。理想信念的大厦轰然倒塌了。因为内心失意落寞，所以见到世事沧桑的史迹，才如此感伤。我一直对'天生我材必有用'坚信不疑，现在却有了疑问：天生我才，真的'必有用'吗？进而我问自己：今后的路该怎样走呢？这是我必须想清楚的问题。"

杜甫含泪问李白："太白兄，你有何打算呢？"

"我对老庄之学素有兴趣，我的好朋友元丹丘也是道家之人。所以，我很想做一个道士。"

"你是要归隐山林，隐居避世吗？"

"不是的。老庄之学并不是消极避世之学，而是探求人生哲理的学问。我过了不惑之年，却对人生有了诸多困惑，越活越糊涂了。我究竟是为何而生？今后要为何而活下去？人生的归宿在何方？我现在心里漫无头绪，如一团

杜甫《赠李白》　[清]铁保书

秋来相顾尚飘蓬，未就丹砂愧葛洪。

痛饮狂歌空度日，飞扬跋扈为谁雄。

乱麻。我需要去探求人生的真谛，让自己活个明白。"

杜甫默默地点头，思索。

李白握住杜甫的手，诚挚地说："子美，我很高兴有了你这样一位弟弟。你的友谊让我感到温馨，感到欣慰。但是，生活的真谛还是需要我们自己去探索，去感悟。"

杜甫频频点头，热泪涌动。

李白又问杜甫："老弟，你今后有什么打算呢？"

"我嘛，写《望岳》的时候，有'会当凌绝顶，一览众山小'的志向。这将是我终生不渝的志向。但是，现在，我还是要先找一份糊口的营生，以解燃眉之急哟。"

李白知道杜甫生活上的困境，说："皇帝赏赐了不少金银财宝，我分一些给你吧，可解你的燃眉之急。遇到不熟悉的贫寒书生，我都会接济的，何况咱俩是兄弟！"

杜甫急忙摆手："别，你不要接济我！从前，我依靠父亲，依靠姑母。父亲、姑母相继去世，又依靠老祖母。我太没出息了！今后，我一定要自强自立！"

李白问："子美呀，我还没有问过你，你成家了吗？"

"成家了，妻子是司农少卿杨怡之女。我家也是世代为官，两家可谓门当户对。婚后就安家在离洛阳不远的首阳山，我们已经有了一个女儿。然而，我却不争气，自己都混得吃不上饭了，何言养活家人呢！"

李白听了，关心地说："我还是给你一些资助吧，你先把家里的生活安顿一下，好不好？"

"不！我一定要靠自己的力量，让家人过上丰衣足食的生活。"

李白拍拍杜甫的肩："子美呀，你想自强自立，这很好。我读了你的《望岳》，惊叹你的诗才，可你要成为卓越的诗人，还要有生活的历练。你不接受我的资助，愿意经受磨难，这未尝不是好事。我很赞赏你自强自立的勇气。但是我劝你一句，男子汉大丈夫，要能屈能伸，不可太过执拗。就拿我自己来说吧，我仰慕陶渊明'不为五斗米折腰'的傲骨，却也写过《上安州李长史书》那样委曲求全的致歉信。你要自强自立，首先就要能屈能伸哟。"

杜甫感激地说："太白兄，我记住你的话了。"又问："你不去鲁中看望一下子女吗？"

李白说："我很想念孩子们，做梦都会梦到他们。我曾梦见一只白羊拉着小车，儿子伯禽坐在小车上，到处转悠呢。"李白眯着眼睛，仿佛看到那辆白羊拉着的小车，车上挂着铃铛，发出清脆悦耳的声响，儿子伯禽正笑逐颜开地驾驭着小车。李白也笑了起来。过了一会，思绪才回归现实，无奈地摇摇头："我确实想念孩子们。可是，我离家时，有过'仰天大笑出门去，我辈岂是蓬蒿人'的豪言壮语，现在被皇帝'赐金放还'了，怎么好意思马上就回去呢，回去又怎样面对乡亲呢？再说，子女更需要的是母爱。看来，我真的要接受老祖母的建议，为孩子们找一位继母了。"

杜甫会心一笑，又问："太白兄，咱们此番分手，何时能再见面呢？"

李白说："明年，我肯定要去鲁中，看望子女，拜访故交。你在齐鲁也有许多熟人，咱俩可以同游齐鲁啊。我的家原在任城，后来迁到兖州的沙丘城，你去沙丘城找我吧。"

杜甫说："好啊，那就一言为定了！"

这时，东方已经破晓，他们谈了整整一夜。

醉眠秋共被，携手日同行

第二年秋天，杜甫如约来到兖州，在沙丘城与李白重逢。

李白高兴地握住杜甫的手："老弟呀，一年多没见，我真是很想念你呀。"

"太白兄，我也很想念你！"

"你又瘦了，气色好像也不太好。你这一年是怎么过来的？"李白关心地问。

杜甫神色凝重地说："我的祖母去世了。我把她的灵柩送回范阳故里安葬，为她写了墓志铭。我很怀念她。"

"她是一位多么慈爱的老人啊，我也很敬重她，怀念她。"李白痛惜地说。

杜甫说："这几年，我的父亲和姑母相继去世。我在悲痛之余，深切感悟到人生的短暂。人生不是用来虚度的，我要珍惜每一天的时间，做有意义的事情。老祖母对我很关心，也有很高的期待。我不能辜负老人家的期待，一定要努力，终生不渝地努力。"

李白用力握住了杜甫的手，千言万语，尽在不言之中。

杜甫问："太白兄，你这一年过得怎么样？你要思考的问题，想清楚了吗？"

李白说："咱们找个喝酒的地方，边喝边聊。"

二人携手来到一家酒馆，找个僻静的桌位坐下来，把酒杯斟满酒。

李白凝神地看着杯中的酒，并没有急于喝："趁着我还没有喝醉，我要把想说的话对你说出来。然后，咱们再喝个一醉方休，好吗？"

"好啊，你说吧，我很想听。"

李白又看了看杯中的酒，笑道："我若不把这酒喝下去，怎么说得出话呢？还是先干了这一杯吧。"

二人一饮而尽。

李白喝了酒，心绪激昂起来："这一年多时间里，我拜访了许多道家名人，也阅读了道家的经典。我一直在思考：我究竟是为何而生？我今后要为何而活下去？人生的归宿在何方？最终，还是通过一个梦，把我的人生之路想明白了。"

"一个什么梦呢？"杜甫问。

"你一定知道'庄周梦蝶'的故事。庄子在梦中，化作了美丽的蝴蝶。他不知道究竟自己是蝴蝶，还是蝴蝶是庄周。在梦中，他与蝴蝶融为一体。"李白拿起酒杯，沉思着，又放下酒杯，"我从'庄周梦蝶'的故事得到启迪：李白是什么？是诗人。庄周与蝴蝶融为一体，我呢，我要与诗融为一体。我为诗而生，为诗而活。把自己的灵魂融入诗中，我的灵魂就与诗永世共存；倘若离开了诗，我的灵魂将会万劫不复！我找到了人生的归宿，诗就是我的归宿。我现在很坦然，很舒爽，很充实。"

杜甫全神贯注听着李白倾吐的肺腑之言，忽然感到胸前凉飕飕的，低头看去，是涌流的泪水在不知不觉中浸透了衣襟。

杜甫声音颤抖："太白兄，我也要像你那样，为诗而生，为诗而活！"

李白轻抚着杜甫的肩。

杜甫呜咽了："可是，我还是先要找到一份养家糊口的差事，要有饭吃，然后才能写诗啊。"

"老弟，不必太过心急。生活的磨砺，能激励你写出好诗。"李白安慰杜甫，"我的《蜀道难》，就是在走投无路的境况下写出来的。"

过了一会儿，杜甫止住了呜咽，转忧为喜："太白兄，我这一年，其实还是有收获的。"

"哦，快说给我听听。"

"我很高兴，见到了李邕老先生。"杜甫的兴奋之情溢于言表，"今年夏天，他从北海郡来到齐州，我幸运地见到了他，陪他游览了历下亭、鹊山湖亭。我跟李老提起你，他记得你，对你的境况很关心呢。"

李白颇为感慨："李邕是大学者、书法家，是个好人。我20岁时就见过他，当时他是渝州太守。他欣赏我的才华，但是不喜欢我的狂放，所以没有举荐我，而是让他的助手招待了我。然而，他还是怜惜人才的，在我最艰难的时刻资助了我。那一年，我旅行路过陈州，把随身带的银两花光了，差点儿卖掉家传的宝剑。恰逢李邕时任陈州刺史，得知我的困境，差人送来一些银两，我才留住了家传的珍宝。这件事，我曾经跟你说过的，是吧！我心中感激他，想念他。李邕老先生将近70岁了吧，身体可好？"

"他身体很好，精神矍铄。老先生学识渊博，而且慈善可亲。"

李白欣慰地举起酒杯："来，让我们遥祝李老健康长寿！"喝下这杯酒之后，又说："老弟呀，李邕老先生让你陪他游历，说明他喜欢你。跟李邕这样的大学者交往，是受益匪浅的。首先是聆听他们的教诲，增长学问，同时感受他们的道德情怀，让自己的精神境界得到升华。其次，让知名学者了解你的才学，经他的推介，你就有可能顺利地融入文化人的群体，对日后的发展很有益。你要写诗，这些文化人是你的诗友和读者，所以，你是离不开这个群体的。"

杜甫默默地思索着李白的话，心头暖暖的，宛若温馨的暖流。忽然间，在暖流之中又涌起一股异样的波澜，突如其来、猝不及防，杜甫不由得"啊"地叫了一声。

"老弟，你怎么了？为何要叫喊？"李白问。

杜甫歉意地说："我也不知道是怎么了，忽然生出一个念头。你说的'融入文化人的群体'，当然是对的。我只是觉得，这似乎还不够。还应该有些什么，我现在并没有想清楚。另外，我有个朦胧的想法，想探索一条写诗的新路径，具体是什么，我也没有想清楚。让你笑话了，太白兄！"

李白已经有了醉意，再次举起酒杯："老弟，你有自己的新想法，想探索写诗的新路径，这都很好啊。来，咱们为你的新想法、新路径干一杯！"

二人举杯，一饮而尽。

那天，李白与杜甫畅饮，一直喝到深夜。两个人都喝醉了，他们手拉着手，相互扶持着，摸着黑，深一脚浅一脚地回到李白的寓所。

秋天的夜晚，凉风飕飕，已有几分寒意。

二人懵懵懂懂地进入居室，倒在床榻上，拉起被子盖上，酣然入梦。李白还没有忘记为杜甫披了披被子。

第二天早晨，他们醒来，才发现两人竟盖了同一床被子，不禁相视而笑，笑得前仰后合。

杜甫叫道："哥，我有了一句诗：'醉眠秋共被'，哈！"

"好啊，我给你配下句：'携手日同行'。"李白笑着说，"你有空就把这首诗写出来吧。"

杜甫不住地点头，又问李白："这里是你的寓所，可我怎么没看见你的孩子呢？"

李白说："孩子寄养在亲戚家里。再过一两年，女儿就'及笄'了，到了出嫁的年龄，我该给她找婆家了。儿子还小。给孩子找继母的事，也在考虑之中哟。"

杜甫笑了。

秋波落泗水，海色明徂徕

李白与杜甫同游齐鲁，去了许多地方。其中，让他们印象最深的两个地方，是泗水和徂徕山。

泗水流经曲阜、兖州。二位诗人徘徊于泗水之滨，那清澄的泗水秋波，以及泗水所承载的历史波澜，令他们心潮澎湃；徂徕山是李白曾经到访过的地方，明净的徂徕山色，令人心旷神怡，流连忘返。

几个月的时间里，他们的足迹遍及许多亭台楼阁，饱览湖光山色，相互间的了解和友谊也日渐深笃。

鲁郡东边的石门山，是李白与杜甫游历的最后一处风景。二位诗人就要在此地分手了。杜甫将要去长安，而李白要去江南。

分手前的最后几天，李白内心充满了依依惜别之情。他想道：我们的足迹已经踏遍了这边的风景名胜，再过几天就要把酒话别了。这石门山的路啊，何时能再次迎来这一对好朋友举杯畅饮呢？秋波荡漾在泗水上，徂徕山濡染了一抹大海的明丽色彩，这一切将在心中留下深深的记忆。我们就要分手了，像随风飘飞的蓬草一样各奔东西，天各一方，离愁别绪是难以用语言表达的，还是喝尽杯中的酒，以酒抒怀吧！想到这里，李白深情地写下了《鲁郡东石门送杜甫》：

> 醉别复几日，登临遍池台。
>
> 何时石门路，重有金樽开。
>
> 秋波落泗水，海色明徂徕。
>
> 飞蓬各自远，且尽手中杯。

杜甫看了李白的送别诗，感动得热泪盈眶。他歉意地说："太白兄，我本该写一首送别诗回赠给你，可是我太激动了，还没有想好。我要一生一世记住你的友情，我这一生一世要写许多的诗给你。等到我想好了，就写出来，寄给你。"

李白握住杜甫的手："好兄弟，我等着看你的诗。"

杜甫忽然想起什么，叫道："哥，我差点忘了，现在就有诗给你！我把《饮中八仙歌》写好啦。你的那一段儿，我读给你听。"

> 李白斗酒诗百篇，长安市上酒家眠。
>
> 天子呼来不上船，自称臣是酒中仙。

李白笑得都流出眼泪来了："兄弟，真是好诗啊。"

数日后，李白与杜甫洒泪而别。

与杜甫分手之后，李白并没有按预先的计划开始江南之行，而是回到沙丘城。与杜甫同游齐鲁的兴奋之情，依然在心中回荡，而与杜甫分手之后的惆怅，更令李白难以纾解。

日日夜夜，李白思念着杜甫。他整天躺在床榻上，连酒都不想喝。尤其是想到这张床就是与杜甫"醉眠秋共被"的床，更增添了对杜甫的想念。在不绝如缕的情思之中，他写下了《沙丘城下寄杜甫》：

> 我来竟何事？高卧沙丘城。
>
> 城边有古树，日夕连秋声。
>
> 鲁酒不可醉，齐歌空复情。
>
> 思君若汶水，浩荡寄南征。

李白心想：我自己也不明白，原本想去游历江南的，究竟是为了什么事而回到沙丘城，还终日百无聊赖地躺着呢？城边的古树，萧萧的秋风，都唤不起我丝毫的兴趣。连香醇的鲁酒，我都不想沾唇，当然也就不能让我沉醉了；动情的齐歌，我不想听，那歌声也就徒有其情了。这一切都是因为什么呢？是因为我思念着你啊，杜甫，我的好兄弟！此刻，你正在向西南方向的长安行进，刚好这条汶河的水也是朝那个方向流的。我对你的思念，就如同浩荡奔流的汶水，追随着你的行程啊。

写下此诗，李白泪湿衣衫。

一行白鹭上青天

杜甫的长安之旅并不顺利。到长安后，他在困顿中苦熬了两年，才等来一个机会。

天宝六年（747年），玄宗皇帝发出圣旨，诏天下"通一艺者"到长安应试。玄宗皇帝的意图是很明白的，倘若想找各种技艺都精通的人才，显然不可能；"通二艺""通三艺"的人，恐怕也凤毛麟角。那么，只找"通一艺者"，选择面应该就宽得多了，总能找到几个吧。皇帝把这件事交给宰相李林甫承办。

杜甫参加了这次考试。对于应试，他是满怀期望的。心想：自己的要求并不高，不像李白那样，要到皇帝身边去，而是只希望获得一官半职，让他能够养家糊口。所以，他不会有李白当"弄臣"的烦恼。获得了一官半职之后，他要克尽职守，做一个好官，为朝廷尽忠心，为老百姓办实事。公务之余，倘有闲暇，就安下心来，宁神定志地写他的诗。

在准备应试的日子里，杜甫心中充满了对于未来的殷殷希望。生活的困窘，也迫使他不得不对这次考试寄予厚望。

幸运的天使，似乎正在一步步姗姗走来，渐行渐近……

那个春意盎然的早晨，杜甫在客居的小旅店刚刚醒来，就听到窗外鸟儿婉转啼鸣，仔细谛听，是黄鹂的鸣唱。杜甫推开窗，只见柳枝翠绿欲滴，两只黄鹂鸟在枝头鸣叫。清晨的天空湛蓝如洗，激发了杜甫的想象，他畅想着，有一行白鹭正在飞上蓝天，飞向远方。一联诗句随之涌上心头：

<blockquote>两个黄鹂鸣翠柳，一行白鹭上青天。</blockquote>

吟出这一联诗之后，杜甫自己觉得很满意，很舒爽。"两个黄鹂鸣翠柳"营造出赏心悦目的氛围，"一行白鹭上青天"表达了杜甫此时的殷殷期盼，隐约中还透露出凌云之志哟。

杜甫很想把这首诗的后半部分也写出来，寄给好朋友李白欣赏。他想，太白兄一定会喜欢的。可惜，他脑海中没有合适的接续诗句，只好暂时放一放了。

此时，杜甫已经看到了李白写给他的《沙丘城下寄杜甫》，感动得三夜没有睡好，每晚都梦见李白。他写了一首《春日忆李白》，表达对李白的由衷赞美和深情思念。杜甫想，等到应试结果出来，自己有了一官半职，再给太白兄写信，附上《春日忆李白》吧。

杜甫和一同应试的士子们万万没有想到，主持这次"通一艺者"选拔的宰相李林甫，编导了一场"野无遗贤"的闹剧，应试者一个都没选上，全部落选了。

就在这一年，李林甫还干了一件丧尽天良的事，他残忍地杖毙了李邕。可怜 70 岁高龄的大学者李邕，竟惨不忍睹地冤死在乱棍之下！

比起杖毙李邕的暴行，"野无遗贤"的闹剧倒显得不过是一出闹剧而已了。

"野无遗贤"的结果出炉后，李林甫屁颠屁颠地跑去向玄宗皇帝报告。

玄宗皇帝问："爱卿，你为朕选出了多少贤才呀？"

李林甫摊开手："一个也没有。"

"一个也没有？真的吗？"玄宗有点儿意外。

"真是一个也没有。陛下是圣明天子，天下之贤才早已归附到天子脚下，所以是'野无遗贤'啊。"

玄宗想了想，李林甫说的也对，自己多年来致力于寻找贤才，看来真的是把贤才都搜尽了。"野无遗贤"彰显出我大唐盛世的无上荣耀！再说了，人才这个东西，短缺是不行的，太多了也没用。不但没用，还可能惹出事端。一个没选出，嗯，挺好。

李林甫导演的"野无遗贤"闹剧，就这样收场了。

杜甫"一行白鹭上青天"的梦想，成了南柯之梦。

此后，在天宝十年（751 年），杜甫还有过一次好机会。这一年正月，玄宗皇帝要举行祭祀太清宫、祭祀太庙和祭祀天地三个盛大典礼。杜甫进献了《三大礼赋》，赞颂这三大盛典，得到玄宗的赏识。他被召进了集贤院，等候遴选。但是，由于主持遴选的是李林甫，杜甫想要得到一官半职的期望，再次化为了泡影。

这一年，杜甫已经 40 岁了。距他与李白"醉眠秋共被"过去了 6 年，距《望岳》的写作过去了 15 年。可怜的杜甫啊，连温饱都没有解决，在贫困与饥馑中苦苦挣扎。

而此时，一个巨大的灾难，几乎是灭顶之灾，正悄然逼近大唐王朝。

第八章　国破山河在

三月三日天气新，长安水边多丽人

光阴荏苒，两年时间又过去了。杜甫依然困居于长安，过着穷困潦倒的生活。他有时会陪少爷公子们出游，为他们写诗助兴，得到几个赏钱，藉以维持生计。

这样的生活当然穷极无聊，但杜甫别无他路可走。

三月三日那一天，春光明媚，晴空万里，杜甫又陪一位公子来到长安的曲江水边游玩。

那位公子腰上挂着一枚青珊瑚的宝玦，显示出尊贵的地位，可想而知是王公贵族的儿孙。公子身旁还有作陪的情人，一个衣着妖艳的风流女人。杜甫牵着一匹肥硕的马，跟在公子身后，他现在万般无奈地客串当着马夫。

妖艳的女子嗲嗲地叫道："公子，我想吃藕丝了，淋冰水的！"

公子笑盈盈从马背上驮着的包囊中取出一只杯子，倒进清水，先加了蜂蜜，又从棉絮包裹的锦盒中取出冰块，放入杯中，用银匙轻轻搅动。

妖艳的女子拿出预先切好的白花花的藕丝，轻轻地揩拭去浮尘，让公子把冰水浇在上面，谄媚地一笑，美滋滋吃了起来。

杜甫在一边看着，随口溜出一联诗句：

公子调冰水，佳人雪藕丝。

公子和他的情人都夸赞："好诗！"

杜甫却很后悔，把诗句给这样一对男女，糟蹋了好端端的诗。

日上三竿，周围的游人愈来愈多，嬉笑声不绝于耳。

忽然，游人们停止了嬉笑，一时间鸦雀无声，大家不约而同把目光投向前方。曲江水边，伴着春波的涟漪，走来一群风姿绰约的丽人。与这群丽人相比，公子身边的妖艳女子就连粪土都不如了。

爱美之心，人皆有之。杜甫的视线，也被这群丽人吸引了。他看到，水边丽人们的姿容堪称浓艳而优雅，隽美而率真；她们身穿绫罗衣裳，绣着金色的孔雀、银色的麒麟，在暮春的明媚阳光映照下，举手投足之间，更显出她们细腻的肌肤和匀称的身材。

作为诗人的杜甫，很自然地默念出了诗句：

三月三日天气新，长安水边多丽人。

态浓意远淑且真，肌理细腻骨肉匀。

绣罗衣裳照暮春，蹙金孔雀银麒麟。

这群丽人是何许人也呢？杜甫蓦然想到，其中的为首者必是杨氏家族的姐妹。她们借着杨贵妃受皇帝恩宠，"一人得道，鸡犬升天"，分别被封为虢国夫人、秦国夫人。此时，杨国忠也当上了宰相，大权独揽，祸国殃民。

想到杨氏家族的专横霸道，杜甫不再用欣赏的眼光看待这群"丽人"了。不仅不再欣赏她们，还要写一首诗，讽刺、揭露杨氏姐妹及其家族的丑陋之行。他把这首诗命名为《丽人行》，诗题就包含着讽刺的意味。

正当杜甫构思《丽人行》的时候，水边的丽人们已经渐行渐远，周围也恢复了嬉笑与喧哗。

那位公子招呼杜甫："杜先生，你的'公子调冰水，佳人雪藕丝'还应该有'上下文'呀！"

杜甫构想《丽人行》的思路被打断，不耐烦地说："没有了，就是这两句。"

公子瞪起了眼睛："姓杜的！你若不把完整的诗给我弄出来，今天的赏银我可不给啦！"

"不给就不给吧。"杜甫一甩手，甩开那匹肥硕的马，扭头就走。他要赶紧回去写《丽人行》了。

妖艳的女子拦住杜甫，举起吃剩的半盘藕丝："这藕丝，我不吃了，你拿去吃吧。"

杜甫此时虽然饥肠辘辘，但绝不会吃那妖艳女子吃剩的东西。他连看都没看一眼，径直离去。公子在后面叫他，他没有回头，心想，我今生再也不见这位公子了！

可惜，世上的事情常常事与愿违。杜甫很想念李白，却再也没有机会相见；杜甫不想见这个公子，却与他"冤家路窄"，不期而遇地又见了一面。当然，这是后话了。

饥肠辘辘的杜甫，回忆在房琯家听到天籁之音

杜甫离开曲江，回到他在长安城西临近咸阳桥的住所，关上屋门，开始写作。他心潮涌动，文思畅达，挥毫泼墨写下了《丽人行》。

《丽人行》写完之后，杜甫深深舒了口气，有如释重负之感。写这样一首诗，需要极大的勇气，杜甫就有这样的勇气。看着刚刚写完的诗稿，字里行间隐现着对于权贵的勇敢抨击，让杜甫畅快淋漓。可惜，这只是须臾的轻松和畅快。

放下《丽人行》诗稿，一阵饥饿感突然向杜甫袭来。从早晨到现在，他一粒米都没有沾唇。像这样的困窘对于杜甫其实是常有的事，他曾在诗中自述：

朝扣富儿门，暮随肥马尘。

残杯与冷炙，到处潜悲辛。

今天的情况却与以往有所不同。杜甫没有拿到公子的赏钱，又拒绝了妖艳女子的剩食；偏偏《丽人行》中还有"水精之盘行素鳞"，"御厨络绎送八珍"的诗句，频频撩动杜甫的食欲，他感到饥肠响如鼓了。

如何对抗饥饿呢? 杜甫从孔夫子因"闻韶"而"三月不知肉味"中得到启迪，心想，如果回忆一段与高雅音乐有关的舒爽的事，或许可以暂时忘记饥饿吧?

杜甫困居长安期间，舒爽的日子很少。而这为数不多的舒爽日子，大多是在"给事中"房琯的宅邸中度过的。

"给事中"是侍从在皇帝左右，参议政事的官员。房琯曾担任过监察御史，仕途几经起落，被任命为"给事中"是在杜甫到达长安之后不久。房琯比杜甫年长15岁，乐于助人，慷慨好客，门下有多位门客。闻名遐迩的琴师董庭兰就是其中之一。

杜甫喜欢到房琯的宅邸去，听房给事天马行空地高谈阔论。增长见识之余，享受房琯招待的一顿饱餐。时而还能欣赏董庭兰的演奏。

印象最深的一天，也是杜甫困居长安期间最舒爽的日子，他听到了天籁般的高雅乐曲——董庭兰演奏的胡笳曲。

那是在"野无遗贤"闹剧收场之后不久，杜甫心情极度沮丧，他又来到房琯宅邸。刚好，房琯家里来了一位贵客，颇有名气的诗人李颀。李颀比杜甫大将近20岁，此时已鬓发花白，依然神采奕奕。为欢迎李颀，房琯请董庭兰演奏助兴。

演奏是在厅堂中进行的。董庭兰早早地来了，端坐在厅堂中间，双目微闭，静静地调理着气息，准备演奏。

房琯坐在主人的位置，李颀坐在主人身边，杜甫坐在另一侧。

开始演奏前，房琯先要说几句："各位，李颀君今日来访，相见甚欢。特请董庭兰演奏胡笳曲，以助雅兴。说起胡笳曲，就想起东汉末年的才女蔡文姬。蔡文姬不幸被匈奴掳走，在那边生活了十多年。她听到胡笳的哀婉乐声，唤起怀念故土的无尽情思，因而作《胡笳十八拍》，流芳千古。庭兰擅长演奏胡笳曲，有出神入化之感，可完美再现蔡文姬的昔日情愫。李颀君是当今诗坛大家，擅长写与乐曲相关的诗作，有《琴歌》《听万安善吹觱篥歌》等名篇。今天欣赏庭兰的演奏之后，期盼李颀君有新的佳作哟！"

房琯微笑着向董庭兰点点头，示意他开始演奏。

李颀身体微微前倾，静静地等待。

董庭兰演奏的胡笳曲，果然不同凡响。那乐曲声像空旷山谷中的百鸟，时而团聚、时而分飞；又像万里长空中的浮云，有时明朗、有时阴郁。聆听乐曲，仿佛听到离群的雏雁在悲戚地嘶鸣，又像是见不到母亲的幼儿在失声哭泣。

李颀全神贯注地倾听着，在他心境中，这乐曲是如此神奇，如此富有魅力，汹涌澎湃的江河都能被感化，平息了波澜；婉转啼鸣的鸟儿也被吸引，忘记了鸣叫……

董庭兰的演奏结束之后，李颀当即欣然命笔，写下了《听董大弹胡笳兼寄语弄房给事》一诗。诗题称董庭兰为"董大"，是因为董庭兰在兄弟中排行第一，是家中的"老大"。

诗中，李颀首先回顾了蔡文姬作《胡笳十八拍》的悲怆往事，继而倾心赞美董庭兰的演奏：

> 幽音变调忽飘洒，长风吹林雨堕瓦。
>
> 迸泉飒飒飞木末，野鹿呦呦走堂下。

那幽怨呜咽的琴声，会在不经意间变得轻松潇洒；转瞬间，又像是疾风横扫林木，像骤雨落于屋瓦。一忽儿，像喷涌迸溅的山泉，飘飘洒洒飞向树梢；一忽儿，又像是矫健灵动的野鹿，呦呦鸣叫着来到堂前……

在诗的结尾处，李颀由衷赞颂了房琯不求名利、护惜人才的高风亮节。

听了董庭兰的演奏，又看了李颀的《听董大弹胡笳兼寄语弄房给事》，房琯喜不自禁，连声叫好。

董庭兰站了起来，对李颀深鞠一躬："李颀先生的诗，写得太好了。能够得到如此赞誉，是我今生的莫大荣幸。可惜，我弹琴的技艺还没有达到炉火纯青的造诣。春秋战国时的师文，才是琴艺最高的大师，他的演奏能惊天动地呢！"

房琯很感兴趣："哦，竟还有如此琴艺高超的大师？你快讲讲他的故事吧。"

董庭兰侃侃而谈："师文在百花盛开的春天叩动'商弦'，会让人感觉到萧瑟秋风带来凉意，草木也结出累累硕果；他在金秋十月叩动'角弦'，人们会感觉到温煦的春风拂面而来，枯叶萌生了新绿的嫩芽；他在炎炎夏日叩动'羽弦'，人们的感觉是寒霜骤降、大雪纷飞，江河湖泊在一瞬间冻成了坚冰；他在严寒的冬天叩动'徵弦'，给人的感觉是炽烈的阳光照耀大地，坚冰随之即刻消融。难怪师文的老师师襄会感叹：'师文的琴艺，比大名鼎鼎的师旷还要高明许多哟！'"

杜甫今天真是大开眼界。先是欣赏董庭兰演奏的胡笳曲，让人如醉如痴；继而是李颀的《听董大弹胡笳兼寄语弄房给事》，让他深为佩服；最后是董庭兰讲述师文的神奇琴艺，更令人惊叹不已。杜甫想起，自己数年前与李白同游吹台，那是师旷曾经吹奏乐曲的地方，千百年来人们前往瞻仰，而师文的琴艺竟比师旷还要高明许多，真是天外有天啊。

杜甫又想道：像董庭兰这样的优秀乐师，如果不是房琯的护惜，可能就会流落街头了。房琯是天下难得的好人。自己困居长安，也是得到房琯的关照，才有了生活的乐趣啊。由此，他对房琯产生了深深的感念之情。

这时，房琯转过头来，对杜甫说："子美贤弟，你也是诗人，要不要也作一首诗啊？"

杜甫起身拱手："今日聆听了董夫子演奏的胡笳曲，如闻天籁之音，荡气回肠，不同凡响。然而，有李颀前辈的大作，在下万万不敢弄斧班门。"

房琯说："那么，今日难得一聚，你有什么可与大家分享的呢？"

杜甫红着脸说："我给大家讲个故事吧！"

"你要讲什么故事呢？"房琯问。

"《胡笳十八拍》是蔡文姬所作，董夫子演奏的胡笳曲和李颀前辈的诗作，都让人怀念蔡文姬。我就讲一个蔡文姬的故事吧。"

"好啊，刚刚听了庭兰讲的师文故事，再来听听子美的蔡文姬故事吧。"

杜甫略微想了想，把一段蔡文姬的故事娓娓道来："蔡文姬是大文学家蔡邕之女，不幸被胡骑掳走。曹操年轻时曾是蔡邕的学生，他用重金将蔡文姬赎回，还亲自主婚，让蔡文姬嫁给了出身名门望族的董祀。然而，婚后不久，董祀却不知何故被定为死罪。蔡文姬心急如焚去找曹操申诉。当时，曹操正在大宴公卿名士，听到蔡文姬来了，对宾客们说：'蔡邕的女儿在外面，咱们见一见她吧！'宾客们的目光都投向大门口，只见蔡文姬披散着头发，光着脚，走到曹操面前，先叩头行礼，然后慷慨陈词、据理力争，话语悲楚哀婉。满座宾客都为之动容。曹操理屈词穷，显出无奈之貌：'死刑的命令已经下达，要收回，恐怕来不及了。'蔡文姬说：'你马厩里有成千上万的好马，你有无数的勇猛士卒，还吝惜一匹快马来拯救一条垂死的生命吗？'曹操终于被蔡文姬感动，赦免了董祀。"

杜甫讲完，房琯拍手叫好。蔡文姬的这段故事，房琯其实是知道的，但听了杜甫情真意切的讲述，仍然颇受感动，他忽发奇想，对杜甫说："子美啊，倘若有一天，我蒙受了不白之冤，你会像蔡文姬救董祀那样，为我仗义执言吗？"

杜甫不假思索地说："蔡文姬是一位女子，尚且能够大义凛然；在下是堂堂七尺男儿，焉能瞻前顾后、吝惜身命！倘若恩公有难，我必会挺身而出，赴汤蹈火也在所不辞！"

房琯哈哈一笑："不用你赴汤蹈火，到那时候只要你讲一句公道话，就可以啦！"

李颀听了杜甫的肺腑之言，也被感动了，朝杜甫拱了拱手。

杜甫连忙站起来，向李颀深施一礼。

李颀温和地说："子美贤弟，我读过你的《望岳》《登兖州城楼》，写得很好啊。最近有什么新作吗？"

听了李颀的话，杜甫面红耳赤，无地自容，他想：这几年困居长安，真没有什么像样的诗作。还曾信誓旦旦跟李白说，要"为诗而生，为诗而活"呢！遇到生活的困境，就自怨自艾、自暴自弃了，这很不应该呀！还是要振作精神，凝聚勇气，写出好诗来，证明自己的人生价值啊！

杜甫正沉浸于回忆之中，忽然听到门外传来一阵喧闹声。那一浪高过一浪的喧闹打断了杜甫的遐思，让他回归了现实。

桌上零乱地摊着《丽人行》诗稿，墨迹犹新，而门外的喧嚣声更大了。杜甫要出去看看。他先把《丽人行》诗稿整好，放置妥帖，然后起身，推开房门。杜甫的住房是临街的，推开门就是大路。而这条经过咸阳桥的大路是从长安前往西北的必由之路。

门外，大路上的景象，让杜甫惊呆了。

车辚辚，马萧萧，行人弓箭各在腰

只见门外是汹涌而来的人流，还有车辆和马匹，人喊马嘶，汇合在一起。杜甫刚搬到此住处不久，第一次看到这样的景象。

车轮滚滚，烈马嘶鸣，即将出征的人们腰上都佩着弓箭。杜甫知道，这些人是被抓去打仗的"役夫"。与"役夫"在一起的，是送行的人群。父母送别儿子，妻子携子女送别丈夫。他们拦在道路当中，牵着出征人的衣襟，顿足捶胸地放声痛哭。人群涌动，掀起的尘埃竟遮盖住了不远处的咸阳桥。众多亲人的哭声汇聚在一起，惊天动地，直上九霄云天！

看到眼前的景象，杜甫不由得吟出诗句：

> 车辚辚，马萧萧，行人弓箭各在腰。
>
> 耶娘妻子走相送，尘埃不见咸阳桥。
>
> 牵衣顿足拦道哭，哭声直上干云霄。

杜甫站在住所的门前，看到一个中年"役夫"独自走着。为什么没有人为他送行呢？杜甫想，也许是父母老迈，也许是子女年幼，无法来为他送行吧。只见那中年人身形疲惫，步履蹒跚，嘴角干裂。一个趔趄，中年人几乎跌倒。杜甫情不自禁地走上前去，扶了他一把。

中年役夫望着杜甫，嘴唇颤动着："先生，我想讨一碗水喝！"

杜甫心想，自己住房里饭食是一口也没有了，但水还是有的，忙说："到屋里喝吧，顺便歇歇脚。"把中年役夫让进来，请他坐下，倒了满满一大碗水，递过去。

中年人端起碗，一口气喝了下去。杜甫又给他倒了一碗。这次，中年人不急了，一口一口慢慢地喝。

杜甫坐到中年人身边，心情焦虑地问："怎会有这么多役夫啊？"

中年人愤愤地说："官老爷们按照花名册，三天两头地抓人，役夫当然就多了！"

杜甫听了，很震惊。

房门是敞开的，杜甫看见一个少年役夫，正由一位里正（乡里小吏）模样的人帮助缠着"裹头"，顿生感慨："你看那少年，大概才15岁吧，连'裹头'

都不会缠呢，也被抓来当役夫了。"

中年人说："他虽然还只是个大男孩，一样会被派到北方边关去驻防；到40岁的时候，如果他能活到那个年龄，或许还会被派到西部去开荒屯田呢。"

杜甫唏嘘不已。

中年人激动起来："先生，我看出您是一位有学问的人，我也粗通文墨，想跟您说句心里话。"中年人附在杜甫耳边，压低了声音："我以前当过役夫，目睹了战事的惨烈。在边亭，士兵们的鲜血流成了河，又汇成一片血海，那景象惨不忍睹啊。而皇帝拓展疆土的心思，至今还意犹未尽呢！"

杜甫眼前模糊了，泛起血淋淋的颜色，仿佛看到了那一片血海。

中年人又提高了声音，激愤地说："您可能听说了，秦地以东的200多州，现在是千村万户田地荒芜，荆棘丛生哟。"

"怎么会是这样啊？"杜甫惊呼。

"青壮年男人都被送上战场了，只剩下老幼和妇女。纵然有身体壮实的妇女能到田间干农活，但力气毕竟不如男子，连整齐的犁沟都耕不出来，更谈不上有丰硕的收成了。"

杜甫频频点头，表示同感。

"我们这些秦地的士兵是能够耐受苦战的，尽管被驱赶着，过着鸡犬不如的日子，我们也认命了。但是，想到家乡田地荒芜，家人无以为生，就不能不忧心忡忡了。"

杜甫忍不住问："你们就这样逆来顺受吗？"

"不逆来顺受，又能怎样？我们当'役夫'的，敢说出自己的怨恨吗？"

中年人又喝了一口水："关西的战事看来是要继续打下去了，到今年冬天也不会结束。我们在战场上流血，而那些县官，号称'百姓的父母官'，如何对待我们的家人呢？"

"总应该给予一些关照和抚恤吧？"看到中年人摇头，杜甫又问："难道一点儿关照也没有吗？"

"岂止是没有关照，县官还在催着索要租税呢！家里的青壮年男人都被抓走了，女人在耕地，许多田地荒芜了，租税从何而出呢？这些官员却不问老百姓的疾苦，只知道横征暴敛，鱼肉百姓！"中年人重重的一拳，打在桌子上。

杜甫义愤填膺，感觉身体在震怒中颤抖，热血涌上头顶。

中年人叹息："从前，百姓家中生养孩子往往是重男轻女。现如今，生男孩反而不如生女孩了。生个女孩，将来可以在邻村找个好人家嫁了；若是生了男孩，长大了就要被抓走当役夫，任凭尸骨埋没在荒山野草之中了。"

中年人喝完了水，也说完了他想说的话，躬身向杜甫致谢，走了出去，消失在人流中。

杜甫感慨万千，心潮澎湃，很想写一首长诗，记述眼前的所见所闻。诗的题目想好了，就叫《兵车行》。然而，他饿得一点儿力气也没有，连笔都提不起来了。

诗人仰面躺到床榻上，喘着气，心有不甘，又力不从心。

恰在这时，他听到有人敲门。房门是虚掩的，那人推门走进来。原来是房琯家的仆人，手里提着一盒饭食。仆人把饭食放在桌上，说是房琯大人送给杜先生的，就告辞了。

真是雪中送炭啊！

杜甫被饭食的香味吸引，一骨碌爬起来，狼吞虎咽吃下去。

饱食之后，诗人恢复了活力，一气呵成写出《兵车行》。写到结尾时，他想到，青海湖边白骨遍野，自古就没有人来收尸安葬；在天阴雨湿之中，新鬼和旧鬼一起冤屈地哭喊，发出凄厉的叫声，是何等惨烈的景象啊。诗人写下了《兵车行》的结尾：

　　　君不见，青海头，古来白骨无人收。
　　　新鬼烦冤旧鬼哭，天阴雨湿声啾啾！

结尾的"天阴雨湿声啾啾"与开头的"车辚辚，马萧萧"相呼应，形成了一幅有声有色、情景交融的画卷，展现出史诗般的悲怆与壮美。

写了《兵车行》之后，杜甫再次想起当年对李白的承诺，要"为诗而生，为诗而活"。有了《兵车行》，杜甫的内心多少坦然了一些。接下来，他无意中把《兵车行》与李白的《将进酒》作对比，觉得两首诗的风格相差甚大。

杜甫忽发奇想：未来的人们，如果把《将进酒》与《兵车行》放在一起阅读，读罢"君不见黄河之水天上来，奔流到海不复回"，马上读"车辚辚，马萧萧，行人弓箭各在腰"，会鲜明地感受到差别。想到这里，杜甫暗自一笑。

杜甫又把《丽人行》与《兵车行》的诗稿放在一起，对比着看。《丽人行》暗讽了玄宗皇帝和杨氏家族的骄奢淫逸，《兵车行》抨击了玄宗皇帝的穷兵黩武。写了《丽人行》《兵车行》，杜甫的心情稍稍平复了一些。如果他知道这些事情而不写出这样的诗，良心是要受到煎熬的。

现在，杜甫对于玄宗皇帝已经不抱什么希望了。他很后悔给玄宗进献了《三大礼赋》。于是，他走到书橱前，从一大摞文稿中找出了《三大礼赋》的底稿，看也不看一眼，毫不犹豫、毫不吝惜地把底稿撕成碎片。

自京赴奉先咏怀：朱门酒肉臭，路有冻死骨

天宝十四年（755年）十月，44岁的杜甫在困居长安10年之后，被任命为胄曹参军，是掌管军械库钥匙的小官。他本不想当这个小官，但为生计所迫，不得不违心地接受了官职。

到了十一月，刚刚任职一个月的杜甫，揣着这一个月微不足道的俸银，前往奉先探望妻子和儿女。

诗人不曾想到，此次探亲之旅是一段惊心动魄的旅程，更没有想到，一首流芳后世的诗篇将由此而诞生。

杜甫是在半夜启程，离开长安的。那一晚，天上黑云密布，寒风凛冽，阴森森的大街上渺无人迹，只有杜甫一个人孤零零地蹒跚前行。他浑身落满寒霜，衣服的系带也开了。想要结上衣带，可手指已经冻得僵硬，费了很大劲，才勉强系好了衣带。

奉先位于长安的东北方向，杜甫要先向东行，绕过骊山，再转向北行，前往奉先。

天蒙蒙亮的时候，杜甫走到骊山脚下。骊山可不是一座普通的山，声名赫赫的华清宫，就在骊山。早晨大雾迷漫，杜甫沿着结冰的山路，一步一滑地向前走。这时，他听到华清宫中传出鼓乐齐鸣的声音，那乐声回荡在骊山，响彻了云霄，还看到了华清宫的阑珊灯火。可想而知，皇帝、贵妃和大臣们正在通宵达旦地纵情享乐。杜甫心想，富丽堂皇的华清宫，就像王母娘娘的瑶池仙境；华清池的温泉水，一定是热气腾腾。一群神仙似的美女在轻歌曼舞，

桌上摆满了美味佳肴、金橘香橙，外面还有御林军戒备森严的守卫，王公权贵们真会享受啊。

而在华清宫外，凛冽的寒风中，结冰的山路上，衣着单薄的杜甫被冻得瑟瑟发抖。他双手抱着肩，顶着越来越强劲的寒风，继续艰难前行。

过了骊山，杜甫转而向北去，赶到了泾河与渭河的交汇处。站在岸边，只见无数的冰块漂浮在河水中，乘着激流汹涌泻下，掀起排山倒海般的波浪，令人心惊胆战。

幸而，河上的桥梁还没有被冲毁，但已经岌岌可危。支撑桥梁的木柱在激流和冰块冲击下吱吱呀呀地响，桥面摇摇晃晃，随时都可能会崩溃。杜甫惊讶地看到，桥上有许多衣衫褴褛的难民，他们扶老携幼，相互搀挽，冒着危险过桥。这些难民从何而来？为什么流离失所？情急之中，杜甫顾不得询问。

眼前的景象，令杜甫萌生大祸临头的预感。夹着冰块的滔天洪水，摇摇欲坠的桥梁，仿佛预示着一种不祥之兆。灾难，天崩地陷的灾难，就要降临了！联想到华清宫里王公贵族们穷奢极欲的享乐，更让杜甫预感到灾难不可避免会到来。

杜甫此刻没有心思细想，跌跌撞撞地过了桥。

过了险象环生的桥之后，心情稍稍安定了一些，恐惧感有所缓和，饥饿感却接踵而至。

杜甫随身的包囊里揣着五个馍馍，准备带给妻子和孩子。他饿得心里发慌，摸了摸包囊里的馍馍，很想吃一口。但是不行，那是留给妻子和孩子的，他不能吃，要强忍住饥饿。

又走了一会儿，杜甫实在太饿了，刚好路过一条小河，就到河边捧起冰凉的河水，喝了几口。喝了水，却更增加了饥饿感，搜肠刮肚般，无法忍受。杜甫从河岸边拔起一束野草，在河水中洗净草根上的泥土，饥不择食地放进嘴里，咀嚼那草根。草根不仅味道苦涩，而且嚼不碎，难以下咽。

就在这时，杜甫看到前面的山崖壁上有几棵酸枣树，红色的酸枣熟透了，很美丽，很诱人。杜甫想到自己少儿时曾经上树摘梨打枣，还写过"庭前八月梨枣熟，一日上树能千回"的诗，摘几枚酸枣吃应该没有问题。于是，他兴冲冲走上前去，被酸枣刺扎了几下也在所不惜，撸下一把酸枣，狼吞虎咽吃了下去。

然而，味道酸极了的酸枣，是开胃的。杜甫吃了酸枣之后，肚子里像翻江倒海一般，那是他从未感受过的令人毛骨悚然的饥饿，伴着疼痛，一齐向他袭来。他痛苦地嚎叫一声，跌坐在地，双手紧紧捂住肚子。腹中的疼痛在加剧，他疼得在地上打滚，眼前一片昏黑。过了好一会儿，才缓过来，不那么疼了，颤颤巍巍地站起，继续向家的方向走去。

夜色深沉，杜甫终于回到了家门口。摸摸包囊里的馍馍，馍馍还在。他吃力地抬起手，去推门，门没有拴住，一推就开了。这时，他突然听到家里传出的哭声，悲痛欲绝的哭声。他慌忙跟跟跄跄进了家，妻子迎上来，哭诉："夫君啊，咱们的小儿子，他，他饿死了！"

杜甫感到天旋地转，跌倒在地。

妻子杨氏扶起杜甫，在床上坐下。

杜甫从包囊中掏出馍馍，声音颤抖地说："我回来晚了一步，这馍馍是给你和孩子吃的。"又掏出那可怜巴巴的一点儿银子，说："这是我第一个月的俸银，给孩子们买一口吃的吧。"

杨夫人扑到杜甫怀里，放声痛哭。

第二天，杜甫和杨夫人，带着长子宗文、次子宗武，还有他的女儿们，埋葬了幼子。他们一家人在那小小的坟茔前伫立了很久，流下无尽的泪水。

回到家里，杜甫心力交瘁，躺在床上。杨夫人坐在杜甫身边，怜惜地望着自己的丈夫。

杜甫拉住妻子的手，看着妻子憔悴消瘦的面容，愧疚地说："你跟我受了这么多的苦，我很对不起你。"

杨夫人说："我嫁给你，并不是要跟你享受荣华富贵。"

杜甫对妻子说："曾经有人跟我私下讲，你妻子与杨贵妃是同乡，都是弘农人，还都姓杨，想来是远亲。若与杨贵妃攀上亲戚，必能得到关照啊。我当时一口就回绝了。"

杨夫人说："夫君，你回绝得好！就是饿死，我也不会去求她！"

杜甫深情地拥抱了妻子，热吻着妻子的发髻。

杨夫人把头贴在杜甫胸前，喃喃地说："子美，我喜欢听你的心跳，清清亮亮的，就像你的人品。"

杜甫潸然泪下。

过了一会儿，杜甫又对妻子说："我有个想法，想把这次从长安到奉先一路上的所见所闻写一首长诗。"

"哦，那一定是一首很感人的诗。"

"嗯，不仅感人，而且勾魂摄魄。"

杜甫眯起眼睛，开始构想这篇诗作了。他仿佛是在自言自语："我的思绪常常会回到杜陵，我的祖籍之地。杜陵啊，先祖留下显赫业绩的地方，竟出了我这样一个凡夫俗子，已经40多岁，头发都花白了，仍然一事无成，却有许多不合时宜的想法。我朝思暮想，要像古代的圣贤那样经邦济世，明知这很不现实，四处碰壁，却不肯回头。如果我死了，进了棺材，那也就算了呗。可是，只要我还活着一天，我的志向就不会改变！"

杜甫回顾了从长安到奉先一路的经历，说到华清宫中王公权贵们的尽情享乐，也说到夹着冰块的洪水、摇摇欲坠的桥梁和桥上背井离乡的难民，又悲叹自己家的丧子之痛。

他换了个姿势躺着，思潮涌动："我看到王宫贵族们的奢侈，就想到百姓的苦难。我当了胄曹参军这个小官，不需要缴纳税赋，可家人还是饿死了。普通百姓要缴税赋，要服徭役，生活该是何等艰辛、何等无望啊。今年秋天的收成是不错的，老百姓依然无以为生、流离失所。这样下去，国家会变成什么样子啊！想到老百姓蒙受的苦难，我心急如焚呐。我要奋笔疾书、引吭高歌，抨击世间的不平，即使受到别人的冷嘲热讽，也在所不惜！"

杜甫挣扎着坐起来："老妻，你快给我准备笔墨，我现在就要把这首诗写出来！"

杨夫人急忙按住丈夫："夫君，你身体还很虚弱，不宜劳累。你口述，我帮你写下来吧。"

"好吧，烦劳老妻了。"

杜甫闭上眼睛，沉思片刻，开始慷慨激昂地吟咏。杨夫人用她娟秀的字体，书写下来。

写到"况闻内金盘，尽在卫霍室"，意思是"听说皇宫里金盘子之类的财宝，都被搬进'国舅'杨国忠的宅邸里了"，杨夫人不禁哑然失笑。

而写到"入门闻号啕，幼子饥已卒"时，杨夫人痛哭流涕，手中的笔滑落到地上。

杜甫百般劝慰，杨夫人逐渐平复了心境，拾起笔来："夫君，你继续说吧！"

吟罢最后一句，杜甫深深舒了口气："老妻，总共多少字了？"

杨夫人悉心数了数："共是 96 句，480 字。"

杜甫想了想，说："对了，还要加上四句：'朱门酒肉臭，路有冻死骨；荣枯咫尺异，惆怅难再述'。'朱门酒肉臭，路有冻死骨'这两句诗，经常萦绕在我的脑海中。写进去，作为'诗眼'，画龙点睛之笔，再合适不过了。在华清宫内，王公权贵们花天酒地、尽情享乐；而华清宫外，黎民百姓饿殍遍野、生灵涂炭。百姓的'枯'与权贵的'荣'，咫尺之间竟有天渊之别啊！"又问："现在是多少字了呢？"

"刚好是 500 字。"杨夫人一边说，一边抹眼泪，"这首诗太好了，太感人了，写完之后，我的眼泪还是止不住。"

杜甫让杨夫人坐到身边，轻轻为妻子拭去泪水。

就这样，由杜甫口述，杨夫人笔录，写下了《自京赴奉先县咏怀五百字》。这首诗以抒怀为主，纪事为辅。对于路途中的经历，只记述了他认为最重要的片断，而以浓墨重彩抒发了自己的感慨。故此，以"咏怀"为题。诗人还着意淡化了自己在路途中遭遇的艰辛，是怕让妻子担忧难过。

杨夫人把《自京赴奉先县咏怀五百字》又读了一遍，若有所思地问杜甫："看来，你对当今圣上已经彻底失望了？"

杜甫点点头："是啊，写了《丽人行》《兵车行》之后，我就有这样的想法，所以才撕掉了《三大礼赋》的底稿。这次自京赴奉先之旅，更让我对玄宗皇帝彻底失望了。"

杨夫人趁势说："既然这样，你何不带上咱们全家，泛舟五湖、隐居山林呢？"

这时，大女儿走进屋来，依偎在母亲身旁，帮腔道："爹爹，我娘说得对，咱们归隐山林吧。就像王维的诗'明月松间照，清泉石上流；竹喧归浣女，莲动下渔舟'，多有趣呀。"

杜甫吞吞吐吐："我呢，其实，也不是没有想过归隐山林……"

女儿赶紧趁热打铁："那还等什么，收拾行李，马上就走啊！"

杜甫的脸上写满了严肃："但是，如果真的有像舜尧那样圣明的君主，我还是要尽力去辅佐的！"

女儿朝母亲吐了一下舌头，垂头丧气地走。

杨夫人问杜甫：你为什么叫我"老妻"？

过了几天，杜甫的身体渐渐恢复了，他准备要回长安。

杨夫人无奈地告诉丈夫："你回到奉先这些日子，整天待在家里，不知道外面发生了天大的事情。"

"什么事情啊？"

"安禄山反叛了！天下大乱！叛军已经攻占了许多地方，正在逼近洛阳呢……"

杜甫仰天长叹："多灾多难的国家，可悲可怜的百姓！又有多少百姓要受苦了！"

杜甫想到来奉先路上所见，夹着冰块的滔天洪水，摇摇欲坠的桥梁，当时就预感到这是不祥之兆，没想到竟是血雨腥风的灾难！

杨夫人说："一旦洛阳失陷，叛军的下一个目标就是长安。你还要回长安吗？"

杜甫毫不犹豫："发生了叛乱，我更应该回去。我的职责是看管军械库。为了抵御叛军，随时会需要军械。我应该马上回去，坚守岗位，恪尽职守。"

杨夫人深明大义："那，你就回去吧。"

这时，大女儿走进来，一手端着一碗热气腾腾的菜粥，一手举着半个馍馍："爹爹，吃饭啰！"

杜甫看着那碗菜粥，是野菜干煮的粥，漂着稀稀疏疏的黍米，问："这几天，总是喝这样的粥，味道还可以。野菜干是哪里来的呢？"

杨夫人说："是大女儿跟我一起在夏天上山挖的野菜，晾干了，留着冬天吃。黍米是用你带回的俸银买的。你回来那天，家里已经断粮数日，所以小儿子才饿死了！"说着，又抽泣起来。

女儿赶紧过来安慰母亲。

看着身边的女儿，杨夫人颇感宽慰："女儿10多岁了，很懂事，能帮我做一些家务，还喜欢学习诗文，读了不少书呢。"

杜甫怜爱地看着女儿。他最喜欢大女儿，聪明伶俐、知书达理的大女儿让他引以为骄傲。但因为长年忍饥挨饿，女儿身形消瘦，面色苍白，一双美丽的大眼睛也显得黯然无光。他感到深深的痛楚，觉得自己太对不起孩子了。

杜甫看到女儿手里还举着半个馍馍，是他从长安带回来的，忙说："这馍馍是给你和弟弟妹妹们吃的，你们拿去吃吧。"

女儿噙着眼泪："我们吃过了，爹爹，你吃吧！"说着就把馍馍递了过来。

杜甫推脱不过，只好咬了一口，让夫人也吃了一口，对女儿说："好了，我们都吃了，你和弟弟妹妹们吃去吧。"

母亲朝女儿点点头，女儿举着馍馍，哭着走了。

望着女儿的背影，杜甫心绪不宁地说："我就要回长安了，很担心你和孩子们，你们如何度日呢？"

杨夫人让丈夫趁热先把菜粥喝了。

杜甫端起碗来："老妻，你也吃啊！"

"等一会儿，我到孩子们的屋里，跟孩子们一起吃。"

看着杜甫吃下菜粥，杨夫人才说："咱们成婚十多年了，你挣的那一点钱，是不够家用的。我时而要变卖娘家陪嫁的首饰、衣物，维持家里的生计。靠着节衣缩食、省吃俭用，才把这个家支撑下来，把孩子们拉扯长大……"

"陪嫁的首饰、衣物，都快卖光了吧？"杜甫愧疚地问。

"已经卖光了。我现在只留着那串玉珠项链，是咱们新婚之夜，你给我的定情之物，一直没有舍得卖。"杨夫人取出项链，珍爱地放在手里，十六颗熠熠生辉的玉珠，以一条丝线绳串起，美轮美奂、光彩夺目，"但是，现在到了危难时刻，也只有想着卖掉它了。我实在于心不忍……"

杜甫安慰妻子："咱们的感情都深藏在心里，项链就卖掉吧。"

杨夫人说："我不会把项链整串卖掉，要解开丝线绳，把玉珠摘下来，一颗一颗地卖。这样，能多维持一段时间。倘若玉珠还没有都卖完，生活就有了转机，那么，我还能留住几颗玉珠呢。"杨夫人满怀希望，"大女儿10多岁了，宗文7岁，宗武也4岁了，咱们家的日子就要好起来了！"

杜甫深情地拥抱了妻子："我的老妻啊，这个家全凭你来操持了！"

杨夫人嘟起了嘴："子美，你为什么总叫我'老妻'？我真有那么老吗？或许是你嫌我老了？"

杜甫说："我叫你老妻，绝不是嫌你老，你也一点儿都不老。你在我心目中，永远是新婚之夜我把这项链戴在你颈上时的样子。我这'老妻'的'老'字有两层意思：一是白头偕老之'老'，二是地老天荒之'老'。无论地老天荒，我对你的情意不泯啊！"

杨夫人展颜一笑。

杜甫赞叹："老妻，你的笑容灿若云霞！"

杨夫人托起玉珠项链："子美，趁着这项链还属于咱们，你再为我戴一次吧。"

杜甫小心翼翼地把项链戴在妻子颈上，温情地亲吻了她光洁如玉的额。

在冷漠苍凉的尘世中，有什么比爱人搂着颈项的热吻，更能温暖心房呢！

杜甫想投奔肃宗，却被叛军抓住当了俘虏

杜甫在十二月初回到长安。局势日趋紧张。

十二月中旬，叛军攻陷洛阳。

次年（天宝十五年，756年）一月，叛军攻到潼关。官军与叛军在潼关对峙，长安岌岌可危。

杜甫身在长安，亲眼看到安禄山叛军给百姓带来的深重灾难，他忧心如焚，用诗句描述了逃难人群饥寒交迫、背井离乡的悲惨境况：

野果充粮粮，卑枝成屋椽。

早行石上水，暮宿天边烟。

杜甫负责看管的军械库中的兵器运往潼关前线，库房中已经空空如也，杜甫也就无事可干了。

他牵挂着家人的安危，于五月再次前往奉先探亲。考虑到战事吃紧，长安危在旦夕，而奉先离长安不远，也很危险，杜甫决定把家人转移到长安北边的鄜州去。鄜州离长安500多里，相对来说较为安全。而且，在当地还有亲友的关照。

安顿了家人之后，杜甫本想返回长安，回到自己的岗位上去。然而，传来了长安陷落的消息。玄宗皇帝带着杨贵妃、杨国忠等人仓皇出逃，他们打算前往蜀地避难。

杜甫只好滞留在鄜州了。

不久，杨贵妃被缢死在马嵬坡的消息不胫而走。此前，杨国忠已被处死。听到这些消息，杜甫一言未发，心中暗想：民心、天意，都不可违啊！

杜甫怀着沉重的心情，走出寄居的小山村，漫步在山野之间。看着眼前蔚为壮观的大山大川，想着国家正处于生死存亡的危难之中，不禁喟然长叹：

国破山河在！

诗人忍不住黯然落泪，吟咏不下去了。

到了七月，又传来玄宗皇帝之第三子李亨在灵武继位的消息，是为肃宗。

杜甫马上决定，要去投奔肃宗。

杨夫人忧心忡忡："到处都是叛军，你孤身一人前往灵武，很危险啊！"

杜甫说："肃宗或许就是我殷殷期盼的像舜尧一样圣明的君主，我一定要去辅佐他！"

杨夫人知道拦不住杜甫，只有挥泪送他上路。

杜甫离开鄜州，向北前往灵武。走到半路，行至一片密林，突然蹿出一哨人马，不由分说把杜甫按倒在地。看见这伙人的装束，杜甫明白，他遇上叛军了。没有办法，只有束手就擒。

叛军把杜甫押回长安，带到一个小头目面前，接受审讯。

小头目问：“你叫什么名字？”

“我叫杜子美。”杜甫如实回答。

“你叫‘肚子美’？”小头目面露惊讶，“我看你饿得皮包骨头，你的肚子一点也不美呀！你怎么能叫‘肚子美’呢？”

杜甫哭笑不得。

小头目摇头晃脑：“我们安禄山大将军已经登基，当了大燕皇帝。我看你是个识文断字的人，你归顺了我们大燕皇帝吧，保准让你的肚子吃得美美的！”

“我年老体衰，手无缚鸡之力，你放了我吧。”杜甫恳求。

小头目见劝降无效，就继续审问：“你在唐朝那边当的什么官职呀？”

杜甫仍然是如实回答：“我当的是胄曹参军。”

“胄曹参军是管什么的呢？”

“我掌管军械库的钥匙。”

小头目哈哈大笑：“你就是看库房的呀！比小卒子稍微强一点儿，滚一边去吧！”

“你是放我走吗？”杜甫心存侥幸。

小头目沉下脸来：“抓住你没有什么用，但是放了你是不行的！”

叛军把杜甫关进一个大院子，不过并没有严加看管。

拘押杜甫的大院对面是一个小院，看管严密。杜甫看到一个50多岁的男子被押进小院。那男子虽然蓬头垢面，却难掩儒雅的风骨。杜甫依稀认出了，那人好像是王维。

杜甫在长安10年，与王维见过几面，但因二人身份地位相差悬殊，只是打过招呼，没有交谈。王维是杜甫颇为崇敬的诗人。此刻，想到小院中关押的人可能是王维，杜甫不禁心头一酸。

王维：“凝碧池头奏管弦”

杜甫没有看错，那人确实是王维。

安禄山的叛军攻陷长安，玄宗皇帝出逃，王维当时担任“给事中”的官职，没有来得及"护驾"，成了叛军的阶下囚。先在长安关了几天，随后就被押解到洛阳。

在洛阳，王维被关押在普施寺。刚刚自封为"大燕皇帝"的安禄山对王维很赏识，有意要重用王维。

王维当然不愿做安禄山的伪官，他吃了泻药，让自己整天拉肚子，还装作说不出话来，成了哑巴。

暮秋时节，安禄山在洛阳城内的凝碧池设下酒宴，犒劳麾下的伪官们。凝碧池的一池碧水，三面环绕着池畔的凝碧亭。在凝碧亭里摆满了美味佳肴，还有从唐宫中掠来的珍稀宝物。

安禄山坐在他的宝座上，手里握着一根镶金的马鞭，得意扬扬。

酒宴准备就绪，伪官们也陆续到齐了，却美中不足，不见有乐工奏乐助兴。

安禄山暴怒："我堂堂大燕皇帝，在这凝碧亭宴请群臣，怎么连乐工奏乐都没有呢？"

一个伪官跪地禀报："我们抓来的乐工都是唐朝的梨园弟子，他们不肯前来为陛下演奏。"

"混账！"安禄山大发雷霆，额头青筋暴露，"把这些乐工给我带上来！"

一群乐工，各自拿着乐器，被推推搡搡带到凝碧亭。

伪官厉声命令乐工们演奏。乐工们一个个垂着头，不予理睬。叛军士兵挥舞着刀枪，乐工们依然不示弱。

安禄山手举马鞭大喊："再不从命，我可要杀人了！"

这时，一位20多岁血气方刚的小伙子勇敢地站出来，高呼："我雷振清乃大唐乐工，决不为你这个叛逆演奏！要杀要剐随你便！"他扔掉了手中的乐器，痛哭着向西方跪拜，那是大唐皇都长安的方向。

安禄山下令，叛军们一拥而上，把雷振清扑倒在地。他的四肢被残忍地砍了下来。

雷振清被肢解，血光四溅。乐工们先是惊恐万分，接着就泪水涌流。

安禄山扬起马鞭指着乐工们："不准哭！谁哭就杀了谁！"

乐工们强忍泪水，仍然拒绝演奏。

无计可施的安禄山，忽然想起了押在普施寺的王维。精通音律的王维曾经当过太乐丞，与乐工们一定很熟识。安禄山马上派人去普施寺，把王维押过来。

王维到了凝碧池，走进凝碧亭，首先看到的是雷振清的尸体和满地鲜血。他可以想象出刚刚发生的那一幕惨剧，心中充满悲愤。

安禄山命人给王维搬了一把椅子，让王维坐下。

自封的"大燕皇帝"满脸堆起笑容，尽可能装出和颜悦色："摩诘先生，我知道你通晓音律。我还听说，民间流传着一段关于你的轶事：有人找到一幅奏乐图，不知演奏的是何曲目，来你这儿请教。你看了之后说：'画中的乐工正在演奏'霓裳羽衣曲'第三叠第一拍'。看画而能识乐，还精准到节拍，多么神奇啊！"安禄山干笑了两声，等待王维的回应。

王维心中暗想："这故事是杜撰的，'霓裳羽衣曲'第三叠没有拍，是散曲。你假充斯文，对音乐一知半解，不懂装懂。"他这样想着，脸上毫无表情，低着头，一声不吭。

安禄山见王维不理睬自己，大为不悦，强忍住怒火，说："我今天大宴群臣，想请乐工演奏助兴。我乃大燕皇帝，与群臣欢宴，想听听乐曲，这要求不过分吧？可是，这些乐工偏偏不给我面子。摩诘先生，你跟他们熟识，劝劝他们吧。"

王维用手指着自己的嘴，张开嘴"啊啊"了两声，又摇摇头，表示自己已经哑了，不能讲话。

安禄山勃然大怒，扔掉手中的马鞭，气汹汹走下他的宝座，从乐工群中拖出一个十四五岁的女孩，拿起一把长刀，架在女孩的脖颈边上："我数五个数，数完就杀了她！一、二、三……"

王维猝然站了起来，嘴里"啊啊"地喊着，跑到乐工们面前，向大家摆手，意思是不要再抗拒了。

随后，他走到雷振清的尸体前，朝死者深鞠一躬，捡起雷振清扔掉的乐器，演奏起来。

乐工们也跟着演奏起来。乐曲声如泣如诉，仿佛是在为雷振清的亡灵送行。

总算听到乐曲声，安禄山觉得自己有了面子，回到宝座上，仰头哈哈大笑。

一曲终了，安禄山趁势对王维说："摩诘先生，你还算是识时务的人。本皇帝不能亏待你，要给你个官职，我封你为中书舍人！"

王维目光呆滞，就像没听见一样。

在场的伪官高喝："王舍人，还不快拜谢大燕皇帝！"

王维一动不动。

几个叛军士兵围上来，强按住王维，给安禄山叩了三个头。

王维被押回了普施寺。

他疲惫无力，一头栽倒在床榻上。这一天，他目睹了惨烈的杀戮，又遭受了奇耻大辱。他感到心在淌血，两眼直勾勾地看着屋顶。

那一刻，王维甚至想到了死。死并不难，在房梁上系一根绳子，就可以轻易地了结生命。然而，王维又惊骇地想到，安禄山刚刚封他为"中书舍人"，他死了，也会背上"降敌"的罪名！谁来证明他的无辜呢？他平生的清白，岂不荡然无存了？

不，他不能死！不能死！

那么，该到哪里去寻找心灵的抚慰，能让自己挺住，并且有活下去的勇气呢？他想到了诗。数十年人生岁月写成的诗篇，一首首浮现在他的眼前。

15岁那一年，少年王维到长安闯荡。青葱年华的他写下了《少年行》：

> 新丰美酒斗十千，咸阳游侠多少年。
>
> 相逢意气为君饮，系马高楼垂柳边。

那时，他是何等意气风发、踌躇志满啊！

17岁，王维写出了成名作《九月九日忆山东兄弟》。18岁，又写了《洛阳女儿行》，"洛阳女儿对门居，才可容颜十五余"，隐含着对邻家女孩的一份朦胧的情感。

31岁，王维中了状元，本该春风得意，却因"伶人舞黄狮子"而遭遇仕途挫折，跌入人生低谷。无奈之中，他只好放情山水。"欲投人处宿，隔水问樵夫"，因流连于山水之间，竟把投宿的事都忘记了。回忆到这里，诗人心头泛起一丝笑意。

37岁，王维被任命为监察御史，有过一段出塞经历，写了不少边塞诗。"大漠孤烟直，长河落日圆"，展现出荡气回肠的豪迈情怀。

回到长安后，为躲避官场争权夺势的漩涡，王维在辋川建了别墅，与好友裴迪一同置身于青山绿水，写了更多的山水田园诗。

他原本以为自己的这一生，就将在山水田园之间，悠闲而恬淡地度过了。万没想到，安禄山的反叛，让他经历一番如此痛苦的折磨……

此时此刻，王维多么怀念辋川别墅啊，多想回到山水田园之中。他又想起了那首《辋川闲居赠裴秀才迪》，想到了裴迪，也不知此生还能否再见裴迪一面呢？

这时，门突然开了，裴迪走了进来。

王维还以为是幻觉，不敢相信，直到裴迪握住他的手，亲切地叫了一声："大哥，我来看你了！"他才明白，这是真的，不是幻觉。

裴迪冒着生命危险前来看望自己，王维感激涕零。患难见真情，这才是真正的朋友。二人相拥而泣。

他们不敢交谈，怕被门外的叛军听到，只能用手比比划划。裴迪不言语，只比划；王维则一边比划，一边吱吱呀呀地叫。二人相互比划了一阵子，终于弄清楚了，他们要讲的是同一件事：凝碧池边的那一幕惨剧。

裴迪是专程到洛阳看望王维。他在洛阳有不少朋友，打听到关押王维的地点，还第一时间知晓了刚刚发生在凝碧池的惨剧，所以毫不迟疑地赶来了。

王维并不是一个容易冲动的人。他的为人，就像他的诗一样，清幽而淡然。他常常是心静如止水。然而此刻，王维的内心如倒海翻江一般。心中的话语不能说出口，就把裴迪的手拉过来，在他手心一个字一个字地写出了诗句：

> 万户伤心生野烟，百官何日更朝天。
>
> 秋槐叶落空宫里，凝碧池头奏管弦。

写完后，王维探询地看着裴迪。裴迪用力点点头，表示自己看明白了，也都记下了。

裴迪理解这首诗的意思：国家蒙难令千家万户伤心欲绝、流离失所，文武百官何时才能再来朝拜大唐天子呢? 当秋日的槐叶落满了空旷寂寥的大唐宫廷, 那伙杀人不眨眼的逆贼正在凝碧池边欣赏着管弦乐曲!

这首《凝碧池》表白了王维的心迹。他的内心坦坦荡荡, 苍天可鉴!

王维欣慰地看着裴迪, 握紧了裴迪的手。

挂着青珊瑚宝玦的公子跪在杜甫面前

杜甫的官职不起眼, 与一大群同样官职卑微的俘虏关在大院子里, 对他们的看管并不太严。

九月的一天, 趁看守不注意, 杜甫溜出了大院。走在昔日繁华的大街上, 只见长安城中已是满目荒凉, 人迹稀少。他顺着墙根, 小心翼翼地走到长安城门口, 看到把守城门的叛军在打瞌睡, 就蹑手蹑脚地出了城。

城外更是渺无人迹, 野草丛生。杜甫信步向着曲江的方向走去, 他很想再看看曲江。

走到一片芦苇丛旁, 忽然从对面窜出一个人, 把杜甫吓了一跳。那人衣衫褴褛, 满脸泥灰, 只有腰上挂着的青珊瑚宝玦, 标明了他昔日的身份。

杜甫记得这只青珊瑚宝玦, 惊问: "你不是'调冰水'的公子吗?'公子调冰水, 佳人雪藕丝'呀!"

公子也认出杜甫, 一时愣住了。

杜甫不记得这位公子的姓名, 随口问: "我都忘记了, 你叫什么名字来着? 是哪家王爷的公子?"

公子不肯说出自己的姓名, 也顾不上说出姓名, 扑通一声跪倒在地, 涕泪横流: "杜先生! 杜老爷! 杜爷爷! 我愿意卖身为奴, 做您的奴仆, 您行行好, 收下我吧!"

"这怎么行呢?" 杜甫急忙摆手。

公子放声大哭: "我在荆棘丛中躲了一百多天, 荆棘扎得我体无完肤了!" 让杜甫看他身上划出的血道子, 又哀求: "我多日没有吃饭, 快要饿死了, 赏我一口吃食吧, 求求您了, 求求您了!"

杜甫想起身上还揣着半个馍馍, 便掏了出来。

公子一把抢过去，囫囵吃进，却卡在咽喉里，咽不下又吐不出，差点儿没噎死他。过了好一会儿，公子才缓过气来，挣扎着把馍馍咽了下去。

看着公子的狼狈样子，杜甫觉得他也挺可怜的，于是好言相劝，安慰了公子几句。公子怕被人看见，不敢多说话，仓皇躲进荆棘丛。

杜甫继续向前走去，心里还在想着与这位公子的不期而遇。

对于这些王公贵族的子孙，杜甫原本并无好感，是厌恶他们的。但看到他们落魄到如此境地，诗人的恻隐之心油然而生。由王公贵族子孙的遭遇，联想到大唐王朝的危亡，更让杜甫忧心忡忡。他打算写一首《哀王孙》，表达自己的悲哀。

然而，杜甫蓦然间心头一震，有了更强烈的想法：既然已经溜出了长安城，何不趁此机会逃走呢？

他举目向前望去，看看有没有逃跑的路径。不幸的是，目光所及之处，远远地密布着叛军的营盘。杜甫孤身一人，怎能闯过千军万马把守的敌营？再说，他身上没有干粮，仅有的半个馍馍给了挂青珊瑚宝玦的公子。冒险闯出去，就算不被叛军打死，也会饿死。耐心等些日子吧，不可操之过急。

怕被叛军发现，连想要去的曲江边都没有走到，杜甫就折转向回走，返回长安城里，回到关押俘虏的大院。

当天晚上，杜甫在屋子里，躺在乱蓬蓬的茅草堆成的地铺上，把《哀王孙》一诗的构想又回味了一遍，但是没法写出。手边没有纸笔，在叛军监视之下也不敢写，只好留待以后再写了。

这时，窗外一轮皎洁的明月升了起来，如同一只素白而清亮的玉盘。

看到明月，杜甫想到鄜州的妻子和儿女。今夜月光如此明朗，而自己却不能陪伴在妻子身边，与她一同赏月。儿女们年纪还小，尚不懂得思念远在长安的父亲，不知道父亲是多么深沉地爱着他们！

杜甫心中涌动着浓浓的亲情：

> 今夜鄜州月，闺中只独看。
>
> 遥怜小儿女，未解忆长安。

深秋时节，清冷的夜，妻子那如云的鬓发会弥漫着潮润的香雾；月光的清辉照在她光洁如玉的肩臂上，孤独寂寞的她一定会感到彻骨的冰寒。如果自己在她身边，会用体温带给她温暖。然而，夫妻分隔两地，杜甫只能遥想她倚在轻盈的帏帐后面，忧郁的双眼留下刚刚哭过的泪痕。

他默念出诗句：

> 香雾云鬟湿，清辉玉臂寒。
>
> 何时倚虚幌，双照泪痕干。

吟罢，诗人低下头来，却无处书写，只能任凭如水的月光，照着他被泪水浸湿的衣衫。

想起亲人，杜甫不由得又想到李白。杜甫一直把李白当作兄长，视同亲人一样。同游齐鲁之后，二人分手，没有能再相见。只零星听到李白的消息，看到他写的《梦游天姥吟留别》《宣州谢朓楼饯别校书叔云》等雄奇瑰丽的诗篇。

战乱之中，危难四伏。太白兄啊，你可安好？你现在何方呢？

隐居庐山，李白欣逢卢虚舟

李白在庐山。

与杜甫分手之后，李白先回了沙丘城，继而游历了许多地方，向南游扬州、金陵、越州、宣城，向北游邯郸、幽州等地。

安禄山叛乱，李白与续娶的宗夫人南下避难，隐居于庐山。

宗夫人是武则天时担任过宰相的宗楚客的孙女。李白的两任妻子都是前朝宰相的孙女，不知是巧合，还是命运的安排？

庐山是李白最喜爱的地方。年轻时，他初次登庐山，写下了"飞流直下三千尺，疑是银河落九天"的诗句，并与庐山结下了不解之缘。在此战乱之际，他又一次来到庐山，携夫人隐居于屏风叠。

屏风叠又名九叠屏，位于庐山五老峰下，因峰峦层叠，宛若九叠屏风而得名。

一座柴木围成的小院，三间简朴的茅庐，就是李白夫妇的隐居之所。在层峦叠翠之中，听泉水潺潺、松涛阵阵，与夫人一起品茗话诗，李白的心情是恬静淡然的。他还亲手在小院里种下了两株银杏树。

李白夫妇结交了几位道士，故而经常有道士登门造访。

这一天，听到有人叩响了柴扉，还以为又是哪一位道士来了。李白去开门，只见一位40多岁的男士站在门口，布衣长衫、美髯飘逸、风度翩翩。

来客向李白拱手施礼："在下范阳卢虚舟，久慕太白先生大名，特来拜见！"

李白连忙请客人到茅庐中的草堂落座，仔细端详着来客："我记得杜甫的祖母——卢氏太夫人是范阳人。冒昧问一句，你与卢氏太夫人是亲戚吗？"

卢虚舟粲然一笑："太夫人是我姑祖母，杜甫是我表哥呀！经常听表哥说起太白先生，也曾拜读了先生的许多诗作，故而久慕大名啊。"

李白惊喜万分。他一直挂念着杜甫，见不到杜甫本人，能见到他的表弟，也让李白非常欣慰，喜上眉梢。

这时，宗夫人也从后室走出来，她多次听李白讲过杜甫，讲过卢氏太夫人，听说杜甫的表弟来了，高兴地出来与客人见礼。命仆人端上茶水。

李白关切地问起杜甫的近况。

提起杜甫，卢虚舟黯然神伤："表哥想去投奔肃宗，不幸半路上被叛军抓住了，关押在长安呢。"

李白叹息："牢狱之灾，子美贤弟一定吃了不少苦。"

"还好吧，表哥官职卑微，叛军不会太难为他的。"

"那就好，不幸中的万幸啊。"

李白笑着对卢虚舟说："小表弟，你来了好啊，我陪你在庐山玩一玩，观赏庐山的美好风景！"

卢虚舟喜不自禁："太好了，我是吟咏着你的《望庐山瀑布》长大的，对庐山向往已久。能在你的导引下游历庐山，真乃此生莫大的荣幸啊。"

此后的几天，李白与卢虚舟一同畅游庐山。他们游历了香炉峰，欣赏了瀑布；又游览了三石梁，在三叠泉流连忘返……

又是一个早晨，初升的朝日映红了满天的云霞和苍翠的山林，李白握住卢虚舟的手，兴高采烈地沐浴在美丽的霞光之中。

李白一时兴起，对卢虚舟说："小表弟，你看这庐山的美景，蕴含着无穷的诗情画意，它本身就是一首诗呀。我有了一个想法，要写一首《庐山谣》送给你！"

卢虚舟喜出望外："真的吗？我离开庐山之前，能读到你的《庐山谣》吗？"

"那可不行，这不是一般的应酬之作，我要投入整个身心去写，也许要用几个月，也许需要几年的时间。你放心，等写好后，我会寄给你的。"

卢虚舟深鞠一躬，表示感谢。

李白又问起卢虚舟今后的去向，有何打算。

卢虚舟想了想，说："我表哥被拘押在长安，肯定会伺机逃出来，再去投奔肃宗。我呢，也准备要去投奔肃宗。"

李白祝卢虚舟一路顺风，也遥祝杜甫能够成功。

又过了几天，卢虚舟告辞而去。

卢虚舟的来访，让李白平静的隐居生活激起了一丝波澜。杜甫将要去投奔肃宗了，卢虚舟也要投奔肃宗了。那么，自己该何去何从呢？这样的念头在李白心中只是一闪而过，他并没有具体的想法。

对于李白来说，投奔肃宗是不太可能的。他是被玄宗皇帝"赐金放还"的，即使投奔肃宗，估计也不会得到重用。此外，他还写过"云想衣裳花想容"的诗句，赞美杨贵妃。而现在普天下的人都认定杨贵妃是败坏朝政的祸根。他李白如何有颜面去投奔肃宗呢？

他只能叹息自己生不逢时、时运不济了。

不听宗夫人劝阻，李白误入迷途

命运，似乎着意要打断李白隐居山林的平静生活。

深秋的一天，李白与宗夫人正在茅庐中读书、品茶，外面忽然传来一阵马嘶，还听见有人叩门。

李白去开门，看到一群身着官服的人站在门前，几个役夫还抬来了一顶轿子。

为首者骑着马，自称是永王李璘的信使，翻身下马，向李白施礼。

李白知道，永王李璘是玄宗的第十六子，是肃宗李亨的异母弟弟。李璘自幼丧母，是在兄长李亨的关怀之下长大的。

信使说，永王带着他的水军"东巡"，来到庐山脚下的浔阳，获知李白在庐山隐居，特意让他代表永王前来拜望。

李白客气地把永王的信使让到茅庐中的草堂，命仆人上茶。

信使送上了永王的亲笔信，开门见山地讲明来意："安禄山反叛，国家面临危难。永王正准备发兵，北上讨伐安禄山。我家王爷千岁久慕太白先生大名，想请先生下山，加入幕府，出谋划策。门外那顶轿子，就是接先生下山的。"

宗夫人在一旁察言观色，暗中给李白使眼色，示意夫君不可答应。

李白也觉得此事来得太突然，没有一点儿准备，便以身体多病为由，婉言谢绝了。

永王的信使走后，李白却叹了口气。

宗夫人问："夫君，你为何叹息?"

李白说："我一生怀着经邦济世的理想，却徒有雄才大略，得不到施展的机遇。我时常为自己怀才不遇而自怨自艾，都成心病了。拒绝永王的邀请，其实是错过了一次机会呀。"

宗夫人不以为然："依我看，你不是错过了机会，而是躲过了劫难。"

"夫人何出此言呢?"

"我也说不清，只是一种直觉的预感。"

"夫人多虑了，不会那么严重吧。哦，反正已经拒绝了永王的邀请，就不说了。"

夫妻二人继续品茶，不再议论此事。

如果事情就这样悄然过去了，那除了在李白心中留下隐隐的遗憾之外，并不会对他的人生造成多大的影响。然而，事情并没有过去，命运没有放过李白。

两天之后，永王的信使再度来访，带来丰厚的礼物和永王的第二封亲笔信，情辞恳切地再次劝李白下山。

李白已经有所动心，但仍然举棋不定，又顾及夫人的反对，于是再次谢绝了永王的邀请。

信使走后，李白的心绪不再平静。那天夜里，他躺在床榻上，辗转反侧，心驰神往地想着自己的一个梦境，就是他的诗作《梦游天姥吟留别》中记述的那个梦境。

在梦境中，李白登临天姥山，历经了一次险象环生的攀登。

刚开始时，天色还是晴好的，走到半山腰就看见太阳从海上升起，还听到从遥远天际传来的鸡鸣，那是神话中天鸡的叫声。刹那间，天气骤变。空中乌云低垂，黑暗袭来；山崖上怪石嶙峋，如魔鬼的嘴脸。只听见熊在咆哮，龙在怒吼，岩石间喷涌的泉水发出骇人的巨响，令林木惊恐，山峰战栗。继而，闪电撕裂长空，雷声震动大地，高山峻岭好像就要轰然崩塌下来！

像这样攀登险峻山峰的梦境，以前也曾多次出现在李白的睡梦中。每当梦到"闪电撕裂长空，雷声震动大地，高山峻岭就要轰然崩塌下来"的时候，李白便会惊醒，梦境戛然而止。

然而，这一次"游天姥"的梦境，到这里却没有终止，而是有了动人心弦的延续：

眼前的高山崖壁上，轰然开启了一道巨大的石门，那是仙界洞府的大门啊。只见大门之内，仙界之中，湛蓝的天空广阔无垠，日月的光华照耀着金碧辉煌的楼阁亭台。祥云缭绕，众位神仙飘然而降，清风是他们的坐骑，彩虹化作他们的衣裳。仙人们成群结队，纷至沓来，老虎为他们弹奏着琴瑟，鸾凤为他们驾驭着香车……

这个"游天姥"之梦，令李白惊异万分，神不守舍。特别是梦境的后半段，多么振奋人心啊！

永王信使第二次来访之后，李白情不自禁地又回忆起《梦游天姥吟留别》，心中浮想联翩，思潮翻腾。

李白记得，这首诗写于大约10年前，也就是被玄宗"赐金放还"的两三年之后，他陷于进退维谷的时候。从那时起，李白对于梦境的后半段有何预示，是否预示着命运之神的眷顾，一直怀着朦胧的期盼。可惜，他的命运在这 10 年间没有出现任何转机。他虽没有放弃期待，希望之光却在一点点地黯淡下去。

永王李璘的邀请，重新为李白点燃了希望之光。他在想，这或许就是梦境所昭示的天赐良机吧？念念不忘的"天生我材必有用"，莫非即将实现了吗？"游天姥"之梦的后半段如此振奋，预示着他将要拥有一段辉煌灿烂的历程。他仿佛听到一个声音在冥冥中提醒他：应该接受永王的邀请。

想到这里，李白对身边的宗夫人说："从来没有人重视过我的济世之才，而永王是真正看中我的。这恐怕是我此生最后的机会，若错过，机会就失不再来了，我将抱憾终身。想当年，刘备三顾茅庐，请出了诸葛亮。我现在也隐居于茅庐之中啊。若永王第三次派人来请，我就跟他下山！"

宗夫人痛心疾首："夫君，你头脑发昏了！永王不是刘备，你也不是诸葛亮。至少在年龄上，你比当年的诸葛亮大得多。刘备三顾茅庐时，诸葛亮只有 20 多岁，而你已经快到 60 岁了，又疾病缠身，怎么能经受得住军旅之劳？再说，当今时代绝非刘备三顾茅庐的时代，你可要审时度势啊！"

宗夫人的劝告，李白并没有听进去。他只是想，就看永王是否第三次派人来请了。与此同时，他开始暗暗整理行囊。宗夫人看在眼里，急在心头。

过了两天，永王的信使真的送来永王的第三封亲笔信。李白让信使先到院门外等候，自己要与夫人商议。

然而，李白说什么都没用，宗夫人依然坚决反对李白下山。

李白固执地拿起行囊，来到院子里，朝院门走去。

宗夫人追出来，拉住李白："夫君，你不能去！"

李白顿足捶胸，一时间失去了理智，大呼："若我的许夫人活着，是不会阻拦我的！"

这话伤透了宗夫人的心，她放开手，扭头回到茅屋里。

李白也知道自己失言，急忙追到屋里，给宗氏作揖："夫人，我说了错话，向你赔礼道歉！"

宗夫人怆然泪下："我知道，你不是我一个人的李白。我阻拦你，是要为天下人留住李白的性命啊。倘若许夫人活着，她一定也会这样做的。"

李白赔着笑脸："我不会死的，当幕僚不是上前线，没有性命之忧，夫人请放宽心。"

宗夫人低头垂泪。

李白向宗夫人拜了三拜，转身就准备要离去。

突然间，宗夫人冲了过来，拽住李白的胳膊，在他耳边低声说："夫君，你难道没有察觉，永王很可能是要与肃宗分庭抗礼，进而争夺天下，他名为讨逆，实为谋反啊！"

听到"谋反"二字，李白浑身一震，两条腿像被钉子定在地上一样，半步都动弹不得了。

他无可奈何，只好又一次回绝了永王。

第三次回绝永王后，李白呆呆地躺在床榻上，心情极度郁闷。

宗夫人试图劝导丈夫："你这是何苦呢？不是已经下定决心，要隐居山林了吗？你是诗人，在这里吟诗作赋，有什么不对呢？"

"如果我还来日方长，当然不妨用一段时光放情于山水之间。我也可以吟诗作赋，享受一个诗人的潇洒。我甚至曾经想过，要'为诗而生，为诗而活'。然而，当我感觉到自己已经来日无多了，怎能让最后的生命旅程荒废于游山玩水、吟诗作赋呢？"

"也有许多名人高士，在青山绿水间终其一生。"

"他们可以，但是我李白不行！"

"你是最喜爱庐山的呀！放情于庐山仙境，尽享庐山美景，有什么不好呢？"

"一个碌碌无为的李白，愧对庐山啊。"

宗夫人无言以对了。

过了一会儿，李白又自言自语："事不过三，永王不会来请了。我此生不会再有什么希望了。"

看到李白情绪如此低落，宗夫人很难过，宽慰丈夫："若永王真有意请你，他会再次派人来的。"

"怎么可能呢？"李白不信。

就在这时，小院的柴扉被叩响了。李白一骨碌从床上爬起来，衣服都没有整好，急不可待地去开门。

打开柴扉，只见一位须发皆白的老者微笑着站在门前。李白先是一愣，接着就脱口叫道："是你，韦秘书？"

李白认出来了，客人名叫韦子春，是李白在翰林院时的故交。当时，韦子春在秘书省担任秘书郎，所以李白称他为"韦秘书"。

在避难之地庐山见到老朋友，李白心头暖暖的。他知道韦子春已经做了永王的幕僚，此次来访，必是再次邀请自己下山。

主客二人在茅庐落座，寒暄之后，李白直言不讳地问："韦秘书，你跟我交个底，永王是真的要讨伐安禄山，还是另有图谋呢？"

韦子春信誓旦旦："永王真的是要讨伐安禄山，绝不会另有图谋。苍天在上，若我说半句假话，让我死无葬身之地！"见李白仍然将信将疑，韦子春又说："永王李璘幼年丧母，是在哥哥李亨，也就是当今圣上的关怀下长大的。永王年幼时，哥哥还经常把他抱在怀里呢。你想想，永王怎能做对不起肃宗皇帝的事情？"

李白完全相信了韦子春的话，拿定主意跟韦子春下山。

宗夫人知道，再说什么都无济于事了。

此时已是初冬，天上飘落着星星点点的雪花，阴云笼罩着重峦叠嶂的屏风叠。宗夫人准备了厚实的冬衣，送丈夫上路。

分别时，夫人牵着丈夫的衣襟："夫君，你何时能回来啊？"

李白安慰妻子："别担心，我很快就会回来的。"

坐上永王派来的轿子，诗人下了庐山。

李白此行，前景扑朔迷离。永王有什么打算，他并不清楚；而肃宗有什么想法，他就更无从知晓了……

感时花溅泪，恨别鸟惊心

至德二年（757 年）的春天，在绵延不断的战火中到来了。

杜甫仍被叛军关押在长安。一天下午，他再次溜出关押俘虏的大院，走上长安街头。

长安城中的景象，愈发萧条冷落。街道上荒草丛生，乱蓬蓬的野草已经长到一尺多高。

杜甫踩着深深的荒草向前走去，看到草丛中点缀着几朵野花，还听到小鸟在枝头啼鸣。春天到来了，他心中没有半点喜悦，而是悲戚万分。

想到此前吟咏出的"国破山河在"诗句，杜甫有了完整的诗篇：

> 国破山河在，城春草木深。
>
> 感时花溅泪，恨别鸟惊心。

他看到野花芬芳娇艳，不由得落下泪来，是感伤于国家的深重危难；听到鸟鸣婉转动听，却一声声惊人心魄，是因为与亲人的离愁别恨啊。

与妻子天各一方，杜甫多想给她写一封信啊，这封信在杜甫心中的价值，抵得上万两黄金！然而，数月来烽火连天，纵然手中有万两黄金，也无法寄达这封家书哟。

> 烽火连三月，家书抵万金。
>
> 白头搔更短，浑欲不胜簪。

诗人无可奈何地搔着头顶上越来越稀疏的白发，感觉那一簇白发都难以插住束发的簪子了，可悲可叹啊……

杜甫走到长安城门口，趁把守城门的叛军不注意，又溜出了城门。他仍然是想去看看曲江。

去年秋天，杜甫曾想去曲江，未能实现。这一次，他终于如愿来到了曲江边。在叛军的眼皮底下溜出长安城，是要冒风险的。他为什么一定要来看看曲江呢？一路走来，杜甫自己也懵懵懂懂。

来到曲江边，他才明白，在这里，可以让人回想起那位已然逝去的美丽贵妃。

曲江岸边，富丽堂皇地坐落着皇家的行宫和亭台楼阁。其中，曲江南岸的芙蓉苑，又叫南苑，是玄宗皇帝与杨贵妃经常游玩的地方。想当年，皇帝和贵妃到来的时候，有五色云霓般的旌旗在前面引路，芙蓉苑中的万物都异彩纷呈。玄宗皇帝乘坐着高贵的车辇，大唐最美丽的贵妃坐在皇帝身旁，拉车的白马嘴里咬着黄金做成的马勒口……

如今，昔日荣华鼎盛的芙蓉苑宫门紧锁，冷冷清清。唯有江边的杨柳依然吐露出新枝新叶，水岸的蒲草也浮现了一簇簇新绿。

可叹！杨贵妃的花容月貌、明眸皓齿，已不复存在。曲江之畔的柳枝细芽和新生的蒲草，该是为谁而绿呢？

在杨氏家族得势的时候，杜甫是用鄙夷的目光看待这些权贵的。他写了《丽人行》，辛辣地嘲讽杨氏家族，当然包括杨贵妃。但是，杨贵妃已经死了，杜甫满腔愤恨的情绪也渐渐淡化，乃至消弭，他的想法与《丽人行》迥然不同了。

当时的人们，都把大唐王朝的衰落归罪于杨贵妃，认为她是女人祸水，败坏朝政。杜甫却不以为然，大唐的祸乱岂能让一个弱女子承担全部罪责？他认为杨贵妃是冤枉的，贵妃之死可悲可叹。

诗人站在曲江边举目眺望，不由得百感交集。江水之中像是漂浮着血污，杨贵妃的一缕香魂仿佛在水面上幽幽游荡。哦，魂兮归来！然而，魂归何处呢？

杜甫想起，听到过一则民间传闻：皇帝和贵妃乘车前往芙蓉苑，佩带弓箭的女卫士们簇拥保护着车辇，她们个个英姿飒爽、武艺超凡。忽然，一位女卫士来了个"鹞子翻身"，仰头朝天上的云朵射出一箭。皇帝和贵妃欢声笑语，夸赞女卫士的矫健身姿，谈笑间，一对正在比翼齐飞的鸟儿被射中，坠落在地。这则传闻有何寓意？被射中的"比翼鸟"，是否预示着玄宗与杨贵妃的悲剧结局？

此时此刻，玄宗皇帝远在西南方向的剑阁躲避战乱，而杨贵妃的香魂已随着清清的渭水向东流去，皇帝与贵妃今生今世无法再互通音信了。他们之间的相思之情是如此笃厚，就像浪花激扬的江水一样，滚滚流淌、无穷无尽！

想到这些，富于悲悯之心的诗人，竟站在曲江边上哭了起来。怕被叛军发现，他不敢哭出声，只能吞声饮泣，暗自垂泪。

哭罢之后，杜甫开始构想一首《哀江头》，记述此行的感触。

天色将晚，他不能久留，急急地离开曲江，返回长安城内。返城之前，他注意观察了周边的叛军状况，发现叛军营地已经较为稀疏了，有空隙可以逃走。杜甫拿定主意，过几天，准备一些干粮，伺机逃离长安。

黄昏时分，诗人回到长安城里。见到叛军的骑兵在街头横行而过，满城尘土飞扬、遮天蔽日，再次激起国破家亡的痛楚。他想到，刚刚构想的《哀江头》，是从另一个侧面抒发了"感时花溅泪，恨别鸟惊心"的悲怆情怀啊。

在杜甫的曲江行之前，发生了两件重要的事情。

肃宗急于收复长安，房琯自告奋勇，上书请战。肃宗命房琯率领军队出征，拨给他四万兵马。

永王的水军受到肃宗军队围击，兵败如山倒。永王李璘被杀，韦子春等人被处决，李白被投入浔阳牢狱。

宗夫人获悉，心急如焚，与弟弟一起四处奔走，设法营救李白。

李白在狱中也写了多封书信，请求有职有权的朋友们帮忙，拯救自己出狱。

他获知，高适是肃宗派来讨伐永王的统领官员，想到高适与自己旧日的交谊，也想写封信向高适求援，但又不好意思直接写信。听说有一位秀才要去拜见高适，就给这秀才写了一首诗，委婉地表达了求助于高适的愿望。

然而，高适是不可能救助李白的，他虽有这个心思，却没有这个能力。

杜拾遗：短暂的官运

至德二年（757年）四月，杜甫逃离了长安。

那天下午，杜甫揣着两个馍馍，潜出长安城。他是从城西的金光门出的城，因为听说肃宗到了凤翔，而凤翔在长安西边。

出了金光门后，杜甫隐藏在芦苇丛中，仔细观察地形。看到叛军营地旁边有一片遍布蒿草的空旷地带，便于隐蔽，就打定主意从这里出逃。他在芦苇丛中一直等到天色完全黑下来，才钻进浓密的蒿草，穿越那片空旷地带。

怕被叛军发现，杜甫不敢站起身，只能在蒿草中匍匐前行。膝盖火辣辣地疼，他哪里还能顾得。就这样，杜甫越过了叛军的营地，又冒险穿过大唐军队与叛军对峙的战场，终于来到凤翔。

听说杜甫前来投奔，肃宗很是欣喜，即刻召见了杜甫。

忍着膝盖的疼痛，杜甫一瘸一拐来见肃宗，跪地叩拜。

肃宗命人给杜甫搬来一把椅子，让他坐下。继而，问起杜甫怎样逃出长安。

杜甫一五一十述说了一遍。

肃宗走过来，亲手撩起杜甫的裤管，看到了膝盖上一条条的血印，心中颇为震撼。

感念于杜甫舍生忘死前来投奔，也知晓杜甫的才学，肃宗当即封杜甫为左拾遗。

杜甫叩谢皇恩。

杜甫终于成了杜拾遗。然而，他的官运实在太短暂了，只持续了十几天。杜甫官运的中止，与房琯领兵在陈陶打的那一场败仗有关。

杜甫到达凤翔后，获知了"陈陶之战"的详情。

至德元年（756年）十月，肃宗急于收复长安，命房琯领军出战，拨给他四万兵马。房琯带领的唐军与叛军在长安西北的陈陶泽展开鏖战。房琯是文官，没有领兵作战的经验，沿用早已过时的兵法，让士兵驾着两千辆战车向叛军发起攻击。叛军趁着风势采用火攻，焚烧了唐军的战车，进而一路追杀，大败唐军。

"陈陶之战"发生在数月之前，那时杜甫被关押在长安，听说了"陈陶之战"的消息，也看到叛军打败唐军回到长安，身上背着血淋淋的弓箭，在街市上耀武扬威、飙歌狂饮的情景，心中感到惴惴不安。

到凤翔后，杜甫才知道，"陈陶之战"竟是如此惨烈，令人毛骨悚然、不寒而栗。四万士兵几乎全军覆没，鲜血染红了陈陶大泽的水。杜甫悲痛万分，挥笔写下一首《悲陈陶》，诗中写道：

> 孟冬十郡良家子，血作陈陶泽中水。
>
> 野旷天清无战声，四万义军同日死。

当士兵的呐喊声、厮杀声归于死一般的沉寂，孟冬时节的旷野上，湛蓝的天空显现出令人惊悚彻骨的清冷。四万士兵的鲜血化作了陈陶大泽的水，那都是秦地各郡平民百姓家的子弟啊！

诗人真心为在陈陶战死的四万士兵而沉痛哀悼。

杜甫也很惦念李白。获知李白被投入浔阳牢狱，杜甫终日忧心忡忡。后来听说，经宗夫人奔走营救，朋友们鼎力相助，李白已经被释放出狱了，杜甫才放下心来。

然而，风波再起。肃宗对兵败陈陶的房琯做了处置，免去宰相官职，贬为太子少师。

这件事，让杜甫愤愤不平。他认为，肃宗明明知道房琯不懂军事，没有领兵作战的经验，却让他"以相代将"出征，乃用人失察。敌强我弱，实力相差悬殊，也是失利的原因。把兵败的责任完全推给房琯，这不公平。此外，杜甫听说，有人在肃宗面前讲房琯的坏话，是肃宗将房琯贬职的重要缘由。因而，杜甫愤然上疏，为房琯鸣冤叫屈。

肃宗看完杜甫的奏章，先是叹了口气，继而脸上露出怒容，当即罢免了杜甫的左拾遗官职。

可怜巴巴的杜甫哟，只当了十多天左拾遗，就丢了官。熟识杜甫的人们为他惋惜，他自己却毫不后悔。

讨伐永王归来的高适，回到凤翔，受到肃宗召见。

肃宗用赞许的目光看着高适："爱卿，你此次前往江南，为朕扫平叛逆，辛苦了！"

高适谦恭地俯首："臣为陛下分忧，为朝廷效力，万死不辞！"

肃宗话锋一转："朕最近分别惩处了李白与杜甫，这二人是大名鼎鼎的诗人，还都是你的朋友，你有何想法呢？"

高适想了想，说："李白与杜甫的诗才无与伦比。但是，对于时政，他们的头脑都不够清醒。李璘起兵，名为讨伐安禄山，实为与陛下争权，是要谋反，李白不该参与其中。至于杜甫，也很糊涂。房琯出征失利，损失惨重，陛下免其官职是完全正确的，杜甫不该为房琯上疏。"

肃宗淡淡一笑："你以为朕罢免杜甫只是因为房琯的事吗？"

高适一愣。

"杜甫确实不应该为房琯鸣冤叫屈，但朕并不是为房琯的事而罢免他的官职，我不是那样小肚鸡肠的皇帝。"肃宗慢条斯理地说，"我对杜甫不满意，甚至很恼怒，是因为他写的《兵车行》。有人向我禀报，说杜甫居心不轨，呈上《兵车行》作为证据，我看了，这诗果然写得不成体统！"

"哦，他在《兵车行》中发了一些牢骚。"高适想打圆场。

肃宗摇摇头："发牢骚不算什么大事。你不是也写过'战士军前半死生，美人帐下犹歌舞'吗？李白写《蜀道难》，也是发牢骚嘛。杜甫可不只是在发牢骚，他是在为庶民而吟歌！他要拿朝廷的俸禄，就应该处处替朝廷着想，为朝廷说话，怎么能替庶民代言？让庶民百姓把什么事情都弄清楚了，他们就不会服服帖帖的。《兵车行》这样的诗，无论谁当皇帝，都不会喜欢的。"

高适只能点头称是，又试探着问："杜甫虽然有时犯糊涂，却是难得的人才，陛下可否再给他一个机会呢？"

"我再考虑一下。"肃宗不置可否。

高适还惦记着李白："听说，李白放出来了，陛下真是宽宏大量啊。"

"嗯，李白年纪大了，身体又不好，放出来，让他调养几日吧。替他求情的人很多，总要给这些人一点儿面子哟。但是，李白涉嫌参与谋反，不能轻易饶恕，过些天还是要判他流放的。"

听说肃宗要流放李白，高适又是心中一紧。

在高适离去之前，肃宗叮嘱："爱卿，我刚刚跟你讲的话，你可不要对别人讲！"

"陛下放心，臣不会对任何人讲的。"

高适告辞离开后，肃宗还在想着杜甫和李白的事。

肃宗本来是想要重用杜甫的。因为肃宗即位后，朝中的大臣基本上仍是玄宗在位时的旧臣，其中不少人与肃宗貌合神离，甚至阳奉阴违。而杜甫不是玄宗提拔的人，是肃宗亲自提拔的，本应该跟肃宗同心同德、亦步亦趋。考虑到这些，肃宗想，等回到长安后，要再给杜甫一次机会。

让杜甫留在朝中，享受高官厚禄、锦衣玉食，他大概就不会写《兵车行》之类的诗了。写点儿歌功颂德的诗，多好啊，肃宗一厢情愿地想。

至于李白，肃宗的安排是先流放，再找机会赦免，恩威并施。

王维杜甫岑参：和贾舍人早朝大明宫

至德二年（757 年）九月，大唐军队终于收复了长安。肃宗皇帝和被尊为太上皇的玄宗相继回到长安。肃宗重整朝纲。

不太长的时间里，皇家宫阙恢复了尊贵与威严，市井街巷也渐渐恢复了繁华热闹。

王维、杜甫、岑参等人都回到朝中，各自担任了官职。

王维在"安史之乱"中犯有担任伪官的罪名，本来是要被治以重罪的。但他写的《凝碧池》为他证明了清白，他的弟弟也倾力相救，终于获得宽宥，担任了太子中允之职。

杜甫重又被任命为左拾遗。经杜甫等人举荐，岑参被任命为右补阙。

几位诗人都在长安，遇到了一次相聚切磋的天赐良机。此时，已是乾元元年（758 年）的春天了。

这一天，中书舍人贾至写了一首《早朝大明宫》，邀请王维、杜甫、岑参等人到他的宅邸，相与唱和。

战乱发生之前，在朝中供职的诗人们经常一同聚会、互相唱和。回归长安之后，这还是第一次。就任左拾遗不久的杜甫，应邀来参加这次雅聚。

杜甫来到贾宅，王维已在厅堂等候。

二人见面，彼此相视，都想起了被叛军拘押时的情景，心照不宣，对那段不堪回首的往事讳莫如深，绝口不提。

王维拱手施礼："贾舍人的诗有几处要润色，他正在后宅修改诗稿，命我代他迎候各位。你是子美贤弟吧？幸会！"

杜甫第一次单独与王维面对面，喜悦之情溢于言表："摩诘兄，久仰了！我特别喜欢你的山水田园诗，'明月松间照，清泉石上流'，诗中有画，意境清新美妙，读来令人心旷神怡！"

杜甫《春宿左省》 ［清］于成龙 书

花隐掖垣暮，啾啾栖鸟过。

星临万户动，月傍九霄多。

不寝听金钥，因风想玉珂。

来（明）朝有封事，数问夜如何。

"子美贤弟，你过奖了。我写的那些都是小诗，雕虫小技而已。你的《丽人行》《兵车行》《自京赴奉先县咏怀五百字》才是气势恢宏的大作啊。我还特别羡慕你与李白的深厚友谊。我想见见李白，可惜没有机会哟。"

杜甫说："李白也很欣赏你的诗，也想见你。不巧的是，他在翰林院的时候，你经常去辋川别墅，所以不曾见面，彼此失之交臂了。"

王维说："是啊。恰如你诗中写的'人生不相见，动如参与商'。我和李白也像西方的参星与东方的商星，此出彼没，难以相见！"

王维又问杜甫有何新作，杜甫从怀里取出《哀王孙》《哀江头》诗稿。王维看后，啧啧称叹。

这时，岑参到了。

杜甫迎上去，与岑参见礼："岑参贤弟，你写的《寄左省杜拾遗》我看过了，'联步趋丹陛，分曹限紫微'，写得真好，谢谢你的深情厚谊。还有'圣朝无阙事，自觉谏书稀'，耐人寻味啊。"

岑参还礼："子美兄，你的《春宿左省》我也拜读了。'不寝听金钥，因风想玉珂；明朝有封事，数问夜如何'，想着第二天要呈上的奏折，你竟一夜都没有睡好觉。恪尽职守的精神，忧国忧民的情怀，令人敬佩！"

王维走上来与岑参寒暄："欢迎啊，从边塞归来的诗人！"

岑参连忙拱手："摩诘兄，你的边塞诗给了我鼓舞和启迪。我初次去边塞时，就是满怀期待，想亲眼看看'大漠孤烟直，长河落日圆'的景象……"

王维谦逊地说："哦，你的'轮台九月风夜吼，一川碎石大如斗'，'忽如一夜春风来，千树万树梨花开'，已经超越了我的边塞诗，让我自愧弗如了。"

三位诗人正在交谈，贾至舍人举着《早朝大明宫》诗稿，一路小跑从后宅来到厅堂："怠慢各位同僚了，抱歉抱歉！"

王维、杜甫、岑参看了贾至舍人的《早朝大明宫》，交口称赞。三位诗人挥毫泼墨，各自写了一首和诗。诗人们尽情施展才华，三首《和贾舍人早朝大明宫》都写得文采飞扬，堂皇富丽。

诗稿写好后，四位朋友围着一张圆桌坐下，品评诗作。

贾至的《早朝大明宫》描述早晨到大明宫朝见皇帝的情景，是一首七律。大明宫是大唐的皇宫。诗的最后一联"共沐恩波凤池上，朝朝染翰侍君王"，抒发了沐浴浩荡皇恩的喜悦之情，还有为皇帝起草诏书文令的自豪感。"凤池"是指中书省，贾至当时在中书省任职，担任中书舍人，职责是代皇帝草拟公文。"染翰"就是点染文墨。

贾舍人的诗，尾联提到"凤池"，三首奉和之作的尾联也都围绕"凤池"落笔。诸位朋友对尾联颇感兴趣，议论纷纷。

王维的和诗，尾联是"朝罢须裁五色诏，佩声归到凤池头"。

岑参抢先评价："我明白摩诘兄的诗意。意思是说，贾舍人在早朝之后还要回去为皇帝起草用五色纸写成的诏书，急匆匆地赶往中书省，人还没到，腰间玉佩的响声已经传到了'凤池头'。贾舍人不辞劳苦、兢兢业业的模样，呼之欲出哟。"

杜甫频频点头："嗯，看似平淡无奇，实则惟妙惟肖，绘声绘色，好诗！"

感受到王维诗中对自己的由衷赞扬，贾至心里美滋滋的，含笑向王维点头，表达感谢之情。

岑参的和诗，尾联是"独有凤凰池上客，阳春一曲和皆难"，夸赞"凤凰池"上的贾至，说他的诗如阳春白雪，难于唱和。

贾至朝岑参拱手，聊表谢意。

最后，轮到评价杜甫的诗作了。杜甫的和诗，尾联是"欲知世掌丝纶美，池上于今有凤毛"。

又是岑参抢先说："子美兄的诗意，我也知道。这里引用了一个典故：南朝宋代谢凤与他的儿子谢超宗，父子二人都勤奋好学而颇有文才。宋武帝夸奖说：'超宗，殊有凤毛！'这就是'池上于今有凤毛'的出处。"

王维补充说："贾舍人和令尊都有文才，都做过中书舍人，都为圣上起草过诏书，也就是诗中所说的'丝纶'。子美贤弟是以谢超宗父子来借指贾舍人父子，还刚好扣到了'凤池'二字上。"

贾舍人眼睛潮润了，热泪几乎流了下来。感念于杜甫对自己的家世如此熟识又如此首肯，写出这么华美的诗句，引入这么精当的典故，他恭恭敬敬地站起来，想给杜甫鞠个躬。

杜甫连忙拉着贾舍人坐下。

贾舍人紧紧握住杜甫的手，却感觉到杜甫的手是冰凉的，仔细一看，杜甫身上穿的衣服很单薄，惊问："子美，现在才是早春，天气还很凉，你怎么穿得如此单薄？"

杜甫无奈地一笑："我把那件厚实的衣服送去典当了。"

贾舍人明白了，皇帝和大臣们虽已回到长安，但国库空虚，杜甫身为左拾遗，却没有拿到什么俸银，所以要典当衣服，聊以度日。贾至急忙起身，拿来一件厚实的衣服："子美，这件衣服是我不穿的，你拿去穿吧。"

杜甫竭力推辞，贾舍人坚持一定要送给他。王维和岑参也劝杜甫收下，杜甫才拜谢，收下了。

这时，岑参在诗稿中又有了新的发现："子美兄，你的'旌旗日暖龙蛇动，宫殿风微燕雀高'之句，好像是弦外有音呀。"

王维捅了岑参一下："看出来的，不一定都要说出来嘛。"

朋友们会心地笑起来。

那一天，诗人们都很尽兴。

杜甫：曲江对酒

谁都没有预料到，在贾舍人宅邸中的雅聚，竟成绝唱。

那次聚会之后不久，岑参被贬为虢州长史，原因是他频繁地呈上奏折，揭发以权谋私的官员，遭到权贵们的排斥打击。杜甫也被免去左拾遗之职，贬为华州司功参军。诗人们天各一方，再想共聚一堂相与唱和，当然就不可能了。

杜甫被免职，表面上仍是受房琯之事的牵连，其实可能另有原因。

当时，杜甫写的《哀江头》一诗已经在朝野上下流传开来，肃宗当然也看到了。肃宗虽身为至高无上的皇帝，处境却相当尴尬，堪称内外交困。"安史之乱"的战火尚在蔓延，肃宗平定天下的军事力量捉襟见肘；而朝中许多官员是玄宗的旧臣，他们怀念玄宗在位的时光，有些人甚至主张请玄宗复位。杜甫的《哀江头》痛悼杨贵妃，咏叹玄宗与贵妃的缠绵情愫，这对于期待玄宗复位的人们无疑是精神上的鼓舞。所以，肃宗看了《哀江头》，心中颇为不爽，愤懑不已。他再次免去了杜甫的左拾遗之职，或许就是因为这个。

而对于杜甫来说，他并不那么稀罕左拾遗这个官职，被免职也没有让他感到特别的沮丧。在朝廷中当官的时间虽不长，杜甫却已经很厌倦了。

杜甫的人生信念与许多官员截然不同。贾舍人在"早朝大明宫"的氛围中感受到浩荡的皇恩，心甘情愿为皇帝鞠躬尽瘁。杜甫则朝思暮想的是革除朝政的弊端，替老百姓做一些实事，还惦记着为平定"安史之乱"出谋划策。所以，他"不寝听金钥，因风想玉珂；明朝有封事，数问夜如何"，为第二天将要呈上的奏折而夜不能寐。

然而，杜甫以及其他有良知的官员孜孜以求的努力是于事无补的，不可能有什么成效。因而，岑参才发出"圣朝无阙事，自觉谏书稀"的自嘲式感叹。

在诗人们的雅聚之后不久，时值暮春，杜甫再次来到曲江边。

他步履蹒跚，手里提着一瓶酒。在朝廷中为官数月，杜甫感到寸心多违，怀着深深的失落感，到此故地重游。

长安城中虽然渐渐恢复了昔日的繁华，城外依然是战乱留下的破败景象。与一年前杜甫来曲江边哀悼杨贵妃的时候相比，更显得荒凉寂寥。江边精致典雅的宅院废弃日久，成了小鸟搭窝筑巢的乐园；宫苑旁边那些雕刻着麒麟的墓碑也被横七竖八地推倒，瓦砾成堆，杂草丛生。

荒凉破败之中，唯有江边的林木枝头依然有春花绽放，展现出难得一见的生机。可惜，此时到了暮春时节，春花已经凋零，纷纷飘落。

面对着曲江的无尽流水，看到春花凋谢零落，杜甫喝了一口酒，感慨万千：

> 一片花飞减却春，风飘万点正愁人。
>
> 且看欲尽花经眼，莫厌伤多酒入唇。

诗人悲戚地想：一片春花的飘落，就能减却美好的春光；更何况是"风飘万点"，千枝万朵花儿随风飘零，岂不是要愁煞人吗！且看，那树枝上最后的几片花瓣消失在我的眼前了，无可奈何啊，我怎能不借酒浇愁呢，也全然顾不得酒会伤身了！

由春花的零落，杜甫联想到国家的危亡、百姓的苦难，心中涌起无限惆怅。他举起酒瓶，一饮而尽。

这一天之后，杜甫又数次来到曲江边，每次都大醉而归，直到他被免职离开长安。

当杜甫接到免去左拾遗官职、贬为华州司功参军的圣旨时，并没有感到丝毫的惋惜。

他坦然地收拾行李，出了长安城门，面向满目疮痍的苍茫大地。

第九章　春树暮云

忧国忧民，杜甫写下"三吏""三别"

杜甫于乾元元年（758 年）六月被贬为华州司功参军。当年冬天，他前往洛阳探亲。次年春天，从洛阳出发，经过潼关，赶回华州任所。一路上，杜甫目睹了民众遭受的深重苦难。

诗人离开洛阳，向西走了将近 200 里，就到了石壕村。

石壕村夹在南北两座大山之间，两山之间的一道山谷是洛阳通往长安的必经之路。村南的山坡上有一条沟壑，叫作石壕沟，石壕村就因此而得名。客商行旅往返于洛阳与长安，都要路过石壕村。

杜甫到达石壕村时，天已薄暮，便投宿在村东一位老翁家中。老翁衣衫褴褛而慈眉善目，他的妻子是一位温良的老妇人。旅途劳顿，诗人躺在土炕上，没多久就酣然入睡。

入夜，忽然听到敲门的声音。杜甫被吵醒了，只听见隔壁有人在急促地低声说话。

老妇人的声音："你赶紧逃走啊！"

老翁的声音："我走了，你怎么办？"

"他们不会抓我这个老太婆，你跳墙走！快！"

外面敲门的声音更猛烈，几乎是在砸门了。

"来了，来了！乡官爷，我来给您开门了！"老妇人一路小跑，吱呀一声打开户门。

紧接着，传来凶神恶煞般的叫喊。杜甫知道，这是乡吏在怒吼，他因为在门外等得久了而怒不可遏。到石壕村之前，诗人路过新安，见识过一位"新安吏"，目睹了乡吏对待百姓的冷酷无情。而这位"石壕吏"的脾气，毫无疑问比"新安吏"更大。

这时，老妇人一声惨叫，大概是乡吏扭住了老妇人的胳膊，她痛苦地哭喊起来。

杜甫在隔壁，不由得义愤填膺，很想冲出去，制止乡吏的行为。但他又想，此时即便冲出去，恐怕也于事无补，只能压住怒火，静待事态的发展。

大约是乡吏感觉到自己太过分了吧，放开了老妇人，老妇人的哭声也平息了。

乡吏用冷冰冰的声音告诉老妇人，要她把家里的男丁交出来，送到战场上去。

老妇人强忍悲痛，低声诉说："我的三个儿子，都到邺城战场上去了。前些天，一个儿子写信回来报丧，他的两个兄弟战死了。"说到这里，老妇人哽咽起来，窸窸窣窣地掏出儿子的书信，交给乡吏看。

听罢老妇人沉痛的话语，杜甫心如刀割，联想到战局形势，顿时明白了老妇人一家悲剧的原委。他知道，此时安禄山已被他的儿子安庆绪所杀，安庆绪自立为"大燕皇帝"。唐军也大举开始了清剿行动，郭子仪等九位节度使率领数十万大军，将安庆绪所部包围于邺城。但是，由于唐军指挥不统一，数十万大军竟被史思明带领的援兵打得七零八落、溃不成军。老妇人的三个儿子有两个战死，就是死于惨烈的邺城之战。邺城之战落败，唐军伤亡惨重，使得朝廷不得不继续征召兵丁。于是，乡吏就半夜到村里来抓人了。

杜甫又听见乡吏的声音，显得缓和了一些："我也是奉命行事。大唐官军正在河阳与叛军对峙，官军缺少兵丁呀！"

老妇人以实相告："我家里再也没有可以当兵丁的人了，只有一个还在吃奶的小孙子。我的儿媳妇在家里，她要给孩子喂奶，而且，她连一件完完整整的衣裳都没有，怎么能出门呢！"

"这么说，是要让我白跑一趟吗？"乡吏又在吼叫。

老妇人的声音突然激越起来："乡官爷，我跟你走！我虽然是年老力衰的妇人，但我愿意连夜赶往河阳，到军营去。石壕村离河阳不算太远吧，现在走，也许天亮之前就能到，还不耽误为官军准备早餐呢。"

"这个，这个……"乡吏结结巴巴。

老妇人慷慨陈词："我的两个儿子战死了，还有一个儿子在战场上。我去给官军做饭，就是给我的儿子做饭啊！"

一席话，听得杜甫泪如泉涌。

夜色深沉，说话的声音渐渐消失。老妇人跟着乡吏走了，她弃家而去，奔赴河阳了。

这时，从另一个角落隐约传来年轻女子低微而断断续续的哭声，那想必是老妇人的儿媳在哭泣。

这一夜，杜甫肝肠寸断、辗转难眠。百姓是深明大义的，两个儿子战死了，儿媳连遮体的衣服都没有，老妇人为了保住家乡不受叛军蹂躏，毅然义无反顾地奔赴前线。而乡吏们呢，他们把百姓视如蝼蚁一般，动辄就张牙舞爪地欺负百姓。在乡吏背后的州县官员，还有大唐朝廷，又扮演的什么角色呢？诗人愤愤不平。

天亮后，杜甫要继续赶路了。他推开房门，迎面撞见刚刚返家的老翁。老妇人不在，他只能与老翁告别了。

杜甫竭力想要跟老翁说几句宽慰的话，却不知怎样开口。

老翁神情木然，从干裂的嘴唇中吐出一句话："唉，死去的人永远不会复生了，活着的人姑且活一天算一天吧。"

听了这话，杜甫心中顿觉苍老万年，一如眼前空旷荒凉的山谷。

他心情忧郁地离开石壕村，继续前行。路过潼关，又见到了一位"潼关吏"。

回到华州，诗人以《新安吏》《石壕吏》《潼关吏》为题，写了三首永世不朽的诗篇，是为"三吏"。

完稿后，杜甫把"三吏"又咏读了一遍，忽然想起几个月之前他刚到华州就任时，写的一篇题为《为华州郭使君进灭残寇形势图状》的文书。两相对比，让他颇有感慨。

杜甫于乾元元年六月被贬为华州司功参军。赴任那一天，他骑着一匹老迈的瘦马，带着简单的行李，出了长安城西的金光门，前往华州。

杜甫对金光门印象深刻。一年多以前，他就是从金光门逃出长安，冒着生命危险去凤翔投奔肃宗。当时，他是把肃宗当作舜尧般圣明的君主，真心要去辅佐的。即使被贬职了，杜甫也并不埋怨肃宗，要怨就只能怨自己无能吧。抚今追昔，诗人有悲往事、心绪难平，不禁停下马来，勒转马头，回望皇城中鳞次栉比的宫阙，发出"无才日衰老，驻马望千门"的感叹。是啊，自己已经日渐衰老，又没有经天纬地的旷世之才，或许只能任凭生命消磨在平庸的岁月之中了。

杜甫继续前行，走过长安西郊，这里曾经是叛军频繁作乱的地方，也是唐军与叛军鏖战的战场。至今，战争的痕迹依然历历在目，到处是烧焦的房屋树木，遗弃的兵器辎重，仿佛还能听到死难士兵的冤魂在凄厉地哀号，令人心惊胆战。

目睹战争留下的满目疮痍，杜甫不再为个人的身世浮沉而悲哀，他转而想到安史之乱尚未平息，战火仍在各地蔓延，想到千千万万唐军官兵在浴血奋战，无数的黎民百姓深受战乱之苦。杜甫想，自己虽然离开了长安，不在朝廷为官，依然要尽一己之所能，为平定战乱出一分力。

有心愿还要有能耐。他作为华州司功参军，只是掌管祭祀、礼乐等事宜的小官，想为扫灭叛贼出力，谈何容易哟！嗯，明知不容易也要知难而进！诗人骑在马上，一边信马由缰，一边苦思冥想，忽然来了个"脑筋急转弯"，眼前仿佛豁然开朗。他记得讨伐叛军的唐军大将军郭子仪是华州人，那么，自己何不以华州司功参军的身份，给郭子仪写一纸文书呢？来自家乡的文书，郭将军没准儿会认真看一看吧？诗人拿定了主意，好！就这么办！

杜甫到达华州不久，就殚精竭虑写下了一篇《为华州郭使君进灭残寇形势图状》，为挫败叛军出谋划策，可谓用心良苦。郭子仪担任节度使之职，所以杜甫称他为郭使君。这份《为华州郭使君进灭残寇形势图状》，从分析形势到战略战术，讲得鞭辟入里、头头是道。

然而，将军们忙于征战，实在顾不上考虑杜甫的建言。可惜呀，杜甫费尽心思写出的《为华州郭使君进灭残寇形势图状》，终归是泥牛入海了。

诗人，还是要通过写诗来实现自己的诉求。"三吏"就是诗人实现诉求的一次探索。

杜甫自洛阳返回华州途中，除见识了"三吏"之外，还结识了几位命运悲惨的百姓。其中，给他留下最深刻印象的，是一位"无家可别"的男子。

这位男子曾是官军的士兵，参加了邺城之战。血雨腥风的邺城之战，官军伤亡惨重，而这位男子幸存了下来，随着败兵四散奔逃。他逃回家乡，想再看一眼家乡那熟悉的茅屋和小路。然而，他看到的是战乱之后破败荒凉的村庄，曾经稻谷飘香、瓜果丰美的家园，到处是蒿草丛生、荆棘遍地。

就在满目凄凉的废墟上，杜甫与这个男子相遇了。男子当时连一个可以说话的人都没有，见杜甫知书达理、悲天悯人，便将他的遭遇和感触，毫无保留地向杜甫娓娓讲来。

他家乡的村子原来有百余户人家，因为战乱都飘零离散了。死了的人，已经化为尘土；活着的人，也没有了消息。他拖着疲惫的身子在村子里走了很久，天色阴沉昏暗，街巷空无一人。在空空荡荡的街巷间，只见到一只只狐狸和黄鼠狼，扬着头，竖起脖颈上的毛，肆无忌惮地嚎叫。

他寻找当年熟识的邻居，然而，邻家只剩下一两个孤寡的老妇人了。

原本，他只是想再看一眼故乡的景物，就远远地离去。但到了家乡后，驻足于虽然荒芜却熟悉的田园，他改变了主意。人嘛，总是依恋故土的，就像落叶归根，就像鸟儿流连于栖息过的树枝。这个男子也不愿离别家乡，想在家乡生活下去。正当春季，是耕种的季节，他清早扛起锄头下田，到晚上还要忙着浇水灌溉。渐渐地，他有了一份朦胧的期盼……

不幸，事与愿违。县吏知道这个男子回来了，征召他再次从军。他又要离开乡土了。

按照常理，离开乡土之前，他应该向家人告别。然而，他唯一的亲人，他的母亲，已经在五年前去世了。更让他痛心疾首的，是家境贫寒，母亲去世五年，竟没有好好地安葬。

他没有亲人，没有家。当他离开乡土的时候，却无家可别！这是何等悲惨的命运啊！

听了这位男子的讲述，杜甫感慨不已。对"无家可别"男子的遭遇，诗人深有同感。他与弟弟们因战乱而天各一方，曾写过《月夜忆舍弟》，发出"有弟皆分散，无家问死生"的悲叹。

此行，诗人还遇到了一位被征召为兵丁的新郎，还有一位被征召为兵丁的老翁。

他写下了感人至深的《新婚别》《无家别》《垂老别》，是为"三别"。

避难秦州，杜甫夜梦李白

写下"三吏""三别"之后，杜甫曾经以为，"三吏""三别"所描述的苦难，已经到了极点。然而，不幸的是，更加深重的苦难还在后面。

战乱造成的创伤还远未平复，一场旱灾降临在关中大地。旱情愈演愈烈，良田被黄尘笼罩，颗粒无收，鱼儿死在干涸的池塘里……

无数百姓陷入饥馑之中。战乱与旱灾相叠加而导致的饥馑，是骇人听闻的。

这时，杜甫已经把家眷接到华州。粮价飞涨，拿到的一点点俸银买不回几两米，无法延续一家人的生命。

不能眼睁睁坐以待毙，杜甫万般无奈，只有弃官而逃。

他所担任的司功参军主管一些闲杂事宜，不是什么要紧的官职，且在天灾人祸面前早已无事可干。此外，对朝政腐败的极度愤慨，使他早有拂袖而去之意。

当年（乾元二年，759年）七月，杜甫带着妻子杨氏和儿女离开华州，加入逃难的人群。杜甫曾经写诗描述难民"野果充糇粮，卑枝成屋椽；早行石上水，暮宿天边烟"，而今，他与家眷也成了难民。

一家人跋山涉水，向西行走，奔赴远在千里之外的秦州。杜甫选择秦州作为避难之地，是因为他的堂侄杜佐在秦州，期望他能给予一些周济，帮杜甫一家渡过难关。

　　长途跋涉，杨夫人的脚肿了，孩子们又饿又累。杜甫一手搀着妻子，一手牵着最小的孩子，其他孩子相互扶持。远远地，终于看到秦州城的轮廓了！孩子们欢呼雀跃，杜甫夫妇也露出欣慰的笑容。

　　杜甫一家进了秦州城，找到一个住处。杜佐获悉叔父杜甫到了，急忙赶过来看望，嘘寒问暖，还送来粮食和果蔬，堪称雪中送炭。诗人和家眷颠沛流离，历尽千辛万苦，幸而在秦州得到休憩，忐忑不安的心得以安定下来。

　　然而，就在杜甫的心境稍稍平复的时候，传来了一个又一个不幸的消息，都是关于李白的。

　　先传来的消息，说李白被判流放夜郎。想到李白体弱多病，如何熬过漫长的流放路途呢？杜甫为李白忧心忡忡。

　　接下来的消息更为可怕，称李白已死于流放途中。这消息对于杜甫来说，犹如晴天霹雳一般。

　　入夜，杜甫翻来覆去不能成眠。杨夫人在杜甫身边，看到丈夫长吁短叹，便询问原委。杜甫道出了李白的"死讯"。

　　杨夫人知道杜甫与李白亲如兄弟的深厚情感，也为李白的"死讯"而痛惜，又要宽慰丈夫："秦州地处偏远，消息未必真实，也许是谣传呢！"

　　杜甫喃喃地说："我也希望是假的。但消息说得真真切切，不由人不信啊。"

　　这夜，杜甫梦见了李白。一首《梦李白》在他心头涌动：

> 死别已吞声，生别常恻恻。
>
> 江南瘴疠地，逐客无消息。
>
> 故人入我梦，明我长相忆。
>
> 恐非平生魂，路远不可测。

　　杜甫与李白分手于鲁郡之后，再也没有机会见面，他们深深地彼此怀念。世间最大的悲痛，莫过于生离死别。为死者送行让人泣不成声，而与生者无缘再见，更加令人伤心。杜甫叹息：太白兄啊，你流放到了南方疫病流行之地，我至今不曾收到你的只字片语。而今夜，你忽然来到我的梦中，因为你知道，我一直在怀念着你。流放的路途遥远而又险恶，生与死都难以预知。我梦见的你，会不会是你的魂灵呢？

> 魂来枫林青，魂返关塞黑。
>
> 君今在罗网，何以有羽翼。
>
> 落月满屋梁，犹疑照颜色。
>
> 水深波浪阔，无使蛟龙得。

杜甫若有所悟，又若有所思：哦，太白兄，我梦见的，真的是你的魂灵啊。你的魂灵从西南那青黛色的枫树林飘然而至，你的魂灵来到我的梦中，秦州的关塞已是一片昏黑。可我还是心存疑问：你如今就像身陷罗网的鸟儿，怎能展翅高飞来到这里？恰在此时，明月的清辉洒满了屋子，借着月光，我仿佛看到你的容颜，我相信了，真的是你进入了我的梦中。太白兄，流放的路途中难免水深浪阔，你可要多加小心，千万不要落入蛟龙之口啊。

接连三个夜晚，杜甫都梦见了李白。他心绪难平，又写下了第二首《梦李白》。他坚信李白被流放是蒙受了冤屈，要为李白鸣不平。想起屈原也是蒙受冤屈而被流放，《楚辞》说屈原在流放中容颜憔悴，故而在第二首《梦李白》中写出"冠盖满京华，斯人独憔悴"之句，把李白比作当年的屈原。

写了两首《梦李白》之后，杜甫依然意犹未尽，又写下了《天末怀李白》。"应共冤魂语，投诗赠汨罗"，再次把李白比作屈原，说李白像屈原一样冤枉。

杜甫悲戚地写下《梦李白》和《天末怀李白》时并不知道，在此之前，李白已经在远方的白帝城，吟咏出快乐的诗句。

朝辞白帝彩云间，千里江陵一日还

其实，李白并没有死，杜甫听到的是谣传。

至德二载（757 年）岁末，李白被判流放夜郎。次年（乾元元年，758 年）年初，开始了流放的行程。

李白踏上流放之旅的时候，宗夫人和她的弟弟宗璟前来送行。宗璟曾与宗夫人一道，为解救李白出狱而奔走呼号，李白对这位内弟颇为感激。李白与宗夫人依依惜别，留下一首诗，题目是写给宗璟的，内容则表达了对宗夫人的深笃情感，以及愧疚之意。诗中，还对自己的前途表达了隐隐约约的期望，也许是为了宽慰宗夫人吧。

年近 60 岁、体弱多病的李白，在押解下，开始了艰辛困苦的流放。一路上，他遭受了多少磨难，是无法用语言形容的。

诗人路过江夏，途经洞庭湖，经过一年的漫长行程，进入三峡。就在这时，他留给宗夫人诗中那隐约的期待，竟变成了现实。

乾元二年（759 年），因为关中大旱，朝廷宣布大赦。被判处流放者一律赦免，当然包括李白在内。

李白是在到达白帝城时获知被赦的。他欣喜若狂，马上决定沿江而下，直抵江陵。

李白真是高兴啊！自从银铛入狱，又被判流放，他一直觉得自己实在是太冤枉了。他糊里糊涂跟着韦子春下了山，糊里糊涂加入了永王的幕府。明明是想着要讨伐安禄山，却不明不白地成了叛逆！他太冤枉了，太委屈了，太窝囊了！他一辈子都没有这么窝囊过！如今，他被赦免了，恢复了自由，可以自由自在地奔走、扬眉吐气地引吭高歌了，诗人心头的阴霾一扫而光。

离开白帝城的那个早晨，天上飘着五彩瑰丽的云霞，李白兴高采烈，诗兴大发。他踏着欢快的步伐，高声吟咏：

朝辞白帝彩云间，千里江陵一日还。

两岸猿声啼不住，轻舟已过万重山。

他当然知道，从白帝城到江陵路途遥远，不可能"千里江陵一日还"。但是他也记得郦道元《水经注》有"朝发白帝，暮到江陵"之说，加以化裁，就成了"千里江陵一日还"的诗句，烘托出他快乐洋洋、自由驰骋的心境。

归途中，李白在南平短暂停留，然后到了江陵。

初夏，李白到达江夏，在这里逗留了几个月，见到许多朋友，写下了许多诗篇。

他又一次登上黄鹤楼。凭栏远望，当年为孟浩然送行时"孤帆远影碧空尽，唯见长江天际流"的景象依然历历在目。李白 26 岁与孟浩然相识，那段友谊陪伴他走过了青春岁月。如今，李白已经历尽沧桑，旧日的友情仍难以忘怀，回想起孟浩然生前对自己的殷殷关切，心头热流滚滚。李白仰天呼唤：浩然兄，你在天国里安好吗？

李白与贾至泛舟洞庭，想念"春树暮云"

秋天到了。李白由江夏乘船，来到洞庭湖畔的岳州。刚好，贾至被贬谪到岳州，李白的族叔李晔被贬谪岭南，也路过岳州，三人在岳州相逢。

是夜，李白与李晔、贾至泛舟于洞庭湖上，开怀畅饮。夜色清爽，洞庭湖的秋水波光粼粼；长天寥廓，一轮皎洁的明月在白云间时隐时现。酒过三巡，李白纵情赋诗："南湖秋水夜无烟，耐可争流直上天；且将洞庭赊月色，将船买酒白云边。"

吟罢，李晔与贾至齐声叫好。

贾至赞叹："太白兄，你的雄风不减当年啊。"

李晔说："没有如此飞扬跋扈的激情，他就不是李白啦。"

李白拱手谢过。

李晔不胜酒力，回客舱休息了。李白与贾至坐在船头，一边赏月，一边叙谈。

李白在翰林院供职时，就与贾至相熟。二人先叙谈了一些当年的旧事。之后，李白说，他拜读过贾至的《早朝大明宫》，也读过诗人们的唱和之作，自然而然就谈到了杜甫。

李白问："子美近况如何呢？我听说他投奔了肃宗，当了左拾遗，又因为房琯的事被贬为华州司功参军，以后的情况就不知道了。"

贾至说："关中大旱，日子过不下去，他携全家逃到秦州了。他的侄子杜佐在秦州，有个照应。"

"哦，是这样啊。秦州地处偏僻，生活也很艰难呀。"李白叹了口气，"我和子美是天宝四年在鲁郡分手的，至今已经14年过去了，再也没有见过面。我很想念他啊。"

"子美也很想念你，"贾至知道杜甫与李白的深厚情谊，"他为你写过好多首诗呢。比如'醉眠秋共被，携手日同行'，多么感人的诗句！"

"哦，每当读到这两句诗，就想起我和子美在一起的时光。可惜，时光不能倒流啊。"

"我听说，子美评价你的诗，是'笔落惊风雨，诗成泣鬼神'……"

"是啊，这正是我写诗所追求的境界。知我者，子美也！"

"还有一首《赠李白》，'痛饮狂歌空度日，飞扬跋扈为谁雄'，真是酣畅淋漓的诗啊。"

"这首诗是在我们分手后不久写的，子美寄给过我。不仅酣畅淋漓，而且意蕴深邃。他在发问，问我为何要'痛饮狂歌空度日'，又问我'飞扬跋扈为谁雄'。子美是很了解我的，答案尽在不言之中：我是因为得不到施展才华的机会，不得不'痛饮狂歌空度日'，又有谁能慧眼识珠，看中我经邦济世的才能呢？"

贾至若有所思："噢，我想起来了，陈子昂《赠乔侍郎》中，也有'可怜骢马使，白首为谁雄'的感叹。"又提起杜甫的另一首诗："子美在《春日忆李白》中，有'清新庾开府，俊逸鲍参军'之句，把你比作庾信和鲍照呢。"

李白情意绵长地说："嗯，这两句诗的后面，是'渭北春天树，江东日暮云'。子美写这首诗的时候，他在渭北，我在江东。当渭北的春天到来的时候，树上开满绚丽的春花；而江东的暮霭里，七彩的云霞映照着波涛起伏的江水。春树与暮云遥相呼应，子美与我的相互思念也心意相通……"

贾至心驰神往地闭上了眼睛："多么美好的风光，多么深沉的友谊啊！"贾至当中书舍人时，是老成持重的，如今被贬谪了，也变得洒脱起来。

李白难掩真情，留下感伤的眼泪，低声抽泣。

贾至急忙劝慰："来日方长，你与子美会有机会重逢的。"

李白的心情平复了一些，说："我虽没有见到子美，可见到子美的表弟卢虚舟了！"

"卢虚舟？是范阳卢虚舟吗？"

"是啊。你认识他？"

"认识，认识！我当然认识他，任命他当'殿中侍御史'的圣旨，还是我写的呢。我当中书舍人，经常为圣上起草诏书嘛。我只是不晓得他是杜甫的表弟。"

"哦，他当'殿中侍御史'了，那我以后称呼他，要称为'卢侍御虚舟'了。"李白嘿嘿一笑。

"是的，是的。"

李白看着洞庭湖上的风景，说："我答应过，要给卢虚舟写一首《庐山谣》，可是还没有写。过一段时间，我重回庐山，一定要把这首《庐山谣》写出来！"

贾至趁势说："太白兄，你也送给我一首诗呗！"

"好的，我这就写！"

杜甫：囊空恐羞涩，留得一钱看

李白在岳州等地一直羁留到冬天。正当李白流连于岳州的时候，杜甫在秦州的生活难以为继了。

诗人在秦州住了三个月，游历了许多名胜古迹，写下几十首璀璨的诗篇。然而，他一家人的生活日渐困窘。

从华州逃出来时，杜甫带了为数不多的银两，已花销殆尽。侄子杜佐提供了很多帮助，时常送来粮食、果蔬，但毕竟不是长久之计。

这几天，杜佐没有送粮食来，诗人一家就无米下炊了。

秦州的冬天来得很早，清晨更是寒气袭人。杜甫站在门前，仰起头，呆呆地望着天上的云霞。

杨夫人走过来："夫君，你看什么呢？"

"我在看天上的朝霞。你看，那朝霞多美啊！若能裁下一块朝霞，与松柏的叶子一起吃，肯定味道好极了。"

杨夫人扑哧一声笑了出来。

"笑什么呀，古时候的隐士就是食松柏、餐朝霞的嘛！"

杨夫人手里举着一根竹竿："夫君，家里没有米，昨天一天都没有做饭，也就没有去井上打水，今天早晨井水都冻上了。你拿着竹竿去捅一捅吧！"

"什么，井水都冻上了？哦，我正要写一首诗，刚好把这个也写进去。等我写完了，再干活吧。"

不大一会儿，杜甫写好了诗，题为《空囊》。他双手托着墨迹未干的诗，走出来，念给杨夫人听。

诗的最后两句是"囊空恐羞涩，留得一钱看"。杨夫人听了，笑得前仰后合："夫君，你是借用东晋阮孚的故事，他在空空如也的囊袋中放进一枚铜钱，留下'一钱看囊'，唯恐'空囊羞涩'哟！"

笑罢，杨夫人郑重其事地说："夫君，咱们在秦州居住，不是长久之计，该另外找个合适的地方了。"

杜甫说："我也在考虑迁居的事情。越过秦岭，有个地方叫同谷，那边有位朋友，来信邀请我去呢。咱们就去同谷吧。"

十月，杜甫举家前往同谷。然而，在同谷却没有见到邀请他的人。诗人一家生活无着，不得不再次踏上迁徙之路。这一回，杜甫一家人走过艰难的蜀道，途经剑门关，前往成都。

岁末，杜甫夫妻带着孩子们，历尽千难万险，到达成都，暂居在浣花溪寺。这一年，杜甫春天从洛阳回华州，夏天到秦州，冬天到同谷，年底到成都，一年之中跑了四个地方，是杜甫人生中最为颠沛流离的一年。

黄四娘家花满蹊

对于杜甫来说，到成都确实是一个明智的选择。成都地处天府之国，气候宜人；远离战乱，生活较为安定。更重要的是，在这里有许多愿意帮助他的朋友，包括高适。当时，高适担任彭州刺史，离成都不远。杜甫刚到成都，高适就写信并寄诗，表示问候。

上元元年（760年）春天，在朋友们的帮助下，杜甫在成都西郊的浣花溪畔搭建了一座草堂。一家人终于有了安居之所。然而，杜甫始终没有摆脱囊空如洗的处境。加之，诗人已步入老年，体弱多病。他留居成都的几年，轻松欢愉与贫穷困顿总是相伴而生的。

一个春天的夜晚，下起了小雨。蒙蒙细雨无声无息地降临，滋润了大地，滋润了万物。乘着夜色，杜甫步出草堂，迎着潮润的雨雾，欣赏春雨中的美妙夜景，萌生了诗兴：

好雨知时节，当春乃发生。

随风潜入夜，润物细无声。

野径云俱黑，江船火独明。

晓看红湿处，花重锦官城。

天上的阴云和田间小路黯然无光，更显出江上的船舶灯火通明，令人赏心悦目。诗人欢欣地畅想：待到明天早晨，锦官城（成都）一定到处鲜花怒放，红艳欲滴！

第二天早晨起来，杜甫迫不及待地对杨夫人说："走，咱们去看花！昨夜一场好雨，浣花溪岸边的花儿一定分外娇艳了。对岸那户人家门前的一片花特别好看，我早就想过去观赏了。"

杨夫人欣然同意："好啊，带着孩子们一起去。那家的女主人叫黄四娘，贤良聪慧，膝下有四五个儿女。我们已经见过面了。"

杜甫夫妇带着孩子们，走过浣花溪上的小桥，来到对岸。只见黄四娘家门前的溪岸边，栽满了各种花木。时值春日，五彩缤纷的花朵芬芳吐艳，蝴蝶在花间飞舞，莺鸟在枝头啼鸣，令人心旷神怡。

黄四娘正在鲜花丛中修剪花枝，见到邻居一家人前来赏花，笑着迎了上来。她与杜甫见礼之后，拉着杨夫人的手，走到一边，亲密地攀谈。两家的孩子们也一起玩耍起来。

黄四娘悄声问杨夫人："杨姐，你家官人做什么官呀？"

杨夫人莞尔一笑："他不做官，是一介布衣。"

"那，他做什么营生挣钱呢？"

"他也不挣钱，他只会写诗。"

黄四娘惊呼："哦，他是诗人呀！诗人好啊，'关关雎鸠，在河之洲'，诗人写的诗，太好了。"又问："你家的诗人叫什么名字呢？"

"他叫杜甫。"

黄四娘听了，扬手一指对岸的草堂，笑道："以后，这座草堂就要叫'杜甫草堂'了，是不是啊？"

"也没准儿会是呢！"杨夫人掩口而笑。

黄四娘突发奇想："杨姐，请你家杜大诗人给我这满蹊的鲜花写一首诗，你看可否？"

"当然可以啦，我跟他说！"杨夫人招手让丈夫过来。

见妻子招手，杜甫走到近前。他正在兴味盎然地赏花，诗兴大发，没等妻子开口，已吟出诗句：

> 黄四娘家花满蹊，千朵万朵压枝低。

诗人看到，流连于鲜花丛中的蝴蝶，就像是身披五彩衣裳的美女在婆娑起舞；而枝头那娇媚的莺鸟在婉转啼鸣，仿佛是为舞者伴唱，每一声啼鸣都恰当其时、恰到好处。随之吟咏：

> 留连戏蝶时时舞，自在娇莺恰恰啼。

听了杜甫的诗，黄四娘喜不自禁，大声叫好，又悄声问杨夫人："杨姐，这首诗能流传百世吧？"

"我不知道，说不准，也许可以吧。"

黄四娘喜形于色："好啊，与诗人做邻居，太幸运了！"笑盈盈地邀请杜甫一家留下吃饭。

杨夫人婉言推辞："不了，我家的饭已经做好了，该回去吃了。"

杜甫也拱拱手："谢谢黄四娘，我们得赶紧回去，不然家里的饭就凉了。"

黄四娘带着孩子们，依依不舍地与杜甫一家告别。次子宗武还不想走，被杜甫硬拽回来。

回到草堂，宗武问母亲："娘，咱们吃什么呀？"

杨夫人叹息一声："唉，咱们家已经无米下炊了。在同谷，生活无着，采橡栗充饥，还剩下一些橡栗，我没舍得扔，带到成都来了。今天就煮橡栗吃吧。"

宗武跑到草堂门外，跺着脚大哭大喊："我不吃橡栗！太难吃了！我要吃米饭！"其他几个子女也跟着低声抽泣。

杜甫走上前来，训斥宗武："你在这里大哭大闹，索要饭吃，成何体统！还不快住口！"

宗武竟反唇相讥："黄阿姨好心好意留咱们吃饭，我都闻到米饭的香味了，你为什么要走，让我们回来饿肚子！你不是个好父亲！"

杜甫大怒："你这逆子！连'父子之礼'都不顾了！看我打你！"说着，扬起手来。但看到儿子面黄肌瘦、可怜巴巴的样子，又舍不得打了，放下手来，哼了一声，回到草堂里生闷气去了。

杨夫人刚刚把橡栗煮上，听见吵闹，来到宗武身边，牵着儿子的手走到一个僻静地方，温和地说："宗武啊，黄四娘家日子过得并不宽裕，咱们一大家子人在她家吃饭，这怎么能行呢？孩子啊，为人处世，不能只考虑自己，要多替别人着想，这才是君子之道啊！"

宗武流着眼泪点点头："娘，我知道了。我错了。"

杨夫人摸着宗武头："知错就好。回头，给你爹认个错。"又问："宗武，娘的缝衣针找不见了，是不是你拿去玩了？可别扎着手呀！"

宗武低声说："娘，是我把你的缝衣针拿走了。"

"快还给娘吧，我要给你们缝补衣服了。"

"娘，我没法还给你了。"

"怎么，你把缝衣针弄丢了？"

"没弄丢，我把它弯成鱼钩了。我要用鱼钩钓鱼，钓来大鱼，给爹娘和兄弟姐妹们吃！"

杨夫人转忧为喜："好啊，你知道为家里干活了，这是好事。"又叮嘱宗武："河边危险，你可不要一个人去钓鱼，下午我和你一起去吧。"

宗武也很高兴，蹦蹦跳跳地跑走了。

杨夫人回到草堂，看见杜甫还在生闷气，走过去拉着丈夫的袖子："夫君，消消气。我在纸上画了一个棋盘，走，我陪你下几盘棋。"

杜甫闷闷不乐："不想下棋，没心情。"

"我开导过宗武了，他已经知过，会向你认错的。"杨夫人把经过向杜甫叙说一遍。

"哦，还是老妻教子有方啊！"

"宗武也有长进，他用缝衣针做了一个钓钩，准备拿去钓鱼，给爹娘和兄弟姐妹吃。你看，孩子已经懂事了！"

杜甫脸上的阴云一扫而光："好啊，老妻，咱们下棋去！"

夫妻二人来到浣花溪边，坐在一块石板上，杨夫人把画在纸上的棋盘铺好，杜甫从溪边捡来黑白两色的石子当作棋子，开始对弈。

过了一会儿，杜甫的肚子饿得咕咕叫了："老妻，你煮的橡栗能吃了吗？"

"那东西不好熟，还要再煮半个时辰，我让大女儿看着呢，你先安心下棋。"

这时，在对弈的夫妻身边，几只燕子悠然自在地飞来飞去；清澈的浣花溪水中，一对鸥鸟相亲相爱地游弋。杜甫心境怡然，几句小诗浮上心头：

> 自去自来梁上燕，相亲相近水中鸥。
>
> 老妻画纸为棋局，稚子敲针作钓钩。

诗人又想到自己年老多病，只能靠吃药来缓解病痛，不由得悲上心来：我贫病单薄的身躯，还能有什么期求呢？唯有摇头叹息……

到了秋天，杜甫一家遭遇了更大的不幸。一阵狂风，卷走了草堂屋顶上铺着的三层茅草。绵延秋雨中，草堂处处漏雨，杜甫和家人裹着湿漉漉的被子，瑟瑟发抖地熬过阴冷而漫长的秋夜。劫难过后，诗人写下《茅屋为秋风所破歌》，不只感叹自家的遭遇，还表达了"安得广厦千万间，大庇天下寒士俱欢颜"的磊落胸怀。

生活稍稍安定的时候，杜甫就会想念李白。他知道李白没有死，被赦免了，旋即顺长江而下。那么，太白兄现在何方呢？身体康复了吗？境遇如何呢？

庐山谣：我本楚狂人，凤歌笑孔丘

李白再次来到了庐山。这次到庐山，他有两件事要做。

诗人步履蹒跚地行走在前往庐山的石径上，心情没有了往昔的轻松愉悦。感觉到自己日渐衰老，力气不支，走了一段路就喘息起来。诗人预感，属于他的未来之日已经不多了，绚丽的生命光环正在一点点地黯淡下去。

他要为宗夫人安排一个妥帖的归宿，准备把宗夫人托付给一位熟识的女道士，让宗夫人在庐山寻仙问道，颐养天年。

他还要把《庐山谣》写出来，寄给卢虚舟。期望卢虚舟能把《庐山谣》转寄给杜甫，这是与杜甫之间心灵沟通的最后机缘了。

李白找到了一位姓李的女道士，女道士与李白夫妇素有交往，欣然同意接纳宗夫人，承诺一定妥为安排宗夫人的生活。

第一件事落实之后，李白开始构想《庐山谣》了。

他要倾尽全部心力完成这首诗。他知道，也许自己以后还要写出许多诗作，但是，真正耗尽全部心血写出的惊风雨泣鬼神的诗篇，这将是最后一首了。

置身于庐山的怀抱中，李白心潮澎湃、浮想联翩。病弱衰老的身躯仿佛蓦然间注入了无穷无尽的力量，满腔激情化作火焰般的诗句，喷薄欲出，不可阻挡。

《庐山谣》的起始，诗人要雄劲地展示出最真实的自我：

> 我本楚狂人，凤歌笑孔丘。

他想到那个无所畏惧的楚狂人，唱着"凤兮凤兮，何德之衰"的歌，劈头盖脸地嘲笑孔子，该是何等畅快淋漓啊！我李白就是当今的楚狂人，我也要"凤歌笑孔丘"！待我把孔子笑够了，我就要手持绿玉杖，像仙人一样，在霞光万里的早晨辞别黄鹤楼，不怕路途遥远，到三山五岳去寻仙求道。游历名山大川，这是我一生的喜好啊。

当然，在所有名山大川之中，李白对庐山情有独钟。他要倾情吟咏庐山之美，倾诉对庐山的无限眷恋：

> 庐山秀出南斗傍，屏风九叠云锦张，影落明湖青黛光。

南斗星与秀美的庐山相依相傍，九叠屏如锦绣云霞般华丽壮观；匡庐的倩影落在明镜似的湖面上，泛起青黛色的粼粼波光。

李白对庐山极为熟悉，风景名胜都了然于胸，不必一一故地重游，美妙的诗句就呼之欲出：

> 金阙前开二峰长，银河倒挂三石梁。
> 香炉瀑布遥相望，回崖沓嶂凌苍苍。
> 翠影红霞映朝日，鸟飞不到吴天长。
> 登高壮观天地间，大江茫茫去不还。
> 黄云万里动风色，白波九道流雪山。

如同皇家宫阙般蔚为壮观，两座青峰开启了山门。遥遥望去，三石梁瀑布如银河倒挂；苍天寥廓，香炉瀑布飘洒在层峦叠嶂之间……

李白为庐山纵情歌吟，庐山也让李白百感交集。由庐山盛景导引，诗人心扉洞开，窥见了自己的内心世界：

> 闲窥石镜清我心，谢公行处苍苔没。
>
> 早服还丹无世情，琴心三叠道初成。
>
> 遥见仙人彩云里，手把芙蓉朝玉京。

李白畅想：我在闲暇时，注目庐山那平滑如镜的石崖，感到心神清净，心中的污浊荡然无存；而南朝谢灵运登庐山，也留下"攀崖照石镜"的诗句，尽管他的足迹早已被青苔掩没。这样想来，我与谢公心迹相通啊。如果我早一点服用仙丹，去掉尘世的情缘，或许已经学道初成，进入"琴心三叠"的清静境界了，那该多好啊。这时，诗人抬头望去，远远望见五彩云霞里，手捧芙蓉花的仙人们正在举行盛大的仪式，朝拜天国的都会。天上的京城，美轮美奂、气象万千！

李白的情绪亢奋异常，想起了《淮南子》中那古老的神话故事：燕国人卢敖游历北海，到了鲁谷之上，只见一位白衣隐士正在气宇轩昂地迎风而舞。卢敖毕恭毕敬地对隐士说："我原本以为，只有我卢敖会远离乡土，不食人间烟火。今天见到你，才知世上还有与我同道之人。冒昧地问一句：我可以做你的朋友吗？"那隐士嫣然而笑："我与好朋友汗漫相约于九天之外了，我不能在此久留。"白衣隐士举起双臂，纵身一跃，腾空而起，飞入云霄。

诗人眼前出现了幻觉，觉得自己就是那迎风而舞的白衣隐士，他也要腾空而起，纵身飞向广袤的天国。白衣隐士做过的事，他要做；白衣隐士没有做的事，他也要做：

> 先期汗漫九垓上，愿接卢敖游太清。

他要先与汗漫相约，驰骋于九天之外；待到饱览云霄美景之后，还要把卢敖接来，一起畅游神秘莫测的太清仙境。

在李白的心扉中，谁是"汗漫"，谁是"卢敖"，都会有笃定的人选。究竟是谁呢，只有李白自己知道。

匡山读书处，头白好归来

恰如李白所期待的那样，卢虚舟收到李白寄给他的《庐山谣》之后，誊抄一份，寄给了杜甫。

杜甫见到《庐山谣》，先是万分惊喜。分别多年，音讯稀少，终于见到了太白兄的大作，依然是"笔落惊风雨，诗成泣鬼神"的雄风不减！杜甫又想到，李白把这首诗寄给卢虚舟，显然有通过卢虚舟让自己看到的意思，是在向自己传递友情的心迹啊。想到这些，杜甫心头热浪滚滚。

诵读《庐山谣》，李白那狂荡不羁的性情跃然纸上。而杜甫是理解李白的，他知道，李白只是装作癫狂，用以平复他那壮志难酬的深深的失落感。

想到这里，杜甫提起笔来，要为李白写一首诗：

> 不见李生久，佯狂真可哀。

在李白身陷囹圄和被判流放时，有不少人落井下石，意欲致李白于死地。而杜甫坚定不移地相信李白是冤枉的，要为李白鸣冤，赞赏他的诗才，叹息他漂泊零落的命运：

> 世人皆欲杀，吾意独怜才。
>
> 敏捷诗千首，飘零酒一杯。

读到《庐山谣》的结尾，杜甫有一种不祥的预感，他看出李白诗句中有诀别的暗示，不禁心头一惊。杜甫用全部身心竭诚地为李白祝福，愿他能够从心理的阴影中走出来，安心在匡庐休养，读书赋诗，恢复身体，安度晚年。于是，杜甫写道：

> 匡山读书处，头白好归来。

写罢此诗，杜甫的心情久久不能平静……

且放白鹿青崖间

宝应元年（762 年）十一月的一个夜晚，寒风乍起，树木凋落，月影迷离。这个夜晚，杜甫难以克制地思念着李白。

太白兄的音容笑貌、举手投足，仿佛在他眼前栩栩如生。

他想起自己与李白相遇、相识，同游梁宋、齐鲁，一起度过的"醉眠秋共被，携手日同行"的美好时光。想起了李白为他写的《沙丘城下寄杜甫》，"思君若汶水，浩荡寄南征"，那是何等深厚的情意！

他也想起自己在十年前写下的《春日忆李白》，"渭北春天树，江东日暮云"，渭北的春树，江东的暮云，彼此遥相呼应，是二位诗人心灵的互慰互通啊。

刚刚听到消息，李白正在当涂养病，且病势不轻，令杜甫牵肠挂肚、忧心如焚。杜甫曾为友人写下"今我不乐思岳阳，身欲奋飞病在床"，这诗句也可表达他此刻对李白的思念。多想生出大鹏的羽翼，奋力飞翔，越过万水千山，飞到李白身边啊。然而，身体虚弱的他，无法跋山涉水去看望太白兄。心里着急，又无可奈何。

是夜，杜甫做了一个梦。他梦见长满青草的山崖，一只矫健灵动的白鹿，奔跑着来到青青的山崖之下。这不是李白"且放白鹿青崖间"的诗意吗？

梦中的白鹿仿佛认出了杜甫，走到杜甫面前，停下来，依依不舍地望着杜甫，竟流出泪来……

就在这个夜晚，李白与世长辞。伟大诗人的生命之旅，永远定格在62岁。

他走了，结束了醉酒狂歌、颠沛流离的一生，也带走了郁郁不得志的终身遗憾。他走了，为世人留下惊风雨泣鬼神的诗篇，伴他远行的是两任夫人的一往情深，"唯见长江天际流"的遥远记忆，还有"春树暮云"的手足挚爱。

人们称李白为"诗仙"，他是去仙境中漫游了吧？

杜甫的回忆：醉舞梁园夜，行歌泗水春

李白辞世的这一年，肃宗皇帝与太上皇玄宗也相继驾崩，太子李豫继位，是为代宗。一朝天子一朝臣。代宗下诏，召李白为左拾遗，可惜此时李白已经去世。

李白去世后，杜甫又走过了八年的人生道路。

这八年中，大多数时光在艰辛困顿中度过，欢愉的时刻很少。难得的那一次欢欣鼓舞的时刻，是在"闻官军收河南河北"的时候。

广德元年（763年）三月，杜甫一家在剑门关外的梓州，听到了官军收复洛阳和郑、汴二州，进而收复蓟北的喜讯。蓟北是叛军的老巢，收复蓟北意味着叛军的覆灭。自天宝十四年（755年）开始，持续八年之久的"安史之乱"，终于以叛军的覆灭而宣告结束了！

听到喜讯，杜甫先是痛哭流涕，继而欣喜若狂，忙不迭地卷起诗书、打点行装；杨夫人和孩子们也兴高采烈，脸上的愁云荡然无存。

杜甫提起笔来挥毫泼墨，奋笔疾书：

剑外忽传收蓟北，初闻涕泪满衣裳。

却看妻子愁何在，漫卷诗书喜欲狂。

白日放歌须纵酒，青春作伴好还乡。

即从巴峡穿巫峡，便下襄阳向洛阳。

在灿烂的阳光照耀下纵情歌唱、举酒豪饮吧，让绚丽的春天伴随我们回归故乡！杜甫甚至已经设想了行程：从巴峡启程，穿过巫峡；途径襄阳，直抵洛阳！

杜甫写完诗稿，拿给杨夫人看。

杨夫人看了，大为赞赏："好诗啊，真是好诗！'即从巴峡穿巫峡，便下襄阳向洛阳'，行云流水一般，堪称是'天下第一快诗'了！"

杜甫催促："那还等什么，快收拾行李呀。"

"收拾行李？咱们去哪里呀？"杨夫人还没有反应过来。

"'即从巴峡穿巫峡，便下襄阳向洛阳'啊。"

"你真的马上就要走？现在就回洛阳？"

"是啊。"

"你现在回洛阳，去干什么呢？"

"我要亲眼看一看从叛军手中收复的大好河山！"

杨夫人摇摇头："官军刚刚收复了河南河北，你现在回去，看到的不是大好河山，而是一片废墟。蓟北收复了，但是战乱不会就此完全平息，时局还会动荡一段时间。再说，你身体虚弱，也经不住长途跋涉呀！"

杜甫知道，夫人说的句句在理，只好放弃了马上回洛阳的打算。

秋天，杜甫到阆州祭拜了房琯墓，写下《别房太尉墓》一诗：

> 他乡复行役，驻马别孤坟。
>
> 近泪无干土，低空有断云。
>
> 对棋陪谢傅，把剑觅徐君。
>
> 唯见林花落，莺啼送客闻。

"对棋陪谢傅"，把房琯比作有胆有识、儒雅风流的晋代名士谢安，追忆了与房琯在一起所获得的教益、度过的难忘时光。

"把剑觅徐君"引用了一个悲楚的故事：春秋时吴季札受聘于晋国，路过徐国时与徐君相识，心知徐君爱其宝剑。等到他返回时，徐君已死，只好解下宝剑，挂在坟树上，挥泪而去。杜甫援引这个故事，表达对房琯的怀念。

此前，杜甫还到射洪，拜谒陈子昂故宅，寻访了陈子昂读书堂旧址，表达对陈子昂的景仰，也怀念祖父杜审言与陈子昂那一代诗人的光华岁月。

杜甫与时任剑南节度使的严武交往密切，得到严武诸多扶助。代宗即位，召严武入朝，杜甫为严武送行，写下了《奉济驿重送严公四韵》一诗。广德二年（764年），严武再度回成都任成都尹、剑南节度使，邀请杜甫作他的幕僚，担任检校工部员外郎，故而后世对杜甫有"杜工部"之称。接到严武邀请时，杜甫全家正在阆州，他当即决定重返成都，途中写了《将赴成都草堂途中有作先寄严郑公》（五首）给严武，诗中有"鱼知丙穴由来美，酒忆郫筒不用酤"之句。"丙穴"是一种美味的鱼，产自离成都不远的岷江之中；"郫筒"是一种醇香的酒，用成都附近郫县的竹筒酿成。诗句中洋溢着回归成都的喜悦和对严武的感激之情。

永泰元年（765年），严武病逝。杜甫失去了依托，不得不离开成都，再次踏上迁徙之路。

大历元年（766年），杜甫举家移居夔州。在夔州都督的关照下，为公家代管公田，获得养家糊口的生计，一家人得以在此暂住。

留居夔州的日子里，55岁的杜甫困顿于衰老和病痛之中，对李白、高适等亡友颇为怀念，写了《昔游》《遣怀》等怀旧的诗篇，追忆与李白、高适一同登临吹台，在梁园纵情吟歌的美好时光。杜甫的居所在白帝城近旁，想到

杜甫：《将赴成都草堂途中有作先寄严郑公》（五首其一）　［清］郑簠 书

得归茅屋赴成都，直为文翁再剖符。

但使闾阎还揖让，敢论松竹久荒芜。

鱼知丙穴由来美，酒忆郫筒不用酤。

五马旧曾谙小径，几回书札待潜夫。

这里就是李白写下"朝辞白帝彩云间"诗句的地方，更引发了对李白的怀念。

此前，在获悉李白于当涂养病的时候，杜甫曾写过一首《寄李十二白二十韵》，想寄给李白，但诗成之时，李白已经故去。这首无法寄达的诗中，杜甫深情回忆：

> 醉舞梁园夜，行歌泗水春。

用短短十个字，完美概括了他与李白同游梁宋、齐鲁的经历，寄托了无限的缅怀之情。醉舞的梁园之夜，是永远令杜甫心弦激荡的夜晚；行歌于泗水之春，是杜甫心中永远鲜花烂漫的春天！

在夔州，杜甫还写下了《登高》一诗。

那是大历二年（767年）秋天，杜甫独自一人步履蹒跚地登上高台。空旷的天空之下，扑面的寒风中，听见猿猴的哀鸣，令人心境抑郁；而水中的小洲上，鸟儿在轻灵地飞舞盘旋，带来些许宽慰。诗人见到纷纷落下的树叶，联想到自己年老多病，身世艰难，顿生悲戚之感；然而，看到滚滚而来的长江的时候，又感受到了莫大的鼓舞和振奋。气势磅礴的千古绝唱从诗人胸臆间奔涌而出：

> 风急天高猿啸哀，渚清沙白鸟飞回。
>
> 无边落木萧萧下，不尽长江滚滚来。
>
> 万里悲秋常作客，百年多病独登台。
>
> 艰难苦恨繁霜鬓，潦倒新停浊酒杯。

"万里悲秋常作客"用雄浑大度的笔触，概括了他漂泊零落的一生；"百年多病独登台"是他衰老病痛与孤独落寞的写照，人生百年，他的人生竟是如此凄凉。他的"艰难苦恨"密密地写在如霜染的鬓发，而对于一个只能借酒浇愁的垂暮之人来说，有什么能比因病痛而不得不"新停浊酒杯"更为可悲可叹的呢！

这将是盛唐时代最后一首感天动地的慷慨悲歌了。

后世将杜甫的《登高》誉为七律之冠，将杜甫与李白并称为最伟大的诗人。在诗的世界里，他实现了青年时代的理想：

> 会当凌绝顶，一览众山小！

杜甫去世后，过了 20 多年，一位年轻人在大唐诗坛崭露头角、独领风骚。他对杜甫的诗作给予高度评价，并继承和发展了杜甫诗作的风格。

　　他还把杜甫《哀江头》中对于玄宗皇帝与杨贵妃情感故事的咏叹，结合相关史实和传说，伴以美好的遐想，演绎为一首情节细腻、感人肺腑的长诗。

　　他，就是白居易。

第十章 尾声：昨夜星辰昨夜风

长恨歌：梨花一枝春带雨

一位风度翩翩的县尉，新近来到盩厔。人们不会想到，这位新来的县尉将要在此地写下一首流芳千古的诗篇。

元和元年（806 年），34 岁的白居易进士及第，被授予县尉之职。盩厔在长安西边，离长安不远。在这里，白居易认识了陈鸿、王质夫等朋友。陈鸿也是进士，文笔出众；王质夫原籍琅琊，很有来头。

十二月的一天，陈鸿、王质夫约白居易一道游览离县城不远的仙游寺。天气阴冷，白居易本不太想去。陈鸿劝说："那里可是一个好去处，你不去，会后悔的！"白居易听了，欣然前往。

隆冬时节，寒风瑟瑟。从仙游寺出来之后，三人进了一家酒馆小酌。陈鸿和王质夫的年纪都比白居易大。白居易作为小弟弟，很愿意听二位兄长高谈阔论。

三人先对饮了几杯酒。

放下酒杯，王质夫笑着对白居易说："乐天贤弟，你到盩厔任县尉，恐怕是老天爷要助你成就一件大事呢。"

"此话怎讲呢？"白居易大惑不解。

陈鸿给出一点提示:"当年安史之乱,叛军攻破潼关,玄宗皇帝从长安向西出逃,要经过盩厔啊。"

"这个,我知道。但是,与我有什么关系呢?"

王质夫的家在盩厔,对这里颇为熟悉:"仙游寺附近,有一个知名的地方,就是马嵬坡!"

"噢,我知道,杨贵妃死在了马嵬坡,很令人感伤。此时此刻,身处马嵬坡附近,更能让人想起玄宗皇帝与杨贵妃的悲伤往事哟。"白居易深深叹了口气。

陈鸿对于那段往事了如指掌,他侃侃而谈,细细回顾了事情的来龙去脉:"开元年间,四海之内太平无事。玄宗皇帝在位已久,渐渐倦于朝政,就把政事委托给丞相,自己终日沉溺于声色宴饮。先前,玄宗身边有元献皇后、武淑妃,都曾得到宠爱。但是,她们不幸相继辞世。此后,宫中再也没有能让圣上赏心悦目的女人了。于是,玄宗诏令高力士到民间挑选美女。高力士在弘农郡找到了杨玉环……"接下来,陈鸿又讲到杨玉环如何获得玄宗的专宠,杨氏家族由此飞黄腾达、专横跋扈;讲到安史之乱,玄宗出逃,杨贵妃死在马嵬坡;又讲到杨贵妃死后,玄宗的深情思念……

对于这段轶事,白居易是耳熟能详的,但听陈鸿绘声绘色地叙说,依然很入迷,心绪随着情节的进展而激动起来。

听罢陈鸿的讲述,王质夫颇有感慨,意味深长地看着白居易:"玄宗与杨贵妃的情爱旧闻,与大唐的兴衰息息相关,堪称是惊天动地的大事。但是,天大的事,如果没有出类拔萃的大写家,以生花妙笔加以记叙和渲染,还是会随着时光的流逝而被人们遗忘。"说到这里,王质夫满怀期待:"乐天啊,你是卓尔不群的诗人,又是多情善感的才子,试着写一首长诗,吟歌这一段往事,可否呢?"

陈鸿也说:"写这首长诗,乐天贤弟该当仁不让哟!"

白居易内心也有了歌吟这段往事的冲动,拱拱手:"承蒙二位兄长如此器重,我一定把这首诗写出来!"

王质夫和陈鸿闻言大喜。三人斟满酒,一饮而尽。

喝了杯中酒,白居易诗情涌起:"我已经把这首诗的第一句想出来了:'汉

_233_

皇重色思倾国'。"

王质夫额首微笑:"好啊,你写'汉皇',避免对本朝的不恭,很得体。"

陈鸿品评:"嗯,'思倾国',结果是真的'倾'了国,一语双关,妙啊。"

三人走出酒馆,外面飘起了星星点点的雪花。

白居易说:"二位兄长今天约我出来,就是为了写这首诗吧?"

陈鸿与王质夫相视一笑。

回到住处,白居易开始构想他的诗作,他把这首诗命名为《长恨歌》。

先写下前面几句:

> 汉皇重色思倾国,御宇多年求不得。
>
> 杨家有女初长成,养在深闺人未识。
>
> 天生丽质难自弃,一朝选在君王侧。
>
> 回眸一笑百媚生,六宫粉黛无颜色。
>
> 春寒赐浴华清池,温泉水滑洗凝脂。
>
> 侍儿扶起娇无力,始是新承恩泽时。

写到这里,白居易想,玄宗皇帝与杨玉环第一次见面时,会是怎样的情景呢?他陷入了苦思冥想,期待让时光倒流……

玄宗李隆基听高力士禀报,说是在弘农郡找到了一个叫杨玉环的女孩,有沉鱼落雁之容、倾城倾国之貌。李隆基半信半疑,急急赶到华清池来,一看究竟。

当李隆基走向华清池时,内心百感交集。作为至高无上的皇帝,表面上是万乘之尊、威仪天下,而他内心的孤独与寂寞,却无人能够理解。对于美的追求,获得慰藉的需要,心灵契合的渴望,是人皆有之的,皇帝当然也不例外。但是,作为皇帝,要得到心心相印的情感,反而更加困难。后宫虽有"三千佳丽",可他却连一个能看得上眼的、能说句知心话的女人都没有,怎能不郁郁寡欢呢?高力士从民间找来的这个女孩,真能排解他无穷无尽的烦闷吗?李隆基怀着朦胧的期待,前往华清池。他知道,高力士已经把一切都安排好了。但是,那女孩能够唤起他的激情吗……

在华清池边，李隆基见到了刚刚出浴的杨玉环。

给李隆基的第一印象，是那双美丽的大眼睛里，充满了惊恐。杨玉环坐在精美的地毯上，因恐惧而瑟瑟发抖。

李隆基顿生怜悯之心，拿了一条厚实的绢丝长巾，给杨玉环披在身上。然后，就在她身边坐下。他感觉，杨玉环那惊恐的眼神，更显得楚楚动人。

这时，李隆基轻轻击掌，一群舞女走进来，身穿装饰着羽毛的云霓般美丽的衣裳，在音乐伴奏下翩然起舞。音乐和舞蹈都飘飘欲仙、如梦如幻。一曲终了，李隆基挥手让舞女们退下。

大唐皇帝扭头对身边的女孩说："这个曲子，叫'霓裳羽衣曲'，你知道这曲子是谁写的吗？"

杨玉环的恐惧有所减退，茫然地摇了摇头。

李隆基颇有几分自得："这曲子是我写的，这舞也是我编的。"

杨玉环的眼神中显露出惊讶。

李隆基感觉到了杨玉环情绪的细微变化，同时也深感诧异，眼前这个女孩为什么对自己有如此之大的吸引力呢？作为皇帝，他见识过许许多多的女人，怎么还会有女人让他如此感兴趣呢？来不及细想，他急着要趁热打铁，对女孩说："我不但会作曲，还会写诗呢。那一年，我去祭拜孔子，写了一首《经鲁祭孔子而叹之》，我背诵给你听。"

背诵之后，李隆基问杨玉环听懂了没有。杨玉环又摇摇头。

"没关系，以后我慢慢给你讲。"李隆基继续自我介绍："我还打过仗，能征善战呢。父皇在位时，太平公主纠结了一伙乱党，意欲谋反。我作为太子，亲自带兵剿灭了乱党。我那时横枪跃马的样子，很帅呢！"

杨玉环脸上掠过一丝笑意，惊恐消失了大半。在她心里，取代了恐惧的，是好奇，还有隐隐约约的期待。杨玉环是聪慧而懂事的，她知道，女孩子总归要嫁人，委身于一个男人的。小时候，杨玉环对生活有许多憧憬。她想象，自己未来的男人是一位诗人，或者一位勇士。而身边这个男人，是诗人又会作曲，也是勇士，满足了她的全部憧憬。他，还是皇帝。

她万万没有想到，命中注定将要委身的男人，竟会是皇帝！

李隆基看到，杨玉环的一缕秀美而潮润的头发披散在额前，便伸出手来，轻轻地拨开了那缕秀发。这一刻，他被杨玉环的美貌震惊了！

他神情冲动，声音颤抖，像是对杨玉环说，又像是自言自语："有人向我禀报说，你是天下第一美女。我当时并不相信。在见到你之前，我曾经想，天下没有最美的女人，只有情投意合，只有喜欢，只有爱。喜欢的就是最美的。见到你之后，我突然惊讶地发现，普天之下，哪里还会有比你更美的女人呢？"

杨玉环怯生生地脱口而出："西施。"

"嗯，西施。我与西施不生活在同一时代，无法相见。在我的时代里，只有你。你就是我的西施！"

杨玉环嫣然一笑。

"对你的一切夸赞都不是溢美之词，你的美是语言无法形容的。"李隆基手指华清池，"这华清池就是咱们的若耶溪。西施在若耶溪浣纱，而你在华清池沐浴，难道沐浴中的杨玉环不比浣纱的西施更美吗？当然，有工夫，我会带你去若耶溪泛舟。你若有兴致，也可以在溪边浣纱，那就是西施重生了！"

杨玉环心头漾起喜悦。她想：我也能歌善舞呢，若是由我来表演"霓裳羽衣舞"，不会比西施的舞姿逊色，皇帝一定会高兴。

李隆基继续口若悬河："我朝的那帮诗人们，喜欢作诗赞美西施，王维写过《西施咏》，连綦毋潜都写过《春泛若耶溪》。今后，我要找来最顶尖的诗人，为你写诗！"

杨玉环脸上现出一抹红晕。

李隆基再次击掌，两个侍女走进来，送上一幅书帖长卷。侍女将长卷在皇帝面前展开，然后退下。

李隆基指着书帖说："这篇《鹡鸰颂》，是我亲笔所写。你看，我的行书写得还不错吧？"

杨玉环微笑着点点头。

"如书帖所言，'朕之兄弟，唯有五人'，在兄弟五人中，我排行第三。"李隆基附在杨玉环耳边说："往后，若是周围没有人，你就叫我'三郎'吧。"

杨玉环扑哧一笑。

李隆基沉吟片刻，又问："玉环，我想问你，你有朋友吗？"

杨玉环摇摇头:"我从小长在深闺,没有朋友。"而后反问:"三郎,你有朋友吗?"

一声"三郎",令李隆基心头春波荡漾,随即叹了口气:"我是皇帝,有无数的臣民,但是,我没有朋友。"

杨玉环眼中流露出温柔的同情。

李隆基如饥似渴:"玉环,你,愿意作我的知己吗?"

杨玉环毫不迟疑地点点头,并报以娇美的一笑。那一笑是足以勾魂摄魄的。

玄宗李隆基"龙颜大悦",向女孩伸出手来。

杨玉环顺从地把自己的小手放在皇帝的大手中……

白居易的思绪回归了现实。他想,杨玉环与玄宗皇帝的第一夜是怎样度过的,只有二人自己知道,即使时光能够倒流,旁人也是无从知晓的。把细节省略,用"侍儿扶起娇无力,始是新承恩泽时"这两句诗,就可以概括了。

接下来,诗人写道:

> 云鬓花颜金步摇,芙蓉帐暖度春宵。
>
> 春宵苦短日高起,从此君王不早朝。
>
> 承欢侍宴无闲暇,春从春游夜专夜。
>
> 后宫佳丽三千人,三千宠爱在一身。

玄宗皇帝亲手给杨玉环那如云的鬓发插上了"金步摇",那是用金银丝盘成花朵形状的首饰,以悬垂的珍珠点缀,插于鬓发,姗姗行走时,会摇曳生姿、仪态万千。

"从此君王不早朝",玄宗由此而更加荒废了朝政,这就为动乱埋下了祸根。

> 姊妹弟兄皆列土,可怜光彩生门户。

杨贵妃的姊妹兄弟都得到分封,杨国忠窃取大权,当上宰相。他们一家倒是"光彩生门户"了,却给大唐带来了几乎是灭顶之灾,让百姓遭受了刀光剑影的深重苦难。

鶺鴒頌　俯同魏光乘作

朕之先弟唯有五人此

為方伯歲一朝見雖

［唐］李隆基（玄宗皇帝）手书《鹡鸰颂》（局部）

朕之兄弟，唯有五人……

渔阳鼙鼓动地来，惊破霓裳羽衣曲。

安禄山乘机在渔阳起兵，"鼙鼓动地来"，惊破了玄宗皇帝和杨贵妃伴着"霓裳羽衣曲"的奢华迷梦。皇帝和贵妃只得在兵士护卫下仓皇出逃，打算前往蜀地避难。

接下来，就是悲剧的一幕了。白居易停下笔，陷入沉思。

玄宗带着杨贵妃、杨国忠等人，西出长安，走了一百多里，来到马嵬坡附近。

玄宗与贵妃坐在同一辆车辇上。他们出游时，总是"行同辇"的，这次出逃，当然也要"行同辇"。车辇在坑洼不平的道路上颠簸前行。杨贵妃惊恐万分，冰凉的手紧紧抓住玄宗的手。

玄宗看到了杨贵妃眼睛中流露的恐惧，就像在华清池第一次见面时那样。他自己也是惊魂未定，还要尽力安慰贵妃："玉环，你别害怕，等咱们到了剑阁，就不会再有危险了。"又自嘲地说："李白写了《蜀道难》，极言蜀道之艰险。没想到，我也要体会'蜀道难'的滋味了。"

说起李白，玄宗和贵妃都想到了"云想衣裳花想容"的诗句，今非昔比，二人相对长吁短叹。

突然间，"咣当"一声，车辇停了下来。

玄宗撩开帘子，只见兵士们都停下脚步，把手中的长戟戳在地上，不肯向前走了，惊问："这是何故啊？为什么不走了？"

随从的军官跪在皇帝车辇前："陛下，臣等冒死进谏，请'诛晁错以谢天下'！"

玄宗明白，这是请求他，像汉景帝诛杀晁错那样，杀杨国忠以求得天下人的宽宥。他回转身来，无可奈何地看着杨国忠。逃亡路上，杨国忠骑着马，一直跟随在皇帝的车辇旁边。

杨国忠也知道自己的末日到了，滚落下马，跪在地上，浑身战栗，如筛糠一般。士兵们一拥而上，把杨国忠拖到路边，乱刀砍死。

杀了杨国忠，玄宗暗暗祈祷，希望万事大吉了。可是，士兵们依然不肯前行。

玄宗问："已经杀了杨国忠，为什么还不走呢？"

那位军官再次跪倒："陛下，臣等冒万死之罪，请求舍弃贵妃以平息天下人的怨恨。"

玄宗闻言，五雷轰顶一般，又知道事到如今，覆水难收，一切都无法改变，只有听之任之了。

贵妃被几个太监"请"下了车辇，踉跄前行，插满鬓发的黄金首饰散落在地上。

她蓦然回首，发出撕心裂肺的呼喊："三郎啊！三郎……"

玄宗不忍心看见贵妃被人拉走，扯起袖子挡住脸。贵妃的一声声呼喊，如尖刀戳在他的心上。

皇帝悲痛难忍、万念俱灰，走下车辇，想找个人说几句话，稍许平复一下自己的心绪。

他看见对面站着的一个年轻侍卫，似乎有点儿面熟，就走到那侍卫面前，问："你多大年纪啊？当侍卫几年了？"

年轻侍卫慌忙跪倒在地："回禀陛下，奴才现年 17 岁，15 岁进宫，当侍卫两年了。"

玄宗让年轻侍卫站起身说话。见侍卫仪表堂堂，模样有几分像李白，随口问："你会写诗吗？"

"回禀陛下，奴才不会写诗。"

不经意间竟又想到了李白，还有"云想衣裳花想容"，玄宗心神恍惚，嘟嘟囔囔地说："哦，要学学写诗嘛。会写诗，能留住人生的美好时光哟！"

就在此刻，不远处传来杨贵妃一声凄厉的惨叫，是这个美丽女人留给人世的最后音声。

玄宗感到天昏地暗，站立不稳，几乎跌倒在地。

年轻侍卫急忙上前一步，扶住了皇帝……

杨贵妃的一声惨叫，仿佛把白居易从沉思中惊醒。他低下头，继续写《长恨歌》。

接下来，玄宗到了蜀地，日日夜夜思念着贵妃：

蜀江水碧蜀山青，圣主朝朝暮暮情。

行宫见月伤心色，夜雨闻铃肠断声。

唐军收复长安，玄宗回归，又到了马嵬坡，到了杨贵妃玉殒香消之处，久久滞留，不忍离去：

天旋地转回龙驭，到此踌躇不能去。

马嵬坡下泥土中，不见玉颜空死处。

已经退位当了太上皇的李隆基回到长安，看见太液池的荷花、未央宫中的垂柳，都让他想起杨玉环：

归来池苑皆依旧，太液芙蓉未央柳。

芙蓉如面柳如眉，对此如何不泪垂？

春风桃李花开日，秋雨梧桐叶落时。

西宫南内多秋草，落叶满阶红不扫。

多少个漫长孤寂的夜晚，太上皇李隆基难以成眠：

夕殿萤飞思悄然，孤灯挑尽未成眠。

迟迟钟鼓初长夜，耿耿星河欲曙天。

屋顶上，如鸳鸯般成对的琉璃瓦结满冰霜，有谁能体会李隆基此时的凄凉？长夜里，绣着翡翠鸟的薄衾难以抵挡风寒，有谁能为他带来温暖！多么希望杨玉环能够进入他的梦中，与他相会啊，然而却无法实现：

鸳鸯瓦冷霜华重，翡翠衾寒谁与共？

悠悠生死别经年，魂魄不曾来入梦。

写到此处，《长恨歌》演绎的"李杨故事"由现实世界进入了虚幻世界，那位临邛道士登场了。

就在李隆基愁闷于"魂魄不曾来入梦"的时候，刚好有个从临邛来的道士到了长安。道士听说太上皇非常思念杨贵妃，就夸下海口，说自己有"招魂之术"。李隆基非常高兴，让道士想方设法寻找贵妃的魂灵：

临邛道士鸿都客，能以精诚致魂魄。

为感君王辗转思，遂教方士殷勤觅。

排空驭气奔如电，升天入地求之遍。

上穷碧落下黄泉，两处茫茫皆不见。

道士果然身手不凡，先是腾云驾雾，像闪电一样飞奔；又上天入地寻找，连黄泉都找过了，可还是没有找到。

道士仍不气馁，继续四处搜寻，终于发现了希望：

> 忽闻海上有仙山，山在虚无缥缈间。
>
> 楼阁玲珑五云起，其中绰约多仙子。
>
> 中有一人字太真，雪肤花貌参差是。

道士听说，海上有一座虚无缥缈的仙山，山上有玲珑光艳的楼阁，楼阁中有多位风姿绰约的仙女。其中有一位字"太真"的仙女，花容月貌很像是杨玉环。

于是，道士来到仙山，叩响门扉，让丫鬟禀报仙女。

果然，这位"太真"仙女正是已经成为仙人的杨玉环。听说唐皇的使者到了，从睡梦中惊魂而醒。

她慌乱地穿上衣服、推开枕头、出了睡帐，忙不迭地卷起珠帘、打开屏风；来不及梳理云鬟，连头上的花冠都没有戴正，急匆匆走下厅堂：

> 揽衣推枕起徘徊，珠箔银屏迤逦开。
>
> 云鬟半偏新睡觉，花冠不整下堂来。

成为仙女的杨玉环，那婀娜的身姿平添了仙界的气度，又依稀可见霓裳羽衣舞的风采神韵：

> 风吹仙袂飘飘举，犹似霓裳羽衣舞。
>
> 玉容寂寞泪阑干，梨花一枝春带雨。

她的花容月貌笼罩在寂寞愁苦之中，美丽的脸上泪水流淌、泪珠晶莹，犹如春天带雨的梨花。

杨玉环含情脉脉地倾吐了她对玄宗的一往情深：

> 含情凝睇谢君王，一别音容两渺茫。
>
> 昭阳殿里恩爱绝，蓬莱宫中日月长。
>
> 回头下望人寰处，不见长安见尘雾。

昔日在皇宫里的恩恩爱爱已经割断，她在蓬莱仙境般的天上宫阙中度日如年。也曾回头俯瞰人间，却"不见长安见尘雾"。

杨玉环取下了头上的金钗，那是当年李隆基送给她的定情信物。她把金钗拆为两半，装金钗的钿盒也分为两半，留下一半，另一半交给道士，请他转交太上皇，表达自己的一片真心，并殷殷期待着在天上相见：

> 惟将旧物表深情，钿合金钗寄将去。
>
> 钗留一股合一扇，钗擘黄金合分钿。
>
> 但教心似金钿坚，天上人间会相见。

最后，杨玉环深情地回忆起一段刻骨铭心的往事。那一年的七夕之夜，万籁俱寂、悄然私语之时，她与玄宗相依相偎在长生殿上，许下了世世代代为夫妻的海誓山盟：

> 七月七日长生殿，夜半无人私语时。
>
> 在天愿作比翼鸟，在地愿为连理枝。

到这里，《长恨歌》一曲将终。白居易饱蘸激情的笔墨，写下了杨玉环的千古叹息：

> 天长地久有时尽，此恨绵绵无绝期！

这也是白居易的千古叹息，还诠释了《长恨歌》的诗题。

人们常说的"天长地久"，终归会有穷尽的时候；而杨玉环、李隆基这样的有情人，被天地阻隔而生离死别，是何等绵绵不绝、遥遥无期的幽怨啊！

写完《长恨歌》，白居易依然沉浸在激动的心绪之中，久久难以平静。这时，他很想找个朋友浅酌几杯，叙谈一番，分享自己此刻如大江潮涌般的心境。

他看到屋子里，红泥小火炉正暖融融地烧着；打开酒罐，新酿的酒上漂浮着绿蚁似的泡沫，酒香四溢；再看窗外，夜色灰蒙蒙的，像是要下雪了。忽然想起，隔壁住着好朋友刘十九，便欣然命笔，写下一首小诗：

> 绿蚁新醅酒，红泥小火炉。
>
> 晚来天欲雪，能饮一杯无？

写好后，命家人给刘十九送去……

数日后，白居易与陈鸿、王质夫再次聚会。白居易取出《长恨歌》诗稿，让二位朋友观阅。

看了诗稿后，王质夫竖起大拇指："好诗啊。跌宕起伏，情深意切，感人至深。未来的人们若想真切地了解'李杨故事'，就要读《长恨歌》了。"

陈鸿也夸赞了几句，又心存疑窦："当今世人对于杨贵妃，依然多有贬薄之意，认为她是祸乱朝纲的'尤物'，必须加以惩戒。而《长恨歌》大张旗鼓地歌颂'李杨爱情'，这合适吗？"

王质夫不以为然："我觉得，乐天贤弟的诗没有什么不妥之处。《长恨歌》前半段，对于玄宗皇帝沉溺美色、杨氏家族专横跋扈，导致国家陷于战乱，有恰如其分的叙写，并没有偏袒杨贵妃。对'李杨爱情'的歌颂，则是在杨贵妃死去之后……"停顿一下，又说："哦，还是听听乐天贤弟自己的说法吧。"

白居易写《长恨歌》时，对于如何叙写"李杨爱情"早有深思熟虑，他不紧不慢地说："咱们不妨看看杜甫是怎样品评杨贵妃的。在杨氏家族得势的时候，杜甫写了《丽人行》，辛辣地讽刺了杨氏姐妹及其家族。但在杨贵妃死后不久，他就写了《哀江头》，对杨贵妃的死表示哀痛，还吟歌了玄宗与贵妃的深笃情感。杜甫是对的，大唐王朝的衰落不应该归罪于一个弱女子，杨贵妃是无辜的牺牲品。我写《长恨歌》，可以看作是《哀江头》对'李杨爱情'歌颂的延续哟。"

陈鸿若有所悟："我知道了，你的诗中有'骊宫高处入青云，仙乐风飘处处闻'之句，是受到杜甫《自京赴奉先县五百字咏怀》中'凌晨过骊山'那一段儿的启发！"

白居易以掌击案："是啊，《自京赴奉先县五百字咏怀》抨击玄宗皇帝贪图享乐，把国家引入危难。我写的这两句诗，同样是这个意思哟。"

陈鸿还是不太明白："那么，《长恨歌》的后半段倾心歌颂'李杨爱情'，这有什么意义呢？"

白居易认真地说："杨贵妃死了之后，玄宗与贵妃的情爱故事就不再是皇帝与妃子之间的故事了。因为玄宗不再是皇帝，杨玉环也不再是贵妃。把他们之间的情爱，升华为老百姓喜闻乐见的故事，写成脍炙人口的诗篇，不是很好的事情吗？"

陈鸿顿悟："乐天贤弟，你把宫闱秘闻改写为情圣之歌，真是华丽的转身哟！"

王质夫感叹："在'李杨故事'的诵读中，还隐约寄托着我们对于盛唐时代的怀念之情啊。"

白居易也跟着一声叹息。陈鸿连连点头，表示赞同。

王质夫又问："刚才说到杜甫，我有一事不明，要向乐天贤弟讨教。代宗登基后不久，曾经下诏，召李白为左拾遗，可惜李白已经去世。但是，当时杜甫还健在，为什么不召杜甫呢？"

"我猜想，是因为杜甫的名气不如李白大呀。此外，杜甫写过《兵车行》《哀江头》，也是当权者不喜欢的。"说到这里，白居易激动起来："我认为，大唐最伟大的诗人就是李白与杜甫。杜甫的'三吏''三别'，还有'朱门酒肉臭，路有冻死骨'的诗句，必将彪炳史册！"

陈鸿和王质夫一起击掌，深表同感。

王质夫又说："我看了乐天贤弟的《长恨歌》，对'梨花一枝春带雨'这句诗感触颇深。这一句把杨玉环对玄宗的情感极为生动地表达了出来，还把杨玉环的美丽描写到了极致。"

陈鸿说："嗯，贵妃的眼泪，是无可比拟的美。'梨花一枝春带雨'，令人心旌摇曳啊。"

白居易说："我写到这一句的时候，自己也流下眼泪，几乎都写不下去了。"

陈鸿说："'梨花一枝春带雨'是《长恨歌》的画龙点睛之笔，为全诗增光添彩哟。"

王质夫举起酒杯："来，为乐天贤弟写出《长恨歌》干一杯！"

三人开怀畅饮。

聚会将要结束的时候，白居易对陈鸿说："陈兄，你是善于讲故事的，文笔出众。拜托你写一篇《长恨歌传》，详细讲述《长恨歌》背后的故事，你看可否？"

陈鸿慨然应允："乐天贤弟写了《长恨歌》，提议由我作《长恨歌传》，我义不容辞！"

从这以后，白居易的仕途生涯几经浮沉。

他被贬为江州司马，在那个"枫叶荻花秋瑟瑟"的夜晚，浔阳江头送客，与弹琵琶的女子邂逅相逢，写下了《琵琶行》。

又过了若干年，他当了杭州刺史。由他主持，在西湖边修了一道防洪长堤，后世称为"白堤"。

一个春光明媚的日子，白居易与夫人相携，漫步于白堤之上。

前面不远处，一对年轻情侣正相拥而行。只听见，男孩对女孩倾吐衷曲："在天愿作比翼鸟，在地愿为连理枝。"

白居易与夫人相视，会心一笑。

韦应物来到滁州西涧

在马嵬坡，与玄宗皇帝聊了几句并且还扶了皇帝一把的那位年轻侍卫，名叫韦应物。

韦应物出身富家，少年时代行为浪荡，只知道吃喝玩乐，没有认真读过书。此后就进宫做了皇家侍卫。

唐军收复长安，玄宗与肃宗相继回朝之后，韦应物不再担任侍卫。他对自己少年时代的浪荡行为有所悔悟，于是进了太学，刻苦攻读。曾经做过玄宗皇帝侍卫的韦应物，进太学读书当是得到特许的。

读书，重塑了韦应物的人生轨迹。他浪子回头、痛改前非，从一个富贵人家的浪荡公子一变而成为忠厚仁爱的儒者。安史之乱给国家造成的创伤，民众蒙受的深重苦难，也令他在震惊之余深刻思考，有所省悟。

韦应物还迷上了诗歌，尝试写诗，一发而不可收。他有天赋的诗才，很快就在诗坛享誉一方。诗，能净化人的心灵。在诗意的熏陶下，韦应物的内心世界达到了纤尘不染的境界。

那一天，韦应物在长安街头遇到友人冯著。

冯著是韦应物的诗友。韦应物开始尝试写诗时，最早结交的朋友中就有冯著。

二人进了一家小酒馆，浅酌了几杯，叙谈了许久。

韦应物看到冯著的衣服上沾着水迹，好奇地问："老朋友，你衣服都沾湿了，是从哪里来啊？"

冯著说："我从东边的灞陵来，赶上了一场雨。"

"你是轻易不进城的，这次到长安是为何而来呢？"

"哦，到长安是要买一把砍樵的斧子。"

韦应物眼前一亮："买斧子？你是在为归隐山林作准备吧？"他知道，"买斧子"是文墨书生对于归隐山林的一种委婉的表述。

"是啊，对仕途不抱什么希望了，干脆归隐山林。"

"归隐山林，真让人羡慕啊。"韦应物拍了拍冯著的肩，心驰神往地说："蒙蒙春雨中，百花悄无声息地盛开了；为了巢中待哺的雏儿，燕子欢快轻盈地飞翔。投身于大自然的怀抱，是多么美妙的感受啊！"

冯著憨厚地笑着。

韦应物看到冯著鬓角新生的白发，关切地说："咱们去年分手，而今又是春天了，你头上又添了几根白发！可要多保重哟。"

冯著依然是憨厚地笑。二人举杯，干了一杯。

韦应物心头诗情荡漾，他用手指敲击桌面，慢声细语地吟出一首小诗：

客从东方来，衣上灞陵雨。

问客何为来，采山因买斧。

冥冥花正开，飏飏燕新乳。

昨别今已春，鬓丝生几缕。

听了韦应物的诗，冯著感受到了温馨的友谊，如同一股暖流，触碰到了他内心深处那最脆弱的情感，不由得潸然泪下。

看到冯著的眼泪，韦应物恍然大悟："老朋友，你还没有攒够归隐山林所需的资费，是吗？"

冯著无法自持，呜呜哭了起来。

韦应物急忙安慰冯著："老朋友，我还是要把这两句诗送给你，'冥冥花正开，飏飏燕新乳'，大自然中的一切都欣欣向荣、充满希望。我们自己也要风物长宜放眼量，相信未来，生活中没有过不去的坎儿，事情会好起来的！我在长安有许多朋友，我会请他们帮助你想办法……"

二人又叙谈了许久，才依依惜别。

与冯著分手后，归隐山林的念头也在韦应物心头盘旋。他知道，这是他迟早要选择的路。但是，他现在还不能归隐，他还要做一番人生的大事业。

闲暇时，他会独自一人来到南宫的宫墙外，面向宫墙默默祈祷。太上皇李隆基正在南宫中苦度风烛残年。听说太上皇的身体日渐虚弱，可能来日无多了……

玄宗去世后，韦应物失去了依托。周围那些原本对他很客气的人们，渐渐冷落下来。有的人甚至开始欺侮他了。

迫不得已，他离开长安，踏上了宦海浮沉的漂泊生涯。他的仕途起步颇为艰难，当过县丞、兵曹、县令等小官，一晃就是20多年。

现实生活是最好的老师，给了韦应物诸多教诲，让他体恤百姓的疾苦，憎恶朝政的腐败。虽然官职卑微，但他力求做到清正廉洁、问心无愧。

韦应物担任的第一个官职是洛阳丞，当时年方27岁，血气方刚。在此任上，他接到了民众投诉军士违法乱纪的案子。两个军士依仗着背后有王公贵族撑腰，横行于乡里，残害百姓。

韦应物不顾官职卑微，毫不手软地将两个军士绳之以法，却因此而得罪了权贵，惹上官司。如果韦应物肯认个错、道个歉，事情也许就过去了。可是他宁折不弯，撂下"方凿不受圆，直木难为轮"的诗句，拂袖弃官而去。

遭受挫折，加深了韦应物对人间不平的认识，痛感官场腐败导致民众生灵涂炭。可是，除了叹息、悲愤之外，还能做什么呢? 失望的情绪，渐渐笼罩在他的心头……

大历十二年（777年），秦中大水成灾。时任京兆府功曹的韦应物，奉命长驱百余里，冒着炎炎暑日，前往云阳等地查访灾情，慰问灾民。看到遭受漂泊溺亡之苦的民众，韦应物心中充满悲悯之情。倘若能稍稍减轻民众的苦难，他再苦再累也义无反顾。

一心为民的韦应物得到百姓拥戴，却触犯了当权者的忌讳。在担任栎阳令的时候，受到无端的排挤打击，他忍无可忍，愤而辞官。

直到建中四年（783年）夏天，47岁的韦应物，仕途终于出现转机，他当上了滁州刺史。

到任滁州后，韦应物本来是想勤勉为官、有所作为的。但前面几次仕途挫折，难免让他忧心忡忡。官场腐败丛生，韦应物想要有所作为，又谈何容易！

积极进取的志向与悲观失望的情绪，在韦应物心中复杂地交织在一起。情绪低落之时，韦应物会到滁州郊外走走，散散心。他喜欢去两个地方，风光秀丽的滁州西涧，还有幽深僻静的全椒山。

在全椒山，韦应物结识了一位道士，对"涧底束荆薪，归来煮白石"的隐逸生活，颇为艳羡。

果然，韦应物的仕途再次受挫，第二年冬天，被免去了滁州刺史之职。

次年春天，他心灰意冷，又一次来到滁州西涧。唯愿清新美丽的风光，能排遣他心中的郁结。潇潇春雨之中，韦应物举目四望，哦，这里真是太美了！

浓密的树林深处，几只黄鹂在树枝上婉转啼鸣；溪水边，清幽岑寂的芳草令人怜爱有加。春天的潮水裹挟着淋淋雨水，在暮色中急涌而来；而荒野的渡口，只见一叶小舟随意自在地漂荡。

如此风景，令韦应物顿生诗情，吟咏出一首小诗：

> 独怜幽草涧边生，上有黄鹂深树鸣。
>
> 春潮带雨晚来急，野渡无人舟自横。

韦应物吟咏着他心中的诗篇，忽然想到已故诗圣杜甫那首著名的《绝句》，恍惚间有时光回溯的感觉，就像与杜甫在隔空对话。

杜甫写道：

> 两个黄鹂鸣翠柳，一行白鹭上青天。

"两个黄鹂鸣翠柳"营造出赏心悦目的氛围，"一行白鹭上青天"展示出诗圣的凌云之志。

而韦应物则吟咏：

> 独怜幽草涧边生，上有黄鹂深树鸣。

没有"一行白鹭上青天"的豪情壮志，黄鹂鸟只能躲藏在树林深处委婉啼鸣。诗人对岑寂的小草情有独钟，含蓄地表达了他洁身自好、不愿悦媚时俗的情操。

杜甫继续写道：

窗含西岭千秋雪，门泊东吴万里船。

"窗含西岭千秋雪"展现出悠远厚重的历史积淀，"门泊东吴万里船"即将扬帆远航，前程似锦。

韦应物的吟咏却是：

春潮带雨晚来急，野渡无人舟自横。

春天的潮水裹挟着雨水，乘着暮色急涌而来，在韦应物胸中激起难以平复的心潮；荒凉的渡口，一条空荡荡的小船独自漂浮，恰似他落寞失意的人生。

淅淅沥沥的春雨淋在韦应物身上，似乎要冲掉他满腹的忧愁和烦恼。那一瞬间，他蓦然发现，滁州西涧美不胜收的风光，令人心旷神怡，情绪也为之昂奋，他感觉到短暂而难得的快慰。

韦应物若有所悟：不必太羡慕盛唐的辉煌，每个时代都有自己的风采魅力；每个时代的诗人，都有自己的所感所叹，所歌所泣……

十才子煮酒话诗

唐代宗大历年间，诸多诗人活跃于诗坛。韦应物、刘长卿等诗人，在大历年间写了不少优秀诗作。还有"大历十才子"，也在诗坛崭露头角。虽然不再有盛唐时代的辉煌壮观，却也为文人雅士的生活增添了一抹明丽的光彩。

卢纶、钱起、韩翃、司空曙、李端、耿湋、吉中孚、苗发、崔峒、夏侯审等十人，被称为"大历十才子"，他们时常在一起相与唱和，饮酒论诗。

这一日，"十才子"又在卢纶家中雅聚。

卢纶举起一只陶壶，壶里盛着热腾腾的青梅酒，高声说："想当年，曹操与刘备曾有'青梅煮酒论英雄'的佳话。我辈没有赶上英雄豪杰争霸天下的时代，无缘'煮酒论英雄'了。今天，我也煮了一壶青梅酒，咱们可以'煮酒话诗'啊。"

众人齐声叫好。

为每人都斟上酒，卢纶举杯："大家边饮酒，边吟诗。我提议，咱们先吟咏自己的诗作，最好是相互的赠诗哟！"

司空曙站起来："好啊，我先开个头，诵读一首《喜外弟卢纶见宿》。"

> 夜静四无邻，荒居旧业贫。
>
> 雨中黄叶树，灯下白头人。
>
> 以我独沉久，愧君相见频。
>
> 平生自有分，况是霍家亲。

李端拍手赞道："好诗啊，情深意切、文辞隽永，真是赠答诗中的佳作！"又说："司空兄的诗是写给卢纶贤弟的，接下来，应该是卢贤弟咏诗了！"

卢纶笑着站起来："多谢李兄提示。那好，我就诵读一首《送李端》吧，刚好是写给李兄的。"

> 故关衰草遍，离别正堪悲。
>
> 路出寒云外，人归暮雪时。
>
> 少孤为客早，多难识君迟。
>
> 掩泣空相向，风尘何所期？

听了此诗，李端落下泪来："那次相聚后，卢纶贤弟依依惜别为我送行，'路出寒云外，人归暮雪时'，我沿着寒云笼罩的小路蹒跚远行，卢贤弟目送我离开后，才在日暮飞雪中归去。此情此景，还历历在目啊。"

司空曙提醒："李贤弟，别只顾抒情，该你咏诗了！"

李端拭去眼泪，想了想，说："我一时想不起合适的赠答诗了，读一首《听筝》吧。"

随后，其他诗人也诵读了自己的诗作，钱起的《赠阙下裴舍人》、韩翃的《酬程延秋夜即事见赠》、耿湋的《送王将军出塞》，吉中孚、苗发、崔峒、夏侯审都各自诵读了诗作。

各位读罢了自家的诗作，卢纶提议："接下来，咱们玩'飞花令'，好吗？"

诗友们兴味盎然，跃跃欲试。

"谁来行令呢？"卢纶举目四顾。

有人提议："钱起兄年长，请钱起兄行令吧！"

众人一致赞同。

钱起也不推辞，信口说道："各位，以'曙色'二字为令吧。"

司空曙抢先说："我名字就沾着一个'曙'字，所以当仁不让，由我先来吧。我要说的是'万里寒光生积雪，三边曙色动危旌'，出自祖咏的《望蓟门》。"

韩翃接着说："我来接，'汉文皇帝有高台，此日登临曙色开'，是崔曙的《九日登望仙台呈刘明府容》，他的名字也有一个'曙'字！"

耿湋说："我接'关城曙色催寒近，御苑砧声向晚多'，李颀的《送魏万之京》。"

司空曙笑着说："我说的这首诗，作者可是有故事的。祖咏是开元十三年进士。应试时，试题为《终南望余雪》，要求是五言律诗，该写八句，而祖咏只写了四句：'终南阴岭秀，积雪浮云端；林表明霁色，城中增暮寒'，就交了卷。主考官问：'你还没有写完，怎么就交卷呢？'祖咏答：'意尽也！'你们看，逗不逗啊。"

韩翃说："我说的这诗，作者也有故事。崔曙是开元二十六年进士，以试作《明堂火珠诗》而闻名，诗中有一联'夜来双月合，曙后一星孤'。次年，崔曙病故，只留下一个女儿名叫星星。这是偶然巧合，还是一语成谶呢？"

耿湋说："《送魏万之京》的作者李颀老先生肯定有许多故事，不过，我要说的是魏万的故事。魏万的先祖是春秋时晋国的毕万，因为分封于魏地，史称'魏万'。咱大唐的魏万与始祖重名了，不妥呀，所以后来就改名为魏颢。故事到这里并没有完。魏万与李白有交往，他写的《李翰林集序》中，介绍了李白的妻子、儿女。我们今天能够知晓李白的家室，还真的要感谢魏万呢！"

钱起笑着说："没有想到啊，三首包含'曙色'的诗，竟引出这么多故事！三位贤弟学识渊博，可敬可佩，咱们一起敬他们三位一杯吧！"

大家举杯，一饮而尽。

钱起又说："提到李白，就想到他傲岸不驯的风骨。可惜，李白那样的雄风傲骨在当今诗坛已不复存在。借着飞花令，我辈也张狂一回吧！以'楚狂人'为令，凡是沾边儿的都行！"

不等别人开口，钱起说："恕我抢先，捷足先登了。我要说李白的'我本楚狂人，凤歌笑孔丘'！"

李端说："我来接，玄宗皇帝的'叹凤嗟身否，伤麟怨道穷'。"

卢纶打趣道："李端兄，你胆子好大！这是先帝的诗，你也敢拿来玩飞花令！"

李端说："咱们关起门说话，出点格也无关紧要。卢贤弟，你来接哟。"

卢纶站起来，挺直腰杆，张开双臂："'复值接舆醉，狂歌五柳前！'这是王维的诗。"

韩翃感叹："王维的山水田园诗，居然有如此豪迈的情怀，真是奇了，我们望尘莫及……"

司空曙说："要说望尘莫及，那也不一定。卢纶弟的'月黑雁飞高，单于夜遁逃；欲将轻骑逐，大雪满弓刀'，可与王维的'大漠孤烟直，长河落日圆'相媲美。"

卢纶急忙摆手："不敢当，我那些诗是蜗居在书房里写出来的，与王维亲临边塞的诗作，不可同日而语啊！"

那一天，十位才子都很尽兴，喝光了青梅煮酒，一醉方休。

光阴似箭、日月如梭，"十才子"的低吟浅唱，很快就成了过眼云烟。在"大历十才子"之后，又有韩愈等诗人享誉诗坛，引领一时之风骚……

韩愈：石鼓之歌

初春的早晨，韩愈起得很早。先在庭院中散散步，观赏春花初放、春草茵茵的风景。早餐后，就在书房中怡然自得地观阅诗笺。

这时，忽见诗友张籍匆匆来访，手里捧着一个布包。

见到张籍，韩愈笑得合不拢嘴："张生啊，我一见到你就忍不住想笑！"

"为什么呢？"张籍不解。

"我叫你'张生'，就想起元稹《莺莺传》里那个对崔莺莺'始乱终弃'的张生啊！"

"噢，我这个张生可不是他那个张生哟！"

韩愈拉着张籍坐下，发现张籍头上冒出了汗水，惊诧地问："张生啊，你急匆匆来找我，有什么要紧事吗？"

张籍掩饰地一笑："没有什么急事，好久不见了，想来看看您，咱们聊聊天。"看到韩愈手中的诗笺，便问："韩公，你在读什么诗呢？"

"哦，这是李贺的《李凭箜篌引》，是他放在我这里的。这个年轻人才华横溢，想象力丰富，构思颇为奇特，诗作不同凡响。我正准备举荐他呢！"又问："最近，朋友圈儿里有什么值得关注的事情吗？"

"有的。白居易在几年前写的《长恨歌》，现在几乎是街谈巷议、家喻户晓了，很受欢迎啊。"

"哦，白乐天真能写。他的新题乐府诗朗朗上口、绘声绘色，通俗易懂、妇孺咸宜，我可写不来。我还是愿意按自己喜欢的风格写诗。各有所长，自得其乐吧。"再次问张籍："张生啊，你找我，到底有什么事呢？"

张籍站起身，郑重地捧起随身带来的布包："韩公，我给您送来一份稀世珍宝！"

"是么，你又寻来了什么宝物，快让我看看！"

张籍小心翼翼地打开布包，里面包着一沓纸。

韩愈一望而知，这是石刻的拓片。是什么石刻呢？他拿起一张张拓片，仔细观看，自言自语："这不是隶书，也不是蝌蚪文，是什么文字呢？"思忖片刻，蓦然拍案叫道："天呐，这是石鼓文啊！"

张籍嘴角流露出一丝得意："正是石鼓文，韩公真有慧眼。"

韩愈把石鼓文拓片逐字逐句仔细观看了一遍，轻抚着拓片，说："我对古代文字很有兴趣，精读过许夫子的《说文解字》，对石鼓文更是情有独钟，与承载石鼓文的石鼓也很有缘分呢。"又手指着拓片问张籍："张生啊，这拓片精致完美，堪称毫发尽备，而且没有讹误，你是从哪里得到的呢？"

张籍一笑："这个，咱们等一会儿再说。您先给我讲讲石鼓和石鼓文吧。"

韩愈命家人上茶，闻着袅袅飘散的茶香，一缕神思飞向了远古："说来话长，要追溯到周朝了。想当年，周朝的纲纪败坏、国运衰落，天下动荡不安。

周宣王即位后，整肃朝纲、重振国运，他挥戈纵马，率军队平定了天下。周宣王真是一位英明的君主，受到四海之内万民拥戴。他在布政之宫召见诸侯，共同庆贺胜利。来朝拜的诸侯多得很呀，济济一堂、摩肩接踵，以致佩带的刀剑互相碰撞摩擦，发出'咔咔'的声响。"

张籍惊叹："哦，盛况空前哟。"

"嗯，更精彩的还在后面呢。时值春日，正是狩猎的季节，周宣王就带领诸侯们去岐山南麓狩猎了。周宣王英姿勃勃，一马当先，诸侯紧随其后，众人齐心协力、驰骋千里，把无数的禽兽都围堵住，捕获下来。那场面蔚为壮观，群情激奋昂扬，成果颇为丰硕！如此辉煌的时刻，如此盛大的场景，当然应该记录下来，彪炳史册，千秋万代永世流传。"

"于是就制作了石鼓，是吗？"

"是的。周宣王选派了几位臣子，带领匠人到高山峻岭上开凿山石，又把山石凿成鼓形，制成十只石鼓。臣子们都是出类拔萃的精英人才，他们构思出精辟的诗句，镌刻在石鼓上面，记录下当时的盛况。石鼓和石鼓文就由此而诞生了。从周朝到现在，石鼓历经沧桑，经受千百年的日晒雨淋、野火燎烤，竟能保存下来，是有天神的保护，不让它们遭受灭顶之灾啊。"

张籍也啧啧称奇，又问："韩公，您刚才说，您与石鼓很有缘分，能给我讲讲您与石鼓的缘分吗？"

韩愈稍稍回想一下："这就要说到六年之前了。元和元年，哦，刚好就是白居易写《长恨歌》的那一年，我被召回长安，担任国子监博士。我有一位朋友，供职于凤翔节度府。凤翔，也被称为'右辅'。这位朋友写信告诉我一个消息，在'右辅'挖出了周宣王时制作的石鼓！我当时惊喜万分啊！失落千年的石鼓，居然重见天日了，这真是天大的喜讯啊！"说到这里，韩愈兴奋异常。

受到韩愈的热烈情绪感染，张籍也激动起来。

韩愈声音颤抖："听到喜讯后，我立刻沐浴更衣，毕恭毕敬地拜见主管国子监的'祭酒'，把发现石鼓的消息告诉了他。我对祭酒说，这石鼓可是稀世之宝啊，应该尽快运到长安来！根据我朋友度量的石鼓尺寸，运输不会太难，只要用毡子包裹起来，再找几匹骆驼，就可以把十个石鼓全部运到长安，进献给太庙。人们都把春秋时郜国造的'郜鼎'当作奇珍异宝，殊不知，周朝石鼓的价值要远远高于郜鼎哟！"

韩愈喝了一口茶，继续说："我把发现石鼓的消息禀告祭酒之后，心里还是不踏实，又诚惶诚恐给朝廷写了一份奏折。奏折中写道：承蒙浩荡的皇恩，如若准许把石鼓保存在国子监，书生学者们就能在一起切磋、研究石鼓，揭开石鼓文的千载奥秘。回想汉朝时，蔡邕奏请校正六经文字，刻成了石碑，立于国子监门外，前来观看的人络绎不绝，竟拥塞了街道。如果把石鼓放在国子监，那更会举国欢腾，人们会千里万里地蜂拥而来，一睹周朝石鼓的真容呀。"韩愈抚摸着石鼓文拓片，就像抚摸着石鼓，一往情深地说："倘若能把石鼓运到国子监，我们会平平稳稳、不偏不倚地把它放置得妥妥帖帖，小心翼翼地剔去覆盖在石鼓上的苔藓和泥土，让石鼓文的笔画展露出本来面目，显现出每一道棱角来。愿石鼓在宫阁大厦的深檐厚瓦保护之下，能够天长日久不再受到任何损伤！哦，这就是我奏折的内容了。"

"您的奏折递上去之后，得到回音了吗？"

"唉！没有回音，石沉大海啰！至今已经六年了，六年了呀！"韩愈一声长叹，"朝中的那些大官们个个老于世故，没有主见，谁愿意为这几只石鼓而费心思、担责任呢？"

"那么，这些石鼓现在何处呢？"张籍关切地问。

"还是散落在凤翔附近的山野之中啊！可想而知，牧童会在石鼓上敲击取火，牛羊会用石鼓来磨蹭它们的犄角。有谁会懂得石鼓的珍贵，伸出手来爱抚、保护石鼓啊！再经历若干年日晒雨淋，石鼓会毁损殆尽，埋没于大漠沙尘呀！"韩愈无可奈何地摊开双手："王羲之写的几张字纸，尚且可以换回一群白鹅；而石鼓这样价值连城的珍宝，怎么就无人问津，听任它的毁灭呢？"

被韩愈的讲述深深打动，张籍感慨万千，顺势说出自己的想法："韩公啊，我有一个请求，您能答应吗？"

"你把如此珍贵的石鼓文拓片拿给我看，我很感激。有什么事情需要老夫，你只管说。"

"韩公，石鼓文就在您的手中，您何不作一篇《石鼓歌》呢？"

闻听张籍此言，韩愈怦然心动，然而又连连摆手："不行不行，作《石鼓歌》，要有杜甫、李白那样的文才，方能高屋建瓴，妙语惊世。可惜他们都不在了。我文才浅薄，如何能担此大任呢？"

张籍认真地说："石鼓这样的稀世珍宝，需要有一篇《石鼓歌》，方能流芳百世。昔日玄宗与杨玉环的故事，也是因为有了《长恨歌》，才广为传诵。李白、杜甫都不在了，当今世上，唯有韩公能写出这篇《石鼓歌》。难道您忍心让周宣王留下的石鼓埋没于风沙黄土，不为后人知晓吗？"

韩愈沉默良久，缓缓地说："我经不住你的真诚相劝，好吧，我写！"

张籍强压住心中狂喜，知趣地起身施礼："韩公，您慢慢写，我先告辞，改日再来。"

韩愈一挥手："不必了，你且稍候！帮我铺纸研墨吧。"

张籍遵命研好了墨，铺平了纸，静静地侍立在一旁。

韩愈满怀真情，饱蘸浓浓的墨汁，笔走龙蛇、一蹴而就，慷慨激昂、洋洋洒洒写下了《石鼓歌》。

他先写了几句自谦之辞，接着记叙了周宣王的丰功伟业、石鼓的身世沧桑。在赞赏了张籍拿来的拓片"毫发尽备无差讹"，品评石鼓文"辞严义密读难晓，字体不类隶与蝌"，并坦言"年深岂免有缺画"之后，对石鼓文给予了倾情赞颂：

鸾翔凤翥众仙下，珊瑚碧树交枝柯。

金绳铁索锁钮壮，古鼎跃水龙腾梭。

意思是说，石鼓上的文字神采飞扬、态势灵动，像是仙人乘着鸾凤在天上翱翔，又翩然落下；那瑰丽的笔画，如珊瑚碧树的枝权疏密有致；那遒劲的笔锋，像金绳铁索一般威武雄壮。石鼓文的字形变幻莫测、难以捉摸，令人想起周显王时沉没于河中的古鼎，秦始皇派人入水搜寻都渺无踪迹；又像是晋代陶侃打鱼时网得的织梭，挂在墙上，竟在电闪雷鸣中化龙而去。石鼓文就是如此神奇啊！即使"年深岂免有缺画"，那短缺的笔画也"快剑斫断生蛟鼍"，像是用利剑把凶猛的蛟龙拦腰砍断一样，展现出石鼓文刚强有力的笔势。

凭借着渊博的学问和对于古代文字的精深了解，韩愈解读出了石鼓文记载的诗篇，并且遗憾地发现，这些诗篇并没有被收编到《诗经》中。他对石鼓和石鼓文实在太钟情了，所以对石鼓上镌刻的诗篇没有被收入《诗经》感到愤愤不平，"陋儒编诗不收入，二雅褊迫无委蛇"，他认为这是采编《诗经》的儒生们自以为是、见识短浅造成的，是重大的缺失，于是写道：

> 孔子西行不到秦，掎摭星宿遗羲娥。
>
> 嗟余好古生苦晚，对此涕泪双滂沱。

想当年，孔子西行，还没到达秦国就折返了，没有见到石鼓。"掎摭星宿遗羲娥"，羲和是传说中为日神驾车的人，嫦娥是月宫的仙女，没有石鼓诗篇的《诗经》，就像满天星宿中遗失了太阳和月亮一样！痴迷于古代文化的韩愈，慨叹自己生得太晚了，为此竟忍不住"涕泪滂沱"……

接下来，韩愈在《石鼓歌》中记述了石鼓在元和元年重见天日，又讲了自己如何向国子监祭酒禀告，并向朝廷递上奏折，请求把石鼓移到国子监，保护起来。然而，他的呼吁毫无结果，"六年西顾空吟哦"，只能向西边石鼓散落的地方茫然张望，徒然地长吁短叹。

最后，韩愈悲愤而沮丧地写下了《石鼓歌》的结尾：

> 继周八代争战罢，无人收拾理则那。
>
> 方今太平日无事，柄任儒术崇丘轲。
>
> 安能以此尚论列，愿借辩口如悬河。
>
> 石鼓之歌止于此，呜呼吾意其蹉跎。

意思是说：在周朝之后，又经历了八个朝代，烽火战乱终于平息了，总该有人关心一下石鼓的命运了吧？然而，仍然是谁都不管，令人无可奈何呀！如今是太平盛世了，朝廷重用儒学之士，推崇孔丘孟轲，石鼓依然难登大雅之堂。怎么才能说服朝廷呢？有谁能借给我一副伶牙俐齿啊，让我口若悬河地辩白一番！唉，石鼓之歌就写到这里吧。我大概又是徒劳无益，说了也是白说！

看到韩愈挥毫泼墨写完了《石鼓歌》，张籍喜形于色："好诗啊！好诗！石鼓终于有了自己的一曲赞歌了！"

韩愈双手捧起《石鼓歌》诗稿，仰天长啸："呜呼！苍天啊，请你护佑石鼓吧！"

张籍也呐喊："上天一定会听到你的呼声的！"

慨叹之余，韩愈并没有忘记追问："张生啊，你还没有告诉我，这拓片是从哪里得到的呢？"

张籍激动地说："您写出了一首伟大的诗篇，相比之下，这拓片的来历就不那么重要了，不是吗？"

韩愈颔首微笑。

张籍把《石鼓歌》誊抄一份，揣在怀里，告别韩愈，心满意足地走了。

送走张籍之后，韩愈依然沉浸在昂奋的情绪之中，难以平静。他让家人拿来一壶酒，自斟自饮，喝了起来。

喝到有三分醉意的时候，他听到淅淅沥沥的雨声。举目向窗外望去，不知什么时候开始，下起了小雨。

韩愈兴冲冲地走出家门，在蒙蒙春雨中漫步于长安的街头。雨滴淋在头顶，凉爽而惬意，他感到悠然自得。看到雨水飘洒的路面光泽滑润，青青芳草在雨雾中若隐若现，如烟的绿柳展现出绝代风姿，一首小诗油然而生：

天街小雨润如酥，草色遥看近却无。

最是一年春好处，绝胜烟柳满皇都。

回到家里，韩愈顾不得擦去雨水，走到桌案前，把这首《初春小雨》写了下来。

写完之后，韩愈沾沾自喜，心想：人们都说我喜欢咬文嚼字，说我写的诗古奥难懂，其实，我也能写出清新秀丽的小诗哟！

这时，他无意中看到桌案上放着的李贺诗稿的一联诗句：

女娲炼石补天处，石破天惊逗秋雨。

同样写雨，在李贺的笔下竟然是如此神奇，如此惊心动魄！韩愈感到自愧弗如了。他把《初春小雨》诗稿放进壁橱，与一大堆诗稿撂在了一起。

这首《初春小雨》在壁橱中闲置了许久，直到十年之后，张籍担任了水部员外郎，韩愈想起当年在张籍来访之后下的那场春雨，还有《初春小雨》这首小诗，就把这首诗从壁橱中找出来，送给了张籍。

稍晚，张籍收到了朱庆余写的耐人寻味的《近试上张水部》，诗云："洞房昨夜停红烛，待晓堂前拜舅姑。妆罢低声问夫婿，画眉深浅入时无？"

而在此之前，韩愈与张籍还有过一次难忘的会面……

元和十二年（817 年）八月，宰相裴度受宪宗皇帝重托，统领大军出征，平定淮西吴元济叛乱。淮西叛乱已经持续了近 30 年，朝廷屡次派兵出战，都未能平定，叛军依然气焰嚣张。此次裴度挂帅平叛，颇有背水一战的态势。裴度聘请韩愈担任行军司马，出谋划策。

大军踏上征程之前，张籍来到韩愈家里，为他送行。

寒暄几句之后，张籍问："听说朝廷内部对于平定淮西叛乱意见不一，是吗？"

韩愈点头："是的，淮西叛乱持续多年，朝廷屡次用兵未能取胜，许多大臣都主张与叛军妥协，不要再派兵讨伐了，听任叛军割据一方吧。唯有裴大人是坚决主战的！叛军作乱近 30 年，祸害百姓，战火已经烧到了洛阳城边，焉能姑息纵容，养虎为患！圣上信任裴大人，委以重托，裴大人是临危受命啊。我随裴大人出征，一定要助他一臂之力，彻底扫平叛贼！"

张籍又问："就要出征了，韩公此时此刻的心情如何呢？"

韩愈朗声道："我很激动，几夜都没有睡好，堪称是枕戈待旦。这次随裴大人出征，是建功立业的天赐良机啊。遥想当年，陈子昂也曾随军出征，但领军的武攸宜不懂军事，又嫉贤妒能，陈子昂壮志难酬，只能在幽州台怆然涕下。李白、杜甫都有建功立业的远大志向，却没有得到机会。李白的'天生我材必有用'成了泡影，杜甫发出'古来材大难为用'的感叹。而今，我随裴大人出征，裴大人高瞻远瞩、运筹帷幄，又知人善任，我定能发挥自己的才干，报效国家，也报答裴大人的知遇之恩呀！"

张籍说："我预祝韩公辅佐裴大人，旗开得胜、马到成功！"

韩愈拱手表示感谢。忽然想起，听说张籍患了眼疾，关切地问："你的眼疾好些了吗？"

"谢谢韩公的关心，我的眼疾已经好些了。"

韩愈叮嘱："还要注意呀，不要过多用眼。"

这时，家人送上茶水，二位好友一边喝茶，一边叙谈起来。韩愈问："最近听到什么新消息了吗？"

"嗯，白居易被贬谪，到江州当司马去了。"

"在浔阳江边，白居易一定又会有新的诗作，咱们拭目以待吧。还有什么值得关注的事情吗？"

"哦，有一段柳宗元和刘禹锡的佳话。不久前，柳宗元要到柳州去就任刺史，刘禹锡则被任命为播州刺史。柳宗元知道，播州的生活条件很差，而刘禹锡的母亲年事已高，不可能一同赴任；倘若刘禹锡独自去播州，那就是母子今生今世的诀别了。柳宗元怜惜天伦之情，舍己为人，请求朝廷让自己到播州去，换刘禹锡到柳州来。刚好，有大臣启奏朝廷，改派刘禹锡到连州任刺史了，柳宗元才留在柳州。"

韩愈叹道："真是感人至深啊。柳宗元、刘禹锡二位人品高洁，文章写得好，诗才也卓尔不群。柳宗元的'孤舟蓑笠翁，独钓寒江雪'，刘禹锡的'旧时王谢堂前燕，飞入寻常百姓家'，都脍炙人口哟。"又说："咱们诗人圈子里，注重孝道的很多呀。比如孟郊的'慈母手中线，游子身上衣'……"

"可惜，孟郊已经去世。"张籍一声叹息。

韩愈感慨："是啊，他一生穷途潦倒，郁郁不得志，可悲呀。"

张籍又叹道："不久前，李贺也病故了。他在这世上才活了二十六个春秋啊！"

韩愈痛心地说："太可惜了，天妒英才呀！"而后，又拍了拍张籍的肩膀："张生啊，我就要随军出征了，你能不能说一些振奋人心的事情，给我鼓鼓劲啊！"

张籍恍然醒悟："韩公，有一件特别振奋人心的事情，我正要告诉你呢！"

"快说，我都等不及了！"

"是关于石鼓的。您知道两次担任宰相的郑余庆老先生吧……"

"我当然知道，郑余庆德高望重、清正廉洁，我对他很崇敬。他与石鼓有什么关联呢？你快点儿告诉我呀！"

"他担任了右仆射，兼任兴元府尹。您知道的，兴元离凤翔不远……"

"是的，兴元离石鼓散落的地方也不远。那么，他去找寻石鼓了吗？"

"郑余庆老先生很可能是看了您写的《石鼓歌》，从中了解到石鼓的前生今世。他不仅去找寻到了石鼓，而且想方设法把石鼓挪放到了凤翔的太庙里！"

"嗯，郑老先生或许看到了《石鼓歌》，或许在朝中见过我写的奏折，也有可能是两者都见到了。不管怎么说，他把石鼓安放到太庙里，不会再遭受日晒雨淋，石鼓得到了保护，这真是太好了，我太高兴了! 我要唱歌! 我要跳舞! "

听了关于石鼓的好消息，韩愈感到浑身热血沸腾，他从座椅上一跃而起，连蹦带跳跑到厅堂中间，手舞足蹈，欢快地跳起舞来。已经年近50岁的韩愈，竟像小孩子一样天真烂漫，嬉笑着，且歌且舞、快乐洋洋……

韩愈随裴度出征了。

裴度深谋远虑、用兵有方，他麾下的多位将官骁勇善战，加上韩愈出谋划策，平定淮西之战大获全胜，大军凯旋而归。

回到长安后，宪宗皇帝召见各位功臣，论功行赏。皇帝还传下旨意，为永世铭记平定淮西之战的胜利，要立一座"平淮西碑"，命韩愈撰写碑文。

韩愈跪拜在地，接下了圣旨。他兴高采烈，心想：我韩愈是当今文坛首屈一指的大文豪，又随从裴大人亲身经历了平定淮西之战，为"平淮西碑"书写碑文的重任，非我莫属啊。再说，撰写碑文是我最擅长的事了，一定要写出一篇永垂青史的碑文来。

他焚香沐浴，斋戒三日，静坐于书阁之中，凝神定志，酝酿文辞，然后挥起大笔，酣畅淋漓地写下了碑文。

"平淮西碑"的碑文镌刻于三丈高的石碑，巍然矗立在一只巨大的石龟背上。因碑文是韩愈书写，所以称为"韩碑"。

然而，"韩碑"立起不久就被毁掉了。由于宫廷内部的争斗，有人向宪宗皇帝告状，说韩愈的碑文对于功臣的业绩写得不全。皇帝无可奈何，只好命人放倒"韩碑"，磨平、重刻。

几十个壮汉拉起百尺长绳，拽倒了"韩碑"。用粗砂大石磨去了碑文，重新刻上文字……

在"韩碑"被拽倒的这一年，出生于怀州河内一个没落贵族家庭的一名男孩儿5岁了，容貌清秀、天资聪颖。

这孩子长大之后，成为著名诗人，擅长写爱情诗，并与"韩碑"结下一段不解之缘。

李商隐：昨夜星辰昨夜风

长安城内灯红酒绿，一派繁华景象。16 岁的李商隐漫步在长安街头，他衣着寒酸，而眉宇间透露出一股灵气。

李商隐的童年是不幸的。年仅 3 岁时，他就跟随父母远赴异乡。在他 9 岁那年，父亲病故，他只好随母亲返回怀州。孤儿寡母，过着饥寒交迫的生活。母亲忍饥挨饿，也要让儿子读书。李商隐颇有灵性，他"五岁诵经书，七岁弄笔砚"，年纪轻轻就博览群书，还对诗歌情有独钟。他很体谅母亲的艰辛，少年时代就不辞劳苦替别人抄书，挣钱贴补家用……

大和三年（829 年），李商隐 16 岁，怀着求取功名的希望来长安应试。结果大失所望，他落榜了。

住在同一客栈的书生告诉李商隐："你这样参加考试，是不会有出头之日的。"

李商隐问："那我应该怎样做呢？"

书生答："你要结识一些高官名人，有大人物的举荐，你准能有光明的仕途前程！"

"我是穷小子，大人物一个都不认识，去找谁呢？"

"听说白居易大人在洛阳，他为人谦和，爱惜人才，你不妨去找找他。"

"是写《长恨歌》《琵琶行》的白居易吗？"

"是啊，就是他。你去碰碰运气吧。"

刚好，李商隐一家此时迁居于洛阳。他从长安返回洛阳后，多方打听，知道了白居易的住址。

那一天，李商隐心情忐忑地走进白居易的府邸。这是一座简朴的院落，院子中的一丛修竹，显现出主人的风骨。

白居易在他的书房接待了李商隐。年近六旬的白居易，花白的鬓发写满了沧桑，而脸上洋溢的笑容饱含温馨。

李商隐的紧张情绪，融化在白居易慈祥的微笑里。

老诗人温和地问："年轻人，你有什么向往啊？"

李商隐不假思索："《庄子》里面说，庄周在梦中变成了美丽的蝴蝶，我也很想去寻觅这只蝴蝶。但是，母亲含辛茹苦把我养大，我要赡养母亲……"

老诗人颔首笑道："哦，你是有梦想的年轻人，也是懂感情的年轻人，很好啊。我愿意帮助你，但无法直接帮忙。我要介绍你认识一位令狐楚大人，还有他的公子，叫令狐绹，与你年龄相仿的。"

白居易亲自带着李商隐，来到令狐楚的府上。

家人通报后，不一会儿，令狐楚健步走了出来，后面跟着令狐绹。

令狐楚先与白居易亲密交谈了几句，又转向李商隐，对这个初次见面的年轻人颇为喜爱，拉着李商隐的手说："白公已经向我介绍过你了。以后经常到我这里来吧，就把这里当作你的家一样。哦，今晚有一个夜宴，你也参加，多认识一些人，对你的前程有好处。"看到李商隐衣着寒酸，回身对令狐绹说："把你的衣服拿一套来，给商隐换上！"

李商隐感激不尽。

这一天，成为李商隐人生的一个转折点。此后，他得到令狐一家的诸多关照和提携。

开成二年（837年），24岁的李商隐考中了进士。这固然是他长期刻苦攻读的结果，同时也与令狐绹广为称誉有关。

次年，令狐楚去世。李商隐在帮助料理了令狐楚的丧事之后，应泾原节度使王茂元的聘请，去泾州做了王的幕僚。王茂元非常欣赏李商隐的才华，就将女儿嫁给了他。

这桩婚姻，成为李商隐人生的又一个转折点。当时，朝中以宰相李德裕为首的"李党"与牛僧孺为首的"牛党"，相互争执激烈。王茂元与李德裕交好，被视为"李党"的成员；而令狐楚父子则属于"牛党"。李商隐做了王茂元的女婿之后，令狐绹大为不悦，从此不再理睬他。原本是男婚女嫁的一桩喜事，却将他拖入朝廷内部派系之争的漩涡。

此后，李商隐的仕途一直坎坷多舛，做过秘书省校书郎、县尉等小官。

会昌二年（842年），母亲去世，他辞官回乡，为母亲守孝三年。而这三年，恰是李德裕一派得势的时候。居家三年，使李商隐与仕途升迁的最好机会失之交臂。而李商隐无怨无悔，为母亲守孝，他作为儿子责无旁贷。

居家守孝的第二年，李商隐的岳父病故。王茂元生前没有利用自己在官场的势力帮助女婿升迁，但他的去世，无疑使李商隐的处境更为艰难。

为母亲守孝期满之后，李商隐回到长安，回归秘书省，担任了微不足道的"正字"官职，比他此前的"校书郎"职位还低。

与令狐一家断了交往，岳父去世，以及接踵而来的"李党"失势，使李商隐的仕途前景变得非常渺茫。而目睹了官场内部的种种丑恶现状，李商隐对于仕途也不再抱有希望。

这时，李商隐所向往的另一片风景，那是诗歌的美好境界，成了他心驰神往的地方……

听说过一段富于哲理的话：有人用自己的童年治愈一生，有人用自己的一生治愈童年。前者可以举李白作为例子，母亲"夜梦太白金星"而生下李白，他此后虽历尽坎坷，却始终无所顾忌、我行我素。被人们称为"小李杜"之一的李商隐，则属于后者。

他3岁背井离乡，9岁永失父爱。母亲撑起家庭的重担，无暇给予他亲密的关爱；而他作为长子，也不曾有兄长的呵护。在他内心深处，隐隐留下了爱的缺憾。

于是，他要用自己的一生，去寻觅爱的踪影。

进入仕途后，他目睹的是官场的丑恶。于是，他决心用自己的一生，去寻找美的踪影。

然而，爱在何方呢？美在何方呢？

李商隐在秘书省的日子里，有过这样一个难忘的夜晚。过了许多时日，在他的记忆中，这个夜晚依然恍如昨夜，他清晰地记得，那昨夜的星辰，昨夜的风……

那晚，星光闪烁，清风习习。他迎着初上的华灯，去参加一个盛大的夜宴。酒宴设在雕梁画栋的楼阁之西，兰桂飘香的厅堂之东。蓦然间，他停住了脚步，看到一群盛装的美丽女子正在前面不远处姗姗而行，想必她们也是要去赴宴。夜风吹动她们的衣裾，飘飘若仙；她们的发髻高高挽起，金银饰品在星光下熠熠生辉；腰间佩带的玲珑剔透的玉珂，在款款行走时发出悦耳的声响。

这群女子的美貌，并不能打动李商隐的心弦。他只是在想，他所朝思暮想的"她"，是否也在这群美女的行列之中呢？

他没有见过她，不知道她的模样。他期盼，她像温煦的风，融化自己内心的坚冰；她像一缕明媚的阳光，驱走人生的阴暗。他一往情深，却甚至不知道，她是真实的存在，抑或只是一个幻影。

然而，他依然执着地向往着，向往着，想象她就在前面姗姗而行的这一群美女之中！

是的，她也许就在前面不远的地方，可惜咫尺天涯，他无法走近她的身边。即使能够走近她的身边，也无法彼此认出对方。此时此刻，他多想化作一只七彩的凤鸟，让天神之力助他，飞到她的身旁。无奈，他身上没有腾飞的羽翼……

幸而，作为一个诗人，他有诗的灵感，他心有灵犀！借助于诗的意境，他与她的心灵，在一瞬间相互贯通了！

夜宴之后，李商隐回到秘书省，于次日写下了一首《无题》，诗中写道：

> 昨夜星辰昨夜风，画楼西畔桂堂东。
>
> 身无彩凤双飞翼，心有灵犀一点通。

他在夜宴开始之前就体验到"心有灵犀一点通"，这令他喜不自禁、快乐洋洋。接下来，他在夜宴上猜钩嬉戏、行令对饮，感觉美酒温暖心田，灯烛也红艳明亮。直到五更的鼓声响起，宴会结束，他回到自己供职的秘书省，内心仍然是轻快的，淋漓酣畅地写下：

> 隔座送钩春酒暖，分曹射覆蜡灯红。
>
> 嗟余听鼓应官去，走马兰台类转蓬。

这首《无题》的诗篇，如同一缕明丽的光，照进了他平庸晦暗的生活，让他看到一点点希望，虽然微弱渺茫，却令人迷醉。

此后，他又写了多首《无题》。

写了一首又一首《无题》之后，李商隐面临着一个无法回避的难题：如何直面他的妻子。

妻子王氏是温柔贤惠、知书达理的。想当初，当王茂元要把她许配给家境贫寒、官职卑微的李商隐时，她毫不犹豫地答应了。婚后，李商隐一直当着微不足道的小官，收入菲薄；王氏节衣缩食、克勤克俭，任劳任怨地操持着家务。夫妻之间相敬如宾、举案齐眉。

而李商隐却写下了一首又一首《无题》！他如何与妻子就此进行沟通交流呢？

那天晚上，夫妻二人在一盏摇曳的灯烛之下，相对而坐。王夫人用她灵巧的手，剪下了灯花，烛光立时明亮起来。

李商隐轻轻叹了口气，欲言又止。

王夫人先开口了："夫君，你是为仕途无望而叹息吗？父亲在世时，没有为你的仕途出力，你不会责怪他吧？"

"当然不会。岳父大人没有动用自己的势力提拔我，说明他清正廉洁，不搞以权谋私。再说，这世界少了一个做官的人，多了一个写诗的人，也是件好事吧？"

"哦，是多了个写爱情诗的人！"王夫人扑哧一笑。

李商隐鼓足勇气："我写的那些《无题》，你不会介意吧？"

王夫人没有直接回答，而是问："夫君，你为什么要写爱情诗呢？王维、孟浩然写山水田园诗，李白写《将进酒》《庐山谣》，杜甫写"三吏""三别"，白居易写《长恨歌》《琵琶行》，你怎么就想起来要写爱情诗呢？"

李商隐沉吟片刻，说："早年，我读楚辞，敬仰屈原，《离骚》中的'香草美人'给我留下了深刻印象。不过，屈原写'香草美人'，是借以抒发自己的政见。我也模仿着，写了一些类似的诗。后来，不知不觉就触碰到了爱情这个主题。"

王夫人笑道："李白的《长干行》、白居易的《长恨歌》，也是写爱情的，但那是别人的爱情。唯有你，把自己置身其中了，而且还写得那么深沉！"

李商隐低声道:"这可能是因为,我从小缺少爱,所以要竭力去寻找爱的真谛吧!"

王夫人深知丈夫的身世,几乎落下泪来。

李商隐再次试探着问:"我写的那些《无题》,你真的不介意吗?"

王夫人粲然一笑:"怎么会呢!爱情,是一份无比美好的情感。你把这份情感写成诗句,让成千上万的男男女女受到感动,相信'春蚕到死丝方尽',懂得'相见时难别亦难',让他们的情感得到升华,心灵得到启迪,这是兼善天下的事啊。"

"你不会吃醋吗?"李商隐小心翼翼地问。

"吃醋?吃一个虚构人物的醋,有必要吗?"

李商隐心里终于踏实了。

王夫人激动地说:"你珍重爱情,把爱情看成无比圣洁的宝物,才敢如此动情地吟咏爱情……"

李商隐敞开心扉:"一个写爱情诗的诗人,必须要有一位宽宏大度、善解人意的妻子,我很幸运啊。"

王夫人忍不住落下泪来。

李商隐轻轻为妻子拭去泪水,叹道:"真正的完美,恐怕只能存在于诗中。人们常说,世上之事,不如意者十之八九。所以,我也只有到诗的境界中,追寻完美了。"

王夫人仰起头,眼中满含期望:"夫君,什么时候,你也给我写一首诗啊!"

"一定,我一定会给你写!"

"你说话可要算话,我等着你的诗呢。"王氏扑在丈夫怀里,嘤嘤地哭了起来。

大中五年(851年),被任命为东川节度使的柳仲郢,向李商隐发出邀请,希望他能随自己去梓州,担任参军之职。李商隐接受了邀请,来到梓州。

在梓州,他度过数年时光。

又是一个秋天到来了。巴山之麓的秋天,是颇多阴雨的。在一个秋雨淋淋的夜晚，李商隐独自一人坐在灯下，想起了自己的妻子，想起曾答应给妻子写一首诗，却至今还没有写。他感到对妻子的深深愧疚，还有深深的怀念之情。于是，他提起笔来，情感的暖流从心头淌过，写下这首《夜雨寄北》：

> 君问归期未有期，巴山夜雨涨秋池。
>
> 何当共剪西窗烛，却话巴山夜雨时。

诗句的意思是：爱妻啊，接到你的书信，你问我什么时候能够回家；我却只能告诉你，我还没有定下归期。巴山之麓今晚大雨淋漓，秋天的雨水竟涨满了池塘。何时才能回到你的身边，在咱家的西窗之下一道共剪烛花，我再把此刻巴山夜雨的情景向你娓娓讲来？

写罢诗句，李商隐痴呆呆地看了一遍又一遍，突然间号啕大哭起来，顿足捶胸，泪水沾湿了诗稿。

妻子在他到梓州来之前已经与世长辞，他是料理了妻子的丧事之后，才孑然一身来到梓州。《夜雨寄北》只能寄给妻子的亡灵了！多么可悲可叹而又无可奈何啊！

在梓州为官六年之后，李商隐辞去官职，回到故乡。

此时，他早已心灰意冷，且疾病缠身。

他经常回忆往事，聊以度过孤独落寞的时光。有一天，他忽然想起了在自己的孩提时代，那座被放倒的"韩碑"。

他对韩愈颇为景仰，读过许多韩愈的诗文，也为那座被放倒的"韩碑"而愤愤不平。他想到，自己此生还有一件大事要做，要为"韩碑"写一首诗，让"韩碑"的史实昭示于天下！

于是，李商隐挣扎着从病榻上爬起来，坐到桌案前。豪迈的诗情涌动在他的胸臆，生命的力量重新注满了他的全身。他用颤抖的手握起笔来，铿锵有力的诗句从他笔下倾泻而出。他尽力遵从韩愈《石鼓歌》的笔法，让诗句既深沉古朴，又慷慨激昂。

一首威武雄壮的《韩碑》诞生了，岿然屹立于诗坛，也屹立在后世人们的心中。

李商隐那本已很虚弱的精力，为写作《韩碑》而消耗殆尽。他昏昏沉沉地躺在床榻上，需要休息一下了。

这时，他听到一个孩子的声音："姨父，姨父！"

李商隐费力地睁开眼睛，看到一个十六七岁的翩翩少年在叫他。

"你是谁家的孩子？叫什么名字？"

"姨父，我是韩偓呀！"

"哦，是韩偓啊，几年不见，你都长这么大了！你不是跟随父母在凤州吗？"

"父亲要到江南去做官了，顺路来看看你。姨夫，你身体不舒服吗？"

"嗯，我是累了，休息一会儿就好了。韩偓呀，我想问你，你会写诗了吗？"

"姨父，你忘了吗，我 10 岁就会写诗了！你还夸过我'雏凤清于老凤声'呢！"

李商隐点点头，露出欣慰的笑容……

附　录：唐代地名与现代地名对照表

序号	唐代地名	现代地名（或地理位置）	出现于本书的章目
1	营州	辽宁省朝阳一带	第一章
2	梓州	治所在今四川省三台县 辖三台、中江、盐亭、射洪等县	第一、三、九、十章
3	吉州	位于江西省吉安市	第一章
4	郾城	位于河南省漯河市	第一章
5	荆门	湖北省荆门市	第二章
6	江陵，荆州	位于湖北省荆州市	第二、五、九章
7	江夏	位于武汉市	第二、四章
8	金陵	南京	第二、三章
9	姑苏	苏州	第二章
10	越州	绍兴	第二、四章
11	扬州，广陵，维扬	扬州	第二、四章
12	宋城	位于河南省商丘市	第二、七章
13	襄阳	湖北省襄阳市	第二、四、九章
14	安州，安陆	湖北省安陆市	第二至六章
15	溧阳	江苏省溧阳市	第二章
16	长安	西安	第二章等多章
17	颍阳	位于河南省登封市最西部	第二、三章
18	汝阳	古汝阳位于今河南省汝南县附近	第三章
19	相州	位于今河南安阳市与河北临漳县一带	第三章
20	新平郡（古称豳州）	辖今陕西彬县、长武、旬邑、永寿	第四章
21	坊州	辖今陕西省黄陵、宜君县	第四章
22	建德	浙江省建德市	第四章
23	赣州	江西省赣州市	第五章
24	任城	位于今山东省济宁市	第五、六章
25	辋川	西安市蓝田县辋川镇	第六、八章
26	兖州	位于山东省济宁市	第六章
27	汴州	河南省开封市	第六章
28	陈州	河南省周口市淮阳区	第七章
29	范阳	唐武德七年改涿县为范阳县（今涿州）	第七、八、九章
30	北海郡	位于今山东潍坊	第七章
31	齐州	位于山东省济南市	第七章
32	鲁郡	隋朝设鲁郡，辖任城、曲阜等10县	第七章
33	渝州	重庆	第七章

序号	唐代地名	现代地名（或地理位置）	出现于本书的章目
34	奉先	蒲城县，隶属于陕西省渭南市	第八章
35	弘农郡	位于今河南省灵宝市	第八章
36	潼关	位于陕西省渭南市潼关县北	第八、九章
37	鄜州	富县，隶属于陕西省延安市	第八章
38	灵武	灵武市，隶属于宁夏回族自治区	第八章
39	宣城	安徽省宣城市	第八章
40	幽州	位于今河北北部、北京一带 （唐代幽州城位于今北京西南部）	第八章
41	浔阳	江西省九江市	第八章
42	凤翔	凤翔县，隶属于陕西省宝鸡市 （唐代曾设凤翔郡、凤翔府）	第八、十章
43	华州	陕西省渭南市华州区及其周边	第九章
44	石壕村	位于河南省陕县观音堂镇	第九章
45	新安	新安县，位于河南省洛阳市西部	第九章
46	邺城	遗址在河北临漳县西、河南安阳以北 （唐代邺城指安阳）	第九章
47	河阳	位于今河南省孟县西	第九章
48	秦州	秦州区，隶属于甘肃省天水市	第九章
49	白帝城	位于重庆市奉节县东，白帝山上	第九章
50	南平	位于湖北省荆州市	第九章
51	岳州	今湖南省岳阳市	第九章
52	彭州	四川省辖县级市，由成都市代管	第九章
53	当涂	当涂县，隶属于安徽省马鞍山市	第九章
54	阆州	位于今四川省东北部	第九章
55	夔州	重庆市奉节县	第九章
56	鄠县	周至县，隶属于陕西省西安市	第十章
57	江州	江西省九江市	第十章
58	栎阳	古县名，西安市阎良区武屯镇附近	第十章
59	滁州	安徽省滁州市	第十章
60	柳州	广西壮族自治区柳州市	第十章
61	连州	连州市，广东省清远市下辖县级市	第十章
62	兴元府	治所在今陕西省汉中市东	第十章
63	怀州	古代州名，治所在今河南省沁阳市	第十章
64	泾州	今甘肃泾川北 （唐大历三年后，为泾原节度使治所）	第十章
65	凤州	凤县，隶属于陕西省宝鸡市	第十章

（古代行政区划沿革复杂，本表仅供参考）

《唐诗传奇》写作札记

我的唐诗情结，可以追溯到孩提时代。

上小学时就对"春眠不觉晓""床前明月光"等诗句颇有兴趣。此后，读到的唐诗越来越多，很向往走进唐诗所吟咏出的五彩斑斓的世界。然而，又觉得要真正读懂唐诗，融入唐诗的世界，这中间却总还隔着一道"坎儿"，难以逾越。

我曾尝试着反复诵读同一首诗，仔细阅读注释，参考白话译文，甚至下功夫通读了《唐诗三百首》，都无法越过这道"坎儿"。而我又是如此喜欢诗，特别是唐诗，所以要付出更多的努力。于是，就有了这本《唐诗传奇》的写作。

写作这本书的过程中，奇迹出现了！我觉得自己与唐诗的距离明显地拉近了，似乎感受到了唐代诗人们的喜怒哀乐，自然而然地走进了他们诗作的意境。我以前喜欢读诗，但不爱背诗，脑子里记住的诗句寥寥无几。写作本书之后，虽然没有刻意地背诗，但许多诗句，包括一些拗口的诗句，竟清晰地印在了脑子里。

本书所涉及的诗篇，主要来自《唐诗三百首》，手边有两本，一本是四川文艺出版社2000年出版的《唐诗三百首》[1]，另一本是文学古籍刊行社1956年出版的《唐诗三百首》[2]。此外，本书涉及的一些唐诗来自

《千家诗》（吉林文史出版社2004年版）[3]。由十三所高等院校编写的《中国文学史》（江西人民出版社1979年版）[4]，也是本书写作的重要参考文献。总体历史背景及重大史实还参阅了《中国古代史》[5]。

这篇"写作札记"先介绍本书各章内容中需要说明的问题，再谈谈写作本书的过程和体会。

一

本书的第一章，以陈子昂和杜审言送崔融随军出征为起始。

《千家诗》[3]中，有一首陈子昂送崔融出征的诗，还有一首杜审言送崔融出征的诗，两首诗起因于同一次出征，同一次送行。既然是同一档子事，不妨放在一起叙写。

杜审言是杜甫的祖父，这很重要。所以，我在写"赋诗送行"之前，就忙不迭地先为杜甫的出生作了铺垫，尽管那时杜甫的父亲才15岁，离杜甫成为诗圣，何其遥远。

陈子昂和杜审言是本书第一章的两位主角，他们一起为崔融送行，同时"登场"，本书的序幕就此拉开。

关于陈子昂和他的《登幽州台歌》，在《中国文学史》[4]中有如下记述：

《登幽州台歌》是陈子昂参加武攸宜军队时的作品。武攸宜并无将才，经常打败仗，陈子昂多次向武攸宜献策，并愿带领精兵万人为前驱。但武攸宜不但不采纳他的意见，反而将他降职为军曹。陈子昂受了打击，登上幽州台……

参照上述文字，写出了本章相关内容。

关于杜审言的生平，在《唐诗三百首》[2]的注释中有如下内容：

《唐诗纪事》：审言初贬吉州司户，与同僚忤。司马周季重、司户郭若讷诬以罪，系狱。审言子并年十三，因季重酒酣，怀刃刺之。季重临死曰："吾不知审言有孝子。若讷误我，焉避害。"审言因此免官。还东都，则天召，将用之。问曰："卿喜否？"审言舞蹈谢恩，因作《欢喜诗》，授著作佐郎。……将死，谓宋之问、武平一曰："吾在，久压公等。今且死，固大慰，但恨不见替人云。"……

这段出自《唐诗纪事》的记载，是本书相关情节的依据。

杜审言的诗作，在《唐诗三百首》和《千家诗》中共有三首，都写入了本章。尽可能采用名作，特别是《唐诗三百首》中的诗作，是本书遴选诗作的一个前提。

二

第二章，叙写李白与孟浩然的相识。

关于李白与孟浩然初次相会的时间，以及李白《送孟浩然之广陵》一诗的写作时间，有多种不同说法。现将其中三种说法归纳于下表。

关于李白与孟浩然交往时间的不同说法

序号	李白与孟浩然初次相会的时间	李白写《送孟浩然之广陵》的时间
1	开元十三年（725 年）	开元十四年（726 年）
2	开元十五年（727 年）	开元十六年（728 年）
3	开元十四年（726 年）	开元二十三年（735 年）

上表中，第三种说法是王辉斌在《孟浩然生平事迹考辨》[6]一文中提出的，论据翔实，本书采用了这一说法。该文还提出，李白与孟浩然初次相会的地点是在扬州，本书也采用了这一认定。而李白在扬州患病，有《淮南卧病书怀寄蜀中赵徵君蕤》一诗为证，是史实。

李白为孟浩然写过《送孟浩然之广陵》《赠孟浩然》等诗作，他们的友谊是唐代诗坛的一段佳话，也是本书故事框架的一条主线。李白为什么能写出《送孟浩然之广陵》《赠孟浩然》这样感人至深的诗篇，当然是源于他与孟浩然真挚深笃的友谊。本书作为小说，要尽可能把诗篇背后的友情故事写出来。因而，本章不惜笔墨，着力叙写李白与孟浩然初次相遇的情景，并为二人的友情进一步发展做出铺垫。李白的《游溧阳北湖亭望瓦屋山怀古赠同旅》一诗，许多学者认为是写给孟浩然的，故而，李白与孟浩然同游溧阳当是史实。

此外，本章还要为李白到安陆找马都督做出铺垫，为李白与元丹丘的相识做出铺垫，特别是要为李白与许氏的姻缘做出铺垫，还要为孟浩然与王维的结识做出铺垫。此外，还有多处伏笔，就不一一点明了。应该说，本书第一章其实是"序曲"，主体故事自第二章才开始，所以，做出这些铺垫也是理所当然的。

三

第三章叙写李白与许氏的姻缘。

关于李白这段婚姻的历史记载，主要见诸于他自己写的《上安州裴长史书》。本书尽可能依照《上安州裴长史书》中的记述，参照其他相关史料，适当利用小说体裁的想象空间，为李白与许氏叙写了浪漫而悲怆的爱情故事。

李白夫人许氏，按民间的说法，她名叫紫烟，又名许萱。近年来，这个说法得到一些正式发表的文章的认可[7][8]。本书采用了这一说法，并以许萱作为许氏的名字，紫烟为乳名。

在历史资料中，有关李白夫人的信息很少。《柳亭诗话》中，叙述了一段与李白夫人相关的轶事。大意是：李白写的《长相思》一诗中，有"昔日横波目，今作流泪泉。不信妾肠断，归来看取明镜前"之句。李白夫人看了这首诗，说："君不闻武后诗乎？'不信比来常下泪，开箱验取石榴裙。'"指出李白的诗与武则天的诗有类似之处。听了夫人的话，李白"爽然若失"。

这是难得一见的有关李白夫人的故事。从中可以看出，李白夫人是很有文学修养的，夫妻之间切磋诗艺的情景也颇有风趣。但这段轶事不太适合直接移入本书中，我对其进行了改写。

接下来，进一步描述李白的婚姻与爱情，就需要想象力了。借助于李白《上安州李长史书》和《上安州裴长史书》提供的背景信息，我竭尽所能，让李白夫妇的婚后生活在跌宕起伏的波流中延伸，有富于戏剧性的看点。

四

第四章要叙写《送孟浩然之广陵》这首著名诗篇的问世过程。先记述了孟浩然遭遇的仕途挫折，中间插叙李白的人生坎坷，描述他怎样写下《蜀道难》等诗篇。

本书的前三章中，与叙事内容直接相关的诗篇为数寥寥。到了第四章，直接相关的诗篇就有很多了。除李白《送孟浩然之广陵》外，孟浩然的《临洞庭上张丞相》《岁暮归南山》《早寒有怀》《留别王维》《宿桐庐江寄广陵旧游》等名篇，都与本章故事直接相关。

其中，《早寒有怀》一诗，有人认为是在长江上写的，对此我不敢苟同。如果是在长江上写的，"遥隔楚云端"一句就不好解释了。

在《中国文学史》[4]中，有一段关于孟浩然的记述：

开元十九年（731年），孟浩然四十三岁的时候，他的好朋友张九龄被擢升为中书侍郎，他对自己的仕途遂有了一些希望。于是，在开元二十年（732年）冬，他离开家乡，去长安。但是当他第二年进入长安时，适值张九龄丁母忧，直到这一年冬张才起复。

我把这段史实完完整整地写入了本书中。

孟浩然"不才明主弃"诗句引发玄宗动怒的轶事，被广为传播，也写入了《唐诗三百首》的注释。然而，这段轶事的前半段却是不可信的。王维当时被贬谪，玄宗皇帝不可能去找他。本书只采纳了这段轶事的后半段，没有采纳前半段，并且通过孟浩然之口，对这件事反复进行了辩白。

五

第五章叙写《将进酒》一诗的问世过程，以及后面发生的李白丧妻、失友的不幸。

关于《将进酒》，历来有两点悬疑。其一，这次聚会地点在嵩山附近，本应由隐居于此的元丹丘尽地主之谊，可是诗中写李白劝元丹丘、岑勋喝酒，倒好像是李白请客。其二，诗中有"呼儿将出换美酒"之句，而李白当时并无儿子。本书略施笔墨，化解了这两点悬疑。

人们阅读唐诗，通常嗅不到诗中的酒味儿。而我在写唐诗背后的传奇故事时，深深感受到了扑面而来的浓烈酒气。以李白为例，前有"吴姬压酒劝客尝"，醉酒"冲撞"李长史，后有"举杯邀明月"，"云想衣裳花想容"也是醉醺醺写成的，还有与杜甫"醉眠秋共被"，等等。这首《将进酒》更是纵情豪饮的登峰造极之作！

有鉴于此，我在写《唐诗传奇》前五章时就很担心，生怕把唐代诗人的传奇故事写成酗酒者的传奇故事，更担心会助长酗酒之风。出于社会责任感，我煞费苦心地设计了第二章的情节，让李白在本书中刚刚露面就因患病而不能喝酒；第三章，又让他在婚后节制饮酒。这样的情节设置并非胡编乱造。杜甫"潦倒新停浊酒杯"，说明诗人患病后会停止饮酒；李白写的《赠内》诗，"虽为李白妇，何异太常妻"，表明他对酗酒有所悔悟。

另外需要指出，古人喝的酒，度数是很低的。宋代沈括在《梦溪笔谈》一书中对此有专文述及。

六

唐玄宗与杨玉环的宫闱轶事被许多唐诗吟咏过，其中最著名的是李白的《清平调》（云想衣裳花想容）和白居易的《长恨歌》。

在写作本书时，我曾想过要把"云想衣裳花想容"的相关故事与《长恨歌》故事的前半段放在一起叙写，合二而一，变成一个"完整"的故事。然而，仔细思量，却发现这是办不到的。《长恨歌》的故事，即使是其前半段，也不能放到李白的时代来叙写。也许这是天意吧，我无可奈何。

七

李白与杜甫的相逢，是两位伟大诗人的风云际会。

他们初次会面的地点，一般认为是在洛阳，而王辉斌在《李杜初识时地探索》[9]一文中，认为是在汴州，即今开封。王辉斌的文章论据翔实，很有说服力，故而本书采纳了这一论点。

王辉斌《李杜初识时地探索》一文还介绍了杜甫与祖母卢氏的关系，卢氏是杜甫之父的继母，待杜甫父子如亲生一般。该文还记述，杜甫在洛阳穷途潦倒，连饭都吃不饱，因而来到汴州，求得祖母的经济援助。还提及杜甫的亲戚为卢氏堂前堆建的假山，周围种上竹子和花卉，祝愿卢氏寿比南山。这些，都作为情节写入了本书第七章。

八

本书中涉及一些细节，曾令我颇费心思。以第八章中，与《哀王孙》相关的一个细节为例。

杜甫《哀王孙》有"腰下宝玦青珊瑚，可怜王孙泣路隅"之句，其中"宝玦青珊瑚"是什么意思，需要探讨。

"玦"是古人佩戴的半环形玉佩（参见《现代汉语词典》）。"珊瑚玉"是珊瑚化石加工而成，可制作各种佩饰。

在古诗中，"珊瑚玉佩""珊瑚宝玦"时而可见。唐代韩翃《兖州送李明府使苏州便赴告期》有"早晚卢家兰室在，珊瑚玉佩彻青霄"之句；宋代丁逢《次袁尚书巫山十二峰二十五韵》有"珊瑚玉佩赤帝女，星髻羽盖蜺旌旗"之句；明代张时彻《江上行》有"珊瑚宝玦照碧草，飞丝急管喧层城"之句。元代杨维桢《题开元王孙挟弹图》更是直接套用了杜甫《哀王孙》的诗意，有"白头乌啄延秋门，渔阳尘起天地昏；珊瑚宝玦散原野，空令野客哀王孙"之句。

由此可见，杜诗"宝玦青珊瑚"即"青珊瑚宝玦"，也就是青珊瑚制作的宝玦。

本书在故事情节的描写上，也很注重细节。以《兵车行》的相关情节为例。这首诗本身，是如行云流水般一挥而就的，诗这样写没有问题。但改写为小说的时候，却不能原封不动地照搬。杜甫与"役夫"交谈的那一段情节，就不太适宜发生在人流喧嚣的大道上。我作了改写，让杜甫把"役夫"请到自己居住的屋子里来，他们之间的谈话就方便多了。

九

如何对待史实的问题，也令我在写作《唐诗传奇》时倍感纠结。比如第十章涉及到"大历十才子"的成员，就让我考虑了许久。

据陈增杰《"大历十才子"的成员》[10]一文所述：

"十才子"之称，始见唐姚合《极玄集》卷上李端名下注："李端字正己，赵郡人，大历五年进士。与卢纶、吉中孚、韩翃、钱起、司空曙、苗发、崔峒、耿湋、夏侯审唱和，号十才子。《新唐书》卷二〇三《文艺传下·卢纶》据以入传。"

《唐诗三百首》在介绍钱起的注释中，采用了这个说法。

陈增杰的文章也提到：

清管世铭《读雪山房唐诗序例·七律凡例》云："大历十子，所传互异。……今就诗而论，且用五七言律定之，当以刘长卿、钱起、郎士元、皇甫冉、李嘉祐、司空曙、韩翃、卢纶、李端、李益前后十人为定……"

就史实而言，当然应该以姚合的说法为准。但就诗而论，管世铭的提法更适合于展示大历年间诗家的"完整"风采。

我在写作本书第十章"十才子煮酒论诗"一节时，曾想采用管世铭的提法，这样可以多介绍几位知名的诗人。但是，具体写作中，发现这个写法行不通，在叙写诗人之间的相互关系时无从下笔。只好作罢，仍然采用符合史实的提法。

而在另外一些情况下，完全遵从史实却未必适宜。

比如，第十章有关白居易的故事中提到了白堤。按照史实，杭州的白堤原名白沙堤，并非白居易所修，是后人为纪念白居易而改名为白堤的。白居易确实修建了一道堤，名叫白公堤，现已难寻踪迹。如果完全按照史实写出这一段情节，那岂不是要兴味大减了！

本书中，还有一些情节不能完全按史实写，就不一一细述了。

十

唐代诗人的传奇故事，穿越一千多年的烟雨风尘，进入了网络时代。在互联网上，有许多喜欢唐诗的网友，他们欣赏品评唐诗的同时，也关注唐代诗人的人生际遇、友情交往。

李白与杜甫的友情，是网友们关注的一个焦点。一些网友指出，杜甫写给李白的诗，远比李白写给杜甫的诗要多。李白写给杜甫的诗，得到确认的只有两首，写于二人相会期间以及相会之后不久。此后，杜甫为李白写了多首诗，而李白却一首诗也没有再给杜甫写。就正式被确认的诗作而言，这似乎是事实。然而，这又与李白与杜甫之间深笃的友谊似有不符。

我在写作本书时，一直在孜孜期求解开这个谜团。

凭直觉，我认为李白在晚年应该给杜甫写过诗。而且，这诗不大可能隐藏在犄角旮旯，当是熠熠生辉、赫然在目。

我的关注焦点集中在了《庐山谣》上，这首诗的全名是《庐山谣寄卢侍御虚舟》。《庐山谣》写于公元760年，李白逝世于762年，这首诗不是李白最后的诗作，却是他最后一首惊天地泣鬼神的卓越诗篇，堪称伟大诗人的生命绝唱。问题在于，李白为什么要把生命的绝唱之作寄给卢虚舟呢？许多读过《庐山谣》的朋友，可能都会有这样的疑问。

在《唐诗三百首》关于《庐山谣寄卢侍御虚舟》一诗的注释中，记载着卢虚舟是范阳人。我想到，杜甫的祖母卢氏也是范阳人。那么，卢虚舟会不会是卢氏太夫人的亲戚呢？如果答案是肯定的，卢虚舟与杜甫之间就有亲戚关系了。进而推测，李白把《庐山谣》寄给卢虚舟，应该有转达给杜甫的意愿。

可惜，我没有进一步的证据。不能仅凭卢虚舟与卢氏太夫人都是范阳人，就在如此重大的问题上信口开河。

我几乎要放弃运用这条线索的打算了。而我的放弃，不仅意味着本书失去一个重要情节，而且可能会让李白与杜甫最后的友情交流永远埋没在历史的尘埃中……

正当我决定要放弃的时候，幸运地读到了安旗《从〈庐山谣〉看李白游仙出世思想之实质》[11]一文。对于《庐山谣寄卢侍御虚舟》之卢虚舟，有如下论述：

诗题中之"卢侍御虚舟"，王琦题解认为可能就是肃宗至德年间授予侍御史官职的范阳卢虚舟。可信。杜甫诗集中有《送卢十四弟侍御护韦尚书灵榇归上都》《舟中夜雪有怀卢十四侍御弟》二首。黄鹤注："公之祖母卢氏，十四其表弟也。"亦可信。杜甫祖母既为范阳卢氏，卢虚舟亦为范阳卢氏；李诗中之卢为侍御史，杜诗中之卢亦为侍御史；李诗作于上元元年（760），杜诗作于大历四年（768）。在这八九年中，显然决不会有两个人既同姓名，又同郡望，还同官职。则李白《庐山谣》所赠之人即杜甫之表弟无疑。杜甫于上元二年(761)所作之《不见》一诗："不见李生久，佯狂真可哀，世人

_281_

皆欲杀，吾意独怜才。敏捷诗千首，飘零酒一杯。匡山读书处，头白好归来。"或即缘《庐山谣》而发。可能是杜甫从他表弟卢虚舟处获悉此诗……

看了这段文字，事情就都清楚了。我也可以放心地把李白与杜甫晚年友情交流的故事写入本书了。

在《唐诗三百首》注释中，提到贾至写的《授卢虚舟殿中侍御史制》。李白在被赦免之后，曾与贾至同游洞庭湖，写有多首诗篇。以这些史实为依据，接下来的故事情节就顺理成章了。

十一

也有一些与唐诗故事相关的史实，未能写入本书中。譬如杜甫与裴迪的交往。《唐诗三百首》[1]在裴迪《送崔九》一诗的作者介绍中记述：裴迪"曾与王维隐居辋川，天宝后为蜀州刺史，与杜甫交往密切。"本书受故事框架制约，未能将杜甫与裴迪的交往写入。

顺便欣赏一下裴迪的《送崔九》：

> 归山深浅去，须尽丘壑美。
>
> 莫学武陵人，暂游桃源里。

这首诗的诗意与王维《桃源行》相呼应，诗中蕴含的人生理念也有启迪意味。

还有一些与唐诗传奇故事相关的史实，在本书中只是一带而过。譬如杜甫与严武的交往。

杜甫与时任剑南节度使的严武交往密切，得到严武诸多扶助。代宗即位，召严武入朝，杜甫为严武送行，写下了《奉济驿重送严公四韵》一诗。公元764年正月，杜甫举家赴阆州，准备出峡。二月，严武再次担任了成都尹兼剑南节度使，邀请杜甫当他的幕僚，于是杜甫决定重返成都，途中写下了《将赴成都草堂途中有作先寄严郑公》五首，其中第一首写道：

> 得归茅屋赴成都，直为文翁再剖符。
>
> 但使闾阎还揖让，敢论松竹久荒芜。
>
> 鱼知丙穴由来美，酒忆郫筒不用酤。
>
> 五马旧曾谙小径，几回书札待潜夫。

诗中，喜悦和感激之情溢于言表。然而，杜甫的幕僚生涯并不舒心，他在《宿府》一诗写道：

> 清秋幕府井梧寒，独宿江城蜡炬残。
>
> 永夜角声悲自语，中天月色好谁看。
>
> 风尘荏苒音书断，关塞萧条行路难。
>
> 已忍伶俜十年事，强移栖息一枝安。

"强移栖息一枝安"，源自《庄子·逍遥游》"鹪鹩巢于深林，不过一枝；偃鼠饮河，不过满腹"，诉说了诗人内心的纠结。

本书还参考了其他一些文献[12-18]。

十二

选编《唐诗三百首》的蘅塘退士一定是一个风趣幽默的人。

首先看他的名号"蘅塘退士"，别人都要当进士，他却偏偏自称"退士"。再看他选编的《唐诗三百首》，第一首诗有"草木有本心，何求美人折"之句，最后一首诗有"花开堪折直须折"之句，一个说不必折，一个说应该折，首尾呼应，妙趣横生。

他大概还是"飞花令"爱好者，把《望蓟门》《九日登望仙台呈刘明府容》《送魏万之京》放在一起，三首诗中都有"曙色"二字。

蘅塘退士在选编《唐诗三百首》时，不仅注重诗的水平和风格，而且关注诗篇反映的作者的人生际遇。这与我写《唐诗传奇》的着眼点刚好不谋而合！

以孟浩然为例，入选《唐诗三百首》的孟浩然《夜归鹿门歌》《临洞庭上张丞相》《早寒有怀》《岁暮归南山》《留别王维》《宿桐庐江寄广陵旧游》等，以及李白的《送孟浩然之广陵》《赠孟浩然》，把孟浩然一生的主要经历、最重要的人际关系，都充分展现了出来。再以杜甫为例，在《唐诗三百首》卷五中，《春望》《月夜》《春宿左省》《至德二载，甫自金光门出……》四首毗邻的诗，记述了安史之乱期间杜甫的一连串经历；而《月夜忆舍弟》《天末怀李白》《奉济驿重送严公四韵》《别房太尉墓》四首诗，囊括了杜甫最重要的亲情友情与感恩之情。

《唐诗三百首》中，还选入了杜甫的《江南逢李龟年》：

岐王宅里寻常见，崔九堂前几度闻。

正是江南好风景，落花时节又逢君。

初看起来，这首诗似乎平淡无奇。但如果想到此诗写于公元770年，是杜甫人生岁月的最后一年，感觉就不同了。"岐王宅""崔九堂"，隐含着诗人多少流年往事；"正是江南好风景，落花时节又逢君"，在风光物候背后，有多少身世浮沉、世态炎凉的感叹！此外，李龟年作为著名的宫廷音乐家，据悉是李白写作"云想衣裳花想容"诗句的那桩轶事的直接参与者。本书受故事结构的局限，没能把这个情节写进去。杜甫写《江南逢李龟年》时，会不会想到"云想衣裳花想容"，想到李白呢？

蘅塘退士对于唐代著名诗人的人生际遇的倾情关注，是显而易见、不言而喻的，对我撰写《唐诗传奇》很有启发。他精心挑选出来的诗篇，不仅勾勒出唐代诗人传奇故事宏观框架的轮廓，而且展示了诸多细节，为我的写作提供了极大的帮助。因此，我要向蘅塘退士表示衷心感谢！

还要感谢为《唐诗三百首》作补注的上元女史陈婉俊，她作的补注，为今人理解唐诗提供了诸多便利，当然也对本书的撰写大有裨益。

仅以韦应物《长安遇冯著》一诗的注释为例。该注释中，援引了南北朝著名诗人庾信的诗："灞陵采樵路，成都卖卜钱。"通过这条注释，可以帮助读者理解《长安遇冯著》一诗的意蕴。更深一层，既然此诗是由庾信的诗句化裁而来，那么，"客从东方来，衣上灞陵雨"，大概也是虚拟的。唐诗，妙不可言，又深不可测哟！而韦应物把玩笑话说得活灵活现，像真的一样，可见古代诗人们尽管有万般无奈，他们活得却又是多么潇洒超脱啊。由庾信的诗句，还能联想到李白《送友人入蜀》中的"升沉应已定，不必问君平"呢！提起庾信，想得远一些，会想到杜甫赞美李白的"清新庾开府，俊逸鲍参军"，接下来，就是"渭北春天树，江东日暮云"了……

本书插图的杜甫诗书法作品，选自成都杜甫草堂博物馆选辑的《历代名家杜诗墨迹选》，谨致谢忱！

我曾游历成都杜甫草堂。走近杜甫草堂，沉浸在诗人生活过的氛围中，仿佛空气中都弥漫着诗的气息。喜欢诗的朋友，真应该到那里感受一下。

十三

《唐诗传奇》是一本小说，因而，我在写作《唐诗传奇》时，不仅要关注诗的内容和意蕴，诗的写作年份、写作背景，而且要特别关注诗的写作过程。

古代诗歌的写作过程，总体上可以分为以下几种情况。

有的诗乃一气呵成写出。譬如，韩愈的《山石》，从他黄昏来到山上古寺，到次日清晨下山，显然是一气呵成、畅快淋漓地写出的。许多唐诗名篇，都是诗人心有所感，一挥而就。

宋代有一段佳话。诗人苏轼在腊月的一天游览孤山后，回到家中，迫不及待地提笔写下一首诗作，唯恐稍有延迟，那清丽的景色便从脑海中消失，再也难以描摹了。于是，才有了流芳百世的"天欲雪，云满湖，楼台明灭山有无……"

有的诗则经历了长时间的酝酿思考，如贾岛有"二句三年得，一吟双泪流"的感慨。有些诗作，明显可以看出不是一鼓作气写出，而是把某些预先想好的诗句"组合"起来的。

在一气呵成的诗作中，插入一些预先想好的诗句，也很有可能。有的甚至能做到天衣无缝。只要运用得当，这样的诗作仍然可以认定是一气呵成的诗作。

古人经常需要即席赋诗。为此，诗人的头脑中应该有一些预先想好的诗句（或典故），和谐巧妙地化裁、组合到诗中，从而轻车熟路地完成"即席之作"。不然，纯粹的、毫无腹稿的即兴写作，难度就太大了。李白的"云想衣裳花想容"应属纯粹的即兴写作，故而成为千古绝唱。

某些事典（或意念）会反复出现在诗人的作品中。譬如，孟尝君门客"弹剑而歌"的事典，反复出现在李白的诗作中。诗人已完成的作品中的一些诗句或构想，还会被本人再次利用。譬如李白的《江夏行》，有"去年下扬州，相送黄鹤楼；眼看帆去远，心逐江水流"的诗句，是《送孟浩然之广陵》的翻唱。至于诗人在作品中化裁他人的诗作，则几乎是当年的时尚了，化裁得好的还会成为佳作。

上述对于古代诗人写作过程的认知，具体表现在了本书的情节设置上，这是需要加以说明的。

不同的诗篇，有不同的内容、风格、意蕴和不一样的写作背景，因而，写作过程也异彩纷呈、各具千秋。本书通过情节设置，充分利用小说体裁的想象空间，把这些诗篇的写作过程尽可能贴切地表现了出来。

十四

在唐诗研究中，经常关注、考证某些诗篇的写作年份，这是很有必要、很有意义的。而本书是一本纪实风格的小说，不仅要关注诗篇的写作年份，还要关注读者在何时读到此诗。

《中国文学史》[4]在介绍陈子昂《登幽州台歌》时指出，这篇诗作在"当时就流传很广，'时人莫不知也'"。这一论述，表明唐诗名篇的传播速度是很快的。当时，有尊崇诗歌的社会氛围，想必也有传播诗作的便捷渠道。在天下较为太平的时期，传播会更有保障。

本书在情节设置中，涉及到了唐诗名篇的传播速度。在第三章，李白25岁时写的《长干行》，一年多之后就被许萱看到了。考虑到安陆的地理位置不算偏僻，许家有广泛的社会交往，而《长干行》又是脍炙人口、易于流传的名作，再参考《登幽州台歌》在"当时就流传很广，'时人莫不知也'"的史实，许萱在《长干行》问世不到两年就读到此诗，应该是没有问题的。

再举一个例子。关于李白《赠孟浩然》的写作年份，有两种不同的说法。本书并没有提及《赠孟浩然》的写作年份，而是叙写了孟浩然何时读到的此诗。这样，就避开了《赠孟浩然》写作年份的争议。而孟浩然读到此诗的时间，应该是不被争议的。

说一句掏心窝子的话，孟浩然能否在有生之年读到此诗，对于孟浩然本人来讲，那是何等重要啊！

十五

我在写作本书时，还有一些"特殊关注"，譬如关注了杜甫的饮食喜好。

杜甫在赠送给李白的一首诗中写道："野人对膻腥，蔬食常不饱。岂无青精饭，使我颜色好。"其中"野人对膻腥"一句，"野人"是杜甫自称，他也曾自称"少陵野老"，"对"字在这里是"怼"的意思。这几句诗表明杜甫讨厌"膻腥"，而喜欢"蔬食"，也就是素食。

还有一个旁证。在《赠卫八处士》中，有"夜雨剪春韭，新炊间黄粱"之句。卫八处士是杜甫的老朋友，知道杜甫的饮食喜好，故而以素食招待。与孟浩然"故人具鸡黍"对比，差异是很明显的。

有关杜甫的饮食喜好，还可深层次探讨，这里不再细述了。

十六

本书共出现（或涉及）唐诗200多首。其中见诸于《唐诗三百首》的100多首，未见于《唐诗三百首》而见诸于《千家诗》的20多首。

本书中出现的唐诗大部分是当代读者耳熟能详的名篇，但也有少量诗篇读者可能不太熟悉。譬如李白的《淮南卧病书怀寄蜀中赵徵君蕤》，是李白卧病扬州时写给蜀中友人赵蕤的。李白18岁时，曾赴梓州，拜隐士赵蕤为师，学习剑术和道术。该诗中有"古琴藏虚匣，长剑挂空壁"之句。本书第二章，李白卧病扬州，对孟少府说："我这个人就像一把挂在墙上的剑，徒有锐利的锋芒，却派不上用场；又像是一只装入琴匣的古琴，连拨弄一下的人都没有，如何奏出天籁之音呢？"就是从这两句诗演绎而来。

为方便读者阅读本书，我准备为本书中出现（或涉及）的200多首唐诗编制"《唐诗传奇》中出现的唐诗索引"，该表的格式如下：

《唐诗传奇》中出现的唐诗索引（示例）

序号	作者	篇名	出处	在本书中的页码
1	张九龄	《感遇》	《唐诗三百首》卷一	×××
2	李白	《下终南山过斛斯山人宿置酒》	同上	×××
3	李白	《月下独酌》	同上	×××
4	李白	《春思》	同上	×××
5	杜甫	《望岳》	同上	×××

待本书出版之后，我将把该表发到网上。这样可以节省本书的篇幅，

而且我还可以把正式出版的书上的相关页码标记在表上，更方便读者检索。有需要的读者，在网上搜索"《唐诗传奇》中出现的唐诗索引"，就可以找到该表。

友情提示：想要以本书为线索，进一步阅读、学习唐诗的读者，可以尽快下载此表；而想沉浸于唐诗故事中的读者，最好不要急于下载此表。

十七

早在2011年，我就有意要撰写这本《唐诗传奇》。当时，草拟了本书的写作方案，包括基本思路、写作步骤、写作范围等。看起来，似乎是一切都准备就绪了。

然而，那时正值我的职业生涯即将谢幕，想结合自己30多年从事教学与科研的经验与体会，写一本《科技创新思路与方法》。于是，写《唐诗传奇》的计划就只好放一放了。

《科技创新思路与方法》出版后，我又有了写作《篆字快速入门与说文解字导读》的想法。因为家父从事篆刻，篆字对我的吸引力是与生俱来的，而写作《篆字快速入门与说文解字导读》一书需要耗费极大的精力，所以，我再一次推迟了《唐诗传奇》的写作。

直到《篆字快速入门与说文解字导读》出版之后，我才开始考虑启动撰写《唐诗传奇》的计划。

在正式开始动笔之前，又犹豫了很久。我深知，数百年历史风云的宏大背景，众多唐代诗人的诗作与他们的传奇人生，要用一本二十几万字的小说展现出来，谈何容易！弄不好，这本书就会半途而废。我能完成这本书吗？当时并没有足够的信心。

但是，我还是抱着"试试看"的想法，踏上了写作的行程。

写作这本《唐诗传奇》，有一些促动的因素。

首先，是我喜欢唐诗，但又苦于无法真正进入唐诗的世界。有的诗，反复读了许多遍，依然只是读读而已，我很无奈。这是我写《唐诗传奇》的基本动因之一。如前言所述，"本书是为读者推开的通往唐诗世界的一扇窗"。我在写作本书的过程中，首先为自己推开了通往唐诗世界的那一扇窗。

另一个促动因素，与诗人艾青（1910—1996）有关。我爱人年轻时，曾与艾青是邻居。她很崇敬艾青，后来就买了一本《艾青的艺术世界》（张永健著，华中师范大学出版社1998年出版）。这本《艾青的艺术世界》述及，艾青在读小学时，对文学就颇为爱好。"小学毕业前夕，按老师的要求，艾青把杜甫的《石壕吏》改写成小说，被老师贴在墙报的头条位置上。"

艾青童年的这段经历，给我很大促动。这件事发生在大约一百年前。那时小学老师安排学生作文，就以把唐诗改写为小说为作文题目了。那么，今天的我们，为什么不能效法一百年前的小学作文，步其后尘呢？

十八

这本《唐诗传奇》，是我在知识产权出版社出版的第三本书。前两本书是《科技创新思路与方法》和《篆字快速入门与说文解字导读》。

《科技创新思路与方法》与这本《唐诗传奇》，看起来似乎并无关联。其实，《科技创新思路与方法》提出的创新思维、创新点等，与《唐诗传奇》写作的基本理念是一脉相承的。

《篆字快速入门与说文解字导读》涉及篆字排版，出版难度很大。赵军编辑对汉字文化颇有造诣，鼎力相助，克服重重困难，使这本书得以顺利出版。

《篆字快速入门与说文解字导读》出版后，得到众多读者好评。作者写作时的用心，能够得到读者充分理解，这是最让作者感到欣慰的。可以说，读者对《篆字快速入门与说文解字导读》的好评，也是我写作《唐诗传奇》的一个重要促动力。

十九

中央电视台推出的"中国诗词大会"，对我写作《唐诗传奇》颇有助益。嘉宾老师的点评，给了我许多启迪。董卿仪态万方的主持，也很有感染力。

蒙曼老师讲到，唐代诗人留下了两个著名的成语，一个是李白的"青梅竹马"，一个是杜甫的"春树暮云"。这对我很有启发，因而把"春树暮云"作为了本书第九章的章题。蒙曼老师还以颇有情调的语气讲到了黄四娘，给我留下很深的印象。在《唐诗传奇》中，黄四娘成了一个人物，虽然只是短暂"出场"，但我尽量把这个人物写得鲜活生动。

康震老师的点评，对我也颇有启发。譬如，关于白居易《长恨歌》，康震老师特别指出"梨花一枝春带雨"这一诗句的重要意义。主持人董卿还特意安排了一支《梨花颂》歌曲。受此启发，我在写作《唐诗传奇》时，把"梨花一枝春带雨"作为了《长恨歌》那一节的题目。

二十

最后，该说一说我自己了。

我上小学时，就读于椿树小学，班主任是舒紫燕老师。二年级的期末评语，舒老师对我的评语是五个字："发表能力强"。我不知道，舒老师是怎样看出一个8岁男孩"发表能力强"的，当时甚至不晓得什么叫"发表能力强"，但我开心，很受鼓舞。

那时，我喜欢诗，也喜欢诗朗诵。读五年级那一年，参加学校组织的朗诵比赛，获得了第一名。至今，我还保留着这张奖状。

本书作者11岁时获得的朗诵比赛奖状

上中学时，我就读于北师大附中。课余，阅读了《居里夫人传》等科学家传记，还有儒勒·凡尔纳的科幻小说。这些书籍，从科学和文学两个方面，起到了启迪心智的作用。

后来，我于1968年年底到山西农村插队。一同插队的同学中有几位是喜欢文学的，特别是喜欢诗，彼此切磋，互相鼓励，对我产生了很大影响。插队期间，我写了一些诗，其中有两首入选《中国知青诗抄》。插队期间，在极为艰苦的条件下，我还写了一部小说，前后共修改了4稿，累计写了约60万字。这本小说虽然没有出版，但通过4稿修改，使我对小说写作有了一些初步的积累。

对于诗的深笃喜爱，并尝试写诗，对于小说写作的"原始积累"，都始于半个世纪之前那段下乡插队的经历。这也是我写作本书的动力之一。

诗是人类精神世界圣洁的宝物。写作《唐诗传奇》时，我真切地感受到唐代诗人与诗息息相关、水乳交融的人生之旅。当代人是否也能从中有所感慨，有所触动呢？

如本书前言所说："让感人肺腑的诗篇因真切的情节而更加如歌如泣，让艰涩难读的诗句因融入故事而变得通俗易懂，这便是作者的良苦用心。"

愿本书能对唐诗爱好者有所助益。

王国全
2019年11月

参考文献

［1］［清］蘅塘退士. 唐诗三百首［M］. 成都：四川文艺出版社，2000.

［2］［清］蘅塘退士. 唐诗三百首［M］. 陈婉俊补注. 北京：文学古籍刊行社，1956.

［3］［明］王相选. 千家诗［M］. 长春：吉林文史出版社，2004.

［4］十三所高等院校. 中国文学史［M］. 南昌：江西人民出版社，1979.

［5］赵毅，赵轶峰. 中国古代史［M］. 北京：高等教育出版社，2002.

［6］王辉斌. 孟浩然生平事迹考辨［J］. 山西大学学报（哲学社会科学版），2002（1）：
　　41-44.

［7］钟如雄. 大鹏飞兮振八裔，中天摧兮力不济——论诗仙太白之梦幻人生［J］. 贵州
　　工程应用技术学院学报，2018，36(5)：111-120.

［8］尹善斌. 其实你不懂我的心——对李白"安能摧眉折腰事权贵"的再思考［J］. 中
　　学语文，2015(Z1)：104-107.

［9］王辉斌. 李杜初识时地探索［J］. 四川师范大学学报（社会科学版），1987（1）：
　　40-43.

［10］陈增杰. "大历十才子"的成员［J］. 温州师范学院学报（社会科学版），2003
　　（6）：64.

［11］安旗. 从《庐山谣》看李白游仙出世思想之实质［J］. 人文杂志，1982（04）：106-109.

［12］王辉斌. 李白与元丹丘的交谊［J］. 襄樊学院学报，2003(4)：53-57.

［13］王辉斌．孟浩然与李白交游索考［J］．襄樊学院学报，2001(3)：88-92．

［14］王辉斌．论李白的赠内诗［J］．孝感学院学报，2009(5)：45-50．

［15］蔡川右．杜甫和他的妻子［J］．云南师范大学学报（哲学社会科学版），1986（4）：61-66．

［16］应德民．伤心人别有怀抱——韦应物《滁州西涧》解读［J］．武汉教育学院学报，1997(2)：17-21．

［17］丛俊．历代篆书精选［M］．上海：上海书画出版社，2012．